外 国 文 学 名 著 丛 书

〔美〕杰克·凯鲁亚克／著

在 路 上

黄雨石 等／译

"外国文学名著丛书"编委会

人民文学出版社
PEOPLE'S LITERATURE PUBLISHING HOUSE

Jack Kerouac

ON THE ROAD

据 The Viking Press, New York, 1958 年版和 Penguin Books, London,
2000 年版译出。

图书在版编目（CIP）数据

在路上／（美）杰克·凯鲁亚克著；黄雨石等译.
北京：人民文学出版社，2025. -- （外国文学名著丛书）.
ISBN 978-7-02-019234-2

Ⅰ. I712. 45

中国国家版本馆 CIP 数据核字第 2025GZ5151 号

责任编辑　张海香
装帧设计　刘　静
责任印制　王重艺

出版发行　人民文学出版社
社　　址　北京市朝内大街 166 号
邮政编码　100705

印　　刷　河北新华第一印刷有限责任公司
经　　销　全国新华书店等

字　　数　263 千字
开　　本　850 毫米×1168 毫米　1/32
印　　张　12. 875　插页 3
印　　数　1—4000
版　　次　2023 年 4 月北京第 1 版
印　　次　2025 年 6 月第 1 次印刷

书　　号　978-7-02-019234-2
定　　价　69. 00 元

如有印装质量问题，请与本社图书销售中心调换。电话：010-65233595

杰克·凯鲁亚克

出 版 说 明

　　人民文学出版社自一九五一年成立起,就承担起向中国读者介绍优秀外国文学作品的重任。一九五八年,中宣部指示中国科学院文学研究所筹组编委会,组织朱光潜、冯至、戈宝权、叶水夫等三十余位外国文学权威专家,编选三套丛书——"马克思主义文艺理论丛书""外国古典文艺理论丛书""外国古典文学名著丛书"。

　　人民文学出版社与中国科学院文学研究所,根据"一流的原著、一流的译本、一流的译者"的原则进行翻译和出版工作。一九六四年,中国社会科学院外国文学研究所成立,是中国外国文学的最高研究机构。一九七八年,"外国古典文学名著丛书"更名为"外国文学名著丛书",至二〇〇〇年完成。这是新中国第一套系统介绍外国文学作品的大型丛书,是外国文学名著翻译的奠基性工程,其作品之多、质量之精、跨度之大,至今仍是中国外国文学出版史上之最,体现了中国外国文学研究界、翻译界和出版界的最高水平。

　　历经半个多世纪,"外国文学名著丛书"在中国读者中依然以系统性、权威性与普及性著称,但由于时代久远,许多图书在市场上已难见踪影,甚至成为收藏对象,稀缺品种更是一书难求。在中国读者阅读力持续增强的二十一世纪,在世界文明交流互鉴空前频繁的新时代,为满足人民日益增长的美好生活的需要,人民文学出版社决定再度与中国社会科学院外国文学研究所合作,以"网罗经典,格高意远,本色传承"为出发点,优中选优,推陈出新,出版新版"外国文学名著丛书"。

值此新版"外国文学名著丛书"面世之际,人民文学出版社与中国社会科学院外国文学研究所谨向为本丛书做出卓越贡献的翻译家们和热爱外国文学名著的广大读者致以崇高敬意!

"外国文学名著丛书"编委会

二〇一九年三月

编委会名单

(以姓氏笔画为序)

1958—1966

卞之琳	戈宝权	叶水夫	包文棣	冯 至	田德望
朱光潜	孙家晋	孙绳武	陈占元	杨季康	杨周翰
杨宪益	李健吾	罗大冈	金克木	郑效洵	季羡林
闻家驷	钱学熙	钱锺书	楼适夷	蒯斯曛	蔡 仪

1978—2001

卞之琳	巴 金	戈宝权	叶水夫	包文棣	卢永福
冯 至	田德望	叶麟鎏	朱光潜	朱 虹	孙家晋
孙绳武	陈占元	张 羽	陈冰夷	杨季康	杨周翰
杨宪益	李健吾	陈 燊	罗大冈	金克木	郑效洵
季羡林	姚 见	骆兆添	闻家驷	赵家璧	秦顺新
钱锺书	绿 原	蒋 路	董衡巽	楼适夷	蒯斯曛
蔡 仪					

2019—

王焕生	刘文飞	任吉生	刘 建	许金龙	李永平
陈众议	肖丽媛	吴良柱	吴岳添	陆建德	赵白生
高 兴	秦顺新	聂震宁	臧永清		

目　次

第 一 部

1

　　我第一次遇见狄恩，是在我老婆刚跟我散伙不久以后。我那会儿刚刚生过一场大病，这事儿本身当然没什么可谈的，不过，这场病跟那令人难堪的散伙事件以及我当时仿佛认为一切都已经归于死亡的感觉却也多少有些关系。狄恩·马瑞阿迪的来临让我开始了我的一种新的、可以称之为"在路上"的生活。在那以前我常常梦想着到西部去游历一番，可一直只是一个模模糊糊的计划，始终也没有成行。路上的生活对狄恩可是再合适没有了，因为他实际就是在路上出生的，一九二六年他的父母路过盐湖城，前往洛杉矶的时候，他就在一辆破汽车里诞生了。最初告诉我关于他的一些情况的是查德·金，他给我看了狄恩从新墨西哥一所感化院里寄来的几封信。那些信真使我感到有趣极了，因为在那些信里他是那么热情，又那么天真地要求查德尽自己所知告诉他关于尼采的一些知识以及使他神往的知识界的一切情况。有一个时期，卡洛也跟我谈论过这些信，我们常常念叨着不知将来有没有机会见到这个奇怪的狄恩·马瑞阿迪。我说的这些已都是很久很久以前的事了，那会儿狄恩还完全不像他今天这种样子，那会儿他还是一个神秘的经常出入监狱的年轻孩子。后来,有人传来消息说狄恩已经从感化院出来,准备到纽约来看看;同时还有人谈起,说他跟一个名叫玛丽露的姑娘结了婚。

有一天,我在广场附近闲逛的时候,查德和蒂姆·格雷告诉我,狄恩已经在东哈莱姆区,西班牙语的哈莱姆区里一所下等公寓里住下了。就在先一天晚上,狄恩同着他的漂亮、机智的小姑娘玛丽露,第一次来到了纽约;他们在第五十号大街一下灰狗汽车,转过街角就急急忙忙寻找吃饭的地方,因而一直就走进了海克特尔自助餐馆,而从那以后,狄恩就把海克特尔自助餐馆看成了纽约的巨大象征。他们花费许多钱专门去买那些漂亮的、闪着光的大块糕饼和奶油卷。

这时候,狄恩对玛丽露讲的老是这样一些话:"呐,亲爱的,咱们这会儿已经到了纽约,虽然在咱们穿过密苏里,特别是路过布恩威尔感化院,让我想起我自己坐牢的问题时,我一直都没怎么告诉你我那会儿心里正想着的许许多多的事情,可这会儿却仍然十分必要推延有关咱们爱情问题的所有迟迟未了的事件,马上着手来想一想如何开始一种具体的工作生活计划……"诸如此类,这正是他从前常用的一套语调。

我同那两个年轻人一起到那家下等公寓里去,狄恩穿着短裤到门口来迎接我们。玛丽露一见我们马上从长椅上跳了下来;狄恩早已把管房子的人派到厨房里去,也许是让他去做咖啡,而他自己就开始进行他的爱情活动,因为,虽然他不得不一边骂着街,一边劳苦地工作着来挣一碗饭吃,可他却认为性爱是人生中唯一神圣的重要事件。这情况你从他的神态中也可以看得出来,他总是站在那里摇头晃脑,永远朝下看着,时而点点头,好像一个正接受训练的年轻拳击手,满口不止一千个"是的,是的""你说得对",让你相信他正聚精会神地在听你讲话。我对狄恩的第一个印象是他好像一个年轻的吉恩·奥特里①——长挑身子,小屁股,蓝眼睛,真正俄克拉何马的口音——一位西部冰雪地区的大胡子英雄。事实上在他娶下玛丽露到东部来以前,他一直是在一家畜牧场里工作,那是科罗拉多州埃德·华尔畜牧场。玛丽露是一个漂亮的白白净净的姑娘,满头卷曲的头发简直像一片金色的流苏;她坐在那张长椅的边沿上,把两手放在膝盖中间,蓝茵茵的带着农村气息的眼睛痴痴地向前望着,因为她现在待的地方正是她早在西部的时候就听到说起过的一所纽约的充满罪恶的公寓,这时她似乎在等待随时都可能发生的事情,就像莫迪里阿尼②笔下的一个身材修长、面容憔悴的超现实女子待在一间现实的屋子里。再说,一方面她虽然是一个很可爱的小姑娘,可另一方面她却是异乎寻常地沉静,而且什么可怕的事都干得出来。那天夜晚,我们大家在一起喝啤酒、较手劲儿、闲聊天,一直闹到天亮,到了早晨,当我们大家在那阴沉的灰暗的光线下沉默地围着桌子坐着,从烟灰缸里捞起烟屁股来抽着的时候,狄恩却神情紧张地站起来,来回走着,思索着,最后决定一定得让玛丽露去做早饭和收拾房子。"换句话说,亲爱的,咱们一定得不怕多受点儿累,我的意思是说,要不然的话,咱们的计划就会总也不能决定,咱们就会对自己的计划缺乏真正的知识,无法使计划成形。"接着我也就走了。

到了下一个星期,他对查德·金说,他说什么也得跟他学习

---

①　吉恩·奥特里(Gene Autry,1907—1998),美国演员,有"歌唱的牛仔"之称。

②　莫迪里阿尼(Amedeo Modigliani,1884—1920),意大利画家、雕塑家。

写作;查德告诉他我是一个作家,劝他来找我求教。那时候狄恩已经在一处停车场找到一个工作,而且跟玛丽露在他们的霍博肯的寓所里——天知道他们怎么会又搬到那儿去了——大吵了一架。她气得要死,决心报复,她胡编了一套令人难以想象的荒唐的罪名跑到警察局去报告,结果弄得狄恩不得不从霍博肯溜了出来。所以他现在已经没有地方可住。于是他就直接来到了新泽西州的帕特逊。那会儿我和我姨母正住在那里,因此,有一天晚上在我正看书的时候,门外忽然有人敲门,那就是狄恩,他在那黑暗的大厅里客气万分地又是鞠躬又是行礼,嘴里说:"嗨,你还记得我吗——狄恩·马瑞阿迪?我是来求你教我写作的。"

"玛丽露在哪儿呀?"我问他,狄恩却回答说,她好像是当了几天婊子弄到几块钱①又回到丹佛市去了——"那个臭婊子!"于是我们就一道出去喝啤酒,因为那会儿我姨母正坐在起居室里看报,在她的面前我们是不便随心所欲地谈讲的。她只对狄恩看了一眼,就肯定他是个疯子。

在酒吧间里我对狄恩说:"操你的,伙计,我明白你来找我可不单是为了变成个什么作家,再说对这个我哪儿又知道些什么;唯一的办法就只是,你得像对安非他兴奋剂有瘾的人一样,一个劲儿死拽着不放。"他一听就说:"是啊,当然,我完全明白你的意思,事实上这些问题我也都想到过,可我需要的只是如何实现那种必须依赖叔本华的二分法以实现内在要求的那些因素……"以及类似的一些话。这些话我是完全不懂,而他自己也并不明白。那时候,他的确常常自己也不知道在说些什么;也就是说,他那时原是一个经常出入监牢的年轻

---

① 除特别说明,书中货币皆指美国货币。

小子,可一心一意只想着自己如何可能变成一个真正的知识分子,因此他总喜欢东拉西扯按照他所听到的"真正知识分子"的腔调来讲话,使用他们常用的词句。当然,我们也得明白他在别的许多事情上可也并不是那么天真,比方他和卡洛·玛克司在一起只不过几个月的时间,就对他那一套术语和行话完全变成"内行"了。不管怎样吧,基于对疯狂的另一种理解,我们彼此是非常了解的,我同意在他找着工作以前,可以一直住在我家里,而且我们说好等将来有机会一同到西部去跑跑。这是一九四七年冬天的事。

有一天晚上狄恩在我家吃晚饭——他那会儿已经在纽约的一个停车场找到了工作——在我正噼噼啪啪打着字的时候,他倚在我的肩上说:"得了,伙计,你快些吧,那些姑娘会等得不耐烦的。"

我说:"再等一分钟,我写完这一章马上就跟你走。"那是那本书里最精彩的一章。然后我穿上衣服,我们就一道儿赶到纽约去见那些姑娘。当我们坐着公共汽车,穿过磷光闪闪、阴森可怖的空落落的林肯隧道的时候,我们俩一直紧贴着身子手之舞之、大喊大叫,谈得非常热烈,我是已经像狄恩一样慢慢染上那股疯癫气了。实在说,他不过是一个对生活感到无限兴趣的青年,虽然他是一个骗子,但他所以行骗,也只不过是因为他一心要活下去,急于想和一些原来对他全不理会的人生活在一起。他那会儿正在骗我,这个我很明白(骗到吃住的地方以及"如何写作"等等),而且他也知道我很明白(这曾经是我们之间的友谊关系的基础),可我并不在乎,我们在一起过得非常好——无忧无虑,不愁吃不愁喝;我们像两个正遇上伤心事的新朋友,彼此谁也怕触犯了谁。我开始从他学到许多东西,也许正和他从我学到的差不多。一谈到我的工作的时候,他总说:"干下去吧,你不论干什么事都了不得。"他站在我的肩后看我写小说,总满嘴嚷嚷着:"好!正是这样儿!真了不得!伙计!"或者"太差劲儿!"然后又拿手巾擦擦自己的脸,"可是伙计,咱们要做的事情太多了,要写的东西也太多了!咱们怎么能够动手把它们全写下来,而不受到一定限度的限制,不受到文学艺术上的戒律和文法恐惧的阻挠……"

"你说得对,伙计,你这话可算说对了。"同时由于他一时非常激动并且满怀希望,我马上看到一种神圣的光彩在他脸上闪过,加上他自己一谈到他的未来就是那么叽叽喳喳没完没了,全车的人马上都转过头来望着这个"举止失常的狂人"。在西部的时候,他把自己的时间三分之一花在赌场里,三分之一花在监牢里,三分之一花在公共图书馆里。有人常看到他,光着头,抱着大堆的书,走过严寒的街道,急匆匆地赶向赌场,或者爬上一棵大树钻进某一个朋友的阁棚,整天躲在里面读书,或者说是借以逃避法网。

我们一同到了纽约——我忘了当时是什么情况,也许是去见两个黑人姑娘——反正什么姑娘也没见着;她们本来说要陪他一道儿吃晚饭的,可结果根本没有露面。接着,我们跑到他的停车场去,他那会儿有些事情要办——在一面破损的镜子后面换好衣服,又转到镜子前面对着它打扮一番,然后我们就又出来了。就在那天晚上,狄恩遇上了卡洛·玛克司。狄恩和卡洛·玛克司的相遇可真是一件了不得的事。他们两人具有同样锐敏的头脑,彼此真是一见倾心。一对光芒四射的眼睛透入了另一对光芒四射的眼睛——一个是胸襟开阔的神圣的骗子,一个是心情阴暗的、带着诗意的悲愁的骗子,那就是卡洛·玛克司。从那时以后我就很少再见到狄恩,而我多少也感到有些难过。他们两人都有无比的活力,相形之下,我简直像个废物,我没有办法跟他们并驾齐驱。那不久即将席卷一切的疯狂的旋风就是从这时开始的;这个旋风将把我所有的朋友以及我家仅有的一些人全部搅和在一起,使他们变成美国之夜上空的一团巨大的尘雾。卡洛和他谈到了老铁牛李①、埃尔默·哈塞尔和简:李在得克萨斯种植毒品,哈塞尔跑上了里克尔岛,简因为服用安非他兴奋剂而产生幻觉,疯狂地在时代广场一带游荡,手里抱着自己的小女儿,最后走进了丽人街。狄恩也向卡洛谈到一些一般人不大知道的西部人物,比方像汤米·斯纳克,那位平脚板儿的出入赌场的轮盘赌光棍、纸牌能手和奇异的圣者。他还和他谈到罗伊·约翰逊、大块头儿埃德·邓克尔,谈到他的那些儿时的朋友、街道上的伙伴,谈到他的无数的女人、他所参加的各种性爱集会,谈到他的春宫图片,他的男英雄、女英雄以及许多冒险活动。他们一起在大街上四处乱窜,按照他们早年的方式,对任何事物都要摸摸底。这情况虽然由于后来一眼就可以看透一切的空虚无聊而显得颇为可悲,可那时候,他们却像一对无忧公子欢欣鼓舞地走过大街,让我跌跌撞撞地追随在他们的身后。我一生一直也就是这样追随着那些使我感兴趣的人们,因为我唯一喜爱的正是那些发疯的人,是那些疯狂地渴望生活、疯狂地热爱谈讲、疯狂地希望得救、在同一个时候希望把一切全都得

① 即威廉·巴勒斯(William Burroughs,1914—1997),"垮掉的一代"中著名作家之一,著有《嗜毒者》一书,宣扬毒品对人生的"意义",另有代表作《裸体午餐》。

到的人,是那些从来不打一个哈欠、不讲一句废话,而只是像神话中的黄色的、古老的蜡烛不停地燃烧、燃烧、燃烧,像在无数星星之间结网的蜘蛛一样到处探索的人们。和这些人在一起,你会看到如果有一天那蓝色的顶灯忽然爆炸了,每个人也不过只会大叫一声"啊——!"在歌德的德国,他们管这种年轻人叫什么来着?狄恩,你们大家都知道的,一心一意想学着能跟卡洛一样进行写作,他一直用一种只有一个骗子才会有的热爱的心情在跟他结交。"呐,卡洛,你听我说说——我要说的是这个……"我有差不多两个星期一直没见到他们,而在那一段时间里,他们两人的关系已变得像魔鬼一样亲密,整天整夜在一起谈讲不休。

接着,旅行的最好季节——春天来到了,这一帮四处分居的人们全都准备到这里或那里去旅行一番。我那时正忙着写我的小说,在我已经写完一半,而且同我姨母到南部去对我的一个弟兄罗可做了一次拜访之后,我也准备第一次到西部去走走。

那时狄恩已经走了。卡洛和我还到第三十四号大街的灰狗汽车站给他送行。在车站的楼上有一个地方可以花二毛五分钱照一张相。卡洛取掉了眼镜,那样子简直像个罪犯。狄恩偷偷摸摸地四处乱望,只照出了一张侧影。我倒是照了一张规规矩矩的正面像,可照得颇像一个三十岁的意大利人,能把随便哪个骂他妈妈的人给宰了。这张照片被卡洛和狄恩拿一个刀片从中间一破两半,各人拿一半塞在自己的皮包里了。为了这次回到丹佛市去的伟大的旅行,狄恩穿上了一身真正西部生意人的服装;他已经结束了对纽约城的第一次观光。我说观光,可他实际只不过是像一只狗似的在停车场上干了一阵活儿罢啦。他真是世界上最荒唐的车场助理员，他可以用每小时四十英里的速度把车倒进一块非常狭窄的地方，贴墙刹住，然后跳出车来，迅速地在许多车辆的踏板之间跑过去，跳进另一辆车子，在极小的一块空地上，以五十英里的时速把它掉过头来，迅速地倒进拥挤的车行，咔嚓，在非常危急的情况下把车刹住，以至于在他跳出车来以后，你看到那车子还在那里跳动；然后他像一个表演田径赛的选手一直向票棚冲去，交过去一张存车票，紧接着在一辆新到的车子的主人还没完全走出来之前，他马上就钻了进去，简直真是在车主人跨出的同时从他腿空里钻进去的，他马上就让车门扑扇着开动车子，冲向另一块可以利用的空地，急转弯、倒进去、急刹车、跳出来、快步跑；就这样一时不停地每晚工作八小时，包括黄昏时候以及戏院散戏时最匆忙的时刻。而他身上穿的始终是一条满是油腻和酒渍的长裤，一件磨光的毛皮里的夹克和一双破旧的张着大嘴的皮鞋。现在他特别买了一身新衣服好穿着回去；蓝底的衣料上印着灰色的条纹，坎肩等等一应俱全——这是他花十一块钱在第三大道买来的；此外他还带着怀表和一根长表链，还有一架手提打字机，因为他准备在丹佛市一找到职业，就要在一所租来的住房里写作。我们在第七大道里克尔酒馆吃了一餐以香肠和豆饼为主的饯别饭，然后狄恩就跨上了开往芝加哥的公共汽车，向暗夜中驶去。我们的这位好汉就这样离开了。我在心里对自己说，等明年真正到大地回春的时候我也一定要沿着他走的路走去。

　　我的整个路上生活的经历也的确就从这里开始了，往后发生的一切是那么出人意想，真使我感到不能不在这里谈一谈。

实在说，我所以急于想对狄恩有更进一步的了解，决不仅仅因为我是一个作者，需要得到新的经验，也不是因为在我那小天地中的那种泡蘑菇的生活我已经受够了，实在感到腻味了，而是因为，不知怎么着，尽管在性格方面我们俩极不相同，他却总让我感到他是我的一个什么失散多年的弟兄；一看到他那生着长长的连腮胡子、为痛苦所折磨的瘦脸和他那强劲的随时流着汗的脖子，我总马上记起了我在帕特逊和帕塞克河附近那些染塘、水池和河边度过的童年。他的脏污的工作服是那么合身，仿佛你绝不可能从一家成衣铺里买到这种衣服，而只能是，像狄恩似的，以自己所经受的无边痛苦，向充满自然欢乐的自然衣匠那里换来这一身服装。在他那激动的谈话声中，我仿佛又一次听到了旧日和我一起在大桥下面、在摩托车的四周、在架满晾衣绳的邻近的空地上、在午后的宁静的台阶上游玩的伙伴们的声音，那时候年纪小的孩子们弹着吉他，而他们的大哥哥们却都到工厂上工去了。在这时和我来往的别的一些朋友全都是"知识分子"——尼采主义的人类学者查德，声音低沉、语调无比严肃、半疯不癫的超现实主义的卡洛·玛克司，一天叨叨着反对一切的老铁牛李——要不就是一些藏头露尾的犯罪分子，像常把屁股一撅表示轻蔑的埃尔默·哈塞尔，和趴在铺着东方褥垫的长躺椅上、对《纽约客》嗤之以鼻的简·李。可是狄恩的每一点滴的智慧都是那么严肃、完整、充满了光彩，绝没有那种令人作呕的知识分子气息。而且他的"犯罪行径"绝不使人感到厌烦或可鄙；这只是对美国欢乐的一种疯狂的赞许；这是西部气味的东西，是西方的风，是从那边的草原上吹来的颂歌，是一种早就有人预言过但迟迟没有来到的新的精神(他偷车子只是为了做欢乐的狂驰)。再说,所有我的纽约朋友们全都站在一种消极的、如在噩梦中的地位鄙视整个社会,并为此提出他们的,或者书呆子气的、或者政治上的、或者心理分析上的理由,但是狄恩却是在社会之中极力奔走,渴望得到面包和爱情;此外他什么都不在乎,"只要我能得到那个小丫头和她夹在两腿中间的那个小玩意儿,伙计。"以及"只要咱们能有东西吃,孩子,你听见没有? 我饿,我快饿死了,让咱们现在就吃!"——于是咱们马上就跑出去吃,我们吃的东西,正像圣书上说的:"这是你在太阳之下应得的一份口粮。"

狄恩可真是太阳在西部的一位戚友。尽管我姨母警告我说,他准会给我招惹许多麻烦,可我仍然听到一种新的召唤,看到了一个新的天地,而且在我那年岁,我真不禁为之神往;一点小小的麻烦或甚至狄恩,真像后来那样,终于不再把我看成是他的朋友,把我抛弃在饥饿的人行道边和病床上——那又有什么关系? 我是一个年轻的作者,我要飞翔。

我知道在那条路线上的某些地方有姑娘,有美妙的梦,有一切;在那条路线上的某个地方我一定能探得最大的宝珠。

2

一九四七年的七月,已经从过去的退伍军人补助金里积攒下大约五十块钱,我决定到西海岸去跑一趟。我的朋友雷米·邦克尔从旧金山写来一封信,他告诉我说,我可以到那边去同他一道儿坐上一条环行世界的船只出航。他发誓说,他一定能设法把我安插在船上的机器间里。我回信说,只要能够在太平洋上多跑几趟,回来时能弄到一笔钱足够维持我的生活,让我在姨母家写完我的书,那不论有一条什么破旧的老货船,我也就很满意了。他说他在米尔城有一幢小房子,到那里以后我们一方面办理繁杂的上船的手续,一方面我就可以利用一切时间进行写作。他那时是和一个名叫李·安的姑娘住在一起;他说她是一个了不得的做菜的能手,一切都会无比美妙。雷米是我以前上预科班时认识的一个老朋友,他是个法国人,在巴黎长大。这家伙真是个疯子——我不知道现在他疯到什么程度。他希望我能在十天之内赶到。我姨母对我去西部旅行十分赞同,她说这对我有好处。那个冬天我工作得很努力,并且一直待在家里;甚至当我告诉她一路上可能要搭便车的时候,她也没有埋怨什么。她唯一的希望就是我还能完完整整地回来。因此在一天早晨,我把我的半完成的巨著的手稿堆在书桌上,把我的家用的舒适的床褥折叠起来,背上一个装着一些必需用品的帆布袋,衣兜儿里装着那五十块钱,我就离开了家,直向太平洋岸边走去。

在帕特逊的几个月里,我不但把美国地图熟记于心,而且还浏览了不少书籍,其中有的是介绍西部拓荒者,有的是关于一些有趣的名字,诸如普拉特①、西马罗②等等。我在交通图上看到六号公路,它从科德角经内华达的艾里,然后向南到洛杉矶。我只需沿着六号公路走就可以到达艾里,我这样想着便自信地上了路。为了上六号公路,我需要先上熊山③。一路上我盘算着到芝加哥、丹佛最后到旧金山都做些什么,我从

① 普拉特(Platte),美国内布拉斯加州主要河流,注入密苏里河。
② 西马罗(Cimarron),美国河流,流经堪萨斯州西南部注入阿肯色河。
③ 熊山(Bear Mountain),美国山名,位于纽约州东南部。

第七大道的地铁一直坐到第二百四十二大道的终点站，然后在那儿转乘电车去扬克斯；在市中心我又转乘开往郊区的电车到了城外的哈得逊河东岸。假如你把一朵玫瑰花从哈得逊河神秘的源头阿迪伦达克投入水中，那么你可以想象它顺流而下，漂过的那许多地方，最后奔向大海的怀抱——哦，再想想哈得逊河谷吧，那诱人的景象让我浮想联翩。分散地搭了五段车之后我来到了熊山大桥，我就是想从这里启程，桥那边就是从新英格兰来的六号公路。可我刚过桥就下起了大雨。这里是山区。六号公路跨过桥之后在一个交道口转了一个弯，便消失在茫茫原野之中。眼下不但没有车辆，在倾盆大雨中，我甚至连个躲雨的地方也找不到。我只得跑到几棵松树下避雨；但这根本无济于事；我开始大吼起来，拍着自己的脑袋咒骂自己竟如此愚蠢。我现在到了纽约以北四十英里的地方；令我沮丧到极点的是，作为这次伟大旅行的开端，我向往已久的西去旅行的第一天，我所做的一切却是向北走了四十英里。现在我被困在了这倒霉的最北端。我又跑了四分之一英里，来到了一个废弃的很别致的英式加油站。我站在还淌着雨水的屋檐下，抬眼望去，毛茸茸的熊山上轰鸣雷声向我袭来，带给我对上天的恐惧。我能看见的只有一些朦胧的树影和阴沉无边的荒野。"我他妈的到这儿来找死吗？"我诅咒着自己，哭喊着芝加哥。"现在他们正快活呢，一定的，而我却不在，我什么时候才能到那里呢！"我心里正暗暗盘算着，一辆小汽车开进了这个空空荡荡的加油站停了下来；车上有一男两女，他们停下来是为查看一下地图。我立刻走了上去，在雨中向他们示意；他们互相商量着该如何是好；是啊，我的头发滴着水，鞋子也湿透了，看上去一定像个精神病人。我那双傻透了的鞋子是墨西哥式的革条平底凉鞋,很不适合在粗糙的路面上,尤其是在美国这样的雨夜里行走。但他们最终还是同意让我搭车,把我带回北部的纽堡,我当然觉得和滞留在阴森恐怖的熊山的黑暗中过夜比起来,这是个较好的选择。"另外,"那位男子说,"六号公路是不会有车的。你要想去芝加哥,最好先从纽约的荷兰隧道去匹兹堡。"我明白,他说的才是正道。而我的不过是空想:拒绝尝试其他途径和道路,仅凭地图上标出的一条看似美妙的横穿美国的红线就盲目行动,实在是幼稚可笑。

　　到达纽堡时雨终于停了。我来到河边,坐上一辆在熊山度过周末后返城的教师代表团的汽车回到纽约——他们在车上七嘴八舌地说个没完,而我在不断地严厉自责,咒骂自己浪费了这么多时间和金钱。我本来意在西去,却北上南下地胡乱折腾了一天一夜,到头来又回到了原地。我发誓明天一定要去芝加哥,不容有失,乘汽车去,只要明天能到,无论花多少钱我都不在乎。

3

　　我乘坐的是一辆普通的汽车,车厢里婴儿哭闹,阳光炙热,每站都有一些宾夕法尼亚的乡下人上下车。车子慢吞吞地挪着,直到俄亥俄平原才算真正开起来,过了阿什塔比拉后,在夜间径直穿过印第安纳州,第二天清晨就到了芝加哥。我在岔路口找到个旅馆歇了下来,口袋里的钱已所剩无几。好好地睡了一天之后,我便开始探寻芝加哥。

迎着密歇根湖上吹来的晨风，听着喋喋不休的爵士乐，从南霍尔斯特德漫步到北克拉克，并且在凌晨时分独自走进密林，我甚至引起了警察的注意，一辆对我充满狐疑的警车一直跟在我的后面。这是爵士乐风靡美国的一九四七年，在芝加哥闹市区演奏的那帮家伙演奏时，气氛已不那么热烈，因为当时的爵士乐正处于由查理·帕克①的《鸟类学》②时期向由迈尔斯·戴维斯③开创的另一个时期的过渡。当我在芝加哥的夜色中欣赏着这些附在我们身上的爵士乐时，我想起了我全国各地的朋友们，他们都生活在同一个大家园里，并且都是这般地快节奏和抓狂。接下来的下午，我生平第一次来到了西部。那天天气十分宜人，正适合搭便车。摆脱了芝加哥难以想象的繁忙交通之后，我乘坐一辆公交车来到伊利诺伊州的乔利埃特，经过乔利埃特围栏，我沿着浓荫密布的弯曲街道漫步到城外停下来，开始筹划下一步的旅行。从纽约到乔利埃特的汽车旅程已耗去了我大半的盘缠。

我先是搭上了一辆挂着红色小旗运送危险品的卡车，它把我载了三十英里，来到充满绿色的伊利诺伊州，司机向我指出我们正处在六号公路与六十六号公路交会点上，两条路都一直向西延伸，消失在远方。大约下午三点钟，我在路边吃了一个苹果派和一杯冰淇淋，这时一位妇女开着一辆双座小轿车在我面前减速停了下来。我连忙赶过去，心里猛地一阵狂

① 查理·帕克（Charlie Parker，1920—1955），美国爵士乐萨克斯风演奏家、作曲家。

② 即 Ornithology，查理·帕克演奏的名曲。

③ 迈尔斯·戴维斯（Miles Davis，1926—1991），美国二十世纪杰出的革新音乐家、小号手、乐队指挥、作曲家。

喜。但开车的是一位中年妇女,看上去她的儿子应该和我年龄相仿,她要去艾奥瓦,希望有人帮她开车。我欣然同意。艾奥瓦!那儿离丹佛就不远了,到了丹佛,我就可以好好休息一下了。前几个小时车子由她开,到了一个不知什么地方,她还坚持要下来参观一个老教堂,好像我们是一起来旅游观光的,后来我接过了方向盘,虽然开车我不十分在行,但还是很顺利地开出了伊利诺伊,经过罗克艾兰来到达文波特。我生平第一次看到了向往已久的密西西比河,在炎热的夏季,河水几乎干涸,河面散发着难闻的气味,就像被它冲刷的美国这个大躯体一样。罗克艾兰铁路线,小房舍,镇上的住宅区,以及桥对面的达文波特城,在中西部温暖的阳光下都散发着锯末的气味。这位女士在艾奥瓦的家要绕过另一条路,我只好下车。

太阳就要落山了。几杯冷啤酒下肚以后,我漫步来到城边,走了很远。下班的人们都忙着驱车回家,头戴铁路工人帽或棒球帽等各种帽子,和其他地方的其他下班市民一样。我搭上其中一位工人的车来到山上,然后独自一人来到一片草原旁边的交叉路口。这儿的景色真是太美了,只有几辆农用车叮咚摇曳着从眼前经过,车上的人十分疑惑地打量着我,成群的奶牛也踏上归途。这儿看不见大卡车。只偶尔有小汽车疾驶而过。一个小伙子开着一辆改装车驶过,脖子上的围巾在风中飞舞。太阳终于落山了,我站在那里被越来越浓的夜色包围着,心里产生了一丝恐惧。艾奥瓦州的郊外几乎一点灯光也看不到;我刹那间就要被这一片黑暗吞噬了。还好这时有个人开车经这里去往达文波特,又把我带回到了原来出发的地方。

坐在汽车站里,我心里想着刚才发生的一切。我又吃了

18

一个苹果派和一杯冰淇淋；这几乎是我横跨美国一路上吃的所有东西，当然我知道它们既有营养，味道又不错。我决定赌一把，就乘车来到达文波特市中心。我在车站咖啡馆里看到一位女招待，就停下来足足看了她半个小时，然后又乘车来到市郊。不远处有一个加油站，加油站里来往的大卡车吼叫着震动着地面。不过两分钟就有一辆卡车笨拙地在我面前停了下来，我赶紧跳了上去，高兴得简直要发狂，再看这位司机——身材结实魁梧，眼睛突出，说起话来粗声粗气。他用不经意的拍拍打打的动作娴熟地开车上了路，几乎毫不注意我。这样也好，我可以趁机好好休息一下身心。搭别人车的一个最大的麻烦，就是你总得不断地向他们说明自己，好让他们觉得没带错人，还有的时候几乎要一直逗他们开心，这对那些长途搭车旅行又不想去旅馆休息的人来说是最难受的。可是这家伙却只管在汽车的轰鸣中不时地吼一两嗓子，我也只需吼着回答一声，我们就相安无事了。他一路卷着风尘开车逼近了艾奥瓦城，这才开始高声给我讲他在那些限速不合理的城市是如何超速驾驶而逍遥法外的有趣故事，并一遍又一遍地重复："那些他妈的警察拿我一点办法也没有！"我们刚进艾奥瓦城，后面正好驶来一辆卡车；因为他的车子要去别的地方，所以他放慢车速并打开双闪尾灯向那辆车示意，我跳了下去，取出行李，那辆车的司机明白我要换车的意思，也便停了下来，一眨眼工夫，我已经坐在另一辆高大的卡车上了。它可以一整夜开几百英里，我简直开心极了！这位司机也和那位一样疯狂地吼叫，而我只管靠在座位上舒服地休息便是了。远处，丹佛已经隐隐约约地呈现在我的眼前，仿佛是希望中的乐土，幽静的星空下，辽阔的艾奥瓦大草原和内布拉斯加平原展现在我面前,极目远眺,可以看到旧金山像一颗明珠镶嵌在黑色的夜幕上。这位司机边开车边给我讲了几个小时的故事,然后我们在艾奥瓦州的一个小镇上停了下来。几年之后我和狄恩因为被怀疑盗窃一辆凯迪拉克还被困在这里。司机就在座位上睡了几小时,我也睡了一会儿,还在小镇上沿着一面人迹罕至的砖墙走了走,它只被一盏光线微弱的灯光照着。每条小路都伸向茫茫的草原,玉米的气味弥漫在空气里像夜的露珠。

　　黎明时分,他醒了过来。我们又带着大动静出发了,一个小时后,得梅因城已朦朦胧胧地出现在一片绿色的玉米地前面了。他要吃早饭,而且想休息一下,于是我就下了车径直朝得梅因市区走去,大约走了四英里的距离,我又搭上了两个艾奥瓦大学男学生开的一辆车;坐在这辆崭新舒适的小轿车里,听着他们谈论自己的考试,我的感觉十分新奇。汽车平稳地到了市区。现在我只想美美地睡上一整天,就去岔路口的旅馆找房间,可是那儿全住满了;我本能地沿街向铁路走去——得梅因的铁路很多——总算在一个火车头维修站旁边的一个平原小旅馆里找到一个昏暗、陈旧的房间,在那整洁而坚硬的床上我睡了整整一天,床上铺着白色的床单,枕边的墙上刻写着各种脏话,破旧的黄色遮阳窗帘外是烟雾缭绕的铁路货场。我醒来的时候,太阳已经在渐渐地变红了;这是我一生中一个十分独特的时刻,也是最怪异的时刻,我甚至不知道自己是谁——我远远地离开了家,被旅行折磨得筋疲力尽,心绪诡异,我住在这样一间简陋陌生的房间里,听着窗外阵阵火车喷汽的声音、房屋陈旧的木地板吱吱嘎嘎的声音、楼上房客的脚步声,以及其他种种恼人的声音。我的确有十五秒钟盯着吱吱作响的天花板茫然若失。但我并不恐慌；我只是变成了另一个人，一个陌生人，我的人生变得诡异，我成了一个鬼魂。横穿美国的行程刚刚过半，现在我正站在代表我年轻生命的东部与代表我未来生命的西部的分界点上，也许这就是这一切发生在这个奇怪的红色下午的原因吧。

但我必须停止感慨，继续上路。我拿上行李，和坐在痰盂边的店主打了声招呼，便走出去吃东西。我吃了苹果派和冰淇淋——这些在到艾奥瓦之后变得比以前好了，苹果派更大，冰淇淋中的奶油也更多了。那天下午我在得梅因的所到之处到处都能看到三五成群的美丽姑娘——她们是从高中放学回家的——但是我现在没有时间多想，我对自己许诺着等到了丹佛以后再好好享受。卡洛·玛克司已经在丹佛；狄恩也在那儿；查德·金和蒂姆·格雷也都在，那里是他们的家乡；玛丽露也在丹佛；那儿有一大帮伙计，包括雷·罗林斯和他美丽的金发妹妹芭比·罗林斯；还有狄恩认识的两个女招待，贝登可特姐妹俩；甚至我大学时的笔友罗兰·梅杰也在丹佛。带着激动和兴奋的心情，我期盼着见到他们每一个人。我不再理会经过我身边的这些美丽的姑娘，这些生活在得梅因城的世界上最美的姑娘。

一辆堆满了工具的小卡车旁边站着一个男人，身边还有一个带轮子的工具箱，看上去像个时髦的牛奶工，他开车把我带上了长长的山坡，然后我立刻又搭上了一辆农民的车，他儿子要去艾奥瓦的阿达尔。在阿达尔一个加油站边的大榆树下，我与另一个想搭车的人混熟了，他是个典型的纽约人，祖籍爱尔兰，多年来他的工作就是为邮局开车，现在他要去丹佛见一位姑娘，并在那儿开始新的生活。我想这家伙一定是由于什么原因从纽约逃出来的，很可能与法律有关。这是一个典型的红鼻子酒鬼，三十岁左右，平常我是最讨厌这种人的，除非我急需找一个不管什么人做伴。他穿着肮脏的汗衫，宽松的长裤，甚至连个旅行包也没有——只带了一支牙刷和几条手帕。他说我们应该结伴找车。我本来不想同意，因为他的形象完全不像上路的人。但既然我们已经结伴，还是一起搭上了一个沉默寡言的人开的车，到了艾奥瓦州的斯德特，在那里我们真的陷入了困境。我们站在斯德特火车站的票房前，等待西去的车辆，一直到太阳落山，足足等了五个小时，其间为了打发时间，我们先是彼此介绍自己，然后讲一些下流的故事，接着就踢路上的石子，让它们发出各种不同的响声。我们都感到无聊透了。我准备花一元钱去喝啤酒；我们来到斯德特的一个老酒店，喝了几杯以后，他就像在自家附近的纽约第九大道上一样变得烂醉，兴高采烈在我耳边大声讲着他的那些肮脏的人生梦想。我倒有些喜欢上他了；并不是因为他是个好人，就像后来他所证明的那样，而是因为他对待事物有一种热情。我们在黑暗中又回到公路旁，当然不会有什么车子停下，也没有什么人经过了，就这样一直等到凌晨三点。其间我们也在路边票房的长凳上睡一会儿，但是那里的电报机嘀嘀嗒嗒地响了一晚上，根本无法入睡，外面运货的汽车声也震耳欲聋。我们不懂得连续免费搭车的诀窍；以前都没有经历过；也看不出哪辆车是要往哪个方向去的，不知道哪辆厢式货车、平板车或除冰后的冷藏车是可以搭乘的。黎明时分，一辆开往奥马哈的公共汽车从这儿经过，我们跳了上去，加入了那些昏昏欲睡的旅客行列——我为我们两个人付了车票钱。他的名字叫埃迪，他让我想起了我在布朗克斯区的表兄，这就让我和他亲近了，视他为同行的老朋友，一路上和这样一个爱说爱笑的乐天派做伴。

清晨，我们来到了康瑟尔·布拉夫斯①；我看了看窗外。整个一个冬天我都在阅读有关大卡车协会的介绍，他们在这里集会，并一路开到俄勒冈和圣塔菲路②，但是此时窗外只有星星点点散布着的样式各异的乡间农舍，在灰蒙蒙的晨光中显得很别致。奥马哈到了。天啊，我在一家批发肉的店铺阴暗的墙边看到了第一个西部牛仔，他戴着高顶宽边的牛仔帽，脚蹬一双得克萨斯皮靴，除了穿着之外，和东部的那些砖墙黎明③的颓废派青年没有什么区别。下了汽车以后我们徒步走上一座美丽的小山丘，这长条形的山丘是密苏里河数千年冲刷形成的，奥马哈城就沿着山脚向原野延伸。看着这秀美的景色我们都赞叹不已。我们搭乘一位同样戴着高顶宽边牛仔帽的阔气农场主的车走了一小段路，他告诉我们说，附近的普拉特峡谷可以和埃及的尼罗河谷相媲美。顺着他的指点，我望见远处高大的绿树沿着河畔蜿蜒，周围是青葱翠绿的茸茸草地，觉得他说的没错。接着我们来到了另一个岔路口，天色开始阴沉，另一个牛仔叫住了我们。他有六英尺高，头戴一顶较小的帽子。他问我们谁会开车。埃迪当然会开，他有驾驶证，我没有。这个牛仔有两部车子，想开回蒙大拿。而他的妻子在格兰德艾兰，他希望我们能帮助他开一辆车到那里，然后将车交给他妻子继续开回去。现在问题是，他要往北去，这和

---

① 康瑟尔·布拉夫斯（Council Bluffs），美国艾奥瓦州西南部城市。
② 圣塔菲路（Santa Fe trails），美国西部的重要公路，起于密苏里，止于圣塔菲。
③ 砖墙黎明（brickwall dawns），美国二十世纪六十年代流行音乐。

我们的计划有些冲突。但一想我们正好可以开上有趣的一百英里去内布拉斯加，我们就欣然跳了上去。埃迪单独开一辆车，我坐那位牛仔开的另一辆车跟在后面。刚刚开出市区，埃迪突然发起飙来，把车速一下提到了每小时九十英里。"这个该死的家伙，他要干什么！"牛仔大叫着在后面猛追，就好像是在进行一场汽车比赛。有一刻我甚至认为埃迪是想把这车开跑，因为这是我当时唯一的想法。但是牛仔紧追不放，在后面猛按喇叭，埃迪终于慢了下来。牛仔按喇叭示意他停车。"该死的，你他妈的开得这么快是想坐牢吗？你不能开慢些吗？"

"是的，是的，我该死，我真开到九十英里了吗？"埃迪说，"在这么平坦的路面上我确实感觉不到有这么快。"

"你最好开得慢些，轻松一些，完完整整地到达格兰德艾兰。"

"当然。"我们又重新上路了。埃迪这会儿不那么兴奋了，而且似乎昏昏欲睡。我们就这样开了一百英里，穿过了内布拉斯加，又越过普拉特山的盘山道，旁边是绿草如茵的原野。

"大萧条时期，"牛仔对我说，"我常常搭顺路的货车，至少每天一次，那些日子里成千上万的人开着大平板车或厢式货车从这里经过。他们并不都是些流浪汉，大多数是各行各业的失业工人，从一个地方到另一个地方去工作，当然也有一些人纯粹是流浪汉。当时整个西部几乎都是这样。制动器检修工从来不会找你麻烦，我不知道现在怎么样。当时内布拉斯加什么也没有，在三十年代，整个城市看上去就像个垃圾堆。你简直无法呼吸，地面都是黑的。当时我正好住在那里。

我觉得他们真应该把内布拉斯加还给印第安人,我恨这个该死的城市超过世界上任何地方。蒙大拿是我的故乡,现在我住在米苏拉。你们可以去看看,那儿简直就像天堂。"到了下午,他说话说得太疲倦便不再开口了,我趁机睡了一觉——他真能说。

我们的车停在路边找东西吃。牛仔去补备胎,我和埃迪到一个家常饭店吃了一顿。这时我听到一声大笑,简直是世界上最豪放的笑声,接着走来一位披着生牛皮的地道的内布拉斯加农夫,他的身后还跟着几个小伙子;你能听到他粗犷的大叫在整个大平原昏暗的天空下回响。其他人也都跟着他一起笑着。他是那样与世无争,对人似乎又十分豪爽。我暗暗对自己说,听听这人的笑声,这就是西部风格,我就在西部。他大模大样地走近饭桌,还对着女店主大叫。她做的樱桃派是内布拉斯加最美味的,此外我还吃了满满一大勺冰淇淋。"老板娘,快给我弄些吃的来,要不然我可要把自己给生吞了,还要吃他几个愚蠢的傻瓜。"他哈哈大笑着猛地一屁股坐在一张长凳上,"再来点豆子!"这个家伙正好坐在了我旁边,这也是西部人的风格。我真希望了解他那狂放不羁的生活,希望知道这些年来他除了大嚷大叫和狂笑之外还干了些什么。唉,不巧得很,我正想着,牛仔已经补好车胎回来了,我们只得离开,继续向格兰德艾兰进发。

我们如期到达格兰德艾兰。他找妻子去了,不知等待他的将是怎样的命运。我和埃迪继续往前走。两个不到二十岁的乡村牛仔开着一辆改装的老爷车带了我们一段路,来到一个不知道是什么的地方,在蒙蒙细雨中我们下了车。接着一位老人又把我们捎上了。他什么话也不说——天知道他为什么要捎上我们——把我们带到了希尔顿。埃迪孤独凄凉地站在路边，旁边是一群蹲在地上无所事事的奥马哈的印第安小矮胖墩。马路对面是铁路线，还有一个供水槽上写着"希尔顿"。"上帝啊，"埃迪激动地叫了起来，"我以前来过这儿，那是很多年前的战争时期。是在一天夜里，一个深夜，大伙儿都睡着了。我到站台上抽烟，那时我们正在旅途中，每个人都脏得像黑炭一般，我突然在水槽上发现了'希尔顿'几个字。火车是开往太平洋方向的，伙计们正鼾声震天，每一个笨蛋。火车只停了几分钟，是加补给什么的，然后就开走了。真见鬼，又是希尔顿！我永远都痛恨这个地方！"然而我们就滞留在了希尔顿，就像在艾奥瓦的达文波特一样。路上基本上全是农用汽车，偶尔有一辆旅游车经过。但糟糕的是，车上都是一个老头带着他太太，老头只顾开车，他们的太太不是在对远方的景色指指点点，就是在看地图，对见到的一切都带着一种猜疑的眼光。

雨又下大了些，埃迪着凉了；他衣服穿得很少。我从帆布包里取出一件羊毛格子衬衣给他穿上，他立刻感到好些了。我也着凉了，就去一家印第安人开的杂货铺买了些感冒药。然后又去小邮局花了一便士给我姨母发了张明信片。我们又回到了阴沉沉的公路。又见希尔顿，那个写在水槽上的希尔顿，出现在我们面前。一辆开往罗克艾兰的火车呼啸而过，卧铺式列车上旅客的面容依稀可见。火车吼叫着穿行在大平原上，朝着我们向往已久的地方开去。雨下得更大了。

一个戴着一顶大帽子的瘦高男子把车违停在马路左边，然后向我们走来；他看上去像个什么官长。我们偷偷地编好了故事。"你们两个小伙子是要去哪儿，还是在随便走走？"

我们不明白他问的是什么,不过真他妈的是个不错的问题。

"怎么了?"我们说道。

"哦,我在离这儿几英里之外有一个游乐场,想找几个大一点的小伙子去干点活,给自己挣几个钱。我还有一个轮盘赌场,一个投环游戏场,你们懂的,就是投币碰碰运气。如果你们愿意给我干活,你们可以得到我赢利的百分之三十。"

"吃住怎么解决?"

"你们可以住在那儿,但要去镇上吃饭,当然有时可以派车送。"我们考虑了一下。"这是个不错的机会。"他说,并站在那儿耐心地等着我们答复。我们感到很茫然,不知道该说什么,我本人是不想被困在这个什么游乐场的。我现在最迫切的需求是到丹佛去见我那帮伙计。

我回答说:"我不知道。我们要尽快赶路,没有时间。"埃迪也这么回答了他。这个老家伙向我们挥了挥手,漫不经心地一摇一摆回到他的车里,一溜烟把车开走了。这件事就这么过去了。我们谈论着如果去了会发生什么,说笑了一阵。可以想见:一个漆黑的夜晚,在草地上闪现着许多内布拉斯加人的身影,大人们带着可爱的孩子,他们看什么都很好奇,而我自己一定会像个倒霉鬼似的用那些游乐场的廉价花招骗他们钱。转盘在黑暗的原野上转动着。呵,万能的上帝。听着旋转木马悲哀的音乐,我在等待着自己中奖——躺在一个金碧辉煌的小车厢里,睡在铺着麻袋片的床上。

埃迪这旅友变得有些心不在焉了。这时候一个很奇特的新奇玩意儿开了过来,驾驶员是个老人。这玩意儿是用一种铝合金制成的,形状像只盒子,无疑是一种拖车,但它是那种古怪的、自制的内布拉斯加式诡异拖车。那老人开得很慢,然后停在我们面前。我们赶紧走上前去。他说只能带一个人，埃迪二话没说就跳了上去，渐渐地从我的视线中消失了。他身上还穿着我那件羊毛格子衬衣。噢！我唯一能做的就只剩下给我那件可爱的衣服送去一个飞吻，说声再见了。这样的结果不免令人伤感。我独自在那该死的希尔顿等了很久，大概有几小时。我一直有种感觉，好像已经是深夜了，其实才刚到下午，但天色很暗。丹佛，丹佛，我何时才能到那里？我等得不耐烦了，正准备去喝杯咖啡，突然一辆很新的小汽车在我前边停了下来，开车的是个小伙子。我发疯似的跑了过去。

"你去什么地方？"

"丹佛。"

"那好，我可以带你一百英里。"

"啊，太好了！太好了！你简直救了我的命。"

"我自己也常常搭便车，所以我开车时很乐意带别人。"

"如果我有车也会这样的。"我们就这样聊了下去。他给我讲他的生活。没有多大意思，我开始睡觉，醒来时正好到了戈森堡城城区，他让我在这儿下车了。

4

我生活中最不寻常的一段旅行就即将开始了。一辆后面带拖斗的卡车开了过来，上面横七竖八躺了大约六七个小伙子。司机是两个长着亚麻色头发的农场青年，来自明尼苏达——沿路上所有的单身游客他们都管搭载——都是那种最讨人喜欢的整天嘻嘻哈哈、无忧无虑、长相也英俊的乡下人。他们身上穿着棉布衬衣和背带裤，仅此而已。他们大都身体结实,待人诚恳,脸上总是挂着准备向遇到的每人每物都表示欢迎的微笑。一路上,他们把遇到的流浪汉统统收容到车上。我跑上前去问:"有空位置吗?"他们回答说:"当然。来吧。这里每个人都有位置。"

我爬上拖斗,卡车又吼叫着开了起来。我趔趄了一下,不知谁拉了我一把,我就势坐了下来。有人递过来一瓶劣等烈性酒,就剩底儿了,我抓过来喝了一大口。内布拉斯加细雨蒙蒙的空气中充斥着一种狂野的诗意。"哈,我们走咯!"一个戴棒球帽的小伙子喊道。卡车加足了马力,以每小时七十英里的速度从路上行人的身边一闪而过。"从得梅因起我们就一直像这样开快车,这两个小子从不放慢速度。你要想撒尿就得拼命嚷,否则就只好对着空气撒尿了。忍着吧,伙计,忍着吧。"

我环视了一下同车的这些人,有两个从北达科他州来的农场孩子,戴着红色的棒球帽,这是标准的北达科他州农场孩子戴的帽子。他们的父母让他们出来在路上转了一个夏天,这会儿该赶回去参加收割了,还有两个从俄亥俄州的哥伦布城来的城市孩子,都是高中橄榄球队队员。他们嘴里嚼着口香糖,眼睛在风中不停地眨着,轻松地哼着小调,他们说他们夏天要走遍整个美国。"我们去洛杉矶!"他们大声说。

"你们到那儿干什么?"

"不知道,谁操心这个。"

这伙人中有个家伙又高又瘦,脸上带着猥琐的表情。"你从哪儿来?"我问。我正好靠在他旁边,车斗没有扶手,你要是坐起来就肯定来回碰撞。他慢慢地向我转过身来,张开嘴,说:"蒙——大——拿。"

车上还有一个叫吉恩的密西西比人,照顾着一个孩子,密西西比的吉恩是个矮小黝黑的家伙,到处搭货车周游全国。他是个三十多岁的无业游民,但长相却相当年轻,所以你无法确切说出他的年龄,他盘腿坐着,一言不发地望着四周的田野,就这样走了上百英里之后,他转过身来问我:"你到哪儿?"

我说丹佛。

"我有个姐姐在那里,但我已经有好几年没看见她了。"他的嗓音舒缓动听,是个极有耐心的人。他照顾的那个孩子大约十六岁,高高的个头,满头金发,也穿着一身流浪汉常穿的旧衣服,由于铁路上的煤烟、闷罐车里的尘土以及长时间睡在地上的缘故,他们身上的旧衣服都已经发黑了。这个金发小孩也很安静,他看上去似乎在逃避什么。他那呆呆的凝望前方的神态好像是雷打不动的,还在焦虑的沉思中不时舔一下嘴唇。蒙大拿的细高挑儿偶尔带着挖苦和不怀好意的微笑同他们说上几句话。可他们并不搭理他。细高挑儿一直就这么不怀好意。当他冲着人的脸呆滞地张着大嘴痴笑时,让人有些害怕。

"你有钱吗?"他对我说。

"没多少,大概也就够我到丹佛之前买一品脱威士忌的。你呢?"

"我知道我能在哪儿搞到一点。"

"哪儿?"

"哪儿都成。只要你能把一个人引到小胡同里,不是吗?"

"当然,我想你会这么干的。"

"如果我真的需要一点儿现钞，我就会来这么一下。搞到点儿钱后到蒙大拿去看我父亲，到了斜阳谷我就不这么干了，得想点其他法子。这几个傻小子要到洛杉矶去。"

"直达吗？"

"当然——如果你也想到洛杉矶，可以同路。"

我想了一下，向前走一夜穿过内布拉斯加、怀俄明，明天早晨经过犹他州沙漠，下午差不多就可以到内华达沙漠，实际上再用不了多久就到洛杉矶了。我几乎要改变计划了。但是我必须去丹佛，我也要在斜阳谷下车，然后搭车向南走九十英里到丹佛。

车开到北普拉特的时候，我很高兴两个明尼苏达农场的司机打算停车吃点东西。因为我一直想见见他们。他们爬出驾驶室，对我们大伙笑着，"撒尿去吧。"其中一个说。"该吃饭了。"另一个说。但是只有他们有钱买吃的。我们都跟在他们后边，来到一个几位胖女人开的饭馆。我们围坐在几个汉堡包和咖啡杯四周，看着他俩嚼着美味大餐，就好像坐在自己妈妈的厨房里。他们是兄弟俩，这次他们是要把一批农场机具从洛杉矶运到明尼苏达，从中赚一大笔钱，因为前往洛杉矶的途中是空车，他们便在路上搭载行人。他们这么干大概已经五次了，每次都很开心。他们无忧无虑，时刻都在微笑。我想同他们聊聊——在我们这条船上和船长套近乎对我来说太愣了——我得到的唯一回答是两张和蔼的笑脸和一口充满乡土味道的大白牙。

除了那两个流浪汉——吉恩和他照顾的孩子——其他人都跑到饭馆同司机凑在一起。当我们回来时，他们依然坐在车上，凄凉而孤独。这时，夜幕即将降临。司机们抽了阵烟，我乘机跳下车,想去买一瓶威士忌,以便在夜里喝两口抵御寒冷。我对他们说了以后,他们笑着说:"去吧,快点。"

"你们可以先喝几口。"我向他们保证。

"噢,不。我们从不喝酒。快去吧。"

我和蒙大拿的细高挑儿还有那两个高中生在北普拉特的街道上逛着,终于找到了一家威士忌酒店。我们一起喝了几杯,然后我又买了第五杯。几个高大、阴沉的男人盯着我们从店铺的假门脸前走过,大街两旁都是些方方正正的房子。透过它们的间隙可以看到每条阴郁的街道都通向广阔的田野。北普拉特让我有些不一样的感觉,但又说不清楚是什么。在几分钟里我的确有这种感觉。我们回到了车上,卡车又继续吼叫着上路了。天色很快就暗了下来,我们大家都喝了一口酒。突然,我发现普拉特翠绿的田野逐渐退去,在无法看清尽头的视野里,出现了一望无垠的满是黄沙和灌木丛的荒原。我有些茫然不知所措。

"这鬼地方是哪儿?"我对着细高挑儿叫道。

"这应该是到大牧场了,伙计,再给我喝口。"

"哈!"高中生们大呼小叫起来,"前所未见!如果斯帕奇和我们那帮伙计们在,他们会怎么说?"

两司机已经找到前行的路径,刚上手的那个把车开到了极致。道路也发生了变化,中间部分隆起,两边的路肩松软,路基两边是水沟,因此卡车上下颠簸着不断从一边歪向另一边——要是没有车从对面开来就还算平稳——我想我们都非翻筋斗不可。然而司机真是了不起,也不知道怎么的就把车开过了内布拉斯加的山包——它俯瞰着科罗拉多!我这才意识到我终于已经过了科罗拉多,当然实际上我们并没有路经科罗拉多。但是再向西南走一百多英里就到丹佛了。我禁不住欢呼起来。酒瓶在我们中间传递着。天上出现了明亮闪烁的星斗，逐渐远去的沙丘变得模糊了。我觉得自己就像离弦之箭，能够一口气跨越剩下的所有路程。

忽然，密西西比的吉恩伸开盘着的双腿，向我转过身来，先是愣了一会儿神，然后张开嘴靠近我说："这块原野让我想起得克萨斯。"

"你从得克萨斯来？"

"不，先生，我从密苏西比的格林威尔来。"这就是他说话的口音。

"那个孩子从哪儿来？"

"他在密西西比惹了点儿麻烦，所以我帮他逃了出来。男孩子不应该单独外出。所以我尽力照料他，他还是个孩子。"尽管吉恩是个白人，但是在他身上有些地方却很像一个聪明、劳碌的老黑人。他身上有些地方还很像埃尔默·哈塞尔——一个纽约的瘾君子——只不过他是一个铁路上的哈塞尔，一个旅行中的传奇的哈塞尔。他每年都要一次又一次地穿越美国，冬天到南方，夏天到北方，只因为他不管待在哪里都不能不感到厌倦，因为他除了四海为家以外无家可归，所以他伴着星辰不断流浪，尤其是西部的星辰。

"我去过几次奥格登，如果你想去奥格登的话，我那里有几个朋友，我们可以挤在一起。"

"我要从斜阳谷到丹佛去。"

"唉，那就该一直步行，不必像现在这样每天搭车。"

这倒的确是个值得尝试的主意，但奥格登是什么地方呢？"奥格登是什么地方？"我问。

"那是个许多小伙子都经过那里并在那里会面的地方，你可以在那儿看到任何人。"

很久以前，我曾经同一个叫大麻秆儿哈查德的人一起到过海上，这个人又瘦又高，真名叫威廉·霍尔姆斯·哈查德，是路易斯安那人。他自己选择当了一个流浪汉。在他小的时候，他看见一个流浪汉走到家门口向他母亲要一张馅饼，他母亲给了他。等流浪汉走了之后，小哈查德问："妈，这是个什么人？""噢，那是个流浪汉。""妈，我将来也要做个流浪汉。""闭嘴，那不是哈查德家人干的事。"但他一直没有忘记这一天。长大后，他在路易斯安那州立大学踢了几场球之后，就真的成了流浪汉。大麻秆儿和我经常在一起一边讲故事一边吸着纸杯里的烟草汁，就这样度过了无数夜晚。现在，密西西比的吉恩的行为举止有些地方真切地让我想起了我和大麻秆儿哈查德的往事，于是我问道："你在那里见过一个叫大麻秆儿哈查德的人吗？"

他说："你说的是一个喜欢高声大笑的高个儿吧？"

"大概是他，他是路易斯安那州罗斯顿人。"

"对，人们有时叫他路易斯安那麻秆儿。真的，先生，我肯定见过大麻秆儿。"

"他过去是不是经常在得克萨斯州东部的油田工作？"

"是在得克萨斯东部。但现在他是挤奶工。"

他说的完全对。但我仍然不相信吉恩真的认识大麻秆儿，我一直想找他，大概有几年时间了。"那么，他是不是曾经在纽约的拖轮上干过？"

"可能，我并不清楚这些。"

"我猜你是在西部认识他的。"

"我承认我从来没去过纽约。"

"你别介意,我只是好奇你会认识他,这可是个很大的国家,但是我相信你一定认识他。"

"是这样,先生。我跟大麻秆儿很熟。只要他有一点儿钱我们总是在一起花,我是说我们是铁哥们儿。在斜阳谷的时候,有一次我亲眼看见他一拳就把一个警察撂倒在地。"这事儿听起来像是大麻秆儿干的,他总爱对着空气练一击制胜。他看上去很像杰克·狄普西①,而且是个年轻酗酒的狄普西。

"天杀的!"我迎着风嚷了一句,然后又喝了一口酒。我感到舒坦多了,每一口酒都会被敞开的车斗里的风吹走一部分,但吹走的是酒里不好的成分,而我喝进去的都是好的成分。"斜阳谷,我来了!"我唱了起来,"丹佛,看看你的孩子!"

蒙大拿的细高挑儿向我转过身,指着我的鞋说:"你得承认,如果你把它们扔在地上,准会长出点儿什么来。"他并没有笑,但是几个听到的小伙子都笑了起来。我这双鞋的确是全美国最糟糕的一双,它还是我特意挑选的。之所以买它,是因为我不想在炎热的大路上走得满脚都是汗。而且在熊山上下雨的那一次证明,它们真的是最适合我旅行的鞋子。因此我也跟着大家一起笑了起来。现在,这双鞋已经变得破烂不堪,皮子裂开并翘了起来,皱皱巴巴的像菠萝皮,脚指头都露在外面。我们又都喝了一口酒,接着又笑了起来。不知不觉中,我们来到了一个岔路口上的小镇,它的灯光划破了夜幕。车帮两旁的夜色中满是收完庄稼的懒洋洋的帮工和牛仔,一

---

① 杰克·狄普西(Jack Dempsey,1895—1983),美国传奇拳王,曾获得最重量级世界冠军。

直排到小镇的另一头。他们的头都齐刷刷地跟着我们前行的步调转动。我们则听着这些人拍打着自己的大腿，直到汽车又开到小镇另一侧的黑暗中——我们是一群稀罕生物。

因为现在是收获季节，所以每年这个时候这里都集中了许多的人。达科他的小伙子有些坐立不安。"我想到下次撒尿的时候我们就下车，看样子这附近有许多活儿可干。"

"你们还是往北走吧，这里的活儿没了，"蒙大拿的细高挑儿劝道，"沿路收割你们还可以一直走到加拿大。"这些小伙子懵懵懂懂地点了点头，他们有点不理解这个劝告。

这期间，那个金发的小亡命徒一动不动地坐着，吉恩则要么从他那和尚打坐般的姿势里侧过身去冲着漆黑的旷野出神，要么亲热地附在那个孩子的耳边嘀咕几句，这时孩子就会微微点点头。吉恩很细心地照顾他的情感，不让他受惊吓。我实在猜不透他们要去哪儿，去干什么。他们没有香烟了，我就把自己的掏出来递了过去。我很喜欢他们，喜欢他们的善良和谦和。他们从来不要求什么，可我不断献殷勤，蒙大拿的细高挑儿自己抽着烟，却从不拿出烟盒来分给大伙儿。不一会儿，我们又来到一个小镇。一群穿着牛仔裤的瘦高的人站在路边，他们聚集在昏暗的灯光下，就像荒漠里的一群飞蛾，然后又消失在无边的黑暗中。群星在晴朗的夜空中闪烁着，显得格外清澈明亮，那是因为我们的卡车爬行在西部高原的山坡上，空气渐渐稀薄。他们说每走一英里就要爬高一英尺。没有一棵树挡住任何一颗再低的星星。路边的蒿草中有一头忧郁的白头母牛一闪而过。我们现在仿佛坐在火车上，平稳而又飞快。

过了一阵，我们又到了一个镇子，我们的卡车慢了下来。

蒙大拿的细高挑儿叫着："嗨,撒尿。"但是明尼苏达人并没有停车,而是一直往前开着。"他妈的,我要下车。"细高挑儿叫道。

"就站在车边尿吧。"有人建议。

"好吧,我就这么干。"他回答道。于是在我们的睽睽目光下他慢慢地挪到车厢后边,尽量抓紧。有人敲了敲驾驶室的窗户,让那兄弟俩也注意这一幕,他们转过身看了看,哈哈大笑起来。细高挑儿挪到车边,这时候已经相当危险,司机却把速度提高到每小时七十英里,并且左右摇晃。细高挑儿迟疑了一会儿,接着我们便看到空中划出一条鲸鱼喷水般的水柱。然后他踉踉跄跄地想坐下来。两个司机却故意把车开得左右摇摆,他一个趔趄,一下尿到了自己身上。在汽车的轰鸣中,我们仍能听见他在轻声地咒骂着,就像一个人走山路疲倦后的哀鸣。"他妈的……他妈的……"他不知道我们是有意这么干的,只是挣扎着平衡身体,一脸严肃。他总算尿完了,衣服也全湿了,现在他开始摇摇晃晃地迈着舞步往回挪,脸上阴云密布。车上除了那个忧郁的金发孩子和驾驶室里的明尼苏达人以外,所有人都笑得前仰后合,几乎喘不过气来。我把酒瓶递给他,让他压压惊。

"究竟他妈的怎么回事? 他们是故意的吗?"他问。

"当然是。"

"好吧,算我倒霉,我真搞不懂,我只知道我回内布拉斯加的一路也抵不上这一半麻烦。"

不知不觉中我们来到了奥加拉拉城里,驾驶室里的两个伙计十分兴奋地叫道:"撒尿!"细高挑儿放弃了这次机会,闷闷不乐地站在那里。两个达科他的小伙子向每个人道了声别后就走了,他们大概想在这里干点儿收割的活儿。我们在夜色中目送着他们向小镇尽头亮着灯光的一排棚屋走去,因为一个穿牛仔裤的守夜人告诉我们,包工头就在那里。我想再去买几包香烟。吉恩和那个金发孩子跟着我一起去,也好活动活动筋骨。我好像来到了世界上最不可思议的地方。一个平原上孤独的碱水泉眼吸引着本地十几岁的少男少女们,他们正在跳舞,其中一些在跟着点唱机播放出的音乐跳。我们走过去时,他们停了下来。吉恩和金发少年就站在那儿,他们谁也不看,只想着买香烟。周围也有许多漂亮姑娘,其中一个目不转睛地盯着金发少年,可他却根本不看她一眼,她显得很沮丧,走开了。

我给车上的人每人都买了一包香烟。他们谢了我,于是卡车又重新上路。现在已将近午夜,寒气逼人。吉恩建议我们所有的人钻到车上的防水帆布下面,抱在一起,否则肯定会给冻坏。他周游全国的次数,就是把手指头和脚指头加在一起也算不过来。气温已降至冰点,冻得耳朵生疼。我们只得按他说的,以及靠酒瓶里剩下的一点儿酒驱寒。随着我们爬上高原,天上的星星显得越来越亮了,现在我们是在怀俄明。我仰面朝天躺着,凝望着深邃的天穹,想到我正在经历的时光,想到我终于离那倒霉的熊山越来越远,心情十分兴奋。尤其是想到丹佛即将出现在我的面前,我简直激动得发狂——不管那里怎样。这时,密西西比的吉恩哼起了小调,他唱得委婉、深沉,像涓涓溪流,歌的内容很简单。"我交到了一个纯洁的女孩,十六岁的她甜蜜又可爱,她是世上最纯洁的小东西。"然后他又接下去唱了一段,大意是无论他走到哪里,都希望能回到她的身旁,但他还是失去了她。

"吉恩,这首歌美极了。"我对他说。

"这是我所知道的最甜蜜的歌。"他微微一笑。

"我真希望你能到达你要去的地方,并且诸事顺利。"

"我总是四处漂流,行无定止。"

蒙大拿的细高挑儿刚才睡着了。这时他醒了过来,对我说:"嘿,老东西,今晚在你到丹佛前,跟我一起去斜阳谷转转,怎么样?"

"一言为定。"我喝够了酒,干什么都行。

当卡车到达斜阳谷附近时,我们看见了当地广播电台高高的红灯。突然,路两旁有一大群人向我们围过来。"啊哈!这是狂野的西部周活动。"细高挑儿叫道。一大群穿着皮靴、戴着巨大帽子的肥胖的商人,携着他们壮硕的打扮成西部女郎的妻子,在古老的斜阳谷的木质便道上尽情跳着叫着,远处可见斜阳谷新城的林荫大道两侧连成线的灯光。但是狂野周的活动主要集中在老城区。耳边响起鸣空枪的声音。酒吧里挤满了人,一直挤到了人行道上。我觉得这一切异常新奇,同时也感到十分可笑:我第一次来到西部就卷入这种似乎是为了维持其辉煌的传统把戏。我们该下车告别了,明尼苏达人不愿意在附近多停留。看到要和他们分手,我有些伤感,我知道我可能再也见不到他们了,但是生活就是这样。"今天晚上你们肯定要冻掉屁股,"我警告他们,"然后,明天下午在沙漠里再把它烤熟。"

"我们能平安度过这个寒冷的夜晚就没事了。"吉恩说。卡车从人群中穿行而过,但是没有人注意那些裹在防水帆布里的孩子们,他们就像襁褓中的婴儿一样注视着这个城市。我目送着卡车渐渐消失在夜色中。

5

我和蒙大拿的细高挑儿进了一家酒吧。我只剩下七块钱
了，那天晚上却又胡乱地花掉了五块钱。开始我们和一些穿
牛仔服装的旅游者、采油工人以及一些农场主混在一起，我们
在酒吧里、在门厅、在马路上嬉闹。后来我不得不抽身去照顾
细高挑儿，他几杯威士忌和啤酒下肚之后就在街上蹒跚地晃
悠起来。他喝酒以后就是这副德行，两眼僵直，而且说话也变
得语无伦次。接着我去了一家辣食店，女招待是个墨西哥人，
长得很漂亮。我吃完之后在菜单的背面写了一行表示爱慕的
字。店里几乎没有人，他们都到别处去了。我让她把菜单翻
过来。她看后笑了。这是一首小诗，诗中希望她晚上能和我
约会。

"我很乐意，小男孩①，但是晚上我要和我的男朋友
约会。"

"你不能甩掉他吗？"

"不，不，我不能。"她很难为情地说。我喜欢她说这话的
神气。

"以后我还会到这儿来的。"我说。她答道："随时都欢迎
你来，年轻人。"我又坐了一会儿，只是想看她，于是又要了一
杯咖啡。这时，她的男朋友板着脸走了进来，问她什么时候下
班。她赶紧收拾，准备关门。我不得不站起身，临走时我给她
留下了一个微笑。外面那帮家伙们仍在疯狂地嬉闹，只是那

---

① 原文为西班牙语。

个打着嗝的胖子已经喝醉，在那里又叫又嚷，看上去很好笑。几个围着大头巾的印第安首领也在街里闲逛，在这帮满脸通红的醉汉面前，他们显得格外一本正经。我看见细高挑儿踉跄着走在人群里，便也跟了过去。

他说："我刚才给我在蒙大拿的爸爸写了张明信片，你能帮我找个邮箱投进去吗？"这可是个奇怪的请求。他把明信片递到我手上，便又摇摇晃晃地走进一间酒吧的大门。我只好去找邮箱帮他发信，顺便看了一眼。"亲爱的爸爸，我星期三回家。我一切都好，也衷心地希望你万事如意，理查德。"这使我对他产生了不同的看法，他对自己的父亲是那么礼貌和温柔。我走进酒吧，坐在他的身边。我们找了两位姑娘，一个是年轻漂亮的金发女郎，另一个是皮肤黝黑的胖女人。她们一本正经地坐在那里默不作声。我们打算开导开导她们。我们把她们带到了一个正准备关门的摇滚舞夜总会。我把剩下的两块钱全花光了，给她们俩要了苏格兰酒，我们俩要了啤酒。我几乎要醉了，但这又有什么关系，感觉一切都好极了。我把全部精力都集中在这个可爱的金发女郎身上，使出全身解数想将她弄到手。我紧紧地拥抱她，向她表白自己。夜总会关了，我们都出来走在高低不平的土路上。我仰望天空，纯净、美丽的星星依旧在那里闪烁。姑娘们想去汽车站，我们就一同去了。显然她们是去那儿和某个水手会面，他是那个胖姑娘的表哥，和他的几个朋友一起，正在那儿等她们。我对那个金发姑娘说："你打算怎么办？"她说她要回家，她的家在科罗拉多，就在斜阳谷南线那边。"我可以带你乘汽车去。"我说。

"不，汽车站在高速公路上，我得一个人走过那片可恶的草原。我一下午都在想这麻烦事,今晚我可不能一个人过去。"

"呵,有了,我们就在草原的鲜花丛中散步不好吗?"

"那儿没有花。"她说,"我是想去纽约的,但是路途太辛苦了,没办法。所以我只有回斜阳谷,可那儿什么都没有。"

"纽约也什么都没有。"

"去他的什么都没有吧。"她翘着小嘴轻蔑地说。

汽车站里挤满了人,有的在等着上车,有的就在那儿站着。其中有很多印第安人,他们木然地注视着一切;那个姑娘不再听我说话;去找水手他们去了。细高挑儿在候车室的长椅子上打瞌睡,我在他身边坐了下来。全美国的车站都是一个样,满地都是烟屁股、痰渍,给人一种只有在车站才能感受到的悲楚。刹那间,我甚至以为这儿就是纽瓦克的汽车站,只是没有我非常喜欢的那个大广场。我很后悔自己把整个旅途的良好初衷都打乱了,乱花钱,东游西逛,也没有找到正经乐趣,还和那个一本正经的姑娘厮混,把仅有的钱都花光了。我十分懊恼。由于很长时间没睡觉,我困得甚至连自责的力气都没有了。我蜷缩在长椅上,枕着帆布包,一直睡到第二天早晨八点才在过往旅客的嘈杂声和酣睡人的梦呓声中醒来。

起来后我的头疼得很厉害。细高挑儿已经走了——我猜想他是回蒙大拿去了。我来到车站外。碧空如洗的蓝天映衬着远处白雪皑皑的落基山。我深深地吸了一口新鲜空气。我必须立即赶往丹佛。我先去吃了点早饭,一小块土司,一杯咖啡,外加一个鸡蛋,然后出城来到高速公路旁。西部的狂欢节仍在继续,旁边正在进行马术表演,新一轮的追逐跳跃就要开始,但我把这一切都抛在了脑后。我只想去丹佛见我那帮朋友。我穿过铁路,到了一个有许多工棚的地方。这儿有两条高速公路都能到丹佛;我选了一条靠近山脉的公路,这样我还能边乘车边观赏山上的景色。我指着那条路,搭上了一个从康涅狄格来的小伙子的车,他是东部一个编辑的儿子,开着一辆老旧车,周游全国写生。他不停地说着话,可我由于酒喝多了,再加上海拔高度的原因,有些晕车,有一阵子不得不将头伸向窗外。但是到了科罗拉多州的朗蒙特他让我下了车的时候,我感觉好多了,甚至还能给他讲一些我这次旅途的经历。他祝我好运。

朗蒙特景色宜人。在一棵古老的大树下是一片绿茸茸的草地,属于一个加油站。我问站里的一位雇员是否可以在那儿睡觉,他欣然答应。于是我把一件羊毛衬衣铺在草地上,俯身躺了下来。胳膊伸开,用一只眼睛注视着在温暖阳光的照耀下、被白雪覆盖的落基山。不一会儿我就沉沉地睡着了,足足睡了两个小时。唯一不舒服的就是时有科罗拉多的蚂蚁骚扰我。我现在到科罗拉多了!我兴奋地想着。天杀的!天杀的!天杀的!我不信做不到!从做了一连串我在东部生活的睡梦中醒来之后,我爬了起来。我在加油站那个员工的屋里洗了把脸,打扮得颇有几分模样,大踏步走了出来。在公路边的餐馆里,我要了一杯浓浓的奶昔,给我那激情涌动的胃降降温。

很巧,给我送奶昔的是一位漂亮的科罗拉多小妞,笑容可掬。她让我很释怀,一扫昨天晚上的阴霾。我对自己说,哇,丹佛该有多美啊!我又走上了炽热的公路,并搭上了一辆崭新的小汽车,开车的是一个丹佛商人,看上去有三十五岁左右。他把车开到了每小时七十英里,一路上我都很激动;我一分钟一分钟地计算着时间,减去开过的里程。在一片翻滚着的金黄色麦浪的田野后面,在白雪隐约可见的埃斯特斯山下,丹佛城终于就要出现了。我想象着今天晚上在丹佛的一个酒吧里,和我那帮朋友聚在一起的情景,在他们眼里我简直是个衣衫褴褛的陌生人,就像走遍各地散布说辞的先知,而我现在唯一要说的话就是"哇!"我和这位车主愉快地谈着我们的人生规划,说话间我们已经到了丹佛城外的水果批发摊;眼前赫然出现了高大的烟囱、铁路、红砖建筑,还有市中心那些隐约可见的灰色高楼。我终于到丹佛了。他让我在拉里墨尔大街下了车。我避开大街上的流浪汉和垮掉的牛仔,跌跌撞撞地咧开大嘴带着最开心的笑容向前冲去。

6

那时候我和狄恩还不像后来那么熟悉,所以我首先想到的是去找查德·金。我给他家挂了电话,接电话的是他母亲——她说:"啊,萨尔,你到丹佛来干什么?"查德是一个瘦瘦高高的金发小伙子,长着一张奇特的巫医般的脸,他对人类学和印第安人的早期历史十分感兴趣。他的鼻子微微有钩,在闪闪发光的金发映衬下几乎呈奶油色。他有着西部能人的那种派头,常在路边餐馆跳舞,橄榄球也能来两下。他说话的时候带有颤抖的鼻音。"萨尔,对于大草原上的那些印第安人,我最感兴趣的是他们在夸耀自己有多少张头皮之后所表现出来的那种不安情绪。在鲁克斯顿的那本《遥远的西部生活》中谈到一个印第安人因为感到不安,全身都羞红了,就是因为他有无数张头皮,于是他拼命地跑,一直来到大平原,秘密炫耀他的丰功伟绩。他妈的，一读到这些我就激动！"

在丹佛的那个昏昏欲睡的下午，查德的母亲摸清了他的去向。他正在当地一家博物馆里研究印第安人编篮子的技巧。我打电话到博物馆，联系上他。他开着他那辆旧福特车来接我，以前他总开这辆车到山里去搜寻印第安人的物件。他笑容满面地来到车站时身穿牛仔裤，我正垫着旅行包坐在地板上，跟那个在夏延①公交车站遇到的水手聊天，问他和那个金发美女怎样。可他觉得没意思，没有回答。我和查德一起上了他的小轿车，他要做的第一件事就是去州政府大楼取地图，又说还要去拜访一位上年纪的老师什么的。而我唯一的愿望是赶快去找点啤酒喝喝。而且那时有一个思想总始终横在我的心里，"狄恩在什么地方，他这会儿正在干些什么？"为了某种奇怪的理由，查德是已经决定不再和狄恩做朋友了，他甚至连他住在什么地方都不知道。

"卡洛·玛克司这会儿在城里吗？"

"在。"可是他跟他也连话都不讲了。查德·金已开始从我们这一帮人中撤退出去。那天下午我准备在他家里睡个午觉，可他对我说，蒂姆·格雷在柯尔法克斯街有一所住房，他正等我上他那里去，而且罗兰·梅杰这会儿已经住在那里，他也正等着我去跟他同住。我隐隐约约地觉察到有一种叛逆活动正在进行中，这种叛逆活动把我们这一帮人分成了两派：这边是查德·金、蒂姆·格雷和罗兰·梅杰，再加上罗林斯弟兄们，他们一致拒绝再同狄恩·马瑞阿迪和卡洛·玛克司来往。我现在是正处在这个有趣的战争的中间地带了。

---

① 夏延(Cheyenne)，美洲土著人聚居区。

这是一个带有社会意义的战争。狄恩是一个酒徒的儿子,他是拉里墨尔街醉得最多的一个无业游民,事实上,一般讲来,狄恩就是在拉里墨尔大街一带的街头长大的。他在六岁的时候,就常常到法庭上去请求法官释放他的父亲。他常常在拉里墨尔大街附近的胡同里向人乞讨,讨点钱就赶着去送给和一个老朋友一起坐在破瓶子堆上的父亲。后来,狄恩长大以后,他就开始在格里纳姆的那些赌场里混生活;他在丹佛市创造了偷车的最高纪录,并因此被送进了感化院。从十一岁到十七岁,他一般都是在感化院里度过的。他的专长是偷汽车,在午后追逐放学回家的中学女生,开着车把她们带到山林里去玩弄一阵,然后就回到市里来,找到一家旅馆的空澡盆就在那里睡上一夜。他的父亲,从前也是一个规规矩矩的勤劳的铁匠,后来却变成了喝烈酒的酒鬼,那真是比威士忌酒鬼还要糟糕,而且因此每到冬天他不得不爬上一辆货车跑到得克萨斯州去,一直等到夏天才再回到丹佛市来。狄恩在他已死的母亲这边——她在他很小的时候就已经死去——也还有几个弟兄,可是他们都不喜欢他。狄恩唯一的朋友是赌场里的那些孩子。具有新型的美国圣者的巨大热情的狄恩,他和卡洛是当时丹佛市的地下魔王,赌场里的那一帮伙伴永远跟他们在一起,而且卡洛在格兰特街有一套地下室的房间,这仿佛正是他们的王权的象征,常常在天刚亮的时候我们这些人就全在那里聚会,其中有卡洛、狄恩、我自己、汤米·斯纳克、埃德·邓克尔和罗伊·约翰逊。后来还有许多别的人。

　　在丹佛市的第一个下午,我就在查德·金的房间里睡过去了,他母亲在楼下做家务,他在书房看书。高海拔的大平原到了七月真是炎热非凡。要是没有查德父亲的发明，我无论如何也无法入睡。他的父亲和蔼可亲，是年过七旬的老人，有些虚弱迟缓，但很喜欢讲故事，常常慢条细理地讲一些很有趣的故事，讲他八十年代时在北达科他州平原的童年生活，讲他为了寻开心怎样骑着一匹小马拿一根木棒去追赶狼群，后来又是怎样在俄克拉何马成了一名教师，最后又怎样在丹佛成了一个多样经营的商人。现在他在这条街的修车店旁边还有一间办公室——一张旋转办公桌，还有许多过去的已被尘封文件，记录着他当年奋斗赚钱的辉煌经历。他发明了一种特殊的空调器，将一个普通的电风扇固定在窗户上，然后再将冷水通过一个螺旋管淋到飞旋的扇叶中间。它的效果极佳——但仅限于离风扇四英尺的范围之内——水四散到炎热的空气中似乎就气化了；而楼下的气温却丝毫不减。不过我睡的是查德的那张床，就在风扇下面，床头一尊巨大的歌德半身塑像直勾勾地盯着我。我舒舒服服地睡着了，可是不到二十分钟就冷醒了，我差点没冻死。我加了一床毛毯，还是不行。最后我实在冷得无法再睡，便走下楼去，老人问我他的发明效果怎样。我回答说真他妈呱呱叫。我回答得很有分寸，因为我喜欢他。他又开始回忆往事。"我曾经发明了一种去污剂，东部的几家大公司盗用了我的专利。这些年来我一直想索赔，如果我有钱能够请到一位有名的律师的话……"但是现在请律师已为时过晚，他只能沮丧地坐在家里。晚上查德的母亲给我做了一顿丰盛的晚餐，我们品尝了他叔叔从山上打回来的野味。但是狄恩在哪儿呢？

7

接下去的那十天，正像 W. C. 费尔兹①说的，"充满了一触即发的危机"——而且疯狂。我搬进了属于蒂姆·格雷家的那所真正漂亮的住房，和罗兰·梅杰住在一起。我们每人有一间卧室，一所小小的厨房里还放有一个装满食物的冰箱，另外还有一间很大的起居室，梅杰穿着他的丝质的睡衣就在那里写他的最新的海明威式的短篇小说——主人公是个性格暴躁、身材粗壮、红脸膛的矮个子，他对一切都十分敌视。然而当夜晚真正的甜蜜生活降临到他头上的时候，他又会露出世界上最迷人的笑容，梅杰就这样坐在写字台前苦思冥想着。我只穿了一条斜纹棉布短裤，在柔软厚实的地毯上又蹦又跳，他刚写了一个短篇，讲一个名叫菲尔的小伙子首次来丹佛的故事，他的旅伴是个神秘而沉默的家伙，叫山姆。菲尔准备在丹佛采风，结果见到的都是些假学究。他回旅馆后沮丧地对山姆说："山姆，连这里也有假学究。"山姆正忧伤地望着窗外。"是的，"山姆回答道，"我知道。"他的意思是指不用出去看就能知道一切，因为这些假学究充斥了整个美国，祸国殃民。梅杰最乐意和我合作，因为他知道我是最不像假学究的人。梅杰就像海明威一样，喜欢好酒。他又开始回忆最近的法国之行，"呵呵，萨尔，如果你和我一起去巴斯克郡，品尝到了那儿的'普瓦尼十九'，你就会知道除了大货厢车之外，世界上还有许多更吸引人的东西。"

---

① W. C. 费尔兹(W. C. Fields, 1880—1946)，美国喜剧演员。

"我懂。但我就是喜欢大货厢车,喜欢读车厢上写着的那些名字,像'密苏里的大西洋''了不起的北方''罗克艾兰之线',等等。上帝做证,梅杰,如果我把一路搭车的经历告诉你……"

罗林斯家住的地方和这里只隔着几个街口。这是一个非常愉快的家庭——一个年纪不大的母亲,她是一所破旧的矿区旅馆的股东,一共带领着五个儿子和两个女儿。最荒唐的一个儿子是雷·罗林斯,他是蒂姆·格雷儿时的朋友。雷大喊大叫着跑来找我,我们彼此一见就极其相投。我们马上出去跑到柯尔法克斯街的一些酒吧间里去喝酒。雷的一个妹妹名叫芭比,她是一个漂亮的白面皮的姑娘——她会打网球,会游泳,可以称得上西部的一个美人儿。她是蒂姆·格雷的女朋友,而梅杰虽然只是来丹佛串门的,却一本正经地在公寓里到处乱窜,也常常跟蒂姆·格雷的妹妹贝蒂一道出去。只有我一个人没有一个女孩子陪着。我问所有的人:"狄恩在哪儿?"他们却总只是微笑着回答不知道。

接着,我的问题总算有了个结局。一声电话铃响,卡洛·玛克司在电话里讲话了。他告诉我他的地下室住处的地址。我问他:"你在丹佛做些什么?我问你到底在干些什么?情况怎么样?"

"啊,等着我当面告诉你吧。"

我匆忙地赶去和他相见。他在梅义百货公司做夜班工作;半疯不癫的雷·罗林斯从一个酒吧间给他去个电话,让守电话的到处去找卡洛,说他的一个什么熟人死掉了。卡洛马上想到准是我死了。可罗林斯却在电话里对他说:"萨尔这会儿已经到丹佛来了。"并且告诉了他我的住址和电话号码。

"可狄恩在什么地方？"

"狄恩也就在丹佛。听我跟你说。"于是他告诉我狄恩这会儿正同时跟两个小娘儿们勾搭在一起，一个是他的第一个太太玛丽露，她每天在一家旅馆里等着他，另一个是一个新结识的姑娘卡米尔，她也每天在一家旅馆里等着他。"除了在她们俩之间奔跑之外，他还常常赶着上我这儿来办我们自己的一点未了结的事。"

"那倒是什么事情呢？"

"狄恩正跟我在一起进行一种了不起的活动。我们要绝对真诚而且毫无遗漏地让我们脑子里的一切思想彼此交流。我们先得吃一点安非他兴奋剂。然后，我们盘着腿坐在床上，彼此对看着。我终于已经教会狄恩让他可以干任何他要干的事情，做丹佛市的市长，娶下一个万贯家财的女人，或者变成自兰波①以来的一个最伟大的诗人。可是他常常愿意跑出去看小汽车赛跑。我只得跟他一块儿去。他总是大跳大叫着，兴奋得不得了。你知道，萨尔，对这类事情，狄恩可真是入迷了。"玛克司从他的灵魂深处发出一声"哼哈"，立即陷入沉思中去。

"日程表是怎么安排的呢？"我说。狄恩对自己的生活是总要安排一下日程表的。

"日程表是这样的：我是在半个小时以前下班，这时候狄恩就在旅馆里跟玛丽露调情，让我好有时间换换衣服。到整一点的时候他就从玛丽露那里赶到卡米尔那边去——当然她

---

① 兰波（Arthur Rimbaud, 1854—1891），法国十九世纪象征派诗人，曾长期过流浪汉生活。

们俩谁也不知道这里面的花头——再跟她干一回,这样我就可以在一点半的时候正好赶到。然后他就跟我出来——在出来之前他还得向卡米尔求情告假,她现在已经对我非常怨恨了——我们要一同到这儿来一直谈到早上六点。我们常常在这方面花的时间比这还要多,可是问题越来越复杂,而他又常常感到时间不够。六点以后他再回到玛丽露那里去——明天一整天他还得到处奔忙着,搜集必需的文件好跟她办理离婚手续。玛丽露一心要跟他离婚,可她又坚持在没离婚之前两人还先干着。她说她很爱他——卡米尔也那么说。"

接着他告诉我,狄恩是怎么认识卡米尔的。罗伊·约翰逊,那个经常在赌场里混的小伙子,在一个酒吧间里认识了她,就把她带到一家旅馆里去住;骄傲让他丧失了理性,他把他们那一帮全都请来凑热闹。所有的人都围着卡米尔坐着拉她闲谈。只有狄恩始终一声不响地一直望着窗外。然后等所有的人都走了的时候,狄恩只是对卡米尔望了一眼,指指自己的手腕,伸出四个指头晃了一晃(意思说他到四点的时候再来),就走了出去。结果是到三点的时候,她的门已经对罗伊·约翰逊锁上。到四点,这扇门就为狄恩打开了。我那会儿真想马上就出去找到那个疯子。他已经答应替我想个办法的;所有丹佛的姑娘他全都认识。

那天夜晚,卡洛和我一同走过丹佛的那些破破烂烂的街道。空气是那样柔和,星星是那么明亮,每一条铺着碎石的胡同都能引起我莫大的希望,因此我真感到自己仿佛是在梦中一般。我们来到了狄恩跟卡米尔姘居的那所公寓的前面。这是一所古老的红砖的建筑,四周是木头车房和从竹篱后边伸出来的古老的大树。我们走上了铺着地毯的楼梯。卡洛敲敲门;然后就一闪身躲到一边去;他不愿意让卡米尔见到他。我站在门口。狄恩光着屁股把门打开了。我看到床上躺着一个皮肤微黑的姑娘,一条漂亮的奶油一般的大腿,上边露着一点黑色的花边,她略有些惊奇地抬头向外望着。

"嗨,萨尔!"狄恩叫着说,"那么现在——啊——啊哈——对,当然,你到这儿来了——你这个老混蛋你到底又出来在路上跑跑了。好,现在,你听着——咱们一定——对,对,马上——咱们一定,咱们真的一定得这么办!听我说卡米尔——"他马上向她转过身去,"萨尔来了,他是从纽约来的我的一个老朋友,这是他来到丹佛的第一个夜晚,我无论如何得出去找个女人陪他。"

"可你什么时候回来呢?"

"这会儿是"(看看他的表)"整整一点十四分。我在三点十四分整的时候一定回来,咱们再一起寻找咱们的极乐世界,真正甜蜜的极乐世界,亲爱的,然后,你也知道,我已经跟你说过,咱们俩都同意了,我一定得去找那个一条腿的律师谈谈关于那些文件的问题——深更半夜的去找他,看起来是有些奇怪,不过这事儿我已经跟你说得很清楚了。"(这是为了掩饰他跟卡洛的约会,他这会儿还在门外躲着)"所以现在我一定得马上穿好衣服,穿上我的裤子,回到生活里去,也就是说回到外边的生活,外边的街道等等里边去,咱们已经同意了,现在是一点十五分,可时间是正在飞跑,飞跑——"

"那好吧,狄恩,可你在三点的时候一定得回来。"

"我刚才已经说了,亲爱的,你得记住不是三点,是三点十四分。咱们是不是一直进入了咱们灵魂中的最深沉最神妙的境界,亲爱的小乖乖?"他于是仔细瞧着她,连连吻了她几下。墙上挂着卡米尔画的狄恩的一张裸体画,腿裆里画着老大一嘟噜,简直可怕。我当时真不免有些惊奇。一切都是这样的疯狂。

我们立即向黑夜中走去;卡洛在小巷口上等着我们。接着我们就朝着一条我从来没见过的最狭窄、最奇怪的弯弯曲曲小城街道中走去,走进了丹佛的墨西哥区中心。我们在那已入睡乡的寂静中高声谈着话。"萨尔,"狄恩说,"我已经约下一个姑娘,她这会儿就已经在等着你——只要她这会儿已经下班了。"(看看他的表)"她是个女招待,叫瑞塔·贝登可特,一个很漂亮的小丫头,在性的问题上有些小困难让她感到有些不安,这个我一直在想着要替她解决,可我想你一定能对付的,你也是个了不得的搞女人的能手。咱们这会儿马上就去吧——咱们一定得带上点啤酒,不,她们自己有的,操他妈!"说着,他在自己的手掌上拍了一下,"今天晚上我一定得把她妹妹搞上手。"

"怎么?"卡洛说,"我还想着咱们要一道去谈话哩。"

"对,对,回头就去。"

"哦,可恨的丹佛的经济萧条!"卡洛仰望着天叫喊着。

"他是不是世界上最漂亮、最叫人喜欢的一个家伙?"狄恩说着,在我的肋骨上戳了几下,"你看看他。你看看他!"于是卡洛就在这充满生活的街道上开始了他的猴舞,这个,在纽约的时候,我是常看到他到处都跳的。

我当时没别的话可说,就随便问道:"我说,咱们在丹佛干他妈点儿什么呢?"

"明天,萨尔,我可以到一个地方给你找个工作,"狄恩郑重其事地说,"我回头一定来看你,只要我能从玛丽露那儿抽出一小时的空闲工夫,我就马上赶到你住的地方去,向梅杰问一声好,马上就带你坐电车(操他妈,我自己也没辆车子)到卡马戈市场去,你到那儿马上就可以开始工作,到礼拜五就可以拿到一笔工资。咱们真是已经都穷得露骨头了。好几个星期以来,我一直都没有时间去工作。到星期五的夜晚,毫无疑问咱们三个人——卡洛、狄恩和萨尔老哥儿仨——一定得去参加一回小汽车赛跑,在下城有一个我认识的家伙,我还可以让他开车子来接咱们一道去……"他就这样在深夜里没完没了地谈着。

我们来到了那做女招待的姊妹俩住的地方。狄恩要给我找下的那个还没有下班;他自己想弄到手的那个妹妹却在家里。我们在她的长躺椅上坐了下来。按照事先的安排,我这会儿得打电话找雷·罗林斯。我打了个电话。他马上就来了。一进门,他就脱掉他的衬衣和汗衫使劲拥抱着那个对他完全陌生的女人玛丽·贝登可特。酒瓶在地板上乱滚。三点到了。狄恩马上赶回去同卡米尔去寻找他们的极乐世界。他当然准时赶到了。姐姐这会儿已经回到家里来。现在我们全都需要有一辆车子,而且我们在那儿也吵得四邻不安。雷·罗林斯打电话找他的一个有车子的朋友。他来了。我们全挤到那辆车子里去;在靠后的座位上,卡洛还想独自进行他和狄恩预先安排好的谈话,可是车子里闹得一塌糊涂。"咱们一块儿上我住的地方去吧!"我大声叫喊着。于是我们就去了;车子刚刚一停下,我就跳下车在草地上头着地倒立起来。我身上的钥匙全都掉了出来;我怎么也找不着了。我们大叫着跳进那栋房子里去。可是穿着绸睡衣的罗兰·梅杰站在那里,挡住了我们的去路。

"我可不能让你们在蒂姆·格雷的住宅里像这样胡闹！"

"什么?"我们一起大叫着。这时情况弄得非常混乱。罗林斯正抱着一个女招待在草地上打滚。梅杰说什么也不让我们进去。我们发誓要去把蒂姆·格雷找来,照样进行我们的集会,并且还要请他参加。可事实上我们仍然一起回到丹佛下城那些下等酒馆里去。忽然间,我发觉我是一文莫名地站在丹佛的街头。我的最后的一块钱也已经花光了。

为了回到柯尔法克斯我住处的舒适的床边去,我一气步行了五英里路。梅杰当然只好让我进去。我心里还在想着狄恩和卡洛不知有没有进行他们的倾心的交谈。这个我回头一定要问个明白。丹佛的夜晚是非常凉爽的,我像一块死木头一样地入睡了。

8

于是大家开始为一次伟大的登山旅行做准备。接着就到了第二天早晨,我接到了一个忙中添乱的电话,是我在路上遇到的那个老伙计埃迪打来的。他还记得我曾提过的几个人的名字,就随便地打了个电话,竟然把我找到了。现在我那件格子衬衫有指望了。埃迪和一个姑娘住在柯尔法克斯大街附近的一所房子里,他想问我可知道哪里能找到工作。我让他先过来,狄恩可能有办法。狄恩赶来了,我和梅杰在匆匆忙忙地吃早饭。狄恩甚至连坐下的时间都没有。"我有数不清的事要做,几乎没时间带你去卡马戈市场,但是,还是去吧,老伙计。"

"等等我路上遇见的朋友埃迪。"

梅杰看着我们急得那样子，很好笑。他是来丹佛写作消遣的，他对待狄恩的态度截然不同，狄恩却毫不在意。梅杰就这样跟狄恩说话："马瑞阿迪，我听说你同时和三个小妞睡觉，是吗？"狄恩把脚在地毯上来回拖着，答道："呵，对，就是这样。"然后看了一下手表。梅杰不屑地抽了抽鼻子。我感到狄恩有些局促不安——梅杰总认为狄恩是一个愚蠢的傻瓜，他当然不是。我希望今后能向所有的人证明这一点。

我们找到埃迪，狄恩对他没有兴趣。然后我们几个人一起乘电车顶着正午的烈日去找工作。我不愿意去想这些。埃迪还和以前一样喋喋不休。我们找到了一个愿意雇用我们俩的雇主。工作时间是从早上四点一直到下午六点，那人说："我喜欢愿意工作的小伙子。"

"你已经找到了你要找的人。"埃迪说，但是我对自己并没有足够的信心。"我打算不睡觉了。"我说。因为还有其他很多有趣的事情要做。

第二天早上埃迪去上班了，我没去。我有了一张床。梅杰买来了许多食物，都塞进了冰箱。作为交换，我得做饭、洗碗。我的时间安排得很满。有一天晚上罗林斯家要举行一个大型晚会，他母亲旅游去了。雷·罗林斯邀了所有的朋友，并让他们带威士忌来，接着他又翻开他的地址簿给一些姑娘发了邀请。他让我主持晚会。那天晚上来了很多姑娘。我给卡洛打了个电话想知道狄恩在干什么，因为狄恩清晨三点总要去卡洛那里。晚会后我也去了。

卡洛的地下室公寓在格兰特大街一座教堂附近的一幢陈旧红砖大楼里。去他那儿要先走过一个小巷，下几级石阶，打开一个老旧的大门，再通过一个类似地窖的地方，然后才能来到他住地的门前。卡洛的屋子就像俄罗斯圣徒的住宅：一张床，一支点燃的蜡烛。湿漉漉的墙上悬挂着一张他临时胡乱画的抽象画。他给我读他写的诗，诗的题目叫《丹佛的颓废派》。清晨，卡洛从梦中醒来，听着"粗俗的鸽子"在巢外的街道上啰唣；看到"哀伤的夜莺"在树枝上打盹，这使他想起他的母亲。整个城镇笼罩在灰幕下。那些山，那雄伟的、不论你在城镇的哪个角落向西望都能看到的落基山脉，不过是"纸糊泥塑"。整个宇宙狂躁不安，变得极为奇怪而陌生。他在诗中把狄恩称作"彩虹的儿子"，他的煎熬中的普里阿普斯[1]忍受着极度的痛苦。他将自己称作"俄狄浦斯的埃迪"，每天忙于"从玻璃窗上刮去黏附的口香糖"。在这间地下室里他正孕育着一部伟大的游记，其中记录着每天发生的每件事——狄恩的所有一言一行。

狄恩按时来了。"一切都很顺利。"他说，"我要和玛丽露离婚，再和卡米尔结婚，然后和她一起去旧金山生活。当然这是在我们的计划完成之后，亲爱的卡洛。我们先一起去得克萨斯，找到老铁牛李，这个你俩和我说了那么多的长脚猫我一直没见过。然后我再去旧金山。"

他们又开始谈正事了，盘着腿面对面地坐在床上，眼睛直视对方。我懒懒地坐在旁边的一把椅子上，把一切都看在眼里。他们一开始谈的是很抽象的概念，讨论了一番之后，又相互指出一些匆忙中忘了探讨的事情。狄恩表示抱歉，并答应他下次一定记得补上，还会带一些示意图来。

---

[1] 普里阿普斯（Priapus），希腊神话中的园丁与繁衍之神，亦指男性生殖器。

卡洛说："那次我们经过瓦兹的时候,你与那些侏儒在一起是多么疯狂,我真想告诉你我的感受,你还记得吗,也就在那时候,你指着一个穿着宽松裤子的老酒鬼,说他就像你的父亲?"

"对,对,当然记得,不仅这些,后面的事我也想起来了。我必须告诉你一些真正疯狂的事情,我本来已经忘了,你刚刚提醒了我……"于是他们又有了两点新的想法,他们反复地讨论着。接着卡洛问狄恩他是否诚实,尤其是从心底里讲他对他是否诚实。

"为什么又提这个?"

"我还有最后一件事情想知道——"

"但是,亲爱的萨尔,你就在这儿听着,你坐在这里,我们问问萨尔,他会怎么说?"

我说:"最后一件事我们是无法知道的,卡洛。没有人能够知道最后,我们总是在希望中活着。""不,不,不。你简直是在胡说八道,罗曼蒂克式的胡吣!"卡洛叫道。

狄恩说:"我根本不是这个意思,但我们应当允许萨尔表达自己的看法,他能坐在这儿观察了解我们,难道你不认为这很值得尊敬吗?一个伙计能穿越整个国土来到这儿——萨尔老兄不说就是了,不想说就是了。"

"我倒不是不想说,"我反驳道,"我只是不知道你们到底在做什么,或是想达到什么目的。我只知道你们搞的那一套对任何人来说都太难懂了。"

"你总是泼冷水。"

"那么你到底想说明什么?"

"告诉他。"

"不,你告诉他吧。"

"不,你告诉他吧。"

"不可告人。"我说着笑了起来。我把卡洛的帽子戴在头上,帽檐拉得遮住了眼睛。"我想睡觉。"我说。

"可怜的萨尔总是贪睡。"我沉默不语。他们又继续谈了起来,"当你借上几个子儿去平你的煎鸡排账单的时候——"

"不,老兄,真见鬼!还记得得州星①吗?"

"当时我把它和星期二的事搞混了。当你借钱的时候,你听着,你说:'卡洛,这是我最后一次麻烦你。'就好像,还真是这样的,你好像在说今后我们不要再相互纠缠不清了。"

"不,不,不,我不是那个意思——亲爱的卡洛,如果你愿意,就把这件事说清楚。那天晚上玛丽露在房间里哭泣,但是我对你说话时额外增加了我们都懂的语气,表明我对你的真诚,虽然有点做作但目的很明确。也就是说,我的玩笑腔调虽然有点过头——但我不是那个意思。"

"当然不是!因为你忘记了——但我不想再责备你,我说……"等等,等等。整个晚上他们就这么聊着。黎明时分我醒了,他们正准备借着天光结束谈话。"我跟你说我要睡觉是因为玛丽露,我十点钟要见她。我并不是存心要用一种高傲的语调来反对你刚刚说的'没有睡觉的必要'这句话,而只是因为,不瞒你说,我实在实在太困了,我的眼皮直打架,眼睛充血,疲惫至极,无论如何我必须睡觉……"

"啊,小毛孩儿。"卡洛说。

① 得州星(Texas Star),美国得克萨斯州亦被称为"孤星之州"。

"我们现在必须睡觉。让我们把机器停下来吧。"

"你不能停下来!"卡洛声嘶力竭地叫着。这时窗外的鸟儿已开始啼鸣。

"现在,当我把手举起来的时候,我们就停止谈话。这没什么可争论的,我们都清楚。我们停下来,就这么简单。只是因为我们要睡觉。"狄恩说。

"你不能就这样停下来。"

"停下你们的机器呗。"我说。他们一齐转身望着我。

"他一直都醒着在听。你在想什么,萨尔?"我告诉他们我觉得他们都疯疯癫癫,不可救药了。整个晚上我都在听着他们的谈话,我就像看到一个人看着一只世界上最精密的机械手表爬上了伯绍德山口①,却劳而无功。他们都笑了。我用手指着他们说:"如果你们再这样继续谈下去,你们都会发疯,我会等着看结果的。"

我走了出来,坐上巴士回到公寓。随着大大的太阳从平原的东方升起,卡洛·玛克司的那个"纸糊泥塑"的山峰呈现出红色。

9

晚上我们开始了艰难的登山旅行。我已经五天没见到卡洛和狄恩了。这个周末芭比·罗林斯可以使用她老板的车,我们带了些衣服挂在车窗上,便开始向中央城进发。雷·罗林斯开车,蒂姆·格雷懒洋洋地躺在后面,芭比坐在前排。我

---

① 伯绍德山口(Berthoud Pass),位于美国丹佛市西北部,海拔 3449 米。

第一次这么近地看到落基山脉。中央城是一个古老的矿区，曾被誉为世界上最富足的一平方英里。以前一些想发财的人在附近的山上找到了名副其实的银矿，他们一夜之间暴富，并在他们居住的山坡上建起了一座美丽的小歌剧院，丽莲·罗塞尔以及不少欧洲的歌剧明星都曾到这里演出过。后来这里就萧条了。西部新兴的强大的商会等组织决定振兴这座城市。他们重新修缮了剧院，每年夏天都有很多大都市的明星聚集于此，进行演出。每逢这个季节，这里就像一个盛大的节日现场。旅游者们从全国各地蜂拥而至，甚至连好莱坞的大明星也来光顾。我们沿着窄窄的街道上山，却发现它几乎被那些故作时髦的游客们堵死了。我想起了梅杰笔下的山姆，梅杰是对的。梅杰今天也来了，他向每个人露出礼节性的微笑，对眼前的一切都"嗯、嗯、啊、啊"地赞叹着。"萨尔，"他叫着抓住我的肩膀，"瞧这个古老的城市，你能想象吗，一百年前，见鬼！八十，噢，六十年前，这里就有歌剧！"

"是啊。"我模仿着他书中人物的口吻说道，"但是现在一切都呈现在我们眼前。"

"这些狗东西。"他一边骂着，一边搂着贝蒂·格雷寻欢作乐去了。

芭比·罗林斯是一个很有胆识的金发女郎。她知道城旁边有一个矿工住过的老棚屋，这个周末我们这些男孩子可以住在那里。我们需要做的只是打扫一下，当然，我们还可以在那里举行大型晚会。这是一幢古旧的房子，里面的灰尘积了足有一英寸厚，房前有一个门廊，后面还有一口井。蒂姆·格雷和雷·罗林斯捋起袖子便开始清扫。这项巨大的工程花去了他们整整一个下午和大半个晚上。但他们喝一箱啤酒后，就万事大吉了。

而给我的安排是,在那天下午作为客人陪同芭比去听歌剧,我穿着蒂姆的外套。就在几天以前我刚来丹佛时,还像个乞丐,而现在却穿着一身笔挺的西装,挎着一位漂亮而又衣着时髦的金发女郎。在歌剧院门厅豪华的吊灯下,我频频地向那些有身份的人鞠躬致意,与他们潇洒地交谈。我在想,如果现在密西西比的吉恩见到我,会对我说些什么。

上演的歌剧是《费德罗》。"多么令人心碎!"一个男中音边唱边从一块大石头下的地牢中走出来。我为之叫好。这也是我对生活的看法。我甚至忘却了自己狂乱的生活,而深深沉浸在悲恸的贝多芬的音乐和他的伦勃朗式饱满色调的故事中。

"喂,萨尔,你喜欢今天的演出吗?"走在街上,丹佛的 D. 道尔问我。他与歌剧协会有些联系。

"多么令人心碎,多么令人心碎,"我说,"真是棒极了。"

"那么现在你应当去见一下演员。"他用一种官方的口气对我说。但很幸运,他因为要忙别的什么事而把我给忘了,我便趁机逃之夭夭。

我和芭比重新回到矿工的小屋。我脱掉行头便和伙计们一起打扫起来。活儿还真不少。罗兰·梅杰悠闲地坐在前面一间打扫好的屋子里,他拒绝做任何事。他面前摆着一张小桌子,上面放着啤酒和酒杯。当我们提着水桶忙忙碌碌地到处打扫时,他却在津津有味地回忆着。"啊,如果你今后有机会和我一起一边欣赏班德尔①的音乐家们的精彩表演,一边

---

① 班德尔(Bandol),法国地名。

品尝辛泽诺酒①,那你这辈子才算没白活。你还可以看到诺曼底夏日的美景、乡民们的木底鞋,老牌的卡瓦多斯酒②。来吧,山姆。"他在和他那些看不见的伙伴们说着话,"把酒从水中拿出来,看等我们钓鱼时是否能凉透。"完全学海明威的那一套。

我们对街上路过的姑娘们大叫。"过来和我们一起收拾屋子吧。欢迎你们来参加我们的晚会。"她们都来了,我们的劳动队伍顿时壮大起来。最后,那个歌剧剧组里的一些合唱歌手,大多数是年轻人也加入了我们的行列。这时太阳已经落山了。

我们一天的劳动终于结束了,我和蒂姆、罗林斯三人决定给这个难忘的夜晚增添一些气氛。我们穿过街道,找到了歌星们的住所。透过黑夜,能听到晚场的演出已经开始。"对,"罗林斯说,"在这里拿上剃须刀和毛巾,我们也要打扮得光鲜一些。"我们来到他们的房间,拿了些梳子、科隆香水、剃须霜等,然后走进了他们的浴室。我们一边洗澡,一边唱歌。"这不是很痛快吗?"蒂姆·格雷得意地说,"能用上歌剧明星们的浴室、毛巾、剃须霜和电动剃须刀。"

这真是一个美妙的夜晚。中央城的海拔有两英里多,刚开始你会觉得晕晕的,然后感到很疲倦,但内心里热血沸腾。我们朝着歌剧院门前的灯光走下狭窄的街道,然后拐了一个急弯,看到一个带转门的酒吧,就走了进去。大部分游客都在歌剧院听歌剧。我们买了许多大号啤酒,酒吧里有一台机械

---

① 辛泽诺酒(Cinzano),一种意大利酒,类似白兰地。
② 卡瓦多斯酒(Calvados),一种苹果酒,产于法国北部的诺曼底。

自动弹奏钢琴,从酒吧的后门能够看到月光下的落基山。我慨叹了一声。这时夜色正浓。

我们赶回矿工小屋时,晚会的准备工作正在进行。芭比和贝蒂做了许多快餐食物,然后我们开始在啤酒带来的飘飘欲仙的感觉中跳舞。歌剧散了,许多姑娘拥了进来。罗林斯、蒂姆还有我高兴得直舔嘴唇。我们拉着她们不停地跳舞。虽然没有音乐,我们跳得还是很带劲。房间一下子变得拥挤起来,有人开始拿走酒瓶,我们出去逛一下然后又跑回来。气氛变得越来越热烈。我非常希望狄恩和卡洛这时也能在场,但转念一想又觉得他们即使来了也无法融入我们,只会不高兴。他们就像从石头地牢里爬出来的那个人,心碎的人,从地下冒出来,他们是美国肮脏的潮人,也就是我后来也慢慢地加入进去的所谓垮掉的一代。

合唱队的那些男孩也来了。他们开始唱"亲爱的阿德琳",还有"给我啤酒""你为什么把脸伸到外面"等歌词。一个低沉的男中音狂喊着"费—德—罗!""啊,多么令人心碎!"我唱道。姑娘们太厉害了,她们都跑到后院和我们亲吻。在另外几个房间里有几张床,都还没有清扫,满是灰尘,我和一位姑娘坐在其中一张上聊着天,突然一帮剧院的服务生蜂拥而入,他们顾不得客套,抱起那些姑娘就亲吻。这群不到二十岁的年轻人,又喝多了,衣冠不整,又太冲动,把我们的晚会给毁了。不到五分钟,姑娘们全散了,友好、亲善的聚会顿时只剩下满地的酒瓶和粗野的抗议声。

雷、蒂姆和我准备去逛酒吧。梅杰走了,芭比和贝蒂也走了。我们摇摇晃晃地走进了夜色之中。剧院的那帮人把酒吧挤得满满的。梅杰大叫着,不知发生了什么事,那个讨厌的丹佛人 D.道尔逢人便握手打招呼，"你好，下午好。"现在已经是午夜时分，他却见人就说："你好，下午好。"过了一会儿，我看到他与一位当官的一起走了，回来时却带着一位中年妇女，一转眼他又在街上与歌剧院的两个年轻的服务生聊着。后来他又和我握手，但没有认出我是谁，还对我说："新年好，我的孩子。"他并非喝醉了酒，而是醉心于他最喜欢的事——在人群中乱转。人们都认识他。"新年好。"他说。有时候又说："圣诞快乐。"他总是这样可笑地说着。而真的到了圣诞节，他又会对你说："万圣节快乐。"

　　酒吧里还坐着一位特别受人尊敬的男高音。丹佛的道尔一直想让我见见他，可我总是回避。他的名字好像叫德·阿伦佐还是什么的。这时他正和妻子有些伤感地坐在一张桌子前。酒吧里还有一个阿根廷人模样的旅游者，罗林斯推了他一把要他让个座，他转过身来，对着罗林斯大声咆哮起来。罗林斯将手中的杯子递给我，猛地一拳把他击得靠在了铜扶手上，那人立即逃了出去。周围一片尖叫声。蒂姆和我赶紧把罗林斯架了出来。外面到处是人，警察连拨开人群找到受害者都很困难。没有人能认出罗林斯。我们又一起走去另一家酒吧。梅杰从一条黑巷子里挤过来。"到底发生了什么事？打架了吗？只管叫我好了。"震耳的笑声从四面响起。我思忖着这连绵的山之精灵在想些什么。我抬头看见几棵松树后面的月亮，看到老矿工们的幽灵在那里游荡，我心驰神往。在落基山分水岭的东面，宁静的夜晚里只有飒飒的风声，剩下的就是山谷里传出的我们的喧闹声，而分水岭的另一侧则是著名西部大斜坡，和一直延伸到汽船温泉镇①的广阔

---

　　①　汽船温泉镇（Steamboat Springs），美国城镇名，位于科罗拉多州。

高原，然后依次递落，就到了东科罗拉多州沙漠和犹他州沙漠，此时此刻，我们在这偏僻的峡谷里发狂、喧闹，在这片神奇的大地上的美国人发酒疯的时候，它们却都沉浸在一片黑暗中。我们正位于美国的屋脊，我想我们唯一能做的就是大喊——声音穿过黑夜，向东方的大平原飘去。也许在那遥远的东部的某个地方，一位白发老人正向我们走来，他很快就会赶到，带来至理名言，让我们的灵魂安静下来。

罗林斯坚决要回到刚刚打架的那个酒吧去。蒂姆和我虽然不愿去，但又拗不过他。他径直朝德·阿伦佐，那个男高音走去，将一杯威士忌泼到他脸上。我们把他拖了出去，这时合唱团中的一个男中音也参加了我们一伙，我们又来到一家正规的中央城酒吧。雷在这里指着一位女招待骂她是婊子。这下激怒了一大群人，他们本来就非常讨厌旅游者。其中一位说："我数到十，限你们这帮小子赶快滚蛋。"我们赶紧跑了出来，摇摇晃晃地跑回小屋睡觉去了。

早晨醒来，我翻了个身；床垫上立即扬起一阵灰尘。我对着窗子伸了个懒腰，发现它是钉死的。格雷还在睡觉。我打了个喷嚏。我们的早餐喝的是剩下来的那些走了气的啤酒。芭比从她住的旅馆里回来，我们收拾好东西便离开了。

一切似乎都在崩溃，我们走出来正准备上车，芭比滑了一跤，摔得挺重。可怜的姑娘太劳累了。我和她哥哥及蒂姆连忙把她扶了起来。我们一起上了车；梅杰和贝蒂也和我们同车。回丹佛的单调旅行开始了。

突然间我们已下了山，可以俯瞰丹佛那海一样博大的平原；热浪一下子向我们涌来。我们开始唱歌。现在我非常渴望去旧金山。

10

那天晚上我找到了卡洛,可他告诉我他跟狄恩一块儿到中央城去过一趟,这倒真使我感到有些奇怪。

"你们在那儿干了些什么?"

"哦,我们绕着一堆车子跑了半天,然后狄恩偷出一辆来,我们就坐上它以每小时九十英里的速度开下了曲折的山道。"

"我没有看见你们哪。"

"我们根本不知道你在那儿。"

"我说,伙计,我可决定到旧金山去了。"

"狄恩已经让瑞塔今天晚上等着你。"

"那也好,我只好过几天再走吧。"我手边已经一个钱也没有。我写了一封航空信给我的姨母,要她寄五十块钱给我,并且说这是我最后一次向她要钱;从这以后,只要我在那条船上一找到工作,我就可以有钱寄回去给她。

然后我就去找瑞塔·贝登可特,并且把她带到我住的地方去。我们在前屋的黑暗中谈了很久,最后我才把她弄到我的卧室里去。她是一个很可爱的小姑娘,简单真诚,就只是对男女之事怀着莫大的恐惧。我对她说那事儿可真是美极了。我马上要证明给她看。她就让我来证明一番,可因为我那会儿实在太性急一些,结果却什么也没证明出来。她在黑暗中深深叹了一口气。"你对生活有什么要求吗?"我问她,这是我每见到一个姑娘总要问的问题。

"我也不知道,"她说,"不过是天天伺候人吃饭,凑合着混日子罢了。"她打了一个哈欠。我连忙用手掩住她的嘴,告诉她别打哈欠。我尽量告诉她,生活以及我们俩在一起可以干的事是多么使我激动;我一边这么说,一边仍计划着在两天之内就离开丹佛。她无精打采地转过身去。我们仰身躺在床上,眼睛望着天花板,心里想着上帝不知是怎么搞的,把人的生活弄得这么悲惨。我们随便谈着将来再在旧金山见面的计划。

我在丹佛的日子马上就该结束了,这一点在我送她回去的路上我就完全可以感觉出来。我回来的时候,在一所古老的教堂前面的草地上,摊开身子躺了下来。那儿有一群流民,他们的谈话使我急于想重新回到大路上的生活里去。他们中常常有人爬起来拦着一个过路的人要几个钱。他们谈到丰收的地区越来越北移了。那时天气非常温和。我真想再去把瑞塔找回来,再跟她谈谈许多别的事情,而且这一回一定要真正跟她谈恋爱,让她不要对男人怀着恐惧的心理。美国的男孩子和女孩子们常常在一起弄得极不痛快;世故的生活使他们不经过正当的谈心的过程,就马上直截了当地进行性的活动。不讲究谈情说爱,不做彼此直接以心灵相见的真诚的谈话,因为生活是神圣的,每一分钟都是宝贵的。我听到从丹佛到格兰德河的火车鸣着汽笛向深山那边开去。我必须再前进一步去寻找机缘。

梅杰同我一直到深夜还冷冷清清地坐在那儿闲谈。"你读过《非洲的青山》吗?这是海明威最好的作品。"我们彼此祝福了一番。我们还准备在旧金山再见面。在街头的一棵枝叶浓密的大树底下,我看到了雷·罗林斯。"再见,雷。咱们什么时候再见面呢?"我到处找卡洛和狄恩——可哪儿也找不着。蒂姆·格雷挥舞着一只胳膊对我说："那么你是要走了,小山羊。"我们一向都彼此称呼"小山羊"。"对了。"我说。接下去的几天,我一直在丹佛闲逛。我仿佛觉得拉里墨尔街上的每一个流民都可能是狄恩·马瑞阿迪的父亲;那个铁匠,人们都叫他老狄恩·马瑞阿迪。我走进了他们父子俩曾经住过的温莎旅馆,据说有一天晚上,狄恩被那个跟他同房的坐在手摇车上的无腿的人给惊醒了;他摇着那个可怕的车子在地板上轰隆轰隆滚过来要去抚摸他的孩子。在柯提斯街和十五街拐角的地方,我看到了那个头大腿短的卖报纸的女矮人儿。我在柯提斯街的凄惨的杂耍场里逛了一圈;到处是穿着牛仔裤和红衬衣的年轻小子;到处是花生壳、电影幕布和射击房。在这灯光闪烁的大街那边是一片黑暗,在黑暗的那边就是西部。我一定得走了。

在天刚亮的时候我找到了卡洛。我读了读他的那些大本头的杂志,在他那儿睡了一觉。一早,雾雨蒙蒙,身高六英尺的埃德·邓克尔同着那个漂亮的小伙子罗伊·约翰逊和那个平脚板的赌场混子汤米·斯纳克一块儿来了。他们坐下来,脸上带着有些尴尬的微笑,听卡洛·玛克司朗读他的一些启示录似的疯狂的诗歌。我完全瘫在我的椅子上,简直活不下去了。"啊,你们这些丹佛的年轻人!"卡洛大叫着。我们一个跟着一个走出门去,走进了一条铺着碎石的典型的丹佛小巷,小巷两边都有化垃圾的炉子在缓缓冒着青烟。查德·金曾经对我说:"我小的时候常在这条小巷里滚铁环。"我真想看到他现在再滚一回;我希望看到十年前的丹佛,那会儿他们还都是孩子,整个他们那一帮,在那春光明媚、桃李芬芳的早晨一起滚着铁环跑过那些欢乐的小巷,每个人都正向往着自己的无限前途。而狄恩,由于他一向爱想入非非的天性,却穿着一身又脏又破的衣服独自在那儿来回闲步。

罗伊·约翰逊陪着我在毛毛细雨中走着;我到埃迪的女朋友家去要回我那件羊毛格子衬衣,我在内布拉斯加的希尔顿买下的那件衬衣。衣服在那儿,已经很好地包叠起来,一件衬衣能给人的悲愁的感觉也莫过于此了。罗伊·约翰逊说他不久要到旧金山来找我。每一个人都准备到旧金山去。我的钱已经寄来了。那时天气已经放晴,蒂姆·格雷同我一起坐电车到汽车站去。我买下到旧金山去的车票,五十块钱花去了一半,下午两点我就上了。蒂姆·格雷向我挥手告别。汽车很快开出了两边都是楼房的闹杂的丹佛街道。"天哪,我一定还得回来,再看看还会有些什么新奇的事件!"我对他说。在最后一分钟的时候,狄恩打来一个电话,说他跟卡洛也可能到海岸边去同我一起生活;我细想着这件事,忽然发现在我待在丹佛的整个这一段时间里,我总共没跟狄恩谈过五分钟的话。

11

我去找雷米·邦克尔的时候,已经比约定的期限晚了两个星期。从丹佛坐汽车到旧金山的路上,除了车子愈接近旧金山我愈感到心情万分激动之外,没有发生任何别的事故。又一次来到了夏延,这一次是在午后,然后向西越过了这条山脉;夜半从克莱斯顿越过州界,在天亮的时候到达了盐湖城——这满街喷水车的城市,这里真完全不像是狄恩出生的地方;接着车子走进了烈日照耀的内华达,在天刚黑的时候穿过了里诺和它的一条一条灯火辉煌的华人街；然后车子上行到达内华达山区，遍山的松柏，满天的繁星，四处散布的山头村舍，这一切都充分表现出了旧金山的浪漫气息——在靠后的座位上，一个小姑娘哭着对她妈妈说："妈妈，咱们什么时候才能回到特拉基的家呢？"可马上我们就来到了特拉基，这充满家庭气味的特拉基，接着又沿山下行走进了萨克拉门托平原。我忽然发觉我是已经来到加利福尼亚了。这里是温和、清香的气息——你可以亲吻的气息——和棕榈树。沿着萨克拉门托河的重叠的河岸走过一段极高的公路；再一次进入山林地区；忽而上行，忽而下行；一闪眼的工夫，眼前就出现了海湾边的广大平原（这时候正在天刚要亮以前），平原上如张灯结彩似的悬挂着旧金山的寂静无声的灯火。在车子走过奥克兰湾的大桥以后，我着实睡了一觉，这还是从我离开丹佛后的第一次；因此，在第四街商场附近的车站下车的时候，我简直像大梦初醒似的忽然想到，我现在离开新泽西州的帕特逊，离开我姨母的家已经是三千二百英里了。我像一个愁苦的游魂走出车站来，马上就看到了她，旧金山——她的漫长的荒凉的街道的上空，架满了被白色的浓雾包裹着的电车天线。我高一步低一步地走过了几排楼房。面容憔悴的流民（在第三街和布道街附近）在那一大早就伸手向我讨钱。我听到不知从什么地方传来音乐的声音。"所有这些我回头再去慢慢摸底儿吧！这会儿，我一定得去找雷米·邦克尔。"

雷米居住的米尔城，不过是一条峡谷中的一大堆小棚子，本来是战争时期房屋建筑委员会修下供船坞工人住宿的一些工棚；这是一个大峡谷，谷底很深，两边山坡上密密地长满了树林。这儿有专为委员会的人服务的特殊的商店、理发店和成衣店。这里据说是全美洲唯一的一个白人和黑人自愿共同生活的地区；情形也的确是这样，而且我真还从没见到过一个地方，会如此荒凉而又如此地充满欢乐。在雷米的住房的门上贴着一张纸条，这是他在三个星期以前贴上的：

　　萨尔·帕拉戴斯！（这是用印刷体写下的几个极大的字）如果家里没人，请从窗口爬进去。

签名

雷米·邦克尔

这张条子因久经风霜雨露，已变成灰色了。

　　我从窗口爬进去，却见他正陪着他的情人李·安在床上睡觉——这床据他后来告诉我，是他从一个商船上偷来的；想一想一艘商船上的一个甲板工人，在深更半夜，肩上扛着一张大床，从船边溜到水里拼命挣扎着向岸边划去的情景吧。只这一件事就可以说明了雷米·邦克尔的为人。

　　在这里我所以要谈谈在旧金山发生的这些事，是因为它和我整个这段在路上的生活中的其他一些事情有密切关联。雷米·邦克尔和我是多年以前在一所预备学校里相识的；可是真正使我们两人发生亲密关系的却是我从前的老婆。本来是雷米最先认识她的。有一天夜晚，他跑到我的宿舍里来对我说："帕拉戴斯，快起来，老爷子来看你来了。"我于是连忙爬起身来，在我穿裤子的时候，却把兜里的一些铜钱撒在地上了。那时是下午四点钟，在大学的时候我经常是成天到晚睡觉的。"得了，得了，别这么拿着金元满地乱撒了。我找到了一个天下最漂亮的小姑娘，今天晚上我就要带她到狮穴旅馆去住上一夜。"说完他就拖着我去跟她见面。一个星期之后她却跟我泡上了。雷米是一个很漂亮的法国人,高高的身材、黑黑的脸膛(他的样子很像二十来岁的一个马赛的黑市商人);因为他是法国人,所以他只能讲蹩脚的美国话;他的英文是非常好的,法文也非常好。他喜欢穿颜色鲜艳的衣服,有些偏爱大学生的打扮,更喜欢同一些衣着华丽的白面皮的姑娘一道出去,拿大笔的钱任意挥霍。我勾走了他的姑娘,他从来也没有怪过我,这件事倒反使我们结下了极亲密的关系;那家伙始终对我一片忠心,而且的确对我怀着真挚的感情,到底为什么,那可只有天知道了。

我在米尔城见到他的那天早晨,他早已在过着非常潦倒不堪的日子,这是二十多岁的年轻小伙子差不多都会遇到的情况。他闲泡着,等待找到一个船上的工作,而为了暂时混一碗饭吃,他在峡谷那边的营房里担当了看守的职务。他的那个女人李·安是一个泼妇,差不多每天都要骂他一顿。他们整整一星期刻苦地攒一点钱,可一到星期六,他们会在三个小时之内花掉五十块。在家的时候,雷米穿着短裤,头上戴着一顶简直不成样子的破军帽。李·安却满头吊着卷发针到处乱跑。他们穿上这样一副行头一整星期就那么彼此高声叫骂。我活了这么大,真从没见过有人像他们那样爱吵架。可一到了星期六晚上,他们立刻彼此露着甜蜜的微笑,像一对好莱坞的最红的明星似的一道进城去游逛。

雷米醒来,看到我爬进了窗子。他的巨大的笑声,那真是世界上最大的笑声,震得我的耳朵都要聋了。"啊啊啊啊,帕拉戴斯,他从窗子里进来了,他一点儿也不马虎地执行了我的指示。你到什么地方去了,你来晚了两个星期!"他拍打着我的脊背,轻敲着李·安的肋骨,把头抵着墙笑着、叫着,更用手捶打着桌子,那声音几乎让米尔城全城的人都能听到,他那一声长啸"啊啊啊啊"简直使得整个峡谷都为之震动。"帕拉戴斯!"他高声叫喊着,"叫人无时无刻不想念的帕拉戴斯!"

我因为刚刚走过了那个渔户们居住的小村子索萨利托,一开口就随便说起:"在索萨利托好像住着不少的意大利人。"

"在索萨利托住着不少的意大利人!"他竭力提高嗓门大叫着,"啊啊啊啊!"他捶胸拍肚,他一仰身倒在床上,他几乎要在地板上打滚。"你听到帕拉戴斯说的话吗?在索萨利托一定住着不少意大利人?啊啊啊哈哈哈!呔!哦!嘻!"他不停地大笑着,脸红得像一块甜菜,"哦,你真是要我的命,帕拉戴斯,天下再没有像你这样滑稽的人了,你现在来了,你终于到这儿来了。李·安,你看到了,他是从窗子里进来的,他按照我的指示从窗口爬进来了。啊啊啊!呔呔呔!"

最奇怪的是,在雷米的隔壁住着一位黑人斯诺先生,他的笑声,我可以凭《圣经》起誓,真叫是全世界绝无仅有的最大的笑声。这位斯诺先生从在晚饭桌边听到他老婆子随便说了一句什么话开始笑起,然后站起身,仿佛喘不过气来了,接着,他把身子倚在墙上,眼望着天又开始哈哈大笑;他摇摇晃晃地走出门去,又把身子靠在邻家的墙壁上;他简直笑得有些如醉如痴了,他晃晃悠悠地在米尔城阴暗的街道上到处穿行,一边向暗中促使他大笑不止的魔神发出胜利的呼号。我不知道他从来有没有吃完过他的晚饭。很可能雷米是从这位近乎疯癫的斯诺先生那里学来了这一套脾气,可他自己还不知道。虽然雷米在工作生活方面遇到了困难,在爱情生活方面,因为碰上那么一个泼妇也并不如意,可他至少学会了几乎比世界上任何一个人都笑得更好的大笑的本领,我差不多完全可以预见到我将在旧金山度过的欢乐的日子了。

住处是这么安排的:雷米和李·安睡在靠里的一张床上,我在窗子下面搭一个铺睡觉。李·安我是碰都不能碰的。雷米当时就单刀直入地说出了他的意见:"我可不能让你们俩在想到我没十分留意的时候,偷偷摸摸地胡闹。你没法教一个老音乐家弹奏新曲。这可是我独创的话。"我看看李·安。她的确是一个很使人动心的女人,一个米色皮肤的姑娘,可是她的眼睛里明露着对我们俩都非常仇恨的神情。她本意要嫁给一个有钱的人。她是从俄勒冈州的一个小镇上来的。她非常后悔不该跟雷米勾搭上。有一个周末,为了竭力摆阔,他一次为她花了一百块钱,因此她就以为自己是遇上一位有钱的贵公子了。而结果她却仍只能住在这间破棚子里,因为一时没有别的办法,她也只得暂且留下。她在旧金山本来就有工作;她得每天在十字路口坐上公共汽车进城去。为这件事她对雷米始终也不能原谅。

我应该待在这间棚屋里,好好给好莱坞电影公司写出一个非常新颖的电影故事。然后雷米就将捧住这部名著坐上一架同温层飞机迅速飞去,让我们从此都能变成有钱的阔人;他还要带着李·安跟他一道去;他要把她介绍给他的一位朋友的父亲,他是一个很有名的导演,而且是 W.C. 费尔兹的亲密朋友。因此在开头的几个星期,我就待在米尔城那所棚屋里一刻不停地编写一个以纽约为背景的阴暗悲惨的故事。这故事我想是一定能使好莱坞的导演们满意的,可毛病是这故事实在太悲惨了。雷米简直不忍心去读它,所以,在几个星期之后,他就那么带着它到好莱坞去了。李·安满心厌烦,再加上对我们的仇恨,根本不耐烦去读它。我花费了无数雨天的时刻一边喝着咖啡一边不停地涂写。最后我告诉雷米这件事显然是不行的;我一定得找个工作;我得依靠工作赚点钱来买烟抽。一片失望的愁云立刻出现在雷米的脸上——他是常常会为这种非常滑稽的事感到失望的。他具有一颗黄金一般的心。

他于是进行安排,让我也去做和他同样的工作,到营房去当一名看守。我按章办理了一套必要的无聊的手续,最后没想到那群王八蛋真雇下了我。我在当地的警察长的面前宣过誓以后,他们给了我一个证章、一条警棍,于是我现在就是一名特种警察了。我真不知道如果狄恩、卡洛和老铁牛李知道了这件事,他们会说些什么。我得做一条海军蓝的裤子来配上我这件黑色的上衣和警帽;在头两个星期,我只得穿着雷米的裤子;可因为他身材极高,又由于对生活厌烦,常常拼命吃喝,弄出了一个鼓蓬蓬的大肚子,我第一天夜晚去上班的时候,那副打扮简直像卓别林。雷米把他的手电筒和他的.32口径的自动手枪借给我。

"你在哪儿搞到的这支枪?"我问他。

"去年夏天,在我到海岸边去的路上,我在内布拉斯加的北普拉特跳下火车来伸伸腿,没想到在窗口看到了这么一支非常难得的小枪,我马上就买下它又跳上车去了。"

我于是就跟他谈起我在北普拉特的一段经历,谈到我和那群孩子在那里买威士忌酒喝的情况,他却马上拍着我的肩膀,说我是天下最有趣的人。

有着那个电筒可以照路,我就爬上峡谷靠南的陡坡,走上一条汽车如流的大道,这些车深夜不停地一直向旧金山开去,接着又爬下另一边的陡壁,几次几乎摔了下去,最后来到一个山谷的底层,在那里靠近一条小河有一间农舍,那里每天夜晚总有一条狗出来对我狂叫。接下去我就可以在一条银色的、被加利福尼亚黑色的树木遮掩着的土路上快步走去——这条路很像《佐罗的标记》里所描写的情景,也极像你在西部电影中常看到的道路。在黑暗中我常常拔出枪来独自扮演牛仔。然后我再爬上另一座小山,那就是营房的所在地了。这些营房里经常住着要运到海外去的建筑工人。这些人待在这里,等待着他们的船只。他们大多数要到冲绳岛去。他们大都是因什么事逃跑出来的——一般是逃避法网。他们有的是从亚拉巴马来的粗暴的凶汉,有的是从纽约来的临时工人,总之从各个地方来的各种样子的人都有。他们完全知道在冲绳岛做上一年工将是多么可怕,因此他们就喝酒。看守的职责就是要守住他们,别让他们把整个营房都给拆掉了。在一所中心建筑中,设有我们的总部,那建筑也不过是一所木头房子,里面有几间临时隔出的办公室。在这里我们围着一个圆桌子坐着,从屁股后面的兜儿里掏出枪来看看,打打哈欠,听老警察讲讲故事。

这一帮人是令人非常可怕的,除了雷米和我之外,全是些长着警察心肝的家伙。雷米不过是为了混碗饭吃,我也是如此,可那些人就一心想逮捕人,想得到城里的警长的嘉许。他们甚至说,如果在一个月里连一个人都不逮捕,那你就会被开除掉。一想到要逮捕人,我简直有点儿连气都喘不过来了。而在那个天下大乱的夜晚,实际发生的情况是,我跟营房里所有其他的人一样,也喝得个烂醉。

那天夜晚,按照时间表的安排,我得独个儿在那儿待上六个小时——在那六小时中我是唯一的一个值班警察；可是那天夜晚，营房里所有的人仿佛都醉了。这是因为他们的船第二天早晨就要开航了。他们像水手们在起航的前夕一样都死命喝酒。我把脚翘在办公桌上坐在办公室里，阅读着《蓝皮书》里所记载的一些在俄勒冈和北部地区发生的惊险事件，这时我忽然发现在那一般都非常宁静的夜晚响起了一片巨大的喧闹声。我走了出去。那边，差不多每一个破木棚子里都燃起了灯亮。人声喊叫，酒瓶被砸得哗哗乱响。这事儿我要不管显然是不行的。我拿起手电筒，跑到闹得最凶的一个棚子前面去敲了几下门。有人把门拉开了一个小缝。

"你要干吗？"

我说："今天晚上由我看守这一带营房，你们一定得尽量保持安静一些。"——或类似的愚蠢的话。他们砰的一下把门关上了。我站在那儿痴痴地向着紧贴着我鼻子的那块木板。这简直像西部电影中的一个场面；现在我一定得拿出点儿颜色来给他们看看了。我又一次敲门。这一回他们把门完全打开了。"听我说，"我说，"我并不愿意跑来跟你们这些人找麻烦，可你们要这样闹得太厉害，我就可能会丢掉差事。"

"你是谁？"

"我是这儿的看守。"

"从来也没见到过你。"

"呐，你瞧，这是我的证章。"

"你在屁股上吊着那么个劳什子手枪干吗？"

"这不是我的，"我抱歉地说，"我借来的。"

"别管那一套，你进来喝一杯吧。"我想喝一杯也没什么要紧。我一气儿喝了两杯。

我说:"行了,小伙子们!你们一定安静一些,好吗?你们知道,要不我可该倒霉了。"

"没问题,小伙子,"他们说,"你去巡查吧。你要还想喝,待会儿再回来喝两杯。"

我照这样子到各个棚子门口走了一趟,不一会儿工夫,我就跟所有其他的人一样完全醉了。天亮的时候,我有责任把一面美国旗悬挂在一根六十英尺高的旗杆上,可那天早晨我把旗子倒挂着就回家睡觉。当天晚上我又到班上去,常见的那几个警察都板着一副面孔坐在办公室里。

"你说说,伙计,昨天夜晚这一带哪儿来的吵闹的声音?峡谷那边那些住房里的居民已经向咱们提出抗议了。"

"我不知道呀,"我说,"这会儿不就非常安静吗?"

"全队的人都走了。昨天夜晚应该你来维持这一带的秩序——局长已经在对你大发脾气了。还有一件事——你可知道?就因为你把一面美国旗倒挂在政府机关的旗杆上,你就该坐牢。"

"倒挂着?"我不禁大吃一惊;我当然根本没有注意到这一点。我每天早晨都只是机械地把旗子挂上去。

"一点儿不错,先生,"一个曾经在阿开特拉斯担任过二十二年看守工作的胖警察说,"这件事完全可以构成你坐牢的罪名。"其他那些警察也都严肃地点点头。他们那些人总是那样挺着屁股坐在那儿;他们对自己的职业感到非常骄傲。他们掏出自己的枪来谈长说短。他们真想拿枪打死个把人,打死雷米和我。

那个曾经做过阿开特拉斯看守的警察大约有六十岁,肚大如牛,退休后却又离不开那曾经一生滋养着他的干枯的灵魂的空气。每天晚上，他仍然坐着他那辆一九三五年出厂的福特牌汽车赶来上班，把时钟校正得一分不错，然后在办公桌边坐下来。他艰苦万状地填写着我们每天夜晚都得填写的那种极简单的表格——巡视了多少趟，什么时间，发生了什么事情等等。填完后，他就伸长腿坐着跟大家谈天说地。"真不巧，两月前，我和斯莱基"（这是另外一个年纪很轻的警察的名字，他本意想在得克萨斯做一名骑兵，可现在也只好安于目前的工作）"在G字号营房逮捕一个醉鬼的事儿你没瞅见，你真应该看看那种鲜血乱飞的场面。今天夜晚，我可以带你到那儿去看看墙上的血迹。我们让他从这面墙直撞到那面墙上去。斯莱基先给他一拳，接着我再给他一拳，最后他可就乖乖地不敢再闹了。那家伙发誓说，在他出监以后，一定要把我们俩干掉——他被判了三十天。这会儿六十天都已经过去了，可他压根儿也没露面。"而这最后一点就是他这一段谈话的重要内容。他们已经让他吓破了胆，他绝对不敢再回来试图杀害他们了。

那个老警察就那么谈下去，无限甜蜜地回忆着阿开特拉斯的一些恐怖事件。"我们常常让他们像一连士兵似的开到饭堂去吃早饭。绝没有一个人步伐不合的。一切都像时钟一样有条不紊。真可惜你那会儿没在那儿。我在那边一共做了二十二年看守。从来也没出过什么问题。那些人知道我们是一点儿也不含糊的。有不少家伙看守犯人常常会心软，那些人就肯定常常会出麻烦。比方就说你吧——根据我对你的观察，你仿佛对他们那些人未免太仁慈了一点儿。"他一手举起烟斗，瞪着眼看着我，"你知道，他们只会尽量利用你的那种弱点。"

这个我完全明白。我对他说,我天生不是做警察的材料。

"是这样,可这工作是你自己申请的呀。该怎么办你这会儿一定得拿下个准主意了,不然是对你没有好处的。这是你的责任。你已经宣过誓。你不能像这样对事情采取妥协的态度。法律同秩序绝对不容破坏。"

我不知道该说什么好;他是对的;可我那会儿一心只想溜到外面黑夜里去找个地方躲起来,一心只想到外面去看看全国各地所有的人都在干些什么。

另外那个警察,斯莱基,是一个身材高大、体格强健的家伙,一头黑色的水手似的头发,常有事无事一拧脖子——他像一个拳击手似的经常用一只拳头使劲打着另一只拳头。他把自己打扮得像一个旧日的得克萨斯的骑兵。一支左轮低低地挂在屁股下边,腰里系着子弹袋,手边带着一根短小的马鞭,身上这里或那里挂着一些长长短短的皮条,那样子简直像一个活动刑具房:闪亮的皮鞋、长襟的上衣、翘檐儿的军帽,除了一双大皮靴什么都有。他常常对我卖弄他的腕力——两手抓着我的大腿就可以毫不费力轻轻把我举起来。要论体力,我也可以那样抓着他,把他直摔到顶棚上去,这一点我自己完全知道;可我因为害怕他要跟我来一个摔跤比赛,所以总也没肯对他表示出来。要跟像他那样的家伙进行摔跤比赛,最后准会弄到非动枪不结。我肯定他的枪法比我好;我过去从来也没玩过枪。要我给枪上子弹我都有些害怕。他死乞白赖地一心只想逮捕人。有一天晚上,就我和他两人值班,他忽然气得满脸通红发疯似的跑了回来。

"有几个小子我叫他们安静一些,他们还偏要吵闹。我已经对他们讲过两次。不管对什么人我向来只给他两次机会。第三个机会是没有的。你跟我来，咱们马上回去把他们给逮捕了。"

"得了，让我去给他们第三个机会，"我说，"我去对他们讲讲。"

"不成，先生，我绝不给人两次以上的机会。"我叹了一口气。我们马上就去了。我们走到出事的那间屋子前面去，斯莱基推开门，让所有的人都排着队走出来。那情况真是尴尬极了。我们每个人都满脸通红。这就是美国的现实。每一个人都只能按照别人对他们的要求行事。实在说如果一群人愿意在夜晚喝喝酒、高声谈谈话，那又算得什么呢？可是斯莱基却一定要显显他的能耐。他带着我跟他一起，以防他们对他进行反抗。他们很可能会那么做的。他们全是自己弟兄，是一道从亚拉巴马来的。我们一道回到所里去，斯莱基走在最前面，我在后面压队。

有一个年轻人跟我说："你告诉那个扇风耳的混蛋别这么存心跟我们过不去。他这样可能会弄得我们丢掉工作，永远也不能到冲绳岛去了。"

"我回头跟他谈谈。"

回到所里以后，我要斯莱基对这件事丢开手算了。为了让每个人都能听见，他红着脸高声叫着说："对任何人我也决不给他两次以上的机会。"

"真他妈扯淡，"那个亚拉巴马人说，"那有什么关系？我们很可能会丢掉我们的工作。"斯莱基二话不说就填好了逮捕状。他只逮捕了他们中间的一个人；他叫其他那些弟兄赶快走开。"妈要知道这件事她会怎么说？"他们说。他们中有一个人又回来找我，"你告诉那个得克萨斯的狗杂种，明天晚上我弟弟要不出来,我他妈敢操他的屁眼。"我照实把这话告诉了斯莱基,他听了完全没搭腔。被逮捕的那个弟兄很快就被放出来,这事情也就算过去了。他们那一队人上船走了以后,又来了一帮野蛮家伙。要不是因为雷米·邦克尔的关系,这工作我半天也不会干的。

可是在雷米·邦克尔跟我两人单独值班的那些夜晚,一切情况可真是再妙不过了。天刚黑的时候,我们出去悠闲地进行第一次的巡查,雷米试试所有的门看看有没有上锁,一心希望有一两扇门没有锁上。他常常说:"多少年来我都一直在想把一条狗训练成最高级的小偷,它可以到那些家伙的家里去,从他们的兜儿里把钱叼出来。我要训练它除了绿色的钞票以外对别的东西全不理会;我要让它整天到晚闻着钞票的味道。如果人的力量能办得到的话,我得训练它专叼二十元一张的。"雷米经常满脑子装着这一类的荒唐想法;连着几个星期,他成天就谈着训练狗的事。有那么一次,他真找到了一个没上锁的门。我因为不大赞成他这种做法,就独自闲逛到大厅那边去了。雷米悄悄地推开了门。他却看到营房的总监鼻子对鼻子站在他的面前。雷米对那个人的那张脸一向就非常厌恶。他曾经问我:"你常常谈到的那个俄国作家——就是那个鞋里塞着报纸、头戴一顶从垃圾堆里捡来的高顶帽到处转悠的那个人,他叫什么名字来着?"这是我跟雷米谈到陀思妥耶夫斯基的时候,曾经用过的一种夸张的说法。"啊,正是那个——正是那个——陀思妥夫斯基。一个人要长着像那总监那样儿的一副嘴脸,就只可能有一个名字——那就是陀思妥夫斯基。"他所找到的唯一的一个没上锁的门正就是这位陀斯妥夫斯基的住处。陀睡着觉的时候听到有人在转动他的门把手。他穿着睡衣爬了起来。他走到门口来的时候，那样子更是比平常加倍地难看。雷米一推开门，只看到一张恶狠狠的、涨得发紫的充满愤怒的鬼脸。

"你这是什么意思？"

"我不过是要试试这门关好了没有。我以为这是——这是——啊——是墩布房。我要找一个墩布。"

"你要找什么墩布？"

"就是——呐。"

这时我马上就走过去说："大厅楼上有一个人吐了。我们得找个墩布去擦一擦。"

"这儿不是什么墩布房。这是我的住房。下一次再有这种事，我就得审讯你们，让你们给我滚蛋！你们听明白了我的话没有？"

"楼上有个家伙吐了。"我重复着说。

"墩布房在大厅下边。就在那儿。"他用手指了指，等着我们去拿出墩布来，我们也就只好傻头傻脑地扛着一个墩布走上楼去。

我于是说："操你的，雷米，你老这么给咱们自己找麻烦。你为什么不能老实点儿？你干吗老要这样偷人东西？"

"这个世界欠我点儿什么，就是为了这个。你没法教一个老音乐家弹奏新曲。你要再这么说，我就要叫你陀思妥夫斯基了。"

雷米简直就是一个小孩子。过去有一个时期，他孤孤单单地在法国做学生的时候，他们差不多夺去了他的一切；他的后爹后娘只会一味地打他，把他丢在学校里管也不管；他经常遭人欺负，这个学校不要他，那个学校也不要他；他深夜流浪在法国的街头,尽量用他仅有的一点天真的词汇编造骂人的言辞。他现在一定要收回他所失去的一切;而他的损失是没有底儿的;因此他这种行为永远也不会有个结束。

营房里的自助餐馆可真是我们的一块肥羊肉。我们先四处张望一番看附近有没有人,特别是看看会不会有我们的警察朋友躲在那儿观看我们的动静;然后我就蹲下身子,让雷米两脚站在我的肩上,这样向上爬去。他推开窗子,因为每天晚上他都注意这件事,所以窗子总不会关上插销的。他钻进窗口,从屋里的面案子上爬了下去。我比他身子更灵活一些,使劲一跳就可以爬进去了。我们先跑到冷食间去。在这儿,我终于实现了从孩子时候起就时刻不忘的一个梦想,我揭开可可冰淇淋箱的盖子,把一只手整个伸进去,掏出一大团冰淇淋来用舌头舐着吃。接着,我们又找些盒子来把它装满,在上面浇上可可,有时还加上一些草莓,然后我们摸到厨房里去,打开冰箱,看看有没有什么东西可以塞在口袋里带回家去。我常常撕下一块烤牛肉,拿一块餐巾包着带走。"你知道,杜鲁门总统曾经说过,"雷米常常说,"咱们一定得尽量降低生活费用。"

有一天晚上,我一直等着他往一口大箱子里装吃的东西,他装了很久才装满。可结果我们又没有办法把它从窗口弄出去。雷米于是又只得打开箱子把所有的东西全放回去。可到了后半夜,他已经下班走了,只剩下我一个人值班的时候,竟发生了一件非常奇怪的事。我沿着那个古老的峡谷边的小道慢慢走着,希望能遇上一只花斑鹿(雷米在那一带曾经看到过鹿,甚至在一九四七年,那地区也差不多还是一片荒野),可我忽然听到从黑暗中传来一阵可怕的声音,呼哧呼哧地闹个不休。我真以为是一头大犀牛从黑暗中向我冲过来了。我赶快抓住我的手枪。在峡谷的阴暗中出现了一个非常高大的东西,它长着一个奇大无比的头。一转眼工夫,我看清那是雷米肩上扛着一个装满食物的大箱子。箱子太重,压得他不住地哼哼唧唧。他在自助餐厅里终于找到了开门的钥匙,于是从大门口把那箱东西弄出来了。我说:"雷米,我还以为你已经回家去了;你这他妈是干什么?"

他说:"帕拉戴斯,杜鲁门总统的话我已经对你说过好些次了,咱们一定得尽量降低生活费用。"接着我听到他哼哼呼呼地向黑暗中走去。前面我已经讲过,通往我们的棚屋的那条小道,忽高忽低,是非常可怕的。他把那箱食物藏在深草中,又跑回来找我。"萨尔,我一人实在弄不动。我要把它分成两包,你来给我帮帮忙吧。"

"可我还得值班哩。"

"你去扛东西,我在这儿给你望望。各方面的情况都非常不好。咱们一定得尽咱们的能力来想法对付,此外也再没有什么别的办法。"他用手擦擦自己的脸,"唔!我已经对你说过多少次,萨尔,咱们俩是朋友,事情都是咱们俩一块儿干的。这会儿已经没有第二条路可走了。那些陀思妥夫斯基们、警察们,还有那些李·安们,全世界所有那些坏蛋都在想剥掉咱们的皮。所以咱们一定得随时注意,不能让任何人陷害咱们。他们的腔子里,除了一颗龌龊的心之外,不知还有多少别的玩意儿呢。你得永远记住这句话。你没法教一个老音乐家弹奏新曲。"

最后我问他:"关于上船工作的事咱们到底打算怎么办哪?"我们干这种工作已经是十个星期了。我一星期可以弄到五十五块钱,可是平均每次寄给我姨母的差不多够四十块。在整个这一段时间里,我只到旧金山去玩过一个晚上。我的全部生活都是在那间棚屋里,在雷米和李·安的战斗中度过的,而且每天深更半夜都待在营房里。

雷米扛着另一个箱子向黑暗中走去。在那条古老的佐罗路上,我和他一起拼命挣扎着。我们把那些吃的东西堆在李·安的厨房里的桌子上,堆得够有丈把高。李·安揉揉眼睛醒来了。

"你知道杜鲁门总统是怎么说的吗?"她简直是高兴极了。我忽然发现,在美国每一个人都天生是贼。我慢慢也染上这种习惯了。我甚至也开始去试试能不能找到一处没上锁的门。别的警察已慢慢对我们怀疑起来;他们看得出我们的眼神不对;单凭着极可靠的本能的感觉,他们就可以了解我们心里在想些什么。多年的经验已经让他们对雷米和我这种人完全一目了然。

第二天白天,雷米和我拿着枪到山里去打鹌鹑。雷米轻手轻脚地已经溜到离那些咕咕叫着的鸟儿只有三英尺远的地方了,他拿他那.32口径的手枪开了一枪。一只鸟也没有打中。他的巨大的笑声立即响遍了加利福尼亚的森林,响遍了整个美洲。"现在咱们一定得去看看香蕉大王了。"

那一天是星期六;我们俩打扮好了就下山赶到十字路口的公共汽车站去。我们坐车到了旧金山,在街头慢步走着。"你一定得写一篇关于香蕉大王的小说,"他郑重其事地对我说,"你可不能跟老爷子耍花腔,又去写什么别的东西。香蕉大王就是你的一块肥羊肉。那边那个就是香蕉大王。"他所谓的香蕉大王只不过是在街角卖香蕉的一个老头子。我当时真感到腻味极了。可是雷米一个劲儿在我身上拍打着，简直是抓着我的脖子硬把我拖了过去。"你要是描写香蕉大王，那你就是描写了人类所感兴趣的一切生活问题。"我对他说我对那个香蕉大王根本不感兴趣。"在你认识到香蕉大王的重要性以前，你可以说对人类所感兴趣的世间一切事物是完全一无所知。"雷米极认真地说。

在港口那边有一只生锈的破商船，一直摆在那里当浮标使用。雷米一心想坐船到那儿去看看，因此，有一天下午，李·安预备好带去吃的晚饭，我们雇下一条船，就跑到那条商船上去。雷米还带着一些工具。李·安脱光了衣服躺在吊桥上晒太阳。我从船尾偷偷地望着她。雷米一直下到底层耗子乱窜的锅炉房去，开始拿着一把锤子到处敲敲打打，希望找到一点实际不可能找到的铜包皮。我在破烂的船长餐室里坐了下来。这是一条非常古老的船，制作极其精巧，船板上有精致的花纹，还有一些嵌在船板里的小箱子。这简直是杰克·伦敦笔下的旧金山的鬼魂故事。我靠着阳光下的餐桌出了一会儿神。食品间里，一群群的耗子四处乱跑。从前曾经有一个蓝眼睛的船长在这里吃过饭。

我走到雷米所在的底舱里去。他拼命想找到一点可以拿走的东西。"什么东西也没有。我以为这儿总会有些铜皮的，我以为至少总可以找到一两块。这条船已经被一大帮强盗不知搜过多少次了。"这船停在这港湾里已经许多年了。原来在这儿偷走铜皮的那只手，恐怕都已经不成其为手了。

我对雷米说："我真想哪天在这只老破船里睡他一夜，看看从外面漫进来的浓雾，听听船板的嘎吱声和浮标在风中的吼叫声。"

雷米一听却大为惊奇;他对我更加钦佩得不得了,"萨尔,你要敢那么着,我准定给你五块钱。你没看到吗,这条船上可能常常有旧日的船长们的鬼魂出现?我不单是给你五块钱,我还可以划船送你来,给你预备吃的东西,借给你铺盖和蜡烛。"

"说定了!"我说。雷米跑着去告诉李·安。我真想从一条船桅上一直跳到她的腿裆里去,可我必须遵守对雷米的诺言。我尽量转开脸不去看她。

这期间,我开始常到旧金山去跑跑;在书本里看到的一切能使女人满足的办法,我差不多全都试过了。可有一回,我甚至在公园里一条板凳上和一个姑娘泡了一整夜,一直弄到天亮,也仍然没有得到圆满的结果。她是从明尼苏达来的一个金头发的姑娘。那边到处都有不少兔儿爷。我带着枪到旧金山去了几次,有一回在一家酒吧间的厕所里有一个兔儿爷向我搭讪,我马上拔出枪来对他说:"哪?哪?你说什么?"他吓得跑开了。我始终也不明白我为什么那么做。我知道兔儿爷在全国各地都有。这不过是因为我在旧金山生活非常寂寞,同时我又正好有一支手枪。我禁不住要把它拿出来卖弄卖弄。我走过一家珠宝店,忽然一阵强烈的冲动使我真想一枪打碎橱窗玻璃,拿走里面最好的戒指和手镯,跑去送给李·安。那我们就可以一道儿逃到内华达去。我现在真得马上离开旧金山,要不我准要发疯了。

我写了好些封长信给狄恩和卡洛,他们那会儿都在得克萨斯湾老铁牛李的家里。他们说,在他们办完这件或那件事之后,他们就要到旧金山我这里来。可就在这时候,雷米和李·安跟我的情况越来越糟糕了。九月的雨季已经开始,于是无味的吵闹也跟着开始了。雷米曾经带着李·安,拿着我那个可笑的情节悲惨的电影剧本跑到好莱坞去,可完全是白跑了一趟。那位著名的导演正好喝醉了酒,对他们理也不理;他们在他的马利布滩别墅跟他穷泡;结果当着许多客人的面两方面动起武来;他们于是只得又回来了。

最后的一个导火线是在跑马场发生的事。雷米尽量节省,差不多积有一百块钱,于是他拿他的衣服把我装扮起来,一手挽着李·安,我们就一起跑到海湾那边靠近里士满的金门跑马场去。这家伙的心肠可真是了不得,他拿一个棕色的大纸袋把我们偷来的那些食品装了一半带去送给一个住在里士满的可怜的穷寡妇,他知道她住在那里的一处与我们的类似的廉租公寓里。晾晒的衣物在加利福尼亚的阳光下飘舞。我们同他一道上那寡妇家去。她家有一大群穿得破破烂烂的、看来实在悲惨的孩子。那女人对雷米一再表示感谢。她是他偶尔认识的一个水手的姐姐。"这算不了什么,卡特尔太太,"雷米极其谦恭有礼地说,"这不过是从一大堆东西里面分来的极小一部分。"

我们来到了跑马场。简直令人无法相信,他一上手就一注赌了二十块钱,因此在第七次赛马开始以前,他已经输得光光的了。最后剩下的两块钱饭钱,他也拿出来下了一注,结果全部了账。我们只好搭便车回旧金山去。我算是又一次流浪在大路上了。有一位阔先生让我们坐上了他的漂亮的小车子。我同他坐在前面的座位上。雷米撒谎骗他说,在跑马场的看台后面,他的钱包被人偷掉了。"可实际情况是,"我说,"我们在跑马场把钱全输光了,同时为了将来不再受到跑马场的诱惑,从今以后我们打算专上赌场去,对吗,雷米?"雷米不禁满脸通红。那个人最后说出他实际是金门跑马场的一位委员。在宏伟的皇宫饭店前面,他让我们下了车;我们看着他走进了灯烛辉煌的大厅,他的口袋里装满了钞票,头高高仰着。

"哈哈!呵呵!"雷米在旧金山的已入黄昏的街道上大叫着,"帕拉戴斯同一位管理跑马场的家伙坐在一辆车上,却对他发誓他从此只专进赌场了。李·安,李·安!"他在她的身上到处乱打着,"他真是世界上最滑稽的人!在索萨利托一定有不少的意大利人。啊啊吠吠!"他止不住抱住一根电线杆子大笑不止。

那天夜晚开始下雨的时候,李·安一直就恶狠狠地望着我们两人。家里一文钱也没有了。雨点打在屋顶上咚咚地响着。"这雨恐怕一个星期都住不了。"雷米说。他已经脱下了他的漂亮的服装,依然穿着他那破旧的短裤和一件 T 恤衫,头上戴着一顶军帽。他睁着一双棕色的含着悲愁的眼睛,痴痴地望着地板。手枪放在桌子上。我们可以听到斯诺先生几乎把头都要笑掉的大笑声从外面的雨夜中传了过来。

"那狗杂种真叫人腻味透了。"李·安愤愤地说。她现在是开始要找碴儿了。她尽量跟雷米找麻烦。他那会儿正忙着翻阅一个黑色的小本子,本子上记着许多欠他钱的人的名字,大部分都是些水手。除掉名字之外,他还用红墨水在上面写了许多骂人的话。我真万分担心有一天我也会被写进他那个本子。最近我陆续给姨母寄了很多钱,每星期只买四五块钱的东西。为了响应杜鲁门总统的号召,我也节省它几块钱的东西。但是雷米觉得我们分担得不均,所以他总是将每次所买的各种东西的长长的价格清单挂在浴室里,好让我心里明白。李·安相信雷米一定瞒着她攒了一些钱,在这个问题上,我倒跟她有相同的看法。她威胁着要走。

雷米噘起嘴来,"你想着上什么地方去呢?"

"我去找吉米。"

"吉米?跑马场的那个账房?你听到没有,萨尔,李·安要去勾搭那个跑马场的账房。你可别忘了带着笤帚,亲爱的,这个星期靠我那一百块钱,跑马场的马匹准会有大堆大堆的麦子吃哩。"

情况愈来愈糟糕;大雨哗啦哗啦地下着。李·安原是最先住在这个地方的,所以她要雷米捆起铺盖卷儿走路。他开始收拾东西。我暗暗假想着,在这个下雨天,我独自同这个无法驯服的泼妇单独待在一起的情景。我开始从中劝解。雷米推了李·安一下。她马上跳过去要抓手枪。雷米把枪交给我,让我藏起来;枪里压着八发子弹。李·安不禁大喊大叫起来,她最后穿上雨衣冒着大雨去找警察,她要去找警察——那还不就是我们那位阿开特拉斯的老朋友。很幸运他没在家。她浇得满身透湿跑回来了。我用两膝夹着头躲在自己的那个角落里。天哪,我在这离家三千英里的地方倒是在干些什么呀?我为什么要跑到这儿来?我的要上中国去的船只现在在哪儿呢?

"还有一件事我得跟你说明白,你这个混蛋,"李·安大叫着说,"今天晚上是最后一次,我给你做下你的混蛋的猪脑鸡蛋跟你的混蛋的咖喱羊肉,让你填满你的混蛋的肚子,让你越长越肥,在我面前越来越混蛋。"

"没关系,"雷米安闲地说,"完全没关系。在我跟你一同住下的时候,我也并没想望什么幸福欢乐的生活,今天这事儿我也并不觉得是什么意外。我一直总想帮你一些忙——为你们两人我已经尽了我最大的努力;可你们俩全都不拿我当回事。我对你们俩真感到说不出的失望。"他极其诚恳地接着说:"我总想咱们在一块儿准可以弄出个名堂来,我们可以长期过着美好的生活,我尽力这样做,我去了一趟好莱坞,我给萨尔找到了工作,我给你买漂亮衣服,我想着把你介绍给旧金山的第一流的人物。可你们拒绝了,不管我有一点什么微小的愿望,你们总拒绝跟我合作。我从来也没有要你们报答我什么。现在我对你们有一个最后的请求,这是最后一次,以后也决不会再有。下星期六,我的继父要到旧金山来。我现在要求你们的,只是要你们跟我一道儿去见他,让他看到一切情况都完全像我在信里告诉他的一样。换句话说,你,李·安是我的女朋友;你,萨尔是我的好友。我已经安排好借下一百块钱等星期六晚上好用。我要让我的父亲在这儿舒服地待几天,让他走的时候不会有任何理由为我挂念不安。"

这话真让我非常吃惊。雷米的继父是一个很有名的医生,他先后在维也纳、巴黎和伦敦行过医。我说:"你的意思是说,你打算花一百块钱款待你的继父?他手边的钱比你一辈子能挣到的还要多!你会欠下还不清的债,伙计!"

"那没有关系,"雷米带着悲伤的情绪安静地说,"我对你们就只有这最后的一个请求——求你们至少尽可能让一切事情看来像那么回事,尽可能让人产生一个良好的印象。我爱我的继父,也对他很尊敬。这一回他要跟他的年轻的太太一块儿来。咱们一定要对他非常恭敬。"常常有时候,雷米真像是全世界最高贵风雅的人。李·安一时也被打动了心,她渴望见到他的继父;她想,尽管他儿子不怎么样,他本人也许是一个值得勾搭的好主儿。

星期六晚上很快就来到了。没等他们因为我不肯逮捕人把我开除掉，我早已辞去了警察局的工作。这将是我在旧金山的最后一个周末了。雷米和李·安先到旅馆里去见他的继父；没想到我拿着旅费在楼下酒吧间里竟自喝醉了。一直到很晚的时候我才上楼去找他们。他父亲打开了门，他是一个很有风采的身材高大的人，戴着一副夹鼻眼镜。"啊。"我一见到他就说，"邦克尔先生，您好吗？我有点儿高了①！"我大声叫着说，意思要用法文告诉他，"我醉了，我刚才喝了很多酒。"可实际在法文里这根本不成一句话。那位大夫当时真弄得莫名其妙。那会儿我已经看到了雷米。他红着脸望着我。

我们一同到一家极豪华的餐馆去吃饭——那是北滩的阿尔弗莱德餐馆，在那儿，连酒带菜，可怜的雷米为我们五个人一共花了五十多块钱。接着一件非常糟糕的事发生了。在阿尔弗莱德酒吧的柜台前边坐着一个人，他正是我的老朋友罗兰·梅杰！他刚从丹佛来到这里，在一家报馆里找到一个工作。他已经喝得烂醉了。他甚至连胡子都没刮。在我正举起一杯酒要喝的时候，他跑过来使劲在我背上拍了一下。他一屁股坐在邦克尔大夫的板凳边，把嘴伸在人家的汤碗上跟我讲话。雷米的脸简直红得像一块甜菜了。

"你怎么不给我们介绍一下你的朋友，萨尔？"他勉强笑着说。

"旧金山《阿尔戈斯报》的罗兰·梅杰。"我尽量摆出一副

---

① 原文"Je suis haut"，系按字直译英文俚语"I am high"（我醉了）。

严肃的样子说。李·安望着我,满眼冒火。

梅杰把嘴伸在邦克尔先生的耳边跟他闲谈。"你喜欢在中学里教法文吗?"他拉开嗓子叫着。

"对不起,我没在中学里教法文。"

"哦,我以为你是在中学里教法文哩。"他是有意要表现得野蛮无礼。我还记得那天夜晚在丹佛他不让我们在他屋里聚会的事情;可我已经原谅他了。

我原谅所有的人,我放弃了一切要求,我已经喝醉了。我开始对大夫的年轻太太讲了许多不三不四的甜言蜜语。因为喝得太多,我差不多每两分钟都得跑一趟厕所,而且每次都得跳过邦克尔大夫的膝盖。一切全完蛋了。我停留在旧金山的日子必须结束了。雷米从此以后决不会再理我。这件事的确是非常可怕的,因为我实在很爱雷米,深深知道他是个真正了不得的人物,像我这样知道他的人世界上是不多的。估计很多年他都不会原谅我。我现在的悲惨处境与我在帕特逊写信告诉他那个走六号公路横穿美国的宏伟旅行计划时的处境比起来,真有天壤之别。我现在已经来到了美洲的尽头——前面已无路可走——现在除了折回身已没有别的地方可去了。我决定至少得绕着圈走回去;我要从那儿到好莱坞,然后到得克萨斯看看在海湾边的我的那一帮朋友;至于其他的事,去他妈的蛋吧。

梅杰被撵出了阿尔弗莱德餐馆。宴会就这样结束了,我与梅杰一起走出来;也可以说是雷米让我出来的,我和梅杰一起去喝酒。我们在铁壶酒吧的一张桌子旁坐了下来,梅杰说:"山姆,我不喜欢酒吧里的这个小妖精。"他说话的声音很大。

"是吗,杰克?"我说。

"山姆，"他说，"我想我们应当去揍那家伙一顿。"

　　"不，杰克，"我模仿着海明威的口气说，"就坐在这里，看看会发生什么事情。"我们最后还是摇摇晃晃地走上了大街。

　　早晨，雷米和李·安还在熟睡，我无奈地看了看堆在那儿的一大堆要洗的东西，我和雷米本来打算这个周末用屋后棚子里的那个本迪克斯①洗衣机洗的（它在那帮黑人妇女中工作起来总是那么欢快，让斯诺先生大笑不止），我决定离开。我来到走廊上。"不，他妈的，"我自言自语道，"不能走。我曾说过，不爬这座山，决不离开这里。"这是峡谷的另一边，它神秘地延伸向太平洋。

　　我又待了一天。这天是星期天，一股巨大的热浪袭击着这个小城；天气很好，三点钟天边就出现了朝霞。我开始向山上进发，爬到山顶才刚四点钟。山上到处都是茂密苍翠的加利福尼亚白杨树和桉树林，山巅附近树木很少，只有裸露的岩石和青草。牛群在海岸边的山麓上吃草，再过几个小山包就是湛蓝湛蓝、浩瀚无际的太平洋。岸边还有一堵宏伟高大的白色城墙，它从传说中的生成旧金山雾霭的一小块土豆地延伸出去，只需一个小时，这雾霭就可以穿过金门大桥，使整个浪漫的城市笼罩在一片白茫茫的朦胧之中；年轻小伙子可以揣上一瓶托卡伊②，携着姑娘的手漫步在迷蒙的人行道上。这就是旧金山；美丽的女人站在门边，透过薄薄的雾霭，期盼着爱人的归来；科伊特塔③、旧金山码头、市场街，还有十一座

---

①　本迪克斯（Bendix），商标名。
②　托卡伊（Tokay），一种产自匈牙利的葡萄酒。
③　科伊特塔（Coit Tower），旧金山的地标性建筑，为纪念几位消防队员而建。

茂盛的小山。

我一直在山上转到昏昏沉沉的状态,感觉自己就要在梦中翻下峭壁去了。哦,我心爱的姑娘你在何方?我一边想一边四处寻觅着,就像我曾在山下那个狭小的世界里寻觅着一样。站在山巅上,展现在眼前的是我的美洲大陆的脊梁;在远在天边的某个地方,阴郁疯狂的纽约正向天空喷吐着可怕的尘雾和黄烟。东边的黄色中也带有几分神圣;而加利福尼亚是白色的,就像海岸线和空无一物的头脑一样——至少当时我是这样想的。

12

第二天早晨,趁雷米和李·安还睡得正熟的时候,我悄悄收拾好东西,跟来的时候一样从窗子里溜出去,扛着我的帆布袋,离开了米尔城。我始终没有能够在那个有鬼的破船上——它的名字是"自由蜂号"——度过一个夜晚,雷米和我要从此失去联系了。

到了奥克兰,我在一个门口挂着一个汽车轮子的酒吧里和一群流浪汉一起喝了点啤酒,然后又重新在路上了。穿过奥克兰,我踏上了去往弗雷斯诺的大路。有两辆车把我带到了贝克斯菲尔德,我已向南行进了四百英里。第一辆车很疯狂,开车的是一个金发碧眼的壮实小伙,开着一辆加大马力的改装车。"你看到这个脚趾了吗?"他一边说着一边加大油门,将车速开到了每小时八十英里,一路超车。"你看它。"他脚趾上绑着绷带,"今天早晨刚断的。那帮杂种想让我住院。可我收拾了一下东西就溜了。一个脚趾,小意思。"是的,当然,我在心里对自己说。小心,我紧紧抓住扶手。我从没见过有谁开车像他这样莽撞。一眨眼工夫就到了特拉西,这是一个铁路线上的小镇。司闸员们在铁道旁吃着粗糙的饭菜,火车吼叫着穿过峡谷向远方飞驰而去。太阳正在落山,像一个巨大的红火球。山谷里的那些有着奇异名字的地方——曼特卡①、马德拉②等等,都掀开了面纱。薄暮降临,绛紫色的晚霞映照着橘子树林和狭长的瓜田,太阳的颜色变为压榨后的葡萄的颜色,其中掺杂着勃艮第葡萄酒的红色,田野呈现出爱情的颜色,并带有西班牙式的神秘色彩。我把头伸向窗外,深深地吸了一口清新的空气。这似乎是所有时刻中最美妙的时刻。这个飙车的小伙是南太平洋公司的一个司闸员,住在弗雷斯诺。他父亲也是司闸员。他在奥克兰车场扳道时把脚趾给轧掉了,我并不太清楚具体是怎样轧的。他开着车驶入弗雷斯诺的闹市,让我在城的南边下了车。我在铁道边上的一个小百货店里买了瓶可乐,看见红色的厢车旁走过来一位神情忧郁的美国小伙子。正在这时,一个火车头吼叫着驶过。是的,是的,我对自己说,萨洛扬③的家乡。

我必须往南去,我又上路了。一个开着崭新的小型货车的家伙带上了我。他是得克萨斯州的拉伯克人,专门经营拖车式活动房生意,"你想买一个这样的活动房吗?"他问我,"什么时候你想要,尽管找我好了。"他给我讲了一些有关他父亲在拉伯克的趣事。"一天晚上我老爹把一天收入的款项放在保险柜的顶上,便完全忘了。你知道发生了什么事吗?

① 曼特卡(Manteca),美国加利福尼亚州地名。
② 马德拉(Madera),美国加利福尼亚州地名。
③ 萨洛扬(Saroyan,1908—1981),美国小说家、剧作家。

就在这天夜里一个小偷拿着气割枪破门而入，劐开了保险柜，翻翻里面全是些对他无用的文件，便踢倒几张椅子，摔门出去了。柜顶上的几千块分文不少。你说好玩儿不？"

他让我在贝克斯菲尔德南边下了车，从这里我的探险行动又开始了。我感到很冷，便穿上了刚在奥克兰花三块钱买的那件薄薄的军用雨衣，但仍然不住地发抖。我在一家装饰华丽的西班牙风格的汽车旅馆前站住了。这儿灯火通明，像一颗珍珠镶嵌在茫茫黑夜里。汽车一辆一辆驶过，都是去洛杉矶的，我拼命地向它们招手，但是没有一辆停下来。天气的确太冷了，我在那儿站足有两小时，直到半夜。我一边等车，一边不住地骂着，就像上次在艾奥瓦的斯图亚特一样。我现在无路可走，只好再花两元多钱乘巴士回洛杉矶。我沿铁路线又走回到贝克斯菲尔德，找到车站，在一张长椅子上坐了下来。

我已经买好车票，正等着开往洛杉矶的汽车，却忽然看到一个非常使人动情的穿着灯笼裤的墨西哥姑娘出现在我的眼前。她坐在一辆公共汽车里，那车刚刚进站，空气闸发出了一阵咻咻声；到站后许多乘客都从车里走了下来。她的一对乳房货真价实地高耸着；纤细的腰肢令人馋涎欲滴；一头极长的光滑的黑头发，一双极大的蓝色的眼睛，流露出几分羞怯的情态。我真希望我那时也坐在她那辆车子里。我的心像被扎了一刀似的发痛，这是我每次看到一个我心爱的姑娘，在这巨大无边的世界上朝着和我相反的方向走去的时候，常会有的一种感觉。车站上的报告员喊了一声开洛杉矶，我马上就拿起帆布袋跑上车去，真没想到那个墨西哥姑娘正独自坐在车里。我马上在她对面坐下来，开始想主意。我那会儿是那么寂寞、那么悲伤、那么疲倦、那么浑身哆嗦、那么满心烦恼、那么完全被打垮了，所以我不得不鼓起勇气来，鼓起敢于去接近一个不相识的女孩子的勇气来，采取行动。甚至那会儿，当车子朝下坡的路上开去的时候，我还在黑暗中花了五分钟的时间捶打着我的双腿。

你一定得勇敢些，一定得，要不你就甭想活了！笨蛋，快跟她讲话！你出了什么毛病了？你现在对你自己都完全厌倦了吗？接着，在我自己还没弄清打算怎么办的时候，我已经向她弯过身子去（她那时正打算在椅子上睡觉）对她说："小姐，你愿不愿意拿我这件雨衣当个枕头？"

她抬头看看我，笑着说："不用了，谢谢你。"

我只得坐直了身子，浑身发着抖；我点着了一个烟屁股。我等待着，一直到她含着几分情意凄凉地对我瞟了一眼，我马上就站起身来，对她弯下腰去说："我可以坐在你的身边吗，小姐？"

"你愿意坐就坐吧。"

我马上坐了下来。"上哪儿去？"

"洛杉矶。"我喜欢听她说"洛杉矶"；我喜欢听海边一带所有的人说"洛杉矶"；说到底，这是他们的唯一的一座黄金城。

"我也正是要到那边去！"我大声说，"我非常高兴你让我坐在你的身边，我非常寂寞，这一阵子一直在路上到处乱跑。"接着，我们就开始彼此讲说自己的身世。她的情况是这样的：她有一个丈夫和一个孩子。她丈夫常常打她，所以她现在离开他打算回到弗雷斯诺以南的萨比纳尔①去，可她准备

———————————
① 萨比纳尔（Sabinal），实指加利福尼亚州的塞尔马城。

先上洛杉矶她一个姐姐那里待一阵。她把小儿子留在她自己家里,她娘家的人以摘葡萄为生,住在葡萄园附近的棚屋里。她除了整天闲待着,腻得要发疯之外,再没有什么别的事可做。我真想马上就伸手搂着她。我们不停地谈着,谈着。她说她很喜欢跟我谈话。接着她又说,她真希望她也能到纽约去。"也许咱们能去的!"我大声笑着说。汽车喘息着爬上了葡萄藤隘口,接着我们就下行到了一片灯火辉煌的地区。没有经过任何事前的协商我们已经开始手拉起手来,在同样的情况下,我们更无声地做下了一个美妙纯洁的决定:在我到洛杉矶找下旅馆的时候,她一定同我一起去住;我因为她,浑身都开始发痛了;我低下头吻着她的漂亮的头发。她的一对小肩膀简直要让我发狂了;我一再地搂她、抱她。她也很喜欢我那样做。

"我非常喜欢恋爱。"她说,乜斜着一双眼睛。我答应让她尝到最美妙的爱情。我贪婪地望着她。我们彼此的情况已经讲完了;我们于是默默出神,冥想即将来临的甜蜜的生活。事情就是这么简单。在这个世界上你们可以有你们的那些各式各样的比琦、贝蒂、玛丽露、瑞塔、卡米尔和依尼兹;这个是我的姑娘,是我所爱的一种女性;并且我把这话也告诉了她。她承认在汽车站上的时候,她也注意到我在看她。"我想着你一定是一个可爱的大学生。"

"哦,我是一个大学生!"我肯定地对她说。车子到达了好莱坞。在那昏暗阴沉的早晨,在那恰像《苏利文的旅行》①

---

① 《苏利文的旅行》(*Sullivan's Travels*,1941),美国电影,讲一个导演体验生活的故事。

影片中裘尔·麦克雷①和维罗妮卡·莱克②席间相会的那个早晨，她躺在我的膝盖上睡着了。我贪婪地望着窗外：到处是油灰顶的房子，到处是棕榈树和饭摊儿，一切是那么疯狂！这使人充满希望的坎坷的土地，正是美洲的海市蜃楼式的尽头。我们在中心大街下车了，这和你在堪萨斯城或者芝加哥或者波士顿下车没有什么两样——红砖房子、脏污的街道、如流的人群、电车在凄凉的清晨嘎吱嘎吱地响着，到处是妓院里的味道。

这时也不知为什么，我忽然胡思乱想起来。我脑子里忽然有一种愚蠢的疯狂的幻想，认定黛瑞莎，或者黛丽——这是她的名字——不过是一个普通的小野鸡，她为了骗人的钱，专门在公共汽车上勾引男人，像我们这样约定在洛杉矶私下幽会。然后，她把那个冤大头先带到一个地方去吃早饭，她的皮条客就在饭馆子里等着，吃完饭后她再把他带到一家旅馆去，让她的皮条客进行谋杀或者抢劫活动。这话我当然始终没告诉她。在我们吃早饭的时候，有一个皮条客就老望着我们；我似乎看到黛丽一直偷偷跟他挤眉弄眼。我那时非常疲倦，置身在这个遥远的令人厌恶的地方，我真有些茫然不知所措。忽然一阵恐怖抓着我的心，使得我的行动变得非常卑鄙下流了。"你认识那个家伙吗？"我说。

"你说哪个家伙，亲爱的？"她说到这儿我没再搭腔。她

---

① 裘尔·麦克雷(Joel McCrea, 1905—1990)，美国电影演员。
② 维罗妮卡·莱克(Veronica Lake, 1922—1973)，美国电影演员、海报女郎。

不论干什么事都非常缓慢、迟钝;她吃一顿饭要花很多时间,慢慢慢慢地咀嚼、痴呆地到处乱望着,时而抽一支香烟,时而又谈谈话,而我却像一个遭难的游魂,对她的任何一个动作都满腹狐疑,一心想到她不过是在那儿延挨时间。这实际是一种病症。当我们手牵手从街上走过的时候,我一直都浑身冒汗。我们找到的头一家旅馆就正好有一个房间,一进房她坐在床边脱鞋,我就糊里糊涂把门给锁上了。我温和地吻了她一下。最好永远别让她知道我心里的事。为了让紧张的神经能松开一些,我知道我们,特别是我,很需要一点儿威士忌。我连忙跑出去,跑过了十几个街口,才在一个报摊上买到一瓶威士忌。我连忙跑了回来,浑身是劲儿。黛丽那会儿正在卫生间里涂脂抹粉。我在一个大玻璃杯里倒上一杯酒,两人你一口我一口地喝着。哦,这真是太香太美了,抵得过我在路上受过的全部辛苦。我对着镜子站在她的身后,我们就那样在卫生间里跳起舞来。我开始跟她谈到我在东部老家的一些朋友。

我说:"我认识一个大高个儿的姑娘,她叫多丽,你真应该见见她。她是一个身高六英尺的红头发的姑娘。你要是到了纽约,她可以告诉你到什么地方去找工作。"

"这个六英尺高的红头发的姑娘是个什么人?"她怀疑地问道,"你干吗跟我谈到她?"在她简单的头脑里,她根本不能理解我那种由于过分高兴而信口扯来的闲谈。我只好不再搭腔。她在卫生间里慢慢竟喝醉了。

"快上床睡吧!"我一遍两遍地催促着。

"六英尺高的大姑娘,嗯? 我还真以为你是个可爱的上大学的孩子,我看到你穿着那么一件令人心爱的汗衫,我就私下对自己说,哟,瞧他多可爱？我错了！完全错了！完全错了！你不过跟他们那些人一样,是他妈的一个臭皮条客！"

"你在那儿胡说些什么？"

"你不用站在那儿装腔作势,对我说那个六英尺高的红头发的女人不是个窑姐儿,是窑姐儿不是窑姐儿我一听就知道,你呢,你跟我所遇到的别的那些人一样就是一个皮条客,所有的人全都是窑子里的皮条客。"

"你听我说,黛丽,我不是皮条客。我可以对着《圣经》向你发誓,我不是什么皮条客。我为什么会是皮条客呢？我唯一感兴趣的只是你这个人。"

"我一直以为自己遇上了一个可爱的男孩子。我是多么高兴啊,我高兴万分地暗暗对自己说,啊,这回真遇上了一个可爱的男孩子,他不是个皮条客。"

"黛丽,"我实心实意地请求说,"求你好好听我说,我不是皮条客。"一小时以前我还在想着她是一个烂婊子。这实在太可悲了。我们的头脑,由于装满了疯狂的经历,已经脱出常轨了。啊,多么残酷的生活,我一再解释、请求,弄得我都快发疯了,最后却发现我不过是在跟一个愚蠢的墨西哥丫头说话,我把这话毫不隐讳地告诉了她;接着,在一时冲动之下,我抓起她的红舞鞋来,直把它掼到卫生间的门边去,叫她给我走。"滚吧,你给我滚！"我打算独自睡下,忘掉这一切;我有我自己的生活,我自己的永远处在悲伤和灾难中的生活。卫生间里立刻安静得一点儿声息也没有了。我脱掉衣服上床睡下。

黛丽满眼含着羞愧的眼泪走了出来。凭她那一点点简单可笑的头脑,她断定一个皮条客决不会把一个女人的鞋往门上惯,决不会叫她滚蛋。在怀着尊敬和亲昵的沉默中,她脱下衣服,光着她的细小的身子钻到我的被窝里来。她的棕色的皮肤完全像葡萄的颜色。我看到她的瘦小的肚子上有一条开过刀的痕迹;她的屁股太小,不可能不经过剖腹手术生下一个孩子来。她的腿细得像棍儿似的。她的身长只不过四英尺十英寸。在那令人发软的恬适的清晨,我对她表示出了无比的情爱。然后,这两个流落在洛杉矶的疲惫的天使已经在一起寻找到了人生最神秘的甜蜜,我们很快进入睡乡,一直睡到黄昏。

13

好也罢,坏也罢,我们就这样在一起生活了十五天。在我们忽然清醒过来的时候,我们决定一同搭便车到纽约去;她决心作为我的情人同我到城市里去生活。我不禁立即想到跟狄恩和玛丽露以及所有他们那些人搅在一起时的狂乱的生活——那将是一段新的欢乐的日子。不过,首先我们还一定得想法挣到一笔旅费。黛丽一心想就凭我手边现有的二十块钱马上动身。我却不愿意那样。但我也真像他妈的一个大傻瓜似的,对这个问题整整考虑了两天,成天在一些小饭店和酒吧间里,翻阅着我一生还从没见到过的那些荒唐的洛杉矶报纸上的招工广告,一直到我那二十块钱也慢慢只剩下十来块了。生活在那个旅馆的小房间里,我们是非常幸福的。半夜的时候,我因为睡不着觉,就爬下床来,扯起被单掩盖住小人儿的棕色的光着的肩膀,独自观望着洛杉矶的夜景。观望那残暴的、喧闹的、充满汽车喇叭声的夜景！就在街的那面发生什么事情了。一所破旧不堪的住房便是那里发生的某种悲剧的场景。巡逻车在那里停了下来，几个警察在讯问着一个头发灰白的老人。从房子里面传出一阵阵的悲泣之声。在旅馆里霓虹灯的嗡嗡声中，那边的一切我全能听得清清楚楚。我一生还从没有像现在这样悲伤过。洛杉矶是美洲的最凄凉而又最残暴的城市；纽约在冬天的时候却也冷得叫上帝都发抖，可在那里的某些街道上，你总还能找到一点不值钱的同情。洛杉矶却简直是蛮荒之区。

我和黛丽手里拿着几块热狗在南大街一带闲逛，那里简直是一个五光十色的荒唐生活的狂欢场。在每一个角落里，几乎都有穿长靴的警察在搜查行人。本地区的彻底被打垮的人群全聚集在两旁的人行道上——照临在这一切之上的温和的南加利福尼亚的星星也被洛杉矶，这荒漠之中的一片巨大的露营地泛起的紫雾掩没了。除掉胡椒豆和啤酒的气味以外，在污浊的空气中，你还可以闻到茶和烟草——我的意思是说大麻精——的味道。从啤酒店里飘出宏伟狂野的波普音乐；它在这美国之夜中跟各种各色的牛仔和爵士乐的喧闹声混成了一种离奇的大杂烩。每一个人的样子都很像哈塞尔。戴着波普帽、长着山羊胡的一群半疯不癫的黑人过去了；接着是来自纽约刚下六十六号公路的、长头发的已完全趴下的被打垮的青年；接着你看到一群老废物，手里拿着大大小小的纸包，要到普拉萨一带的公园里去找条长凳过夜；再接着，那边走来了穿着紧袖衣的卫理公会的牧师和时或出现的留长须、穿草鞋的天童教圣徒。我真想过去会会所有那些人，跟他们在一起谈谈，可是黛丽和我那时却一心只忙着想弄到一元钞票。

我们跑到好莱坞去,想到"落日长蔓"那边一家咖啡馆里去找个工作。那个角落可真叫热闹!坐着破车从乡间来的一大家子一大家子的人全站在人行道边等着观看某些著名的明星,可那些明星却总也不露面。偶尔有一辆小轿车走过,他们马上全挤到路边去伸着脖子观望:车里坐着一位戴墨镜的人和一个满身珠宝的金发女郎。"堂·阿梅西!堂·阿梅西!""不对,乔治·梅菲!是乔治·梅菲!"他们来回转动着,你看看我,我看看你。跑到好莱坞来要想充当一个牛仔角色的漂亮、古怪的青年小伙子,到处乱转着,不停地用指尖抿湿自己的眉毛。天下最美丽的小丫头们穿着长灯笼裤也在这一带穿梭般来来去去;她们原打算到这里来做个小明星的,最后却都做了小饭馆的招待。黛丽和我也想在那些路边餐厅里找个工作。可是到哪儿都遭到拒绝。好莱坞大道简直是一个巨大的嘈杂不堪的车子堆;在那里每一分钟都至少有一次小小的车祸;所有的人都一直冲到最远的一棵棕榈树跟前去——在这棵树那边就是无尽的荒野和一片空虚了。在豪华的大餐厅门前站着许多好莱坞的二流子,他们的谈论跟纽约雅多滩门前的那些百老汇二流子完全一个腔调,所不同的,只是这儿的这一帮衣服穿得轻便一些,说话更土气一些罢了。细高挑儿的面色发青的教士也在这儿挤来挤去。肥胖的声音刺耳的女人们横冲过马路挤进一堆人里去瞧看路边发生的什么热闹。我看到杰瑞·柯罗拉在别克汽车公司买车子;他在一面宽大的玻璃橱窗里面,用手指拈着自己的小胡子。黛丽跟我跑到下城一家自助餐馆去吃饭,那餐厅装饰得像一个石窟,到处是一些金属的小物件和一些巨大的看不出人来的石头屁股——神灵和海神的屁股。人们全聚在一片瀑布前面吃着简单得可怜的饭食，他们的脸被无边的辛酸染成了一片青绿。洛杉矶的警察个个都打扮得像漂亮的小白脸儿；很显然，他们是到这儿拍电影来了。所有的人都是到这儿拍电影来的，甚至我也是。最后黛丽跟我只得拉下架子试图混到南大街的那些垮掉的脚夫和洗碗妇中去找个工作，他们那些人对自己垮掉的境遇是完全不在乎的，可没想到连这个也行不通。我们一共只剩下十块钱了。

"你听哪，我这就到我姐姐那儿去拿我的衣服，咱们马上搭便车上纽约去，"黛丽说，"来吧，小子。咱们就这么办。'你要是不会布基舞，我会教你怎么跳。'"后面这一句，是她经常挂在嘴边的一句歌儿。我们于是马上赶到她姐姐家去，那是阿拉米达路那边的一所细木条钉成的墨西哥棚屋。在一条小黑巷里，我在一排墨西哥式的厨房的背后等待着，因为我们决定不让她姐姐见到我。几只狗在我身边跑来跑去。几盏小灯照亮着那条耗子窠似的小胡同。在那温和宁静的黑夜中，我听到黛丽和她姐姐争论的声音。我准备应付一切意外。

黛丽出来了，她牵着我的手把我带到中央路去，那是洛杉矶主要的黑人居住区。那是多么荒野的一个地方啊！鸡棚似的住房差不多就够摆下一台留声机，而那留声机除了放出一些布鲁斯音乐和波普音乐之外就再没别的。我们爬上一段肮脏的公寓住所的楼梯来到了黛丽的朋友玛加丽娜的住处，她曾向黛丽借过一条裙子和一双鞋。玛加丽娜是个可爱的混血姑娘；她丈夫可黑得像扑克牌上的黑桃一般。他马上出去买了一瓶威士忌来款待我。我要付一部分钱，可他坚决不肯。他们有两个孩子，孩子在床上跳来跳去；那里就是他们的游戏场。他们两手抱着我的脖子惊奇地看着我。外面中央大道夜晚的喧嚣声——汉普①的曲子《中央大道坍塌》低沉的轰响——伴随着这个狂野之夜。他们在大厅、在窗前肆无忌惮地高唱着。黛丽拿到她的衣物后,我们就告别出来了。我们跑到下面的一个鸡棚里去,拿几张唱片在留声机上唱着。两个黑人走过来在我耳边低声问我要不要喝茶。一块钱。我说好吧,去拿来。私卖毒品的人走来做手势让我到地下室厕所里去,我糊里糊涂地站在那里,听到他说:"捡起来,伙计,捡起来。"

"捡起什么来?"我问。

他已经把我的一块钱拿去。他连向地板上指一下都不大敢。那也不是什么地板,那儿是地窖。地上有一块像个屎橛儿的棕色的东西。他的小心简直到了荒唐的程度。"我不得不多加小心,近几个星期风声可紧啦。"我把那个屎橛儿捡了起来,那是一支棕色的纸烟。我拿着它去找到黛丽,然后就一同回到旅馆里我们那间小屋子里去预备麻醉一番。结果啥事儿没有。那不过是一点布尔·德汉烟草。我真后悔不该花那笔冤枉钱。

黛丽和我必须立即毫不含糊地决定行止了。我们决定就依靠手边现有的一点钱搭便车到纽约去。她那天夜晚从她姐姐那里搞来了五块。我们一共大约有将近十三块钱。因此,在按天计算的房租又将届限以前,我们就收拾起东西,搭上一辆红色的小车子赶到了加利福尼亚的阿卡迪亚,在那里的一

①　即莱昂内尔·汉普顿(Lionel Hampton, 1908—2002),美国黑人爵士乐音乐家。

带大雪山下面就是散塔·阿尼塔跑马场。这时已经入夜了。我们直朝着美洲大陆走去。手拉着手，我们向下走了好几英里，走出了人烟稠密的地区。那是一个星期六的夜晚。我们在一盏路灯下面站立下来，浑身哆嗦着。忽然间，一队旗帜飘扬的汽车满装着一车车的年轻孩子轰隆轰隆地开了过来。"呀啊！呀啊！咱们胜了！咱们胜了！"他们全大声叫喊着。接着他们对我们怪声喊叫，仿佛看到路边有那么一个穷汉子带着个小娘儿们，感到大为开心。这车一共有十多辆，全都载满了年轻的脸和一般人所谓的"清脆的年轻的嗓音"。我对他们全都非常痛恨。他们把自己看成什么了不起的玩意儿？就因为他们是些上学念书的小子，因为每星期六下午他们的父母有几块烤牛肉啃啃，他们就可以对路上的行人随便嘲笑吗？他们把自己看成什么了不起的玩意儿，竟会因为看到一个女孩子，跟一个需要爱情的男人在一起，落入了难堪的境地，就公然来拿她寻开心？我们从来只管我们自己的事。我们根本也没求人让我们搭车。现在我们只得步行到镇上去，而最糟糕的是，我们很想喝点咖啡，可是，走进那里唯一的一家还开着门的店铺一看，那儿正是他妈那个倒霉的中学冷食站，车上的那一大帮孩子全都在里面，他们还记得我们。现在，他们看出了黛丽是墨西哥人，是个巴丘哥①的臭丫头；而她的男伴比她还要糟。

高扬着她的漂亮的脸蛋，她立刻走了出来，我们于是在黑暗中沿着大路边的小沟慢慢向前走去。我扛着包。在清冷的夜空中，我们的嘴边冒着白汽。最后，我决定再一夜跟她一起

① 巴丘哥（Pachuco），指墨西哥裔美国人。

躲开这个世界,明天的事儿管他娘。我们于是走进了一家旅馆的大厅,花了大约四块钱定下了一套舒适的房间——里面有淋浴、浴巾、墙头收音机,一切应有尽有。我们紧紧地互相搂抱着。我们严肃地谈讲了很久,洗了个澡,先开着灯、后来又关着灯讨论了许多事情。我们仿佛是在证明一个什么问题,我要她相信一件什么事,她最后也完全相信了。在黑暗中我们喘息着订下盟约,我们简直快乐得像两只小羔羊一般了。

第二天早晨,我们准备按照我们的新计划大胆地做去。我们决定搭公共汽车到贝克斯菲尔德,到那里去干一阵摘葡萄的工作。干上几星期之后,我们就正大光明地搭汽车上纽约去。那天下午,我同黛丽搭车到贝克斯菲尔德去,那一路的情景可真是美妙无比:我们坐在最后的一排座位上,自由自在地谈着、观望着向后飞滚的田野,心上完全不存一丝牵挂。我们在快近黄昏的时候到达了贝克斯菲尔德。按计划我们准备找遍全城所有的水果批发商。黛丽说找到工作后,我们可以弄个帐篷住下。住上帐篷,在清凉的加利福尼亚的早晨摘摘葡萄,这主意对我来说,可真是再好不过了。可是,不幸哪里也不要人,而且那些人被我们弄得莫名其妙,每个人都提出了无数的建议,工作可始终没有。不管怎样,我们仍然一起去吃了一顿中餐,吃得饱饱的之后又出来跑。我们横过铁道,到了墨西哥街。黛丽到处找她的同族弟兄们唠叨一阵,求他们给找工作。那会儿已经是夜晚了,小小的墨西哥街简直整个就是一只发亮的大灯泡:到处是电影幕布、水果摊、廉价货篷和杂货小店,街上足足停有几百辆破烂货车和满身泥浆的破汽车。摘葡萄的墨西哥人整家整家在街上闲逛着,一边吃着爆米花。黛丽见到谁就同谁谈一阵。我可已经开始感到绝望了。我那会儿唯一的需要——黛丽也同样需要的——是喝上一杯，因此我们花上三角五分钱买了一瓶加利福尼亚葡萄酒，拿着它到铁路局的车厂那边去喝。我们找到一个地方，有一群流民拿一些破车架支起来坐在那里烤火。我们也就在那里坐下来，喝着酒。在我们的左边，是一列满身油烟的货车，在月光下闪着凄凉的红光；正前面是贝克斯菲尔德中心区的灯光和航空港的灯塔；在我们的右边是一所巨大的铝制品商店。啊，那真是一个美妙的夜晚，一个温和的夜晚，一个正好痛饮的夜晚，一个花好月圆的夜晚，更是一个你可以搂着你心爱的姑娘，谈着、玩着，一同进入天堂的夜晚！我们当然就那么做了。她是一个颇有酒量的小傻子，一直陪着我喝，而且喝得比我还多，我们就那么一直谈讲到深夜。我们坐在那些车架上始终也没动窝儿。有时，有几个流浪汉或是带着一群墨西哥孩子的母亲从这里走过去，有时，有一辆巡逻车开过来，车里的警察走下车鬼闹一阵，但大部分时间，我们却都是安静地单独待在一起。这时，我们的心灵越来越彼此交融，直到别离对我们已变成了不堪设想的事。午夜以后，我们立起身来晃晃悠悠地向马路上走去。

黛丽又有一个新主意。我们可以搭便车上她的家乡萨比纳尔，到她哥哥的汽车房里去住。我那会儿是怎么都行。在路边，我让黛丽坐在我的帆布袋上，装出一个无路可走的可怜女人的样子，马上果然就有一辆车停了下来，我们于是连忙跑着赶了过去，忍不住咯咯大笑。那个人确是一个好人，但他的车子可真破得够呛。他费尽了九牛二虎之力才跑上那个山谷。我们在天亮以前大约三四点钟的时候到达了萨比纳尔。黛丽睡觉的时候，我已把瓶里的酒全部喝完，实际是完全醉了。下车后,我们在镇上一处安静的树木茂密的广场上闲逛着——这个加利福尼亚的小镇,实际不过是铁路边的一个小站。我们找到她哥哥的一个朋友家去打听他在什么地方。可他家一个人也没有。天已经快亮了,我在镇中心的一片草地上躺了下来,一遍又一遍地说着:"你决不会对人说他吃大麻精醉了是什么样子,对不对? 他吃大麻精醉了是什么样子? 你绝不会对人说,对不对? 他吃大麻精醉了是什么样子?"这实际是在《人鼠之间》①那部影片中柏格斯·梅瑞底斯②对牧场工头讲的一段话。黛丽听了却咯咯地笑个不止。我不论干什么她看着都很有趣。我要是就躺在那儿那么念叨着,一直到太太们出门上教堂去的时候,她也会全不在乎。可是最后,因为想到怕让她哥哥难堪,我还是决定赶快去找个地方住下。我带着她到铁路边的一家旅馆里去,立即舒适地睡下了。

第二天早晨天气很好,黛丽一早就起身去找她哥哥。我却一直睡到中午;当我醒来向窗外望去的时候,忽然看到一辆货车上装满了无业的流民,他们拿衣包做枕头躺在那平底车上,高兴地滚来滚去,手里捧着滑稽有趣的报纸,有些人不停地吃着从路旁顺手摘来的极好的加利福尼亚葡萄。"他妈的!"我大叫着,"真不错! 这真是一片希望无限的土地。"他们全是从旧金山来的;在一个星期之后,他们准定会同现在一样神气地再全部回去。

黛丽同她哥哥、她孩子和她哥哥的朋友一起来了。她哥哥

① 《人鼠之间》(*Of Mice and Men*),美国作家约翰·斯坦贝克(John Stein-beck,1920—1968)的作品,出版于 1937 年。《愤怒的葡萄》也是他的作品。

② 柏格斯·梅瑞底斯(Burgess Meredith,1907—1997),美国电影演员。

是一个粗野的墨西哥风流汉子，嗜酒如命，可确是一个了不得的大好人。他的朋友是一个满身肥肉的高大的墨西哥人，讲一口语音含混的英语，嗓门儿极高，处处都极力讨人喜欢。我看得出来他在转黛丽的念头。她的小男孩约翰尼才刚刚七岁，黑黑的眼睛，样子很可爱。总之，我们是在那里停留下来，另一个荒唐的日子又开始了。

她哥哥名叫瑞奇，他有一辆一九三八年的雪佛兰轿车，我们大家全钻了进去。汽车不知向一个什么地方开去。"我们去哪儿？"我问。他朋友做了解释——他叫庞佐，大伙儿都这么称呼他。他身上散发着一股臭味，后来我才知道，原来他的职业就是专门向农民出售大粪，他有一辆货车。瑞奇总能从他那儿捞到几个钱，所以整天无忧无虑，他不停地说："就这样，就这样走，就这样走！"他确实也这样走了。他把那辆老旧车开到每小时七十英里，然后一直向弗雷斯诺附近的马德拉开去，去看一下农民的粪肥。

瑞奇带了一瓶酒。"今天大家喝酒，明天干活，就这样，来一口！"黛丽和她的孩子坐在后面。我回头看她，她的脸上洋溢着与亲人重逢的喜悦。加州十月绿色的乡间田野从我们眼前掠过。我又对未来充满了信心和勇气，我准备继续往前走。

"现在我们去哪儿，伙计？"

"我们去看看一个农民的几堆肥料，明天我开车来运。伙计，我们会赚很多钱，不用担心。"

"我们大家一定要在一起！"庞佐叫道。我发现的确如此——我去的每一个地方，都是大伙一起去的。我们急速驶过弗雷斯诺，然后进入山谷去找一些农民。庞佐下车与一些墨西哥老农民不知道谈了些什么，当然，我什么也听不见。

"我们现在太需要喝些饮料了！"瑞奇大声嚷嚷。我们开车去了交叉路口的一家小酒店，美国人都喜欢在星期天下午去交叉路口的小酒店喝酒。他们带着孩子，借着酒劲喧闹地聊着，一切都还好。到了晚上孩子们开始哭闹，父母们却已然醉醺醺的，然后一起摇摇晃晃地回家。在美国，我去过的不少交叉路口的小酒店，和这样的一家人一起喝酒。这次我们也一样。瑞奇、我、庞佐和黛丽坐在一起，一边喝酒，一边和着音乐大叫，小宝贝约翰尼和其他几个孩子围着点唱机打转。太阳已经变红了，但什么事也没做成。可这里又能做成什么事呢？"玛利安娜①，玛利安娜，"瑞奇说道，"我们会成功的，伙计们，再来杯啤酒吧，就这样，就这样！"

我们踉跄着走出酒店，上了汽车，向一个公路酒吧开去。庞佐是一个大嗓门的家伙，他几乎认识圣华金河谷里的每一个人。到了公路酒吧后，我和他两个人说开车去找一个农民，可我们却把车绕到马德拉的墨西哥街找姑娘去了，我们想为他和瑞奇物色两个漂亮的小妞。随着绛紫色的雾霭渐渐笼罩整个葡萄之乡，我发现自己呆呆地坐在车里，他却正站在一个厨房门口和一位墨西哥老人为买西瓜在讨价还价。那西瓜是他在自家后院种的。我们买了一个，坐在地上吃了起来，然后将瓜皮扔在老头家门口肮脏的路面上。再好看的姑娘在这漆黑的街上也会显得丑陋。我说："我们到底去哪儿？"

"不要担心，老兄。"大庞佐安慰着我，"明天我们会挣很

---

① 玛利安娜（Mariana），莎士比亚喜剧《一报还一报》中的人物，她在一个农庄等待已经遗弃她的爱人回来，最后终于等到了。

多钱的。今晚不要去想它。"我们将车开回公路酒吧,带上等在那儿的黛丽他们,然后在高速公路的灯光下把车开回了弗雷斯诺,我们都饿极了。我们蹦跳着跑过几条铁路,来到了弗雷斯诺的墨西哥街,许多窗口都挂着奇异的中文招牌。我们走在星期日晚上的大街上,一些墨西哥小姐穿着宽松衫裤在街上溜达,自动点唱机里传来曼波舞的音乐①,街灯被装饰得五颜六色,像万圣节。我们走进一家墨西哥饭馆,吃了些玉米薄饼和斑豆泥馅的玉米卷饼,味道很不错。我扔出了够我去新泽西海岸的五块钱车票钱,付了我和黛丽的账。现在我只剩四块钱了。我和黛丽互相看了一眼。

"宝贝,今晚我们住哪儿?"

"我不知道。"

瑞奇已经喝醉了;现在他只会一个劲地说着"就这样,伙计,就——这样"。声音听上去很疲乏但又很温柔。这一天真长,大家都不知道该做什么,天知道。可怜的小约翰尼在我的怀里睡着了。我们把车开回到萨比纳尔。回去的路上,我们把车停在了九十九号高速公路边的一个酒店旁,瑞奇还要喝最后一杯啤酒。在这个小酒店后面有一些拖车式活动房、帐篷和几间摇摇欲坠的汽车旅馆式的房子。我问了一下价,要两块。我问黛丽怎么样,她说很好,因为我们抱着孩子,应当让孩子睡得舒服些。小酒店里几个一本正经的流浪工人正和着一个牛仔乐队演奏的音乐跳舞。喝了几杯啤酒之后,我和黛丽带着孩子到旅馆一间客房睡觉。庞佐还在转悠,他无处可去。瑞奇到他父亲的葡萄园的小屋休息去了。

---

① 曼波(Mambo),一种源自古巴的舞蹈和音乐。

"你住哪儿,庞佐?"我问。

"没地方住,伙计。我原来和大露丝一起住,可她昨晚把我给赶出来了。我今晚就在卡车里睡一觉算了。"

外面传来优美的吉他声。我和黛丽仰望着星空,然后互相亲吻。"总有一天,"她说,"一切都会好起来的,你相信吧,我的好萨尔?"

"当然,宝贝,总有这么一天。"永远都总有这么一天,接下来的一个星期,我每天都听到这个话——"总有这么一天"——多么诱人的字眼,也许它意味着天堂。

小约翰尼跳上床,连衣服都没来得及脱就睡着了。沙子从他的鞋里溢了出来,马德拉的沙子。半夜里,我和黛丽爬起来拂去了被单上的沙子。早晨起床洗漱完毕后,我们出来到附近转了转。我们现在是在离萨比纳尔五公里的棉田和葡萄园里。我问一个胖女人这片地方是谁的,是否还有空着的帐篷可以租用。她说,有一顶最便宜的还空着,每天一块。我交了一块,便往里走。里面有一张床,一个火炉,柱子上还挂着一面破镜子,这已经很令人满意了。我必须弓着身子进去。当我进去时,发现我爱人和我们那宝贝男孩已经抢先钻进去了。我们等着瑞奇和庞佐把车开过来。他们终于来了,还带来许多啤酒,我们就在帐篷里喝开了。

"肥料的事怎么样了?"

"今天太迟了,明天吧,伙计。明天我们再挣钱。今天我们喝啤酒。啤酒怎么样,不好吗?"我不需要人让就自便了。"就这样,就——这样!"瑞奇高声说道。我开始意识到我们原计划用卡车运肥料赚钱的想法是不现实的:车就停在帐篷外面,散发着和庞佐身上一样的臭味。

那天晚上我和黛丽心情舒畅,在空气清新的帐篷里我正准备睡觉,她说:"你现在想要我吗?"

我说:"约翰尼怎么办?"

"不要紧,他睡了。"但是他并没睡着,只是没说话。

第二天,那帮家伙又把粪车开来了,然后又去买威士忌,回来后就在帐篷里痛饮起来,那天夜里,庞佐说天气太冷,就在我们帐篷的地下睡了下来,用一块大雨布裹着身子,雨布上尽是牛粪的臭味。黛丽很讨厌他,她说他缠着她哥哥,实际上是想接近她。

我和黛丽除了饥饿之外,什么事也没有。于是早上我去农村转了转,想找一份摘棉花的工作。大家都让我到高速公路那边的一个农场去看看。我去了,有位农夫正和他的妻子待在厨房里,他走出来,听我说了自己的情况,然后提醒我,摘一百磅棉花,他只能付给三美元,我思忖我一人每天可以摘三百磅,便答应了,他从仓库里取出了一些长长的帆布袋,并告诉我明天清晨就开始摘,我赶回去告诉黛丽,我们都很高兴。路上看见一辆运葡萄的卡车在行进中颠了一下,一堆葡萄掉在了沥青路面上,我捡了回去。黛丽很开心。"约翰尼和我一起去帮你。"

"不!"我说,"用不着这么兴师动众。"

"你知道吗?摘棉花可不是件容易事。我教你。"

我们吃着葡萄,晚上瑞奇带来一块面包,一磅汉堡包,我们搞了一次野餐。我们旁边一个稍大一些的帐篷里住着一大家子流浪的工人,他们也是摘棉花的。老祖父整天坐在椅子上,他年纪太大,不能干活。儿子、女儿还有他们的孩子每天早晨穿过高速公路到我那个雇主农场摘棉花。第二天早晨,我和他们一起去了。他们告诉我,早晨棉花上沾着露水,比较沉,所以比下午能挣更多的钱。然而他们却一直从拂晓干到太阳下山。老祖父是内布拉斯加人,是三十年代闹瘟疫的时候来到这里的——与那位蒙大拿牛仔告诉我的情况完全一样——一大家人开着一辆破旧的大卡车来到这里。自那以后他们一直在加州,他们很喜欢干活。在这十年里,老人的儿子已经有了四个孩子,有的已经长大,可以帮着摘棉花了。这些年来在西蒙·勒格里①的农庄里,他们贫困交加的处境有所改变,可以住上较好的帐篷,如此而已。他们为自己的帐篷感到自豪。

"回过内布拉斯加吗?"

"没有,那儿什么都没了。我们现在最迫切的是要买一个拖车式活动房。"

我们弯下腰开始摘棉花,这里景色很美,棉田的那边就是我们的帐篷区,远处一望无际的棉田在清晨蓝色的空气中与那些棕黄色的河谷小山麓、白雪皑皑的锯齿山融成一体。这比在南大街洗盘子不知要强多少倍。但是我对摘棉花一窍不通,我花很长时间才能把一朵白色的棉花从它绽开的花苞中剥离下来,而别人只需弹指一挥就完成了。没过多久,我的指尖就开始流血。我需要手套,也需要更多的经验。有一对黑人夫妇也在棉田里和我们一起干活,他们摘棉花简直有上帝赋予的那份耐心,就像南北战争之前他们的祖父们在亚拉巴马干活时一样;他们沿着田垄慢慢向前移动着,一直弓着腰,

---

① 西蒙·勒格里(Simon Legree),斯托夫人的小说《汤姆叔叔的小屋》中的奴隶主。

袋子里的棉花在不断增加。我的腰背开始发酸,就跪在地上,躲在棉田里的感觉很惬意。如果我感到需要休息,我就停下来趴在田里,脸贴着棕色湿润的大地,鸟儿伴着我欢快地歌唱,我想我找到了我喜欢的工作。在中午令人昏昏欲睡的阳光下,黛丽和约翰尼在地头向我招手,然后跳进棉田和我一起拼命地干着。真他妈的见鬼,小约翰尼竟然比我摘得还快!——当然黛丽要比我快一倍。他们在我的前头摘着,让我把一堆堆雪白的棉花装进袋子里。黛丽的是像真正摘棉工摘的那样一大堆,约翰尼的是可爱的一小堆。我一面装着,一面心里感到很内疚。我算什么男子汉,连自己都养不活,更不用说他们了。他们陪着我干了整整一个下午,太阳落山的时候,我们才脚步沉重地从田里走出来。我把所有的棉花倒出来称了一下,只有五十磅,我挣了一元五角钱。我向一位农场的小伙子借了辆自行车,骑到九十九号公路交叉路口上的一个副食店,买了几听熟通心粉和炸肉圆罐头,还买了面包、奶油、咖啡和蛋糕,然后把一大包东西挂在车把上往回骑。一辆辆开往洛杉矶的汽车从我身边驶过;开往旧金山的则朝我的身后跑。我一遍又一遍地发着誓。仰望天空,我向上帝祈祷,给我的生命一些转机,让我能为自己爱着的人们做得更好一些吧。没有人注意我。我一定能做得更好。还是黛丽把我的思绪拉了回来。在帐篷里的小火炉上她把所有的食物都热了一下,我又饿又累,所以这是我一生中吃过的最美味的一顿饭。我就像一个摘棉花的黑人老头,斜靠在床上一边叹气,一边抽着香烟,外面,从凉爽的夜里不时传来几声狗叫。瑞奇和庞佐晚上已经不再来了,对这一点我很满意。黛丽蜷缩在我的身旁,约翰尼坐在我身上,他们在我的记事本上画着小动物。我们帐篷里的灯光点缀着阴森的田野。小客栈里牛仔们演奏的乐曲在田野中回荡着，一切都有些阴沉，但正与我的心境相符，我吻了吻我的宝贝，然后熄灯睡觉。

早晨，露水把我们的帐篷压得有点下垂。我从床上爬起来，去汽车旅馆的公共盥洗室洗了把脸。回来后，我穿上长裤——它已被我在棉田里跪破了，昨晚黛丽又替我缝好——戴上那顶破草帽，它本来是约翰尼的玩具，然后背着我的帆布棉花袋，穿过高速公路，向棉田走去。

每天我都能挣一块到一块五，这仅够我每天骑车到副食店采买一天的伙食的。日子一天天地过去，我忘记了东部，忘记了狄恩和卡洛，也忘记了那条倒霉的路。我整天带着约翰尼玩，他喜欢我把他一下子抛到空中，然后再落到床上。黛丽坐在那儿为我们缝补衣衫。我是一个真正的男人了，就像我曾在帕特逊梦想过的那样。有风言说黛丽的丈夫回到了萨比纳尔，并且扬言要来找我。我正等着他。有一天晚上，一群农场工人在酒店里发疯，他们把一个人捆在树上，用棍子把他打成了肉泥。那时我正在睡觉，只是后来听说的。从那以后我就在帐篷里放了一根木棒，以防万一。他们总觉得我们这些墨西哥人污染了他们的营地。他们以为我是个墨西哥人，当然，从某种意义上讲也对。

现在已经是十月了，夜晚一天比一天寒冷。隔壁那户人家有个火炉，以备过冬。我们什么也没有，并且房租已经快到期了。我和黛丽痛苦地决定离开这里。"回家去吧，"我说，"看在上帝的分上。无论如何你不能带着小约翰尼在帐篷里过冬，可怜的小东西会受不了的。"黛丽哭了，因为我触痛了她那种母性的敏感。我本意并非如此。一个灰蒙蒙的下午，庞佐把他的卡车开来了,我们决定去黛丽家看看情况。但我只能躲在葡萄园里。不让他们看见。我们开车去萨比纳尔,途中车子坏了,更糟的是天上又下起了瓢泼大雨。我们坐在破车里骂着。庞佐只好冒着雨下去修车。说实话,这家伙倒是个大好人。我们俩会意地交换了一个眼色。下车后,我们走进了萨比纳尔墨西哥街的一个破旧的小酒店,在里面喝了一小时的酒。我在棉田里的工作已经结束了,我感到我自己的生活在召唤我回去。我花一分钱给姨母发了张明信片,让她再寄五十块钱来。

我们坐着车到黛丽的娘家去。他们住的那所棚屋是在一条横穿过许多葡萄园的古老的大路的旁边。我们到达的时候天已经黑了下来。他们让我在大约小半英里路以外下了车,然后才把车子直开到门口去。门开处,从屋里射出一片灯光;黛丽的六个弟兄正一边弹着吉他一边唱着。老头子独自在喝着酒。在歌唱声中我还听到喊叫和争吵的声音。因为她离开她的不成器的丈夫跑到洛杉矶去,又把小约翰尼留给他们照管,他们骂她臭婊子。老头子大声叫骂着。可是她那悲伤的棕皮肤的胖妈妈占了上风,在这一大帮农民中她总会占上风,黛丽终于被允许回家住下。她的弟兄们开始唱一些轻快的歌曲,唱得非常快。我在寒冷的风雨中缩成一团,越过山谷中十月寒天的葡萄园观望着那边的一切。我脑子里充满了比莉·荷莉戴①所唱的《好情人》那支伟大的歌曲的旋律;我独自躲在树丛中开了个小小的音乐会。"有一天咱们俩再相见,你一定会擦干我的眼泪,吻我抱我,在耳边甜蜜地轻轻对我言,

---

① 比莉·荷莉戴(Billie Holiday,1915—1959),美国著名爵士乐女歌星。

哦,小情人,你一直在哪里,哦,我们一直在相思中熬煎……"
这歌词倒没有什么,只是经比莉一唱起来那种宏伟谐和的调
子却使你感到仿佛在一盏微弱的路灯光下,一个女人正轻轻
抚摸着她情人的头发。风号叫着。我感到非常寒冷。

黛丽和庞佐一同来找我,我们一起坐上那辆喊里喔啷的
破汽车去找瑞奇。瑞奇这会儿正和庞佐的女人大露丝住在一
块儿;我们把车开进一条破巷子里,按着车上的喇叭叫他。大
露丝把他轰了出来。一切计划全都落了空。那天夜晚,我们
就睡在那辆车子里。黛丽自然是紧紧地抱着我,一再告诉我
一定不要走。她说她可以去做摘葡萄的工作,赚点钱来维持
我们两人的生活;在那期间我可以住在一个名叫海佛芬格的
农户的仓房里,那仓房就在她家前面的那条大路下边。我可
以什么事都不干,整天坐在草地上吃葡萄。"你不乐意吗?"

第二天早晨,她的表兄们又开着另一辆车来接我们。我
忽然发现在那一带乡间已经有成千上万的墨西哥人知道了黛
丽跟我的事,他们一定全拿这件事当作一个极有趣的风流故
事在谈讲着。她那些表兄态度都很客气,而且非常和蔼。我
站在车上笑着跟他们开玩笑,谈讲着在大战期间我们各在什
么地方,有过一些什么遭遇。他们一共是弟兄五个,个个都非
常可爱。他们大概是黛丽娘家那方面的表亲,对我们的事完
全不像她自己的弟兄们那么大惊小怪。可我非常喜欢那个态
度粗野的瑞奇。他赌咒说一定要到纽约来找我。我立即想到
他到了纽约时的情景:什么事都等明天再说。那一天他在地
里喝酒喝醉了。

我在十字路口爬下车来,黛丽的表兄们开着车子送她回
家。他们在房子前面极高兴地向我招手;她的父亲和母亲都

没在家,他们出去摘葡萄去了。所以那天下午我可以放心大胆在她家待着了。这房子是一所四个房间的小棚屋;我简直不能想象整个那一大家子是怎么住的。水池子附近苍蝇乱飞。窗子上没有窗帘,正像一支歌儿里说的,"那窗子她已经破了,那雨她直往里跑。"黛丽现在真是到了自己的家,她拿起大锅小锅来忙个没了。她的两个小妹妹一个劲儿地对我笑着。更小的孩子们都在大路边吵吵闹闹地玩着。

这是我停留在那个山谷地区的最后一个下午。当红红的太阳滑过云层下落的时候,黛丽把我领到海佛芬格老板的谷仓里去。海佛芬格老板在大路上边有一片很肥美的田庄。我们拿一些破车架拼在一起,她从屋里拿来几条毯子,这样我就算完全安顿下来了;只是在仓房屋顶的正中间趴着一个巨大的满身长毛的红蜘蛛,弄得我很不安。黛丽说,只要我不去招惹它,它是不会伤人的。我仰身躺着,看着那个红蜘。我跑到外边坟地里去爬上一棵树。我在树上唱着《蓝色的天》。黛丽和约翰尼坐在草地上;我们一起吃葡萄。在加利福尼亚你可以嚼出葡萄汁把皮儿吐掉,这真是一种了不得的奢侈。夜幕降临了。黛丽回家去吃晚饭,在九点的时候,她拿着美味的玉米卷饼和豆泥到谷仓里来。我在仓房的地上燃起一堆火来算做灯亮。我们在车架上搂抱着玩了一阵。黛丽忽然爬起来,跑回家里去。她父亲对她大声叫骂着;我在仓房里完全能听到他的声音。她怕我冻着,留下一个披巾给我;我把它搭在肩上,就跑到月光如水的葡萄园中去,看看到底发生了什么事情。我跑到一排木房的尽头,跪在一堆发热的垃圾上面。她的五个弟兄还在唱着悦耳的西班牙文的歌曲。星星在小屋顶上眨着眼睛;从炉灶的烟囱里冒出一团团的黑烟。我可以闻到煮黄豆和胡椒的气味。老头子嘟囔着。他们哥儿几个仍在那里忽高忽低地唱个不停。妈妈一声不响。约翰尼和别的孩子们在卧房里咯咯地笑着。这是一个加利福尼亚的家庭；我躲在浓密的葡萄藤里观望着这一切。我当时真感到说不出是多么痛快；我是正在一个疯狂的美国的夜晚搜寻着不平凡的经历。

黛丽忽然跑出来，砰的一声把门带上。在黑暗的道路上，我向她迎了过去，"怎么回事儿？"

"哦，我们一直就这么吵个没完。他要我明天就去做工。他说他不能让我整天这么闲泡着。萨尔，我要跟你一道上纽约去。"

"可怎么去呢？"

"我也不知道，亲爱的。我实在舍不得你。我爱你。"

"可我是一定得走了。"

"是的，你得走。咱们俩再去睡一会儿，回头你就走吧。"我们一同回到仓房里去；在那个红蜘蛛的下面，我搂着她调情。那个红蜘蛛在干些什么呢？我们在车架上睡了一会儿，慢慢火也熄灭了。她在半夜的时候又回到家里去；她父亲已经喝醉了；我可以听到他吼叫的声音；接着，他大概已经睡着，也就完全安静下来了。夜星照临着沉睡的乡村。

第二天早晨，海佛芬格老板从马房那边伸过头来问我："怎么样，年轻人？"

"很好。我住在这儿希望没给您添麻烦。"

"没关系。你跟那个年轻的墨西哥小丫头搞上了？"

"她是个很可爱的小姑娘。"

"也长得非常漂亮。可我想她是一头爱撒野的小牛。她长着一双蓝色的眼睛。"接着我们谈到他的田庄上的一些事情。

黛丽送来了我的早饭。我那时已经把我的帆布袋完全收拾好，准备到萨比纳尔拿到我的钱后，就马上动身回纽约去。我知道我的钱早该到了。我告诉黛丽我马上要走了。她对这件事已经想了一夜，最后也觉得实在没有别的办法。在葡萄园中，她丝毫不动感情地吻了我一下，然后就沿街走去。走了十来步后，我们又都回过头来（因为爱情是和决斗一样的）最后彼此对看了一眼。

"我等着在纽约再见到你，黛丽。"我说。她曾说在一个月之后，她要同她哥哥一道儿坐车上纽约去。可是我们两人心里都完全明白她是不会去的。我走出去约有一百来英尺，又回过头来看看她。她那时一手拿着我吃早饭用的盘子，已经走到她家那所棚屋的门前去。我望着她鞠了一个躬。啊，行了，我是又上路了。

我走下高速公路向萨比纳尔走去，在路边的树上摘了几个核桃吃，我沿着海岸巡逻车的路径走，还在铁轨上练平衡，走过了一个水塔和一个工厂，来到铁路邮局去取从纽约汇来钱，但是大门关着。我一边骂着，一边坐在台阶上等。一个邮政员回来了，让我进去。我的钱来了！我姨母又救了我这个懒虫一命。"明年谁会获得世界棒球锦标赛冠军？"面孔瘦削的老邮政员问我。我突然意识到现在已经是秋天了，我正在回纽约的路上。

在峡谷的十月漫长而伤感的阳光下，我沿着铁路线走着，希望能遇上一辆海岸巡逻车，这样我就可以加入那些吃葡萄的流浪汉的行列，分享他们的快乐了。然而始终没有等到。我走向高速公路，在那儿很快就搭上了一辆小汽车。这辆车简直是我一生中坐过的最快、最不可思议的车。是一辆崭新的车，开车的小伙子是加利福尼亚牛仔乐队的提琴手。他把车速开到了每小时八十英里。"我开车的时候从不喝酒。"他说着递给我一瓶酒。我喝了几口，又递给他。"太好了。"他说着，也喝了起来。我们从萨比纳尔到洛杉矶的旅途长达二百五十英里，只花了四个小时。我在好莱坞的哥伦比亚影业公司前面下了车。我正好有时间重拾我以前的样子。我买了去匹兹堡的车票，因为没有足够的钱买直达纽约的票。我想还是到了匹兹堡以后再考虑下一步怎么办。

汽车十点钟才开，我还有四个小时可以好好地在好莱坞转转。我买了一大块面包和一些意大利香肠，准备做十个三明治带着上路。我只剩下一块钱了。我坐在好莱坞停车场后面的矮墙上，做着三明治。就在我努力完成这一奇特任务的同时，好莱坞庆祝新电影上映的彩光灯亮了起来，把整个西海岸照得通明。黄金海岸之夜的喧嚣和疯狂包围着我。这就是我在好莱坞的最后一夜——坐在好莱坞停车场后面的矮墙上往我的面包片上涂抹芥末。

14

拂晓，汽车穿过亚利桑那沙漠——因迪奥、布莱斯、萨洛米（即"她曾在那里跳舞的萨洛米"）；广袤的大漠一直向南延伸到墨西哥山脉。然后我们又往北开过亚利桑那的山脉、弗拉格斯塔夫和一些小山城。我从好莱坞的货摊上偷来一本书，是阿兰-富尼耶①的《奥尔尼斯上将》。但现在我更愿去读美国这秀丽的风光。它的一石一木，起伏跌宕，都令我心驰神往。车子在夜晚驶过新墨西哥，天还没亮就到了得克萨斯州的达尔哈特。在萧瑟的星期日下午我们驶过了俄克拉何马的一座又一座小城镇，在黄昏时分到了堪萨斯。车子继续往前开，现在是十月份，我就要到家了，人们都十月份回家。

中午，车子到达圣路易斯。我走出车外，沿着密西西比河漫步。河里漂浮着从北面蒙大拿顺流而下的原木——巨大的原木就像奥德修斯所乘的返乡之船，承载着我们美洲的梦想。停泊在岸边的泥淖中与老鼠为伴的老旧的蒸汽船上雕刻的波浪花纹，受到波浪和其他各种侵蚀，已残损不堪。下午的密西西比河上笼罩着厚厚的乌云。汽车继续前进，夜里穿过印第安纳州的玉米地，月光照在秫秸秆垛上像晃动的鬼影。我在车上结识了一位姑娘。在到印第安纳波利斯的一路上，我们一直黏在一起。她的眼睛近视。我们下车去吃午饭的时候，我得拉着她的手到柜台前。她替我买了饭，我的那份三明治一会儿就一扫而光了。作为报答，我给她讲了很多故事。她是从华盛顿来的，整个夏天她一直在干摘苹果的工作，她家住在纽约北部的一个农场。她邀请我去那儿。我们约定在纽约的一个旅馆里再见。她在俄亥俄州的哥伦布城下了车。我就一直睡到匹兹堡，然后又搭了两次便车，一辆是运苹果的货车，另一辆是拖挂车。在一个温柔多雨的温暖秋夜，我到了哈里斯堡。我一刻也没耽搁，因为我很想家。

---

① 阿兰-富尼耶（Alain-Fournier，1886—1914），法国小说家。

这真是萨斯奎哈纳河①上闹鬼的一夜。那鬼是一个背着纸做的背包的干瘪小老头,他说他要去"加拿塔",他走得很快,命令我跟在后面,并告诉我前面有座桥,我们可以从那儿过去,他大约六十岁,喋喋不休地谈着他曾经吃过的美餐;他们给他的煎饼上涂了多少奶油,他们多给了他多少片面包;一个站在马里兰家门口的老汉又是怎样邀请他进屋并共度周末;他临行前又是怎样痛快地洗了个澡;他现在头上戴的这顶崭新的帽子又是怎样在弗吉尼亚的路边拾到的;他又是怎样闯进城里的每一个红十字会,向他们展示他参加第一次世界大战的证书;哈里斯堡的红十字会是怎样地名不副实;他在这个世界上活得又是怎样艰难,等等。但是无论怎样,我一眼就看出他只是一个不那么受人尊敬的流浪汉,他把整个西部荒原都跑遍了,一会儿闯进红十字会,一会儿可能又站在大街的角落里向行人要上几个子儿。我们都是流浪汉,我们一起沿着呜咽的萨斯奎哈纳河走了大约七英里。这真是一条可怕的河流,两岸陡坡上的灌木丛像披着长发的魔鬼站在水里。漆黑的夜色吞没了一切,只是偶尔有一列火车从河中穿过,车灯把两边陡坡上的灌木令人恐怖地勾勒出来。老头告诉我他背包里有一根很漂亮的皮带,于是我们停下来让他在包里找。"我买这根皮带是在——是在马里兰的弗雷德里克。他妈的,我把它忘在弗雷德里克斯堡的柜台上了吗?"

　　"你是说弗雷德里克吧。"

　　"不,是弗雷德里克斯堡,在弗吉尼亚州!"他又开始喋

---

① 萨斯奎哈纳河(Susquehanna River),美国东南部河流,全长714公里,流经纽约州西南部、宾夕法尼亚州和马里兰州,注入切萨皮克湾。

喋不休地说着马里兰州的弗雷德里克和弗吉尼亚州的弗雷德里克斯堡。他总往路中间走,好几次差点被车撞上。我真希望这老家伙在这漆黑的夜里被撞飞,死掉算了。前面根本就没有桥。我在一个铁路地下过道处把他甩了。我走得满身大汗,就换了一件衬衫,又套上两件毛衣。一个小酒店里射出的灯光,照着我痛苦而又疲惫不堪的样子。正好有一家人走在马路上,他们惊奇地看着我。而令我特别惊奇的是,这个宾夕法尼亚破旧的小酒店里竟然有一个高音号手在吹奏纯正、动人的布鲁斯。我聆听着,悲叹着。天开始下起大雨。一个人把我带上回哈里斯堡的车,并告诉我走错路了。就在这时,我看到那个干瘪老头正站在路灯下,伸着大拇指,做出要搭车的手势——可怜的孤独老头儿,迷途的人儿,身无分文的荒野幽灵。我对司机说了这个老家伙的故事,他把车停下,对那位老人说:

"听着,伙计,你应当往东走,不是往西。"

"啊?"那老怪物说,"不要给我指路。我已经在这儿走了几十年了,我知道。我是去加拿塔。"

"但这并不是去加拿大的路,这条路是去芝加哥和匹兹堡的。"老头对我们很是恼火,走开了。我最后一眼看到的是他那只白色的背包消失在阿利根尼忧郁的夜色之中。

我本来以为美国的荒野只属于西部,然而在遇到这个萨斯奎哈纳河畔的幽灵之后,我的看法改变了。不只西部,在东部也随处可见荒野。那就是:在牛车时代,本·富兰克林做邮务长[1]

---

① 即美国杰出政治家本杰明·富兰克林(Benjamin Franklin, 1706—1790),他曾做过邮务长。

期间所看到的荒野;乔治·华盛顿作为印第安斗士时驰骋的荒野;丹尼尔·布恩①在宾夕法尼亚的灯下讲故事,承诺找到荒原小道时所描述的荒野;正是在那里,修筑公路竣工后,布拉德福德②在小木屋里被大伙欢呼着抛向空中。那小人物在亚利桑那州没有找到足够大的空间,只有东部宾夕法尼亚、马里兰和弗吉尼亚灌木丛生的荒野,以及蜿蜒于呻吟流淌的萨斯奎哈纳河、莫农加希拉河③、古老的波托马克河④以及莫诺卡西河⑤岸边的僻静道路和黑色柏油路。

那天晚上我在哈里斯堡火车站的长凳上睡了一觉。第二天一早车站管理员就把我赶了出来。当你还是个无忧无虑的孩子,生活在父母身边的时候,你难道不是相信一切都能摆平吗?然而当你淡泊人生,发现自己原来是那样可怜、悲惨、盲目、穷困潦倒、赤身裸体、形如在痛苦中挣扎的魔鬼时,你就只能对你这梦魇般的人生无奈地耸耸肩了。我踉踉跄跄地走出车站,我已经控制不住自己,眼前的早晨一片苍白,如同坟墓一般的苍白。我饿得几乎要昏死过去,我唯一剩下的就只有几个月前在内布拉斯加的希尔顿买的咳嗽药,我把它当糖啜了啜。我不知道怎样去乞讨,几乎连走到

---

① 丹尼尔·布恩(Daniel Boone,1734—1820),美国历史上著名的先驱、拓荒者。

② 布拉德福德(William Bradford,1663—1752),美国拓荒先驱。

③ 莫农加希拉河(Monongahela River),美国河流,全长206公里,流经弗吉尼亚州西北部、宾夕法尼亚州西南部,在匹兹堡与阿勒格尼河汇合,形成俄亥俄河。

④ 波托马克河(Potomac River),美国东部河流,将马里兰州和华盛顿特区与弗吉尼亚州和西弗吉尼亚州分开。

⑤ 莫诺卡西河(Monocacy River),美国河流,流经宾夕法尼亚州南部和马里兰州北部,注入波托马克河,全长96公里。

城外的气力都没有了。我知道如果再在哈里斯堡过夜,我会被抓起来的。我诅咒这个城市。一个让我搭车的瘦子告诉我,有节制的饥饿对健康的好处。在我上了车开始向东疾驶时,我告诉他我快要饿死了,他说:"太好了,太好了,这对你大有益处。我自己也已经三天没吃东西了。这样能活一百五十岁。"他瘦得皮包骨头,像柴火棍,又像玩偶,还像个疯子。如果我搭的是一个大腹便便的有钱人的车,那该多好啊!他一定会对我说:"我们找个餐馆,先吃些猪排和青豆再走吧。"可惜,我碰上的却是这么一个疯子,他竟然相信饥饿疗法!车开了一百多英里后,他才宽厚地从后备厢拿出来一些奶油面包和三明治。他是个管道设备推销员,经常在宾夕法尼亚一带推销产品。我狼吞虎咽地吃起来。突然间我笑了,车上只剩下我一人了,等着他去亚林镇打电话。我笑个不停。上帝啊,我被生活折磨得筋疲力尽。但这个疯子总算把我带到纽约了。

一转眼,我已经又回到时代广场来了,在美洲的大陆上我已经旅行了八千英里,现在又回到了时代广场,而且是在一个最热闹的时刻;用我这一双天真的久经路途风霜的眼睛,我清楚地看到了纽约的狂乱疯癫的一切,成百万成百万的人群彼此为了争夺一块钱无日无夜地忙乱着,怀着疯狂的梦想——大把地抓钱、掠夺别人、被人掠夺、叹息、死亡,一切只不过是为了他们最后可以被埋进长岛城那边的一些可怕的坟地。那是这片土地的高耸的灯塔——是这片土地的另一个尽头,是"纸元"美国诞生的地方。我站在地下铁道的门洞里,尽量鼓起勇气想拾起一根漂亮的长烟头,可是每次当我弯下腰去的时候,总有一大群人走过来挡住了我的视线,最后把烟头给踩坏了。我没有钱坐车回家。帕特逊离时代广场还有好几英里路。你们想我能够穿过林肯隧道或者华盛顿桥一直步行到新泽西去吗？那会儿天已经黑下来。哈塞尔在哪儿呢？我在广场上到处找哈塞尔；他不在，他那会儿正在里克尔岛的监牢里。狄恩在什么地方？所有的人在什么地方？生活在什么地方？我有我自己的家，在那里我可以躺下来计算计算我确知在我的生活中也存在的我个人的得失。我一定得向人讨几个钱作为车费。最后我找到了一个站在街角里的希腊教士。他神情紧张地给了我两毛五分钱。我于是连忙向着一辆公共汽车跑去。

到家以后，我吃光了冰箱里的一切。我的姨母起来看着我。"可怜的小萨尔法多，"她用意大利文说，"你瘦了很多，你瘦了很多。这些时候你一直在什么地方？"我穿着两件衬衫和两件汗衫。我的帆布袋里塞着我的一条破裤和我的凉鞋的破碎的遗骸。我姨母和我决定要拿我从加利福尼亚寄给她的那些钱买下一台电冰箱，那是我们家还从来没有过的东西。她又上床睡觉去了，直到深夜我也没法入睡，一直就躺在床上抽着烟。我的没完成的手稿依然还放在桌子上。那时是十月，我又回到家里，重新开始工作了。第一阵寒风摇动着我房里的玻璃窗子，我算回来得正是时候。狄恩曾经来到这里，在我屋里住了好几夜，等着我；多年来我姨母一直在用家里积存的旧衣服编织一条地毯，每天下午，当她进行这一工作的时候，他就陪着她闲谈一阵。现在这地毯已经织好铺在我卧房的地上，它和它所经历的时间一样繁杂而丰富。在我到达的两天以前，狄恩已经走了，他决定上旧金山，所以也许是在宾夕法尼亚或者是俄亥俄的路上跟我错过了。他在那里有他自己的生活;卡米尔已经租下了一所住房。在米尔城的时候,我一直没想到去看看她。现在是已经太晚了,而不幸我又没见到狄恩。

第 二 部

1

　　我过了一年多才又和狄恩重逢。这期间我一直在家，写完了我那本书，就根据《退伍军人权利法案》①去上学。到了一九四八年圣诞节，我姨母和我备了好些礼物，一起到弗吉尼亚去探望我哥哥。我和狄恩一直通着信，他说他又要到东部来了；我告诉他说，他要来，最好在圣诞节和新年之间，可以到弗吉尼亚的台斯塔门特来找我。有一天，我们的一些南部的本家——一些面容枯槁的男女，眼里流露出南部农人的土气——都坐在台斯塔门特的客厅里，哼哼唧唧地低声聊着关于天气和庄稼的情况，翻来覆去地讲着一些无聊的闲话，什么谁家添了个娃娃啦，谁家有了新房子啦，等等；大家正闲聊着，忽然有一辆车身溅满泥浆的一九四九年的哈得逊轿车从泥土路上驶来，在门口停下了。我捉摸不出来的人是谁。一个疲乏不堪的小伙子，身体很强壮，穿着一件褴褛的 T 恤衫，脸也没刮，两只眼珠子布满红丝，走到廊子里揿起铃来。我开门一看，出乎意料地发现是狄恩。他从旧金山一径来到弗吉尼亚

━━━━━━━━

　　①　作者曾在美国海军短暂服役。

我哥哥罗可的家门口,来得真是惊人地快,因为我最后通知他我在什么地方的一封信才刚刚寄出。我还看见汽车里另外睡着两个人。"真他妈的!狄恩!汽车里是谁?"

"哈——啰,哈——啰,嘿,是玛丽露。还有埃德·邓克尔。我们得马上找个地方洗一下脸。我们都累得不像话了。"

"你怎么来得这样快?"

"啊哟,这辆哈得逊可棒呢!"

"你打哪儿弄来的?"

"是我攒下钱买的。我一直在铁路上干活儿,一月挣四百元。"

接下去的一个钟头,情况真是非常混乱。我的那些南部本家摸不清这是怎么回事,也不知道狄恩、玛丽露和埃德·邓克尔是些什么人;他们一个个都目瞪口呆。我姨母和我哥哥到厨房里商谈去了。这所南部小屋子里一共挤了十一个人。更糟的是,我哥哥刚决定要搬家,他的家具什物只剩下了一半;他和他妻子准备带着孩子搬到台斯塔门特近郊去住。他们已买下一套新的客厅家具,那套旧的打算运到帕特逊我姨母家去,虽然怎样运法我们还没商量定。狄恩听说后,立刻自告奋勇,愿意用他的哈得逊来效劳。他提议由他和我开两趟快车把家具送到帕特逊去,在送第二趟的时候再把我的姨母带回去。用这办法,可以省掉我们不少花费和麻烦。事情就这样决定了。我嫂嫂摆好饭桌,这三个委顿的旅客就坐下吃起来。玛丽露自离开丹佛后一直没睡过觉。我觉得她现在老了一些,可是更美丽了。

我得悉狄恩自一九四七年秋天以后,一直跟卡米尔同居,在旧金山过着幸福的日子;他在铁路上找到了工作,挣了不少钱。他还得了一个活泼可爱的小女孩儿,取名埃米·马瑞阿迪。可是有一天他在大街上走着走着,忽然异想天开起来。他看见有一辆一九四九年的哈得逊轿车在出售,就立刻奔到银行里取出了他的全都存款,当场把车买了下来。埃德·邓克尔也跟他在一起。买了车,他们可就没有钱了。狄恩用好言安抚住卡米尔的心,告诉她说他不到一个月就会回去。"我要到纽约去一趟,把萨尔接来。"这一前景自然不会使她太高兴。

"可是这一切到底是什么用意?你干吗要对我这样?"

"没什么,没什么,亲爱的——啊——哼——萨尔一再央告我,要我去接他,我呢,也觉得有迫切的需要——可是我们甭细细解释啦——我来告诉你什么缘故吧……不,听我告诉你是什么缘故。"于是他告诉了她是什么缘故,当然他的话是信口开河,根本说不出什么道理来。

个儿又高又大的埃德·邓克尔也在铁路上工作。在最近一次大规模裁员的风浪中,他和狄恩由于工龄低,都给裁了下来。埃德这时结识了一个名叫加拉提的姑娘,她住在旧金山,靠着自己的一点积蓄过活。这两个顾前不顾后的混蛋商量好了,要带这姑娘到东部去,让她开销一路上的花费。埃德连说带劝,费尽了唇舌;她只是不肯,一定要他先跟她结婚。埃德·邓克尔于是开特别快车,在几天内跟加拉提结了婚,由狄恩到处奔波,备齐各项必要的证明文件,于是在圣诞节前几天,他们就以一小时七十英里的速度驶出旧金山,向洛杉矶和没有积雪的南方公路进发。到了洛杉矶,他们在一家旅行社里找了个水手搭乘他们的汽车,收了他十五块钱的汽油费,说定送他到印第安纳。此外他们还带上了个女人和她的傻瓜女儿，她们出四块钱的汽油费到亚利桑那。狄恩让那个傻瓜女儿跟他一起坐在前面，一路上摸她的底，如他后来自己所说："一路上都这样，嘿！真是个顶呱呱的可爱的小姑娘。呵，我们聊着天，聊着火灾、沙漠怎样变成乐园，还有她那只八哥怎样用西班牙话骂人。"这两个女乘客下车以后，他们就向图森前进。一路上埃德的新婚妻子加拉提·邓克尔老是口出怨言，说她累啦，要找个汽车旅馆过夜。如果老照着她的话办，他们到不了弗吉尼亚，早就会把她的钱全部花光。有两个晚上，她逼着他们停下来，在旅馆里花掉了好几十元。到了图森，她身上已没有钱了。狄恩和埃德就把她扔在一家旅馆的休息室里，毫不犹豫地带着那个水手开车走了。

埃德·邓克尔这个人身材高大，为人冷静而没有头脑，万事都听狄恩吩咐；而狄恩这时又忙得不可开交，干什么都不加考虑。他开足马力驶过拉斯克鲁塞斯和新墨西哥，突然心血来潮，想再去看看他可爱的前妻玛丽露，她那时正住在丹佛。他于是不顾水手的无力抗议，一径驱车北上，傍晚时分就进入了丹佛。他奔到一家旅馆里找到了玛丽露。他们疯狂地做爱了十个钟头。一切都重新做出决定：他俩不再分离了。玛丽露是狄恩真心爱上的唯一的一个女人。他一见她的面，不由得悔恨交集，一阵心酸，立刻像过去一样跪倒在她的膝下，用软言苦苦哀求，因自己能在她身边而乐得心花怒放。她了解狄恩；她摩挲着他的头发；她知道他就是那么疯癫。为了安慰水手，狄恩给他找来了一个姑娘，把他们安顿在一家酒吧间楼上的旅馆房间里，那家酒吧间是过去那帮赌棍常去喝酒的地方。谁知水手不要那个姑娘，竟在夜里脱身走了，此后他们再也没见过他;显然他是乘公共汽车到印第安纳去了。

狄恩、玛丽露和埃德·邓克尔乘车沿着柯尔法克斯东去，进入了堪萨斯平原。路上遇到了暴风雪。在密苏里狄恩黑夜开车，由于挡风玻璃上结着一英寸厚的冰，他只得把脑袋用头巾包住伸到车窗外面，还戴了一副滑雪眼镜，看上去活像一个僧人在阅读白雪写成的原稿。他毫无顾忌地在他世居的故乡里驾着车。早晨，汽车从一个冻了冰的山坡上滑下，掉进了山沟。亏得一个农夫帮忙，他们才脱险出来。后来有人要求搭车，答应给他们一块钱，要他们送他去孟菲斯。他们为此耽搁了一下，到孟菲斯后，那人进屋去找他的钱，磨蹭了半天，竟喝得酩酊大醉，说他的钱找不到了。他们只好重新上路，穿越田纳西前进。由于早晨出了那次事故，汽车的轴承坏了。狄恩原先行车的时速是九十英里;现在他不得不减到每小时平均七十英里，要不然整个汽车就会飞到山底下去。他们在严冬越过了大烟山。等到抵达我哥哥家门口的时候，他们已有三十小时没进餐了——只吃了些糖果和干酪饼干。

他们狼吞虎咽地吃着，狄恩手里拿着夹馅面包，弯腰站在那架大唱机旁边，乐得手舞足蹈，谛听着我新买的一张题作《打猎》的波普唱片，是德克斯特·戈登和华德尔·格雷两人合奏的狂热的爵士音乐，加上听众的一片尖声怪叫，使唱片的音量大到惊人的怪诞程度。南部的人们你看看我我看看你，吃惊地摇着头。"萨尔交的是些什么朋友呀，嘿?"他们对我哥哥说。我哥哥听了十分为难，不知如何回答才好。南方人一点也不喜欢像狄恩的这种疯狂行为。狄恩呢，也完全不理会他们。他的疯狂已经开出了一朵不可思议的奇花。我看出这一点，还是在他、我、玛丽露和邓克尔离开家乘哈得逊出去兜一会儿风的时候。这是我们几个人第一次有机会单独在一起，能够畅所欲言。狄恩攥住方向盘，把排挡推到第二挡，开着车沉思一会儿，突然似乎打定了什么主意，就一咬牙，驱车顺着大街疾驰而去。

"好啦，孩子们。"他说着，擦了下鼻子，弯下腰去摸了摸紧急刹车杆，从格子里取出香烟，他做这些事情的时候始终把着方向盘，一边不住地把身子摇来摇去，"下个星期我们打算做些什么，现在该打定主意啦。很重要，很重要。啊哼！"他躲开了一辆骡车；车里坐着一个老黑人，他赶着车慢慢走着。"对了！"狄恩大声嚷道，"对了！摸他的底！琢磨一下他的灵魂——停下车来细细琢磨一下。"说着，他放慢汽车的速度，好让我们大家都掉过头去看看那个老家伙怎样吃力地前进着。"一点儿不错，好好摸一摸他的底；他脑子里到底在转什么念头呢？我只要能知道，就是豁出我一只胳膊也情愿；只要能爬到他的车里去，挖出他的一肚皮心事，看看他怎样为今年的萝卜和火腿操心。萨尔，你还不知道，我真的在阿肯色州跟一个农人整整待过一年呢。那时我才十一岁，可什么乱七八糟的活儿都得干，有一次还要我把整整一匹死马的皮剥掉。我最后一次去阿肯色是在一九四三年圣诞节，在五年以前，班·盖文和我两人当时想偷一辆汽车，给车主人发觉了，就拿着枪追我们，逼得我们一直逃到阿肯色；我讲这一切是为了向你表明，我对南方是有发言权的。我熟悉——嘿，我的意思是说，我摸过南方的底，我熟悉它的一切底细——你写给我的那些谈到南方的信，我也都一一琢磨过。嗯，一点儿不错，一点儿不错。"他说到这里，慢慢把车开到一旁，完全停下来，后来又突然往方向盘上一伏，把车速一下子加到七十英里。他两眼瞪着前方，一副倔强的神气。玛丽露平静地微笑着。这是新的狄恩，完全成熟了的狄恩。我心里暗忖，我的天，他完全变了。他一谈到他所憎恨的东西，就目露凶光；接着他又高兴起来，眼里射出快乐的光芒；他的每一块肌肉都不住抽动着。"哎哟，我能告诉你的东西真不少呢，"他说着，用手捅了我一下，"哎哟，我们无论如何要捉住时机——卡洛现在怎么啦？亲爱的，我们明天的第一件事，就是大家去看卡洛。这会儿，玛丽露，我们要去买些面包和肉，做一顿到纽约去的午餐。你有多少钱，萨尔？咱们把一切都搁在后座上，帕太太的全部家具，咱们大伙儿都坐在前面，紧紧地挤在一起，在飞奔纽约的路上讲着各种故事。玛丽露，心肝，你坐在我旁边，萨尔坐在你旁边，埃德靠窗坐着，让大个子埃德给我们挡风，这回让他习惯习惯使用皮车毯。随后咱们大家一起来享受甜蜜的生活，因为现在正是时机，而咱们是全都知道时机的！"他拼命擦着下巴，把车一拐，驶过三辆卡车，疾驰着奔向台斯塔门特的市中心，他的头一动不动，光转动眼珠，就能在一百八十度内眼观四面，目睹一切。只听见砰的一声，原来一刹那工夫他已找出停车空隙，我们都该下车了。他一下子跳下车，急急忙忙向火车站奔去；我们腼腼腆腆地在后面跟着。他买了香烟。他的一举一动完全到了疯狂的地步；他仿佛同时在做着一切事情。他的头上下左右不住摇晃；两手不停地、有力地动着；他快步走着，蓦地坐下，搁起腿，放下腿，站起来，搓着两手，摸摸他裤子上的前开口，往上拉了拉裤子，抬起头来说了声"嗯"，猛地把眼一斜，目光往四处扫射；与此同时他始终把手放在我的肋骨上，不住地讲着、讲着。

台斯塔门特的天气奇冷，刚下过一场不合节令的雪。他站在那条沿着铁路的又长又荒凉的大街上,身上只穿着一件T恤衫和一条没扣上皮带的往下垮着的裤子,好像他要把裤子脱下来似的。他走过来贼头贼脑地跟玛丽露讲话;他又退了回去,两手不安地在她面前抖动着。"对了,我了解!我了解你,我了解你,亲爱的!"他一阵狂笑,开始时声音很低,结束时声音很高,完全像收音机里疯人的笑声,只是笑得更快,更像一阵窃笑。接着他又用一本正经的声调讲起话来。我们到市中心来并没有什么目的,可是他找出了目的。他让我们大家都忙个不停,玛丽露到杂货铺去办午餐,我去买一份报看看天气预报,埃德去买雪茄。狄恩喜欢抽雪茄。他一边抽雪茄一边看报,嘴里还唠叨着:"啊,我们那些神圣的美国大亨正在华盛顿设计更——多的阻碍——啊——哼!——唷——喷!喷!"话没说完,他已跳起身来,奔出去看一个刚从车站外面走过的黑人姑娘。"摸她的底,"他说着,站在那里竖起一只软绵绵的指头,脸上露出傻笑,"一个顶呱呱的黑种小姑娘,真漂亮。啊!哼!"我们坐上汽车,飞驰着回到我哥哥家里。

我本来在乡下过着一个恬静的圣诞节,这一点我在我们回来后进屋时有深切的体会,我看见了圣诞树和礼物,闻到了烤火鸡的香味,听到了亲戚们的闲谈,可是现在我身上已有了一股疯气,一股名叫狄恩·马瑞阿迪的疯气,我马上要再一次在路上横冲直撞了。

2

我们把我哥哥的家具全都堆在汽车后座上,在天黑时动身上路,答应不出三十个钟头就回来——三十个钟头南北来回一趟,走一千英里路。不过这正是狄恩所喜欢的行事方法。旅途十分艰苦,可是我们谁也没放在心上;车里的暖气设备已经坏了,挡风玻璃上不是蒙着水汽就是结着薄冰;狄恩一边开着每小时七十英里的快车,一边不住地探身出去用一块破布在挡风玻璃上擦出一个窟窿眼儿来,好看清楚前面的路。"啊,神圣的窟窿眼儿!"在宽敞的哈得逊轿车里,我们有的是地方,四个人一起坐在前座也并不觉得挤。有一条毡子盖着我们的膝头。收音机已经失灵了。这是五天前才买的一辆崭新的新车,可这会儿已经破破烂烂了。而且分期付款也才付了一期哩。我们就这样沿着三〇一公路北上华盛顿。在这条笔直的双线公路上来往的车辆不多。路上只是狄恩一人讲话,别人谁也不吭声。他一个劲地指手画脚,有时为了说明问题,差不多把身体伏到了我的身上;有时他双手都不扶方向盘,可是汽车还是像箭一样笔直前进,那只左前轮始终紧贴着长虹般的公路中央的那条白线,从未有过丝毫差错。

狄恩这次来,实在没有什么道理;我呢,跟着他出去也一样没有道理。我本来在纽约读书,跟一个叫作路西尔的姑娘打得火热,那姑娘是意大利人,头发极其漂亮,我倒真是有心要跟她结婚。这些年来,我一直在寻找一个可以同我结婚的合适女人。我每见一个姑娘,心里总要忖度:她可能成为一个什么样的妻子?我把路西尔的事跟狄恩说了。玛丽露想知道路西尔的一切底细,她还想跟她见见面。我们驰过里士满、华盛顿、巴的摩,到了费城的一条弯弯曲曲的乡下路上,一路上我们不住地聊着天儿。"我想要找一个姑娘结婚,"我告诉他们说,"好让我的这颗心有个归宿,好跟她白头偕老。我们总不能老这样下去——老这样疯疯癫癫，东奔西走。我们总得去什么地方，找到什么东西。"

"啊哟，伙计，"狄恩说，"几年来我一直在摸你的底，琢磨你对家庭、对婚姻和对所有类似的美妙东西有些什么想法。"这是个忧郁的夜晚；这也是个快乐的夜晚。到了费城，我们在一辆餐车里吃碎牛排，花掉了我们最后的一元伙食费。当时是清晨三点，站柜的听见我们在谈钱的问题，就建议说，他的伙计还没来，如果我们愿意到后边帮他洗盘子的话，他可以不收我们碎牛排的钱，另外还可以再多给一些咖啡。我们马上同意了。埃德·邓克尔自称是个洗盘子的老手，立刻把他的两只长胳膊伸进盘子堆里。狄恩拿了条毛巾站在那里东张西望，玛丽露也一样。最后他们开始在一堆壶、锅中间搂抱着亲起嘴来，一同退到餐具间一个黑暗的角落里去了。站柜的只要埃德和我干着活儿，也就心满意足。我们不到一刻钟内就把活儿干完。黎明时分，我们驱车驰过新泽西，已看见大都市纽约的云雾在白雪皑皑的远方出现。狄恩拿一件运动衫裹住两耳取暖。他说我们是伙阿拉伯大盗来炸毁纽约的。我们飞也似的穿过林肯隧道，直向时代广场奔去；玛丽露要去那儿见识一下。

"哦，他妈的，我真希望能找到哈塞尔。大家都留点儿神，看谁能找到他。"我们都留神往人行道上搜索。"了不起的、顶呱呱的老哈塞尔。呵，你们要是在得克萨斯州见到他才好呢！"

狄恩就这样在四天内赶了四千英里路程，从旧金山穿过亚利桑那直抵丹佛，一路上已有过不少冒险事迹，但这还仅仅是开始哩。

3

我们先到帕特逊我家里小睡一会儿。我在黄昏前第一个醒来。狄恩和玛丽露睡在我床上，埃德和我睡在我姨母床上。狄恩那只掉了铰链、破烂不堪的皮箱横卧在地板上，袜子都耷拉在外面。忽然楼下的药房里叫我去接电话。我奔下楼去；电话是从新奥尔良打来的。打电话的是迁居新奥尔良的老铁牛李。老铁牛李的声音很高，哼哼唧唧地在向我诉苦。仿佛是一位名叫加拉提·邓克尔的姑娘刚到他家，寻找一个名叫埃德·邓克尔的家伙；老铁牛李一点不知道这两位到底是一些什么人。加拉提·邓克尔吃了亏也不肯轻易罢休。我叫老铁牛李劝她安心，说邓克尔跟狄恩和我在一起，我们很可能在去西海岸的路上到新奥尔良来接她。跟着那姑娘亲自来接电话了。她想知道埃德的近况。她非常关心他的幸福。

"你是怎么打图森到新奥尔良的?"我问。她说她打电报回家要了点儿钱，乘公共汽车到了新奥尔良。她决意要追上埃德，因为她爱他。我上楼去告诉了大个儿埃德。他坐在椅子里愁容满面，确确实实是个男人中的安琪儿。

"好吧，嗯，"狄恩猛地惊醒，一边说一边跳下床来，"咱们现在要做的事就是饱餐一顿。玛丽露，快到厨房去看看有什么好吃的。萨尔，你陪我到楼下去打电话给卡洛。埃德，你瞧瞧有什么办法把屋子收拾干净。"我跟着狄恩匆匆奔下楼去。

管药房的说："刚有人来电话——这一次是旧金山打来的——要找一个叫狄恩·马瑞阿迪的家伙。我回答说这儿没有叫这名字的人。"来电话的是最最可爱的卡米尔，是打给狄

147

恩的。药房老板山姆是个头脑冷静的高个儿，也是我的朋友，他望着我，搔了搔头皮，"咦，你在搞什么玩意儿——一家国际妓院？"

狄恩像个疯子似的哧哧笑着。"我在摸你的底，嘿！"他跳进电话间，打了个对方付款的长途电话到旧金山。随后我们打了个电话到长岛卡洛的家里，要他来一次。卡洛在两个钟头以后赶到了。在这期间，狄恩和我已准备好单独开车回去，到弗吉尼亚搬运剩下的家具，同时把我姨母接回来。后来卡洛·玛克司来了，臂下夹着诗集，一来就坐在安乐椅里，睁着两只大圆眼睛望着我们。头上半个小时，他什么话也不肯说，生怕失言后惹是生非。达卡的萧条时期已杀掉他不少火性；从丹佛的萧条时期开始，他更见安静下来。在达卡的那些日子，他蓄着胡子，让一群小孩子率领着穿街游巷，到小胡同里去找巫师问卜。他还在达卡的屁股后面给破破烂烂的小街和茅屋拍了几张快照。他说他回来的时候简直像哈特·克莱恩①那样从船上一跃而下。狄恩这时正守着一架唱机席地而坐，大惊小怪地听着一支小小的歌曲：《一支优美的浪漫曲》——"一串叮叮当当转得飞快的小银铃。啊！听着！咱们大伙儿全都弯下腰来，仔细看唱机中央，一定得看穿其中的秘密——叮叮当当的银铃，嘿。"埃德·邓克尔也坐在地板上，手里拿着我的两根鼓槌；他突然和着唱片的拍子轻轻敲鼓，轻得几乎听不出声音来。每个人都屏息凝神地听着。"嘀……嗒……嘀——嘀……嗒——嗒。"狄恩用一只手圈住

---

① 哈特·克莱恩(Hart Crane, 1899—1932)，二十世纪美国最重要的诗人之一。

耳朵,嘴张得大大的;他说:"啊!嘿!"

卡洛眯着眼睛在一旁瞧着我们这股愚蠢的疯狂劲儿。最后他重重地拍了下膝盖,宣布说:"我要发言。"

"嗯?嗯?"

"你们这次到纽约来用意何在?你们现在干着什么下流勾当?我的意思是问你们要往何处去?美国,你在夜里乘着闪亮的汽车,要往何处去?"

"要往何处去?"狄恩张大了嘴,应声重复了一遍。我们坐在那里,不知说什么好;现在已没什么话可谈的了。唯一可以做的事情是动身走。狄恩跳起来说,我们马上就回弗吉尼亚去。他洗了个淋浴,我把家里剩下的可吃的东西一股脑儿拿出来做了一大盘子饭,玛丽露缝好了他的袜子,我们于是动身上路。狄恩、卡洛和我上车驰入纽约。我们答应在三十小时内再跟卡洛见面,赶回来过除夕。这时天色已晚。我们送他到时代广场下车,回头穿过豪华的地道,驶入新泽西,又上了公路。狄恩和我两人轮换着开车,不到十个钟头就驶抵弗吉尼亚。

"几年来,这是我们头一次有机会单独在一起,可以好好地谈谈心。"狄恩说。而他也的确整整谈了一个晚上。我们像在梦中一样,飞驰过在睡乡中的华盛顿,重回弗吉尼亚的荒野,黎明时过了阿波马托克斯河,清晨八时就到了我哥哥家门口。在路上这段时间,狄恩对他所看到的一切,对他所谈的一切,对每一分一秒钟的流逝,都感到异常兴奋。他像精神失常似的,对什么都真正相信。"当然啦,现在谁也不能告诉咱们说上帝是不存在的了。咱们什么样的生活都体验过了。你还记得吗,萨尔,我初到纽约的时候怎样要查德·金教我尼采哲学。你瞧那是在多久以前？世间的一切都很美好，上帝的确存在，我们也知道时机。从古希腊到现在，所做的一切论断都是错误的。你不能用几何学或者几何学的思想方法来解释这一切。它不外是这个！"说着他竖起一根指头，往另一只手的拳头里一戳；汽车依旧紧贴着路中央的线笔直前进，"不仅如此，咱们两个也都明白，我实在没有时间来解释为什么你我两人都知道上帝的确存在。"在谈话间我抱怨生活中的苦难太多——我家中多么穷，我多么想帮助路西尔，她家里也穷，而且还有个女儿。"苦难这个词，你瞧，很可以概括为什么有上帝存在这个问题。情况不会永远这样下去的。我的头在嗡嗡地响了！"他双手捧住头嚷道。他像格罗裘·玛克司①一样一下子跳出汽车去买香烟——动作匆忙，步履急促，大衣的后摆在风中飘扬——只是狄恩没穿大衣，没有后摆可以飘扬。"从丹佛开始，有许许多多事情——哦，那些事情——我想了又想。我在感化院里待过很长时期，我那时是一个年轻的娃娃，爱出风头——偷汽车也是我当时的心理状况的一种反映，一心要卖弄本领。我怎么会坐牢的问题现在倒全搞清楚了。我只知道我自己以后再也不会坐牢了。其他的一切我自己也就很难做主。"我们路上看见一个很小的孩子拿石块扔过路的汽车。"你想想，"狄恩说，"有一天他会把石头扔进挡风玻璃，把开车的人砸死。你懂得我的意思吗？上帝的确存在，一点不用怀疑。我们这样开车前进，我心中就绝不怀疑一切都已在冥冥中给我们安排好了——连你也一样，尽管你开车时那么胆战心惊"（我怕开车，开的时候总是小心翼翼）——"一

---

① 格罗裘·玛克司（Groucho Marx, 1890—1977），美国喜剧演员。

切事情冥冥中自有安排，你绝不会在路上失事，我也可以安心睡觉。此外咱们熟悉美国，我们是在家里；在美国，我不管到哪儿都能遂我自己的心愿，因为到处都是一样情况，我熟悉人民，我熟悉他们所做的一切。我们有取有予，来去自如，走着弯弯曲曲、极其复杂，也极其有趣的路。"他说的话含混不清，很难捉摸，但他所要说的意思倒是很单纯，很清楚。"单纯"这个词他翻来覆去用了好多次。我过去做梦也想不到狄恩会变成一个神秘主义者。他的神秘主义就是从这个时候开始的，慢慢演变成日后那种怪诞的、不可思议的、W. C. 费尔兹型的圣徒的行径。

当天晚上我们把家具装上后座，又开车驶回纽约，一路上连我的姨母也带着几分好奇似听非听地注意着他的谈话。现在有了我姨母在车里，狄恩就只谈他在旧金山时的那段工人生活。我们细细谈论着一个司闸工人该做的一切细节，每次经过停车场时总要浏览一番，有一次他甚至跳出汽车，给我表演一个司闸工人怎样在一个侧线交点上发加速信号。我姨母到后座上睡了一觉。清晨四时抵华盛顿，狄恩又打了个长途电话给旧金山的卡米尔，仍是受话人付钱。这以后不久，我们的汽车刚驶出华盛顿，一辆警车鸣着警笛追了上来，虽然我们当时的速度每小时大概只有三十英里，我们还是收到了一张超速的罚款单。毛病就出在那张加利福尼亚的牌照上。"你们这些家伙，难道你们打加利福尼亚来，就自以为可以在这儿横冲直撞，爱开多快就开多快吗？"那个警察说。

我跟狄恩一起到警长办公室去，想跟警察当局解释我们身上没有钱。他们说要是我们筹划不到那笔罚款，狄恩就得在监牢里过夜。当然我姨母有钱；罚款是十五元，她身上总共带着二十元，所以看样子绝不会出什么问题。事实上正当我们跟那些警察争论的时候，就有一个警察出去偷看我姨母，她当时裹了一件衣服坐在汽车的后座上。她也看见了他。

"别担心，我不是个带枪的女强盗。你要是想来搜查汽车，就请马上动手吧。我是跟我的外甥一同回家去，这些家具也不是偷来的；它们都是我外甥媳妇的，她刚生了个娃娃，马上要搬到她的新房子里去住。"这席话说得那位福尔摩斯很狼狈，只好重新回到警察局里。我姨母得代狄恩付那笔罚款，要不然我们全得在华盛顿耽搁下来。他答应日后偿还这笔钱，而在整整一年半以后，他也的确偿还了这笔钱，使我的姨母又惊又喜。我姨母是个可敬的女人，不幸沦落在这个倒霉的世界上，而她对世界上的一切确实也很熟悉。她把那个警察的行径告诉了我们。"他躲在树背后，想偷看我的模样儿。我就告诉他——我就告诉他说，要搜查汽车尽管来搜查好了。我没做过什么亏心事。"她知道狄恩做过亏心事，我呢，因为跟狄恩在一起，也就好不了多少；狄恩和我只好装糊涂，什么话也没说。

我姨母有一次说，除非男人都跪倒在女人膝下，请求宽恕，这个世界就永远不得安宁。这一点狄恩倒也知道；他跟我提起过不知多少次了。"我不住地向玛丽露苦苦央告，要求在我们之间永远保持一种安宁的、亲密的谅解，彼此纯洁地相爱，永远不再争吵——她完全理解；只是她的心在别的上面——她在追求我；她不肯理解我是多么爱她，她正在决定我的命运。"

"事实的真相是，我们并不理解我们的女人；我们错怪了她们，其实都是我们自己不好。"我说。

"不过事情也不那么简单，"狄恩警告说，"安宁会突然来临的，不过来的时候，我们也不会懂得——明白吗，老弟？"他倔强地、凄惨地驱车驰过新泽西；黎明时候由我开车驶入帕特逊，他已在后座上睡着了。我们在早晨八点到家，发现玛丽露和埃德·邓克尔一同坐在那里吸烟灰缸里的烟屁股；自从狄恩和我离开以后，他们一直没吃过东西。我姨母去买了些食物，做了一顿极丰盛的早餐。

4

现在这西部的哥儿仨得到曼哈顿区去觅新居了。卡洛在约克路有个寓所；他们打算在当天晚上就搬去住。狄恩和我两个整整睡了一天，醒来的时候，已是一九四八年的除夕，外面正刮着大风雪。埃德·邓克尔坐在我的安乐椅上，正大谈其去年除夕的事。"我当时在芝加哥，穷得没有一个子儿。我在北克拉克街的旅店里靠窗坐着，楼下面包房里送来一阵阵扑鼻的香味，直钻入我的鼻孔。我虽然身上一个钱也没有，却一直走到楼底下，跟面包房里的姑娘聊起天来。她不要我钱，白送给我一份面包和咖啡饼，我就拿回到房间里吃了。我在自己的房间里整整待了一宿。有一次，我到犹他州的法明顿去找埃德·华尔一起干活——你们认识埃德·华尔吗，他是牧场老板的儿子——我正躺在床上，突然看见我死去的母亲在角落里站着，浑身放着光。我叫了声：'妈！'她立刻不见了。我经常这样地活见鬼。"埃德·邓克尔一边说一边不住地点头。

"你打算拿加拉提怎么办？"

"哦,瞧着办吧。等咱们到了新奥尔良再说。你看呢,嘿?"他竟同时又向我征求起意见来了;一个狄恩居然还不能完全解决他的问题。看样子,他已爱上加拉提了。

"你自己打算怎么办呢,埃德?"我问。

"我不知道,"他说,"我只是随风飘。我要摸生活的底。"他像背书似的重复着狄恩的话。他毫无定见。他只是坐在那里回忆着芝加哥之夜,回想自己怎样在冷冷清清的房间里啃热咖啡饼。

外面风雪连天。在纽约,盛大的晚会快要开始了;我们准备大家全去参加。狄恩收拾好他那只破衣箱,放进汽车,于是我们全体离家出发,去欢度这伟大的夜晚。我姨母知道我哥哥下星期就要来看她,兴致也很好;她坐在那里看报,等着听时代广场的大年夜广播。我们呢,早已坐车驶入纽约,一路在冰上滑行着。只要是狄恩开车,我心里就一点也不害怕;他在任何情况下都能把车开得稳稳的。收音机已经修好了,他这时正收听着狂热的波普音乐,用音乐来鼓舞我们在黑夜中前进。我不知道这一切会有什么结果;而我确实也不在乎。

大约就在那时候,忽然有一些奇怪的思想苦恼着我。情形是这样的:我总觉得自己好像忘了什么似的。狄恩还没来的时候,我大概打定了主意要做什么事,可是现在我却一点也想不起来了,尽管我脑子里还有点模模糊糊的印象;好像马上就会把整个情况记起来似的。我不住弹着指头,苦苦思索着。我甚至还跟人提起这件事。可是我说不出这到底真是我已经打定了的一个主意呢,还仅仅是我早已忘却了的一个想头。它老在我心里作怪,使我坐立不安,十分苦恼。这似乎跟"尸衣旅客"有关。有一次我跟卡洛·玛克司对坐在两把交椅里,膝盖抵着膝盖,脸对着脸;我告诉他说我做了个梦,梦见仿佛是一个阿拉伯人在沙漠里追我;我拼命地逃;后来他终于在我快到"保护城"之前把我追上了。"这是谁呢?"卡洛说。我们细细琢磨着。我提出这也许是我自己,身上裹着一件尸衣。然而我说的不对。有什么东西、什么人、什么精灵在生活的沙漠中追逐我们大家,在我们到达天堂之前一定会把我们追上。自然,我今天回顾起来,很清楚这不过是死神;死神会在我们进天堂之前追上我们。我们在世之日所渴望的唯一东西,一件使我们为之叹息、呻吟、梦魂颠倒的东西,只不过是对某种一去不返的幸福的记忆,这种幸福的滋味也许只有在娘胎里尝到过,而且要再一次尝到(虽然我们谁都不肯承认),恐怕也只有在死掉以后了。可是谁又愿意死呢? 在生活的洪流中,我对这件事始终耿耿于怀。我对狄恩说了以后,他就立刻看出这不过纯然是对死的渴望;可是因为我们这些人谁都死了不能复生,所以他不愿意跟死打交道,当时我也觉得他的看法不无道理。

我们同去找我纽约的那帮朋友。那儿也正盛开着疯狂的花朵。我们先去找汤姆·赛布鲁克。汤姆是个郁郁寡欢的漂亮青年,为人慷慨大方、和蔼可亲,很讨人喜欢;只是说不定什么时候,他会突然沮丧起来,谁也不理,一个人匆匆奔了出去。今天晚上他可高兴极了。"萨尔,这些真正了不起的人,你是打哪儿找来的? 我还从来没遇见过像他们这样的人哩。"

"我是在西部找到他们的。"

狄恩在及时行乐;他放了张爵士唱片,一把攥住玛丽露,紧紧地搂住她,和着音乐的拍子乱蹦乱跳。她也随着他又蹦又跳。这是真正的爱情之舞。伊恩·麦克阿瑟带着一大群人来了,于是新年的周末开始,持续了三天三夜。大群的人挤进了哈得逊,在纽约积雪的街上滑行,从这一晚会转到那一晚会。我带着路西尔和她的妹妹参加了最大的晚会。路西尔看见我跟狄恩和玛丽露在一起,她的脸色立刻沉了下来——她看出了我从他们身上感染到的疯狂。

"我不喜欢你跟他们在一起。"

"啊,想开点,这只是及时行乐。我们只能活一回。我们现在这样不是挺快乐吗?"

"不,不快乐,我不喜欢这样。"

接着玛丽露跟我吊起膀子来了;她说狄恩以后要跟卡米尔在一起,她要我跟着她走。"跟我们一起到旧金山去吧。我们可以住在一起。我会待你好的。"可是我知道狄恩爱玛丽露,我也知道玛丽露所以这样做,是要让路西尔吃醋,而我却并不喜欢这样的事发生。尽管这样,这个迷人的金发女郎却使我馋涎欲滴。路西尔看见玛丽露把我推到角落里,跟我情话喁喁,强迫着吻我,她也就接受狄恩的邀请,一起到外面的汽车里去了;不过他们只是在那里聊了一会儿天,喝了些我留在格子里的南部走私酒。什么都稀糟一团,一切都摇摇欲坠。我知道我跟路西尔的那段关系维持不了多久。她要我事事依她。她丈夫是个码头工人,待她很不好。我很愿意跟她结婚,负担她襁褓中的女儿及一切,如果她能跟她丈夫离婚的话;可是我们连办离婚手续的钱也筹不出,整个事情的前景十分渺茫,何况路西尔又一点不了解我,因为我爱好的东西太多,一味忙乱,没有出息,只知东奔西走,从这颗下坠的星星跑到那颗,直到自己也坠下为止。这就是大年夜,这就是我在大年夜的感触。我对谁也不能有所贡献,除却我自己的忙乱。

晚会盛大极了;在西九十号的地下室公寓里,至少有百来个人。大锅炉附近的那些小房间都挤得水泄不通。每一个角落里,每一张床上和长榻上,都有人在寻欢作乐——这不是个狂欢酒会,而仅仅是个新年晚会,有疯狂的尖声怪叫和热闹的广播音乐。会上甚至还出现了一个中国女郎。狄恩像格罗裘·玛克司那样,从这伙人身边跑到那伙人身边,摸每个人的底。每隔一会儿我们就奔出屋去,开车接更多的人来参加晚会。达米恩也来了。达米恩是我纽约那帮朋友中间的好汉,就像狄恩是西部的好汉一样。这两个好汉立刻互相仇视起来。达米恩的女朋友突然挥动右臂,一拳打在达米恩的下巴颊上,打得极其漂亮。达米恩被打得头昏眼花,站都站不稳了。她于是把他送回了家。我们有几个在报馆工作的疯狂朋友带着酒从办公室一径来到这儿。外边风雪交加,令人兴奋。埃德·邓克尔跟路西尔的妹妹见面后,两人一齐不见了;我忘了说明,埃德·邓克尔是个非常得女人欢心的男子。他身高六英尺四英寸,性情温和,待人殷勤,老是一副笑脸,专爱侍候妇女穿大衣。这倒确实是个处世妙法。清晨五点,我们大家一齐拥进一个公寓的后院,从窗口爬进屋去,参加里边正在进行的极大盛会。天亮时,我们又都回到汤姆·赛布鲁克家里。大家痛饮了一阵,喝着走气的啤酒。我搂着一个名叫玛娜的姑娘,躺在一张沙发床上睡了一会儿。又有大群的人从哥伦比亚校园老酒吧间里拥进屋来。生活中的一切,生活中的各种现象,全都集中在这一潮湿的房间里了。这时伊恩·麦克阿瑟家里的晚会还没有散。伊恩·麦克阿瑟是个极可爱的家伙,戴着一副眼镜,眼镜后面的两只眼睛老是笑眯眯地望着人。他开始学着狄恩,对一切事物都说"好!"而且从那以后一直就那么说着。这时正放着德克斯特·戈登和华德尔·格雷合奏的《打猎》，在狂热的音乐声中我和狄恩玩着"接球"的游戏，把玛丽露从长榻上抛来抛去；而玛丽露可也不是一个小小的布娃娃。狄恩连汗衫也不穿，只穿着一条裤子，光着脚到处跑，一直到后来他们又叫他出去开车接人去了。什么样的赏心乐事都应有尽有。我们遇到了疯狂的、得意忘形的罗洛·格来伯，在他长岛的家里玩了个通宵。罗洛跟他姑母同住在一座漂亮的宅子里；等他姑母死后，这宅子就完全归他所有了。但眼前她却一点不肯妥协，什么事都跟他作对，痛恨他的朋友。他把狄恩、玛丽露、埃德和我这一帮乱七八糟的人带到他家里，开始尽情狂欢起来。那女人在楼上走来走去；她吓唬着说要去叫警察。"快给我住嘴，你这个老婊子！"格来伯喝道。我纳闷像这样的日子他怎么跟她过得下去。他的书非常多，我一辈子也没见过那么多的书——有两个图书室，室内四壁从地板到屋顶都堆着书，全是像什么什么伪经之类的十大卷的作品。他还能演威尔第歌剧，穿着一件背后撕了一条长口子的睡衣表演给我们看。他对一切事情都无所谓。他是个大学者，常常臂下夹着十七世纪的乐谱原稿跌跌撞撞地走到纽约的沿海地区，大声嚷嚷着。他像一只大蜘蛛那样在街上爬行。他的激奋情绪化成利刃一样的凶光从他眼里闪露出来。他快乐起来常常得意忘形，像痉挛似的直扭着脖子。他大着舌头讲话，他痛苦地扭着身子，他摇摇摆摆地走路，他呻唤，他号叫，他在绝望中颓唐下来。他甚至说不出一句话来，生活实在太叫他兴奋了。狄恩低着头站在他面前，不住口地说："好……好……好。"他拉我到一个角落里。"那位罗洛·格来伯是个最最伟大、最最了不起的人物。我想告诉你的就是这个——我想要做到的也就是这个。我希望能像他这个样子。他从不停顿,他从各个方向前进,他什么都发泄出来,他明白时机,他除了摇摆什么也不用干。嘿,他就是最后的目的!你瞧,只要你也老像他这样,到最后你总会得到它的。"

"得到什么?"

"它!它!我以后再跟你细说——这会儿没工夫,咱们这会儿没工夫。"狄恩于是又匆匆奔回去进一步观察格来伯。

狄恩说,乔治·谢林,那位奏爵士音乐的大钢琴家,跟罗洛·格来伯完全一模一样。我和狄恩在这又长又疯狂的假期中到波德兰去访问了谢林。那地方十分荒凉,我们十点钟到那里,还是头一批顾客。谢林出来了,是个瞎子,由人牵着手领到钢琴边去。他是个相貌堂堂的英国人,戴着浆过的白色硬领,金发碧眼,微微有点胖,他到钢琴边一坐下,就奏出一阵流水般的美妙音乐,流露出一种像英国的夏夜一样的超逸的风韵。贝斯手恭敬地朝他俯过身去,轻抚起琴来。鼓手丹捷尔·贝斯特一动不动坐在那里,只用他的两只手腕轻击着鼓槌。接着谢林慢慢摇摆起来;他那喜气洋溢的脸上露出了微笑。他开始在琴凳上前后摇摆,开始时很慢,随着拍子转快,摇摆得也就越来越快,每打一个拍子他的左脚就往上一跳,他的脖子开始歪扭起来,他把脸一直伏到键盘上,他那梳得整整齐齐的头发散乱了,他不住用手往后掠,他开始冒起汗来。音乐的节奏更快了。贝斯手弯着腰,越弹越快,其实不过是看上去越弹越快。谢林开始弹起和弦来;音符像暴风骤雨似的从钢琴里滚滚而出,你简直很难想象他怎么来得及把它们排列成曲。它们像海涛一样汹涌澎湃。人们大声嚷着叫他"加油!"狄恩也在冒汗,汗水一直流到他的领子上。"瞧他!这

159

就是他！老神仙！老神仙谢林！好！好！好！"谢林也意识到有那么个疯子在他背后；他听得见狄恩的每一声喘息和唠叨；他虽然看不见，却体会得出。"好极了！"狄恩说。"好！"谢林笑了；他又摇摆起来。最后谢林从钢琴旁边站起来，浑身汗水淋漓；这是他一九四九年最红的日子；以后他就开始走下坡路，变成纯商业性质了。他走后，狄恩指着空琴凳说："神仙的空椅子。"钢琴上放着一只号角；它的金黄色的影子落在鼓后面画在墙上的沙漠商队上，映出奇异的色彩。神仙已经走了；这是他走后留下的寂静。这是个风雨之夜。这是风雨之夜的奥秘。狄恩圆睁着两眼，露出惊惧之色。这样疯狂下去是不会有什么结果的。我不知道自己会有什么样的遭遇，不过我突然发现我们抽的不是烟草而是大麻精。这是几天前狄恩在纽约买的。这使我觉得仿佛一切都快要来到了——对一切的一切永远做出决定的时刻快要来到了。

5

我离开大伙儿回家休息。我姨母说我跟狄恩这帮人一起游荡，实在是浪费时间。我也未尝不知道这样做是不对的。不过生活总是生活，人总是人。我所向往的，是到西海岸再去做一次有意思的旅行，到春季开学的时候赶回来上课。后来发现这次旅行确实也真够味儿！我去的目的，只是想看看狄恩还会搞出些什么别的花样来；最后，由于我知道狄恩到了旧金山就要回到卡米尔身边去，我还想去跟玛丽露勾搭。我们终于准备停当，又要跨越这个呻吟着的大陆了。我支了一笔退伍军人助学金，交给狄恩十八元转寄给他妻子；她这时已身无分文,正等着他回家。玛丽露心里有什么想法,我不得而知。至于埃德·邓克尔,他像过去一样,总是跟着走。

我们动身之前,在卡洛寓所里过了几天漫长而有趣的日子。他穿着浴衣到处跑,讲一些含讥带讽的话:"我倒不是不让你们寻欢作乐,不过在我看来,现在该是决定你们自己的身份和要做的事的时候了。"卡洛自己在一家公司里当打字员。"我倒想知道你们老这样整天坐在家里是什么意思。你们究竟在谈些什么,打算做些什么。狄恩,你干吗要离开卡米尔,重新跟玛丽露在一起?"没有回答——咻咻的痴笑。"玛丽露,你干吗要这样在全国旅行,你们女人家对尸衣有什么看法?"同样的回答。"埃德·邓克尔,你干吗把你的新婚妻子扔在图森,你挺着个又肥又大的屁股坐在这儿干什么?你的家呢?你的工作呢?"埃德·邓克尔真的给搞糊涂了,耷拉着脑袋不知如何回答才好。"萨尔——你在这样逍遥的日子怎么反倒栽了跟头,你跟路西尔的关系怎么样了?"他整了整浴衣,坐下来面对着我们大家。"降天罚的日子尚未来到。这个轻气球不会维持你们太久的。何况这还是个抽象的气球。你们现在一窝蜂飞向西海岸,过后就会跌跌撞撞地奔回来寻找你们的石头。"

近来卡洛总是装腔作势,一心想把自己说话的声音和腔调装得像他所谓"磐石的声音";他的全部用意是要吓得大家都认识到磐石①的力量。"你们把一条龙别在你们的帽子上了,"他警告我们说,"你们是跟蝙蝠一起在高阁上哩。"他那

---

① "磐石"一词在《圣经》中常见,有"精神支柱"之意,如"耶和华是我的磐石,我的力量……"

两只疯狂的眼睛盯着我们闪闪放光。在达卡的萧条时期以后,他又熬过了一段他称之为"神圣的萧条时期",或者是哈莱姆萧条时期的非常艰苦的日子;那时候是在仲夏,他住在哈莱姆贫民区里,晚上在自己孤寂的房间里惊醒,听见"大机器"自天而降;白天他就和别的游魂一起在一百二十五号大街溜达,做"地下"活动。就在那时候他有了乱糟糟一团的辉煌思想,把他的头脑武装得焕然一新。他让玛丽露坐在他的膝上,命令她乖乖地待着。他对狄恩说:"你干吗不坐下来宽宽心? 你干吗老这样跳来跳去?"狄恩满屋子跑着,一边往咖啡里搁糖一边说:"对! 对! 对!"晚上,埃德·邓克尔睡在地板上的垫褥上,狄恩和玛丽露把卡洛推下床去,卡洛就坐在厨房里守着他的炖腰子,嘟嘟哝哝地说着关于磐石的预言。我这些天常去他家,把一切都看在眼里。

埃德·邓克尔对我说:"昨天晚上我一直走到时代广场,我刚走到那里,就突然发现我自己是个鬼——原来是我的鬼魂在人行道上走哩。"他一本正经地跟我讲这类事,不加任何按语,同时还一个劲儿地点着头。十个小时以后,别人正在谈话,埃德突然插嘴说:"咦,原来是我的鬼魂在人行道上走哩。"

狄恩突然一本正经地向我弯过腰来,说道:"萨尔,我有件事要请你帮忙——对我说来非常重要——我不知道你肯不肯答应——咱们是好朋友,是不是?"

"当然是,狄恩。"他几乎脸都红了。最后他终于说了出来:他要我跟玛丽露干那宗事。我没问他为什么,因为我知道他是想看看玛丽露跟别的男人干的时候是什么个样儿。他提出这一建议的时候,我们正坐在时新酒吧里;我们已经在时代广场遛了一个钟头,寻找哈塞尔。时新酒吧是时代广场附近大街上的一个流氓酒吧;它每年都要换一下名称。你走到里面,简直看不见女人的影儿,甚至在雅座里也看不见。那儿只是一大群乱七八糟的青年男子,穿着各式各样的流氓服装,从红衬衫到阿飞装应有尽有。这儿也是个淫秽的场所——有些年轻小伙子跟夜间在第八大道上那些年老色衰的兔儿爷一起出卖色相,以此为生。狄恩进去的时候,还眯缝着眼打量了每一张脸。这儿有淫荡的黑人兔儿爷,有杀气腾腾的带枪大汉,有身藏匕首的水手,有骨瘦如柴、畏首畏尾的烟鬼,也有一个偶尔出现的衣冠整齐的中年密探,装出赌棍的模样在那里走来走去,一半是为了猎奇,一半也是为了尽职。这正是狄恩提出他那种建议的典型场所。各种各样的阴谋诡计都在时新酒吧里策划——你在空气中都感觉得出来——各种各样疯狂的性行为也跟这些阴谋诡计一起在这里酝酿。破门入户的强盗不仅向一个流氓提出怎样进入第十四大街上某个仓库房间的办法,同时还提出两人一起睡觉。金西也常到时新酒吧来,接见他手下的某些弟兄;一九四五年他助手来的时候,我也在场。哈塞尔和卡洛就是在那次被接见的。

狄恩和我一起坐车回到寓所,发现玛丽露正躺在床上。邓克尔正在纽约的大街上游魂哩。狄恩把我们商量好的主意告诉了她。她说她很高兴。我自己却不那么有把握。我得证明自己确有能耐应付这一关。这张床是个魁伟的大汉睡了一辈子的旧床,中间窝了下去。玛丽露躺在中间,狄恩和我一左一右躺在她旁边的翘起的褥子两头发愣,不知说什么好。我说,"真他妈的,这事儿我干不了。"

"胡说,你不是亲口答应了吗!"狄恩说。

"那么玛丽露呢?"我说,"喂,玛丽露,你说呢?"

"干吧。"她说。

她抱住了我,我就试图忘掉老狄恩躺在旁边。可是我只要一想起他躺在暗中,听着每一个声音,我除了一个劲儿傻笑外,什么也干不出来。这情况可真有点要命。

"我们大家都不要紧张。"狄恩说。

"我怕这事儿我是干不了的。你干吗不到厨房里去一会儿呢?"

狄恩去了。玛丽露非常可爱,可是我小声儿对她说:"等咱们到了旧金山再相亲相爱吧;我现在没有心思。"我说的是实话,她完全知道。这是大地的三个儿女想在黑夜里证明一个什么问题,在他们面前的是过去那些世纪的全部重压,像气球一样在黑暗中不断膨胀。房里一片异样的静寂。我出去拍了拍狄恩的肩膀,叫他跟玛丽露睡去;我自己也到榻上躺下。我听得见狄恩的一切声音,只听见他狂欢无度,胡言乱语,疯狂地摇动着。只有一个坐过五年牢的汉子才能狂荡到这个地步,像疯子一样不顾一切;在生命之源的门边乞求,疯狂地从肉体上真正领略原始的幸福,盲目地想找来时的路回去。这是几年来在铁栅里面看色情画片的结果;看看畅销杂志上女人的大腿和乳房;琢磨着铁窗的冷酷和不在身边的女人的温柔。监牢是你有权利要住就住的地方。狄恩从来没见过他母亲的脸。每结识一个新的姑娘,每娶一个新的妻子,每添一个新的孩子,只能加深他的凄凉困苦。他的父亲呢? ——那个当白铁匠的名叫狄恩·马瑞阿迪的老无赖,常常偷搭装货的列车,在火车的厨房里当厨子下手,晚上喝得酩酊大醉,在路上东倒西歪,在煤堆上没命地喘气,在西部的沟渠里掉下一颗颗发黄的牙齿。狄恩完全有权利跟他的玛丽露为所欲为,在爱情的极乐世界中当个风流鬼。我不想干涉;我只想学习。

卡洛在天亮时回来,穿上了他的浴衣。这一时期他已不再睡觉。"唷!"他尖叫了一声。房间里乱得实在可以,满地果酱,裤子和衣服任意乱扔,还有烟头、脏碟子、翻开了的书——我们在展开大辩论哩。世界每天都在呻唤着,辗转反侧,我们也就拼命钻研着夜的奥秘。玛丽露不知为了什么事跟狄恩打了一架,浑身青一块紫一块的;他的脸上也满是指甲痕。该是动身的时候了。

我们一帮十人,全都乘车直奔我家,取了我的旅行袋,然后又到酒吧打了个电话给新奥尔良的老铁牛李,几年前狄恩到我家来学写作的时候,我们的第一次谈话就是在这个酒吧里进行的。我们听见老铁牛李的哼哼唧唧的声音从一千八百英里外传来。"喂,你们大伙到底要我拿这个加拉提·邓克尔怎么办? 她在这儿已待了两个星期啦,一天到晚躲在自己的房间里,不肯跟我或者简讲话。埃德·邓克尔那个家伙是不是跟你们在一起? 看在老天爷面上,快叫他来把她领走吧。她睡在我们最好的一间卧室里,身上连一个子儿也没有。这儿可不是旅馆。"邓克尔在电话里又叫又嚷,一再向老铁牛李保证——还有狄恩、玛丽露、卡洛、邓克尔、我、伊恩·麦克阿瑟夫妇、汤姆·赛布鲁克,以及天知道别的什么人,大家一边喝着啤酒,一边跟着在电话里向昏头昏脑的铁牛李起哄,而铁牛李这个人最最讨厌的就是混乱。"呃,"他说,"你们要是真的来,那么到了这儿以后,神志也许会清醒些。"我去向我姨母告别,答应在两星期内回来,于是再次向加利福尼亚进发了。

6

刚上路的时候,天正下着蒙蒙细雨,天色十分神秘。我看得出即将有漫天大雾到来。"嗨——!"狄恩嚷道,"我们又上路了!"他说着,往方向盘上一伏,抖擞精神开起车来;他的精神又振作起来了,这谁都看得出来。我们大家全都兴高采烈,大家都体会到我们已把混乱和胡闹抛在一边,目前正在进行我们当前唯一的伟大工作:行动。而我们也的确在行动!我们夜间在新泽西飞驰,到了某一地方忽然有两个神秘的白色标记在我们眼前掠过,一个上面写着**往南**(有个箭头),另一个上面写着**往西**(有个箭头),我们就循着往南的那个前进。新奥尔良!它在我们脑子里像火一样燃烧着。离开狄恩所谓的"冰天雪地的工业城纽约"的污雪,一直走向冲洗得干干净净的美国底部,欣赏古老的新奥尔良的绿色景致与河流的气息;然后再继续西去。埃德坐在后座;玛丽露、狄恩和我坐在前座上,极其兴奋地谈着生活是多么美好、多么快乐。狄恩突然变得温柔起来。"真他妈的,你们瞧,咱们大家都必须承认一切东西都很美好,在这个世界上什么事都不用操心;事实上咱们也应该知道,咱们要是能**心中有数**,理解自己**确确实实**对**什么都不操心**,这对我说来又有多么重大的意义。我说得对不对?"我们全都同意他的看法。"咱们又上路了,咱们大家全都在一起……咱们在纽约干了什么了?让咱们来宽恕吧。"我们大家在纽约全都争吵过。"这是过去的事了,离咱们已经很远,可以不去想它。咱们现在正朝着新奥尔良前进,去摸老铁牛李的底,这难道不是人生的一件乐事?现在大家都来听这位次中音老歌手演唱吧"——他把收音机开得响到不能再响,连汽车都震颤起来——"听他唱歌,真正宽下心来,求些真正的知识。"

我们大家马上听起音乐来,没有一个不同意他的看法。道路是最最纯洁的。公路中央的那条白线舒展开来,始终紧紧抱着我们的左前轮,好像欣赏我们的思想行动,永远要跟着我们走似的。狄恩在冬夜穿着一件 T 恤衫,弯下他那肌肉肥厚的脖子,开着车快速前进。他坚持要我驾车驶过巴尔的摩,当作交通练习;这当然也很好,只是有时他和玛丽露坚持要一边亲吻着,干着偷偷摸摸的勾当,一边还要驾驶。这实在是种疯狂行为;同时收音机还开得震天响。狄恩不住地在仪器板上敲着鼓点儿,直敲得仪器板都窝下了一个坑儿;我也做了同样的事情。可怜的哈得逊——这艘开往中国的慢船——无缘无故挨了一顿揍。

"哎哟,真开心!"狄恩嚷道,"玛丽露,心肝,你好好听我说,你知道我是个同时能做一切事情的万能博士,有无穷无尽的精力——到了旧金山,我们必须继续一起过活。我知道怎样安顿你——把你搁在接力赛跑的最末尾——我只隔那么短短的两天就来看你一次,跟你一气儿待十二个小时,哎哟,你知道咱们在十二个小时内可以做多少事情呀,亲爱的。我平时就住在卡米尔家里,装作没事人一般,你瞧,她什么都不会知道的。我们有办法瞒过她,过去我们就这样做过。"玛丽露表示同意,她对卡米尔的醋意确实很浓。我本来以为到了旧金山,玛丽露就可以转让给我,可是我现在开始看出他们俩还要姘居,把我一个人孤零零地抛弃在大陆的另一端。不过话说回来,你前面是一片黄金般的土地,还有种种意想不到的趣事在等着你,使你觉得惊奇,使你因为能活着看到这一切而感到快乐,在这情况下,你又何必胡思乱想呢?

我们在天亮时抵达华盛顿,正好赶上哈里·杜鲁门连任总统就职的日子。我们乘着我们的破车在宾夕法尼亚大道上前进的时候,沿路看到了规模巨大的军事演习。B-29型轰炸机、巡逻水雷艇、炮队,还有其他种种战争武器,在有积雪的草地上看上去都十分狰狞可怕;最后是一辆普通的小救护车,相形之下显得既可怜又愚蠢。狄恩减低车速观看这场面。他不住恐惧地摇着头。"这班人到底要干什么?哈里正在这个城里不知什么地方睡大觉哩……善良的老哈里……在密苏里出生,跟我一样……那一辆准是他坐的车。"

狄恩到后座睡了一会儿,换邓克尔开车。我们一再叮嘱他慢慢儿开。可是我们刚一打呼噜,他也不顾轴承什么的全都坏了,竟把速度一下加到八十英里,不仅如此,在一个四岔路口,那里还有个警察正在跟一个开汽车的争吵,他却拐了个大弯,违犯规定驶入了一条四线公路的第四线。那警察自然鸣着警笛在我们后面追了上来,命令我们停车。他叫我们跟他到局里去。局里有个下流的警察,一看见狄恩,立刻对他起了恶感;他从他全身各部分都闻得出监牢的气味。他派他的手下人出去到屋外秘密地盘问玛丽露和我。他们问玛丽露的年纪,想根据《曼恩条例》使我们就范。可是她持有结婚证书。他们于是把我一个人带到一旁,问我谁跟玛丽露一起睡觉。"她丈夫。"我简洁地说。他们十分好奇,大概有什么可疑之处落在他们眼里了。他们施展福尔摩斯的伎俩,拿同样一些问题问了我们两遍,寻找漏洞。我说:"那两个家伙要回加利福尼亚去,到铁路上去干活,这位是那个矮个儿的老婆,我是他们的朋友,因为大学里放假,去度两个星期的假。"

警察微笑着说:"是吗?这个皮夹子真是你自己的吗?"

最后,屋里那个下流的警察要罚狄恩二十五块钱。我们对他们说我们总共只有四十元,要一直用到西海岸边;他们说这不关他们的事。狄恩提出抗议,那个下流的警察就威吓说要送他回宾夕法尼亚,给他加一个特别罪名。

"什么罪名?"

"别管是什么罪名。不要为这个操心,精灵鬼。"

我们得给他们二十五元。可是犯罪的埃德·邓克尔首先提出愿意坐牢。狄恩沉吟了一下。那警察却冒火了,他说:"你要是让你的朋友坐牢,我现在马上就送你回宾夕法尼亚。你听见没有?"我们唯一的愿望是继续上路。"你要是在弗吉尼亚再受一次超速罚款,你的汽车就要充公了。"那个下流警察说,算是临别赠言。狄恩气得满脸通红。我们一声不响地开车走了。像这样把我们的旅费拿走,等于是下请帖要我们做贼。他们明知道我们身上没有钱,路上也没有亲戚朋友可以告贷,也没有人能汇钱给我们。美国警察是在跟那些既拿不出堂皇的证件也不会拿骂人话吓唬他们的美国人展开心理战。这是一队维多利亚时代的警察;他们从发霉的窗口探出头来,想侦查一切事情,遇到现有的犯罪案件不能满足他们的要求时,就可以任意捏造出犯罪案件来。"罪行有九种,腻烦只有一种。"法国侦探小说家路易-费迪南·赛林说得好。狄恩怒不可遏,说他只要一弄到枪,就马上回弗吉尼亚来把这个警察打死。

"宾夕法尼亚!"他冷笑说,"我倒很想知道他准备加给我的是什么罪名呢!很可能是流浪罪;把我的钱全部抢走,控告我犯流浪罪。干这等事是那班恶棍的拿手好戏。你要是口出怨言，他们还会出来把你枪毙掉。"我们没有办法，只好强作欢颜，努力把这事忘掉。直到车过里士满，我们才慢慢把这事忘却，一切才又恢复正常。

现在我们的全部旅费只剩十五元了。我们只好沿路搭些乘客，跟他们讨几毛汽油钱。在弗吉尼亚的荒野上，我们忽然看见有个人在路上走。狄恩一下子刹住了车。我回头一望，说这个人是个瘪三，可能身上连一个子儿都没有。

"我们就是拿他寻寻开心也好！"狄恩笑着说。那是个疯子模样的人，衣衫褴褛，戴着一副眼镜，一边走路一边看着一本溅满泥浆的平装书，看样子是从路旁的沟里捡来的。他一上车，就立刻继续看起书来；他脏得简直叫人难以相信，浑身都是痂疤。他说他的名字叫哈曼·所罗门，徒步在美国全国各地旅行，敲开、有时候踢开犹太人的门，向他们要钱："给我钱去买吃的，我是个犹太人。"

他说这办法很要得，他的日子已越来越好过了。我们问他看的是什么书。他不知道。他不屑看书的封面。他只看书里的字句，仿佛他已在荒野中找到了真正的《摩西五经》似的。

"瞧？瞧？瞧？"狄恩戳着我的肋骨，咯咯地笑道，"我不是跟你说过可以拿他开心吗。每个人都可以使人开心，嘿！"我们把所罗门一直送到台斯塔门特。我哥哥这时已搬到镇上另一边的新房子里住去了。我们又回到了那条又长又荒凉的街上，街心里还铺着路轨，还有愁眉不展、紧绷着脸的南方人在一些五金店和小杂货店门口踱来踱去。

所罗门说："我看得出你们大伙儿需要些钱来继续走你

们的路。你们等我会儿，让我到一个犹太人家里去弄几块钱来，我再跟你们一起到亚拉巴马去。"狄恩快乐得都忘其所以了；他和我赶紧去买些面包和奶酪回到车上来做午餐。玛丽露和埃德在汽车里等着。我们在台斯塔门特等了哈曼·所罗门两个钟头；他到镇上不知哪儿讨面包吃去了，我们没法找到他。夕阳开始返照，时光已不早了。

　　所罗门再也没露面，我们只得开车驶出台斯塔门特。"你瞧，萨尔，上帝确实存在，因为不管我们做了什么打算，我们还是在这个镇上耽搁了下来；还有你可注意到这个镇的名字多奇怪，竟跟《圣经》有关①，那个让我们再一次在这儿停留下来的奇怪家伙也像是《圣经》里的人物，一切事物在冥冥中都联结在一起，就像由于雨水的连锁接触，把世界上的每个人都联结起来一样……"狄恩就这样唠唠叨叨地说个不停；他这时欣喜若狂，乐不可支。他和我都突然发现这个国家很像是等待我们去采珠的大蚌；而那颗珍珠也确实在里面，确确实实在里面。我们于是继续南下，在路上又搭了另外一个乘客。那是个面带愁容的年轻小伙子，说他有个姑母在邓恩开着一家杂货铺，那地方在北卡罗来纳州，就在法耶特维尔外围。"到了那里，你能跟她要一块钱吗？成！好极了！咱们走吧！"我们在一个小时内就到了邓恩，已是黄昏，我们把车一直开到那孩子所说的他姑母开设杂货铺的地方。那是一条破破烂烂的死胡同，到头是一家工厂的围墙。杂货铺倒是有一家，里面却没有他的姑母。我们开始怀疑这孩子是在睁着眼

<hr />

①　台斯塔门特即 Testament，《圣经》的《旧约》《新约》分别为 Old Testament、New Testament。

说瞎话。我们问他打算上哪儿去；他说不知道。其实他是撒了个漫天大谎；有一次他不知怎么到小胡同里去猎奇，在邓恩看见了这家杂货铺，当时他那混乱昏迷的脑子里忽然灵机一动，就捏造出这个故事来。我们买了个热狗给他吃，可是狄恩说我们不能再继续让他搭车了，因为我们得腾出地方来睡觉，还得腾出地方来另搭一个乘客，好收些钱买汽油。这话虽不好听，却是老实话。我们在天黑时把他留在邓恩了。

我开车驶过南卡罗来纳州和佐治亚州的梅肯，狄恩、玛丽露和埃德都入了睡乡。我独自一个在夜里开着车，心里想着心事，手里握着方向盘，让车紧贴着白线在神圣的道路上行驶。我是在做什么呢？我要往哪里去呢？这问题我不久就会找到答案的。过了梅肯，我已乏得要命，就叫醒狄恩，让他继续开车。我们下车吸一些新鲜空气，突然之间我们两人都喜出望外，原来在我们四周的黑暗中，到处是芬芳的青草，弥漫着新鲜肥料与温暖水域的气息。"咱们到了南方啦！咱们跟冬天告别啦！"熹微的晨光照出了路旁正在吐叶抽芽的新绿。我深深吸了一口气；一辆火车头锐声叫着穿过黑暗，它是到莫比尔去的，跟我们一路。我脱去了衬衫，陶醉在大自然的怀抱中。我们又在路上驶了十英里，狄恩便关闭引擎，开车溜进一个汽油站，看见管理员正伏在办公桌上打盹，就跳下车，悄悄地灌满油箱，设法不让铃声响起来，然后像个阿拉伯人一样动身朝圣去了，油箱里却已装满了价值五元的汽油。

我睡了一会儿，被一阵狂热的悦耳的音乐吵醒了，发现狄恩和玛丽露正在讲话，辽阔的绿色土地在我们两旁疾驰而过。"咱们到了哪儿啦？"

"刚过佛罗里达的尖儿，嘿——叫作弗洛马顿的地方。"

佛罗里达！我们正朝着海边平原和莫比尔前进；前面已看得见墨西哥湾上空奔腾的漫天白云。然而我们在北方的污雪中跟大家告别，离现在才不过三十二个钟头哩。我们在一个汽油站停下，狄恩把玛丽露捎在肩上在汽油桶中间胡闹了一阵，邓克尔趁机溜到里面，神不知鬼不觉地偷了三盒香烟。我们又生气勃勃地出发了，从潮水般的长公路上驶入莫比尔，大家都脱掉了身上的冬装，享受着南方的温和气候。就在这时候，狄恩开始讲起他自己的身世来；过了莫比尔，在一个十字路口有一大串车辆堵住了交通，狄恩并不设法绕过这些车辆，只见他一点也不减低在大陆上行驶的每小时七十英里的速度，从一家汽油站的车道上疾驰而过。我们只见一些瞪目吐舌的脸在后面朝我们望着。狄恩却面不改色，依旧讲着他的故事。"我跟你们说，事情确实是这样，我九岁就开始干那事儿，是跟一个名叫米丽·梅菲的小姑娘，在格兰特街上洛德的车库后面——卡洛在丹佛的时候，也住在那条格兰特街上。那时我父亲还在铁匠铺里干些零碎活儿。我记得我姑母还从窗口喊我：'你到车库后面去干什么？'哦，玛丽露心肝，我要是在那时认识你就好了！嗬！你在九岁时候该多迷人哪。"他像疯子似的咻咻笑着；他伸出一个指头塞在她嘴里，又放回到自己嘴里咂着；他握住她的一只手，放到自己身上到处摩擦着。她只是坐在那里，露出安详的笑容。

个儿又高又大的埃德·邓克尔坐在车窗旁边往外望着，自言自语地说着话："是的，先生，那天晚上我真觉得自己是个鬼。"此外，他心里还嘀咕着到新奥尔良后加拉提·邓克尔会对他说些什么。

狄恩继续讲他的身世，"有一次我坐了一辆敞篷货车打新墨西哥一直到洛杉矶——当时我还只十一岁,在一条侧线上跟我的父亲走散了。我们本来全都混在一堆流民里,我跟一个名叫高个儿雷德的家伙在一起,我父亲喝醉了酒,躺到一辆带篷的货车里去——货车开了——高个儿雷德和我没赶上——我一连几个月不曾见我父亲的面。我搭着一列很长的货车一直到加利福尼亚,那是穿行沙漠的飞行牌上等列车,在车上的确像飞一样。我一直待在车钩上——你们想那有多危险,我当时还是个小孩子,什么都不懂——我一个胳膊底下夹着块大面包,另一个胳膊挽住了制动器的柄。这不是吹牛,这是实话。到了洛杉矶,我想喝牛奶、奶油,想得要命,就到牛奶厂里找了个工作,我进厂后头一件事是一气儿喝下两夸脱浓奶油,后来几乎把肠子都呕吐出来了。"

"可怜的狄恩。"玛丽露说着,吻了他一下。他自豪地盯着前面。他爱她。

突然之间我们已到了墨西哥湾,在蓝色的海水旁边行驶,收音机里也同时出现一种了不起的疯狂东西;那是新奥尔良电台广播的爵士音乐唱片节目,全是些疯狂的爵士音乐唱片和黑人歌曲唱片,唱片节目广播员不住地说:"别无事烦恼!"我们都兴高采烈地向往着新奥尔良之夜。狄恩在方向盘上搓着两手。"咱们这下可要好好乐一阵子了!"黄昏时,我们进入了人声鼎沸的新奥尔良街道。"哦,闻闻那些人!"狄恩把脸探出窗外边嗅边嚷嚷。"啊!上帝!生活!"他避开一辆电车。"好!"他把车开得飞快,东张西望地找女人。"瞧她!"新奥尔良的空气甜得发腻,阵阵的清风吹来,柔和得像绸巾一样。你的突然离开北方冬天的干冰的鼻子现在完全可以闻到河的气味,真正闻到人民、泥土和蜜糖的气味,以及各种各样的热带气息。我们都高兴得在坐垫上直蹦。"再摸摸她的底!"狄恩指着另一个女人嚷道。"哦,我爱、爱、爱女人! 我觉得女人真是妙不可言! 我爱女人!"他往窗外吐了口唾沫;他呻唤了一下;他两手紧抱着头。纯然由于兴奋和疲劳,一颗颗豆大的汗珠从他脑门上掉下来。

我们驶上阿尔及尔渡船,发现自己已在横渡密西西比河了。"现在咱们全都该下车了,摸河的底,摸人的底,闻一闻这个世界。"狄恩说着,手忙脚乱地拿起太阳眼镜和香烟,像个"匣里小人儿"似的一下跳出了汽车。我们也都跟着下了车。我们靠在栏杆上,望着那伟大的棕色的众水之父像一群游魂从美国中部滔滔下流——挟带着蒙大拿的木材,达科他的污泥,艾奥瓦溪谷里的杂物,以及沉没在三叉河里的各种乱七八糟的东西。溯三叉河再而上,便可找到冰的秘密了。烟雾腾腾的新奥尔良向一边倒退;古老的、朦胧的阿尔及尔带着一片怪模怪样的山林从另一边向我们迎来。黑人们在炎热的午后干着活儿,不住往渡船的锅炉里添煤,炉中冒出熊熊烈焰,烤得我们的轮胎都发出臭味了。狄恩冒着热气东蹦西跳,摸他们的底。他在甲板上和二层舱上奔跑,他那条肥大的裤子一直垮到他的小肚子上。突然我看见他站在高高的飞桥上跃跃欲试,像要插翅飞上天去。我听见他疯狂的笑声响彻全船——"嘻—嘻—嘻—嘻—嘻!"玛丽露紧跟在他身旁。他一转眼工夫就摸清了一切事情的底细,回来时说得头头是道,后来听见大家揿着喇叭要开车,就一下跳进汽车,开动车悄悄前进,在一个狭窄地带超车越过两三辆汽车,不久我们就发现自己在阿尔及尔大街上疾驰了。

"上哪儿? 上哪儿?"狄恩大声嚷着。

我们决定先到一家汽油站里去梳洗一番,打听一下老铁牛李的住处。孩子们在使人昏昏欲睡的河边夕照中戏耍;姑娘们光着大腿,穿着棉布衫,披着绸巾。狄恩奔到街上去观察一切。他东张西望;他点着头;他揉着肚子。大个儿埃德半卧在汽车里,用帽子斜遮着眼睛,朝狄恩微笑着。我坐在汽车的翼子板上。玛丽露在女厕所里。远远望去,只见灌木丛生的岸边有一些蚂蚁大小的人拿着渔竿在那里钓鱼,沉寂的三角洲沿着渐渐变红的大陆向上游伸展,一望无垠。这条汹涌澎湃的驼背大河蜿蜒而下,像蛇一样盘住了阿尔及尔半岛,发出一阵阵莫名的隆隆巨响。这个睡意甚浓的阿尔及尔半岛,连同岛上的蜂群和小屋,好像有朝一日都要被河水冲走似的。夕阳西斜,甲虫乱飞,可怕的河水发出阵阵的呻吟。

我们到郊外河堤附近的老铁牛李的家里去。他的家坐落在穿越一片泥沼的路上。屋子是一堆破砖残瓦,四围有摇摇欲坠的廊子,院子里栽着垂柳;荒草高达一英尺,破旧的围篱东倒西歪,古老的骡厩已经倒塌。左近不见人影。我们把车一直驶进院子,看见后面的廊子上放着几口浴缸。我下了车,向纱门走去。简·李正站在门内用手遮在眼上朝太阳眺望着。"简,"我说,"是我。我们都来了。"

她知道我们要来。"嗯,我知道。老铁牛李这会儿不在家。那边是失火了还是什么?"我们两个都朝太阳望着。

"你是说太阳吗?"

"我当然不是说太阳——我刚才听见那边有警笛声。你看见一道奇特的火光吗?"我们正朝新奥尔良的方向眺望;云彩的确很奇异。

"我什么也没看见。"我说。

简在鼻子里哼了一声,"这个帕拉戴斯,还是那个老样子。"

我们阔别四年,见面时就是这样打招呼的。简过去跟我和我妻子同住在纽约。"加拉提·邓克尔在这儿吗?"我问。简还在那儿寻找失火的地方;那时她一天吸三管安非他兴奋剂。她的脸有一时期很丰腴美丽,像日耳曼人,现在却变得又红又憔悴,死板得像块石头。她在新奥尔良得了脊髓炎,腿有点儿瘸。狄恩和他那帮人这时腼腼腆腆地从车里出来,也就老着脸皮以客人自居。加拉提·邓克尔也从后面她那豪华的隐居处出来,跟那个折磨她的冤家见面。加拉提是个态度严肃的姑娘。她脸色苍白,满面泪痕。大个儿埃德用手掠着头发,说了声哈啰。她目不转睛地盯着他。

"你到哪儿去了?你干吗对我这样?"说着她恶狠狠地瞅了狄恩一眼;她知道问题出在什么地方。狄恩却一点也不以为意;他现在只想弄些吃的;他问简有些什么可吃的东西。这一问,弄得大家都不自在起来。

可怜的老铁牛李乘着他的得克萨斯州雪佛兰汽车回到家中,发现他的家已被一群疯子侵占了;可是他欢迎我时倒十分热烈,像这样热烈的情绪在他身上确是多年不曾见到过。他在大学念书的时候结识了一个同学,同学的父亲是个患局部麻痹症的白痴,死后给他儿子留下很大一笔财产,老铁牛李和那老同学在得克萨斯种黑眼豌豆,挣下钱来在新奥尔良买了这所房子。老铁牛李家里每星期只给他四十块钱,这数目其实也不算小,只是他有吸毒的癖好,每星期花在毒品上的钱就不下这个数目——还有他妻子也跟他一样会花钱,每星期差不多要吸十元的安非他兴奋剂。他们的伙食费是全国最低的;他们简直不吃什么东西;孩子们也一样——他们好像对自己的孩子一点也不关心。他们有两个极可爱的孩子:大的一个叫多迪,年八岁;小的一个叫雷,才只一岁。雷是个像虹一样美丽的金头发蓝眼睛的孩子,精赤着身子满院乱跑。老铁牛李管他叫"小畜生",是照W.C.费尔兹的叫法。老铁牛李把车一直驶到院子里,下车时几乎是一根骨头跟着一根骨头滚下来的;他疲乏不堪地向我走来,戴着眼镜和呢帽,一身褴褛的衣服,个子又高又瘦,一副怪相,说话极其简略。他说:"呃,萨尔,你终于来了;咱们进屋去喝一杯吧。"

讲起老铁牛李的历史来,恐怕整整一夜也讲不完;我们现在只说他是个教师,而他也可以说最有资格教人,因为他一生的时间都是花在学习上的;至于他所学的东西,乃是他所认为的所谓"生活的真实",他所以要学这些东西,不仅是由于需要,而且是出于爱好。他曾拖着自己又长又瘦的躯壳遍游美国各地,还游历过欧洲和北非的极大部分,目的只是想看看正在那里发生的一切;三十年代他在南斯拉夫跟一个白俄伯爵夫人结了婚,以免她遭受纳粹分子的迫害;他现在还存有他跟三十年代国际吸毒者协会的一些人一起照的相片——一帮披头散发的家伙,彼此紧靠在一起;他另外还有些相片,戴着巴拿马帽在阿尔及尔的街上巡视;他后来再也没见过那位伯爵夫人。他在芝加哥干过除害虫的活儿,在纽约当过酒吧侍者,在纽瓦克当过送传票的差人。在巴黎他坐在咖啡店里,观察着路过的一张张紧绷着的法国脸。在雅典,他呷着当地名酒,端详着他所谓的世界上最丑的人。在伊斯坦布尔,他在一群群鸦片鬼和地毯贩子中间穿行,寻求生活的真实。他在英国旅馆里阅读施本格勒①和萨德②的作品。他干这一切仅仅是为了体验生活。现在他最后的研究课题是吸毒的癖好。于是他住到新奥尔良来,跟一些形迹可疑的人物在街上溜达,常在一些做毒品生意的酒吧里逗留。

他在大学念书的时候有过一段值得一书的佳话,很可以说明他的性格的其他方面:一天下午,他在自己布置好了的房间里举行鸡尾酒会宴客,他那只心爱的雪貂突然蹿出来,在一个漂亮的兔儿爷的足踝上咬了一口,大家见了都一齐尖叫起来,急急忙忙把它赶出门去。老铁牛李跳起身来,一把攥住他的猎枪,说道:"它又闻到那只老耗子的气味了。"说着就是一枪,在墙上打了一个大洞,足足可以容纳五十只耗子。他的墙上挂着一幅画,画的是科德角一些丑陋的老屋。他的朋友都说:"你把那样难看的东西挂在那儿干什么?"铁牛李回答说:"正因为它难看,我才喜欢它。"他的为人就是如此。有一次我到纽约贫民窟第六十街去看他,他出来开门,头上戴着一顶常礼帽,身上连内衣也不穿,光穿着一件背心,下身穿着一条阿飞穿的条子长裤。他双手捧着一只烧菜用的锅子,锅里搁着一些鸟食,他正打算把鸟食捣烂了卷香烟。他还试验着把可待因咳嗽糖浆煮成黑色糊状——但并不怎么成功。他管莎士比亚叫"不朽的诗人",膝头常常放着他的作品,一读就是好几个小时。在新

① 施本格勒(Oswald Spengler,1880—1936),近代德国哲学家,著有《西方的没落》一书。
② 萨德(Marquis de Sade,1740—1814),法国贵族,一系列色情和哲学书籍的作者,擅长描写色情幻想和色情暴力。

奥尔良他开始看起玛雅抄本①来,他嘴里虽讲着话,那本书却始终打开了放在他的膝头。我有一次问他:"人死了以后会怎样?"他回答说:"死了就是死了,就是这样。"他房间里放着一条铁链,他说是他的精神分析学家让他使用的;他们正在试验用麻醉法进行精神分析,并发现老铁牛李有七重不同的人格,每一重人格都在每况愈下,到最后他将会变成一个疯疯癫癫的白痴,非用铁链锁起来不可。最上面的那重人格是英国贵族,最底下的是白痴。半中间是个老黑人,站队跟其他人一起等着,嘴里说道:"有些人是杂种,有些人不是,问题就出在这儿。"

老铁牛李很怀念旧日的美国,特别是一九一〇年的美国,那时候根本不要医生的处方就可以在药房里随便买吗啡,整个的国家热热闹闹,像一头脱缰的马那么野、那么自由,人人都生活富裕,享有各种各样的自由。他顶顶痛恨的是华盛顿的官僚主义;其次是自由主义者;再其次是警察。他一生的时间都花在讲话和教导别人上面。简坐在他的脚旁;我也一样;狄恩也一样;还有卡洛·玛克司过去也在他脚旁坐过。我们都向他学习。他是个死灰色、其貌不扬的人物,在街上遇见,你绝不会注意他,除非你凑近了仔细打量,看出了他那疯狂的、瘦骨嶙峋的脑壳,带着那么一股异乎寻常的青春活力——很像一个堪萨斯州的牧师,有那么一种异国情调的、形之于色的热情和神秘色彩。他在维也纳学过医;学过人类学,什么书都看;他已经安定下来做他毕生的工作,那就是在生活和夜晚

---

① 玛雅抄本(Mayan Codices),哥伦布发现美洲大陆之前玛雅文明时期的书,使用的是玛雅象形文字。

的街上研究事物的本质。他坐在自己的那把椅上;简端来了马提尼鸡尾酒。他椅子四周的布幔不论白昼黑夜从来也不拉开;屋里的这一角落是他的天地。他的膝上放着玛雅抄本和一支气枪,他间或举起枪来,砰的一下把一支安非他兴奋剂的管子打到房间的那一头去。我不断地跑来跑去,供给他新的管子。我们大家全都打一针安非他兴奋剂,这时就在一起聊起天来。老铁牛李很想知道我们为什么要做这次旅行。他盯着我们看,从鼻子里哼了一声,那声音活像是从空油箱里发出来的。

"喂,狄恩,我要你安安静静地坐一会儿,告诉我你们这样从北到南旅行为的是什么。"

狄恩只能红着脸说:"哎哟,你知道为的是什么。"

"萨尔,你到西海岸去干什么?"

"只是去度几天假。我就要回学校去的。"

"那个埃德·邓克尔是怎么回事?他是个何等样人物?"这时候埃德正在卧室里跟加拉提和解;而这实在费不了他多少工夫。我们不知道怎样向老铁牛李介绍埃德·邓克尔才好。他看出我们这些人对自己简直一无所知,就取出三块大麻精来叫我们准备吃饭,说晚饭马上就得了。

"世界上没有比这更开胃的东西了。我有一回就着它吃了一客餐车里做的极难吃的碎牛排,觉得味道好极了。我上星期才打休斯敦回来,到戴尔那里去看看我们种的黑眼豌豆长得怎样了。一天早晨我正在旅馆里睡觉,突然听见一声枪响,惊得我一骨碌打床上爬下来。原来是那个该死的傻瓜在隔壁房里开枪打死了他的老婆。大家都站在那儿张皇失措,那家伙自顾自跳上汽车开着走了,还把他的猎枪留在地板上给警长做证。他们最后在霍马逮住了他,已经喝得烂醉如泥。如今在我们这个国家里出门要不带枪,实在难保安全。"他把他的上衣一撩,露出他的手枪给我们看。随后他打开抽屉,向我们陈列出他的其他武器。在纽约的时候,他曾把一挺轻机枪放在他的床底下。"我现在有更好的武器了———一支德国制的辛托斯毒气枪;瞧这个宝贝,可惜只有一管弹药。我用这支枪可以一下打倒百来个人,还有的是工夫可以让自己安全脱身。美中不足的是我只有一管弹药。"

"你开枪的时候,但愿我不在你身边才好。"简在厨房里说,"你怎么知道这是颗毒气弹呢?"老铁牛李从鼻子里哼了一声;她找他碴儿的时候他从不理会,可是她的话他却听得明明白白。他跟他妻子的关系是最最奇怪不过的:他们在一起聊天,直聊到深夜;老铁牛李喜欢由他一个人讲话,用他沉闷单调的声音讲个不停,她几次想插言,总是白费;天亮时他乏了,于是由简讲话,他一边听着,一边鼻子里哼个不停。她疯狂地爱着这个男人,不过爱的方式委实离奇古怪;他们从来不卿卿我我,你怜我爱,只是一个劲地聊着天,中间自有一种极深的恩爱情谊,非我们这些局外人所能洞察。外表看来,他们之间好像过于冷淡,彼此毫不同情,其实这乃是另一种形式的幽默,他们就是借此交流感情,起一种微妙的精神上的共鸣的。爱情就是一切;简从来没离开过老铁牛李十步,从来不放过他说的一句话,而他讲话的声音也实在低得厉害。

狄恩和我两个嚷嚷着要在新奥尔良过一个欢乐之夜,要求老铁牛李带我们出去见识见识。他给我们泼了盆冷水。"新奥尔良是个非常无聊的城市。到黑人区去是违法的。那些酒吧都乏味得叫人受不了。"

我说："城里不见得没有几个比较理想的酒吧吧。"

"美国没有一个理想的酒吧。你就是踏破铁鞋也无处寻觅。在一九一〇年，酒吧是人们工作时或工作后约会的地方，那儿有一张长柜，有黄铜栏杆，有痰盂，有奏乐用的自动钢琴，有几面镜子，有一桶桶的威士忌和啤酒，威士忌十分钱一小杯，啤酒五分钱一大杯。现在呢，你在酒吧里只能见到镀铬的器具，醉醺醺的女人，兔儿爷，怨气冲天的侍者；还有就是提心吊胆的老板，他们老在门边转悠，生怕他的皮座椅被弄坏，或有人闹事，或为一点小事就大惊小怪，尖叫不停，等到有个陌生人进来，又死一样静寂。"

我们为酒吧的事争论起来。"好吧，"他说，"今天晚上我就带你到新奥尔良去，向你们证明我的看法。"于是他故意带我们到最乏味的酒吧去。我们让简留在家里看孩子；这时已吃过晚饭，她正在看新奥尔良出的《时代琐闻》上的招聘栏。我问她是不是要找工作做；她只说报上就是这一部分最有趣味。老铁牛李和我们一起乘汽车进城，一路上他话不住口。"别忙，狄恩，我们迟早会到那儿的，我想；嗨，前面就是渡船了，你可不要把我们全部开到河里去。"他的话滔滔不绝。"狄恩的情况越来越糟了。"他偷偷地向我说着知心话，"我看他是在追求他自己的理想命运，那就是天命注定的精神病外加精神病带来的不负责任和暴力行为。"他乜斜着眼瞟了狄恩一下，"你要是跟这个疯子一起到加利福尼亚去，绝不会有什么好结果的。你干吗不留在新奥尔良跟我住几天呢？我们可以到格莱特那去赛马，在我的院子里散散心。我有一套很不错的刀，目前我正在造一个靶子。市中心还有娇滴滴的美人儿，要是这合你近来的口味的话。"他在鼻子里哼了一声。我们这时已上了渡船，狄恩早已跳下车去伏在栏杆上了。我也跟着他下了车，可是老铁牛李坐在车里不动，鼻子里还哼了一声。那天晚上褐色河面上弥漫着神秘的雾气，漂浮着暗黑色的木材；河对面的新奥尔良泛着橘黄色的光，有几艘黑魆魆的船只泊在岸边，看去仿佛是些笼罩着浓雾的大邮船，有西班牙式的望台和装饰用的舵楼甲板，直到后来你离得近了，才看出它们只是些从瑞典和巴拿马来的旧货船。渡船上火光烛天，依旧是白天的那几个黑人在一边挥动铁锹一边唱歌。大麻秆儿哈查德有一个时期也在阿尔及尔的渡船上当过甲板水手；这情况也同时使我想起了密西西比的吉恩；河水映着星光从美国中部滚滚而下，我触景生情，深深体会到——像发疯似的深深体会到，我过去所知道的一切和今后可能知道的一切全都一样。说也奇怪，就在我们跟老铁牛李一起渡河的那天晚上，有个姑娘从甲板上跳河自杀了；不是在我们之前就是在我们之后；我们是第二天在报上看到的。

我们跟老铁牛李一起跑遍了法国区所有无聊的酒吧，在深更半夜回到家里。那天晚上玛丽露尝试了书中描写过的一切好东西；她尝试了大麻精香烟、安非他兴奋剂、酒，甚至还要求老铁牛李给她打一针吗啡，他自然没有答应；他只给了她一杯马提尼鸡尾酒。这种种兴奋剂一齐在她身上发作起来，终于使她安定下来，如醉如痴地跟我一起到外面的廊子上站着。老铁牛李家的廊子的确与众不同。它团团地围住了整个屋子；月光映照着垂柳，这屋子看去确实很像一所出过风头的古色古香的南方大宅。简正在起居室里看报上的招聘栏；老铁牛李在浴室里过瘾，用牙齿紧紧咬住一条黑色的旧领带拿它当止血器，拿根针在他那可怕的已有无数针孔的胳膊上戳着。埃德·邓克尔跟加拉提一起在老铁牛李和简从来不用的一张大床上躺着；狄恩在卷大麻精抽；玛丽露和我在廊子上模仿南方的贵族。

"呃，露小姐，今天晚上你的模样儿真是可爱极了，迷人极了。"

"呃，谢谢你，克劳福德，我打心眼里爱听你这些好听的话。"

这溜东倒西歪的廊子上关门开门声响个不停，在这美国之夜，参加表演我们这出倒霉戏的演员们不时进进出出，互相寻找。最后我独自信步向堤边走去。我要坐在土堤上摸密西西比河的底；但到了那里我竟不得不把鼻子贴在铁丝网上看河水。你把人民和他们的河流隔离开来，会有什么结果呢？"官僚气！"老铁牛李说；他坐在那里，膝上放着卡夫卡①的作品，头上边悬着一盏灯，鼻子里哼哼着。他的那所老房子在叽叽嘎嘎地响。而蒙大拿的木头在夜晚的黑色大河中滚滚流过。"毛病完全在于官僚气。还有工会！特别是工会！"但跟着传来的又将是一阵阴郁的笑声。

7

早晨天气晴朗，我一早起身，在后院子里找到老铁牛李和狄恩。狄恩穿着一套在汽油站干活时穿的工作服，在帮老铁牛李干活儿。老铁牛李不知从哪里找来了一大块极厚的烂木

---

① 卡夫卡（Franz Kafka，1883—1924），奥地利作家，著有《城堡》《变形记》等小说。

头,正用锤子的后端在起深陷在木头里的小钉子。我们瞪着那些钉子;它们有好几百万只,密密麻麻的像虫子一样。

"等我把这些钉子全都起出来,就给我自己做一只可以用一千年的书架!"老铁牛李说着,像个孩子似的兴奋得浑身骨头都抖动起来,"呃,萨尔,你可发现如今他们做出来的书架光放些零碎东西,用上六个月,就会裂开大缝,一般还会整个儿垮下来?还有房子也一样,衣服也一样。这些杂种已经发明了一种塑料,用来造房子可以永远不坏。还有轮胎也一样。美国人目前用的那种蹩脚的橡皮轮胎在路上走不多久就会发热爆炸,每年死在这上面的人有好几百万。其实他们完全做得出永远不会爆裂的轮胎。还有牙膏也一样。他们已经发明了一种胶质,如果用来做口香糖在儿童时候嚼几块,就一辈子不会害牙病,可他们就是不肯把这发明公开出来。还有衣服也一样。他们做得出永远穿不破的衣服。可是他们宁可制造一些蹩脚货,好让大家继续干活,为工资卖命,组织起意气用事的工会,永远在生活线上挣扎,同时好让华盛顿和莫斯科的那些大强盗为所欲为。"他举起那一大块烂木头,"你们看这是不是可以做一只很好的书架?"

当时是在大清早,正是他精神最足的时候。这个可怜的家伙吸了那么多的毒,毒素都已深入骨髓,因此一天的大部分时间他只能坐在那把椅子上,连中午都点着灯,可是在早晨他却是生龙活虎一般。我们开始向着一个靶子掷起刀来。他说他曾在突尼斯看见一个阿拉伯人能在四十英尺外掷刀伤人眼睛。这又引起了他的话头,他滔滔不绝地谈起在三十年代去卡斯巴①游历过

① 阿尔及利亚首都阿尔及尔的一个区。

的他的一个姑母来。"她当时跟好些游客在一起,有一个向导给他们领路。她的小指头上戴着一枚钻石戒指。她想稍稍休息一会儿,刚往一堵墙上一靠,就有个阿拉伯人一个箭步蹿上前来,没等她来得及叫一声我的天,就把她那只戴戒指的小指头给割走了。她突然发现她的小指头不见了。嘻—嘻—嘻—嘻—嘻!"他笑的时候,总是紧闭着嘴唇,让笑声老远地从丹田里发出来,同时还把他的腰弯得像虾米似的,身子一直靠到膝上。他笑了很久。"嗨,简!"他兴高采烈地嚷道,"我正把我姑母在卡斯巴的故事讲给狄恩和萨尔听呢!"

"我早听见啦。"她的声音经过温暖可爱的海湾的清晨从厨房门口传来。大块的白云从头上流过,这些山谷的云彩使你感到这个古老的、摇摇欲坠的神圣美国是多么辽阔广大,从这一头到那一头,从这一海口到那一海口。老铁牛李浑身是劲儿。"喂,我把戴尔他爹的故事讲给你们听过没有?你一辈子也不会见过比他更可笑的老头子。他患着局部麻痹症,这种病会使你的前脑瘫痪,这样一来,你就不用对你的一切想法负责了。他在得克萨斯有一所宅子,他雇了些木匠一天工作二十四小时,给他添置新厢房。他往往半夜里从床上跳下来,说道:'我不要他妈的那个厢房;把它移到那边去。'木匠得把造好的一切全都拆掉,另起炉灶。天亮时,你又会看见他们在那里拆新的厢房了。跟着,老头子对这玩意儿感到腻烦了,就说:'他妈的,我要到缅因去一趟!'说完他就跳进汽车,以一小时一百英里的速度开着车走了——车过处鸡毛飞扬,连绵好几百英里。他开到得克萨斯某个城市的市中心,在路中央停下,自顾自买威士忌去了。各种车辆在他前后左右拼命揿着喇叭,他于是急急地从铺子里奔出来,吆喝着说:'他妈的,闹什么,你们这群狗娘养的!'他说话咬着舌头;你要是患了局部麻痹症,你就会咬舌头,我的意思是说你就会咬舌头讲话。有天晚上他来到辛辛那提我家门口,使劲揿着喇叭,说道:'快出来,我们一起到得克萨斯看戴尔去吧。'他准备从缅因回去。他自称买了一所房屋——哦,我们在大学的时候还拿他做题目写过故事,描写在一次可怕的船祸中人们怎样在水里拼命攥住救生船的船舷,而那老头子怎样握着一把印第安弯刀乱砍他们的手指头。'滚开,你们这群狗娘养的,这他妈的是我的船!'哦,他这人实在可怕。他的故事我跟你们讲一天也讲不完。喂,今儿天气好不好?"

天气当然很好。习习的熏风从堤边吹来;这样旅行一趟实在划得来。我们随铁牛李进屋去测量墙壁的尺寸做书架。他把他自造的桌子指给我们看,那是用六英寸厚的木头做成的。"这种桌子用一千年也坏不了!"铁牛李说着,像个疯子似的把他的瘦而且长的脸一直凑到我们面前。他重重地拍了下桌子。

每天晚上他总是坐在这张桌子旁边,从食物里挑骨头喂猫。他一共养了七只猫。"我爱猫,特别爱那些一提到浴缸上就尖声叫起来的。"他一定要当场表演给我们看;可是浴室里有人。"唉,"他说,"这会儿表演不成了。喂,你们知道,我跟隔壁的邻居一直在打架呢。"他于是把邻居的事讲给我们听;邻居家人口很多,有一群极野的孩子,常常把石头从东倒西歪的篱笆上扔过来打多迪和雷,有时候还打老铁牛李。他叫他们别扔;那个老头儿立刻奔出来,用葡萄牙话不知骂了些什么。铁牛李就走进屋去,拿了支猎枪出来,装腔作势地倚枪站着;他那被宽大的帽檐半掩着的脸上堆着难以置信的假笑,他站在那里等待着,整个身体一直忸怩地、像蛇一样不停地扭动,简直像一个怪模怪样的瘦长小丑孤独地站在白云下面。那个葡萄牙老头子见了,准以为是他在噩梦里见过的什么怪物哩。

我们在院子里巡视了一番,想找点活儿来做。院子里有一道巨大的篱笆,这是铁牛李亲手筑造的,他准备用来把自己跟那些可恶的邻居隔离开来;这工作看样子永远也完不成,因为工程实在太浩大了。他来回摇着篱笆,证明它有多么结实。他忽然累了,立刻安静下来,进屋到浴室里过他午饭前的瘾去了。他出来的时候两眼目光呆滞,心平气和,一屁股坐到燃着的灯下。阳光透过低垂的布幔无力地照耀着。"喂,你们大伙儿干吗不试试我的奥冈①聚积器呢?它能给你们的筋骨加点儿油。我每在加过油后总要以一小时九十英里的速度急急赶到最近一家妓院里去,呵—呵—呵!"他这是在为"笑"而笑——也就是说他并不是在真笑。那奥冈聚积器不过是一只普通箱子,大得可以放进一把椅子,坐上一个人。箱子有三层外壳:一层木板,一层金属,再一层木板,这样就可以采集大气层里的奥冈,使它凝聚在箱中,好让人体大量吸收。据赖克说,奥冈是大气中富有生命力的原子,是生命的源泉。人们患癌症就是缺乏奥冈的缘故。因此老铁牛李认为,如果尽可能用有机体来做他那奥冈聚积器的木板,其性能一定会大大增强,于是他抱来河边灌木的枝叶和丫杈,围在他那神秘小屋外面。而它就坐落在没遮没挡、酷热难当的院子里,这台包裹在

---

① 奥冈(orgone),由 orgasm(高潮)和 ozone(臭氧)两词拼合而成。在心理学家、精神病学家威廉·赖克(Wilhelm Reich,1897—1957)的理论中,是一种弥漫于大自然的生命力,是健康的要素。

枯枝败叶中的机器,聚集并披挂着各种狂热的发明。铁牛李脱光衣服,进去眼观鼻、鼻观心地坐着。"喂,萨尔,吃过午饭,咱们俩到格莱特那的跑马厅去赛马吧。"他的精神好极了。午饭后,他在自己的椅上小睡一会儿,膝上放着气枪,小雷搂着他的脖子睡着。这确是一幅美丽的图画,父子俩这样睡在那里,那个做父亲的只要有事可做,有话可谈,就绝不会让儿子厌烦。他突然惊醒过来,瞪眼瞅着我,约莫过了一分钟才认出我是谁。"你到西海岸去干吗,萨尔?"他问,问完又呼呼睡着了。

　　下午我们到格莱特那去了,就只铁牛李和我两人,是坐他的旧雪佛兰牌汽车去的。狄恩的哈得逊又矮又时髦;铁牛李的雪佛兰很高,驶起来响声震天,就像是在一九一〇年似的。跑马厅在河边一家全是镀铬器具和皮革座椅的大酒吧里面,酒吧后面通向一所巍峨的大厅,大厅的墙上张贴着赛马的项目和号数。一些路易斯安那州的不三不四的人拿着赛马消息报在那里休息。铁牛李和我每人要了杯啤酒,铁牛李随随便便走到吃角子老虎机①跟前,塞进一个半元的硬币。机器轧轧地响起来。"累积赌注"——"累积赌注"——"累积赌注"——最后的那个"累积赌注"略停一下,又退了回去,换了个"樱桃"图案。仅仅一发之差,他竟没能得到那一百多块钱。"他妈的!"铁牛李骂道。"这都是他们事先布置好的。你刚才也看得明明白白。我摇中了'累积赌注',可机器又自动把它拉了回去。哼,你有什么办法呢。"我们细细看了看赛

---

① 吃角子老虎机(the slot machine),一种无人管理的赌具,连中三个"累积赌注"的头彩,可以得不少已投下去的钱币。

马消息报。我有好几年没赛马了,对所有的新名字都一窍不通。有一只名叫"大霹雳"的马突然触发了我的灵机,使我想起我死去的父亲来,他生前也常常跟我一起去赛马的。我正要把这事讲给铁牛李听,他却先开口了:"嗯,我想试一试这匹'黑海盗'。"

我终于说:"'大霹雳'使我想起了我的父亲。"

他沉吟了一秒钟,两只清亮的蓝眼睛像中了催眠术似的呆呆望着我,所以我简直说不出他心中在想什么,或者他的心在什么地方。随后他去买了"黑海盗"的票。结果是"大霹雳"获胜,一元赔五十元。

"他妈的!"铁牛李说,"这一次我又失算了。我过去也有过同样的经验。唉,我们什么时候才能真正学乖呢?"

"你说什么?"

"我说的是'大霹雳'。你刚才看见鬼显灵啦,老弟,的确是鬼显灵。只有该死的大傻瓜才不承认鬼显灵。你父亲是个赛马老手,谁能说他不会向你显一下灵,暗示'大霹雳'会赢呢?那名字触动了你的灵机,他就是借这名字向你显灵。你刚才跟我谈起这件事的时候,我就是这样想的。我那个在密苏里的堂兄弟有一次看见一匹马的名字,使他想起了他的母亲,他就买了那匹马的票,后来那匹马果然赢了,赔钱的比数很可观。今天下午发生了同样的事情。"他摇了摇头,"啊,我们还是走吧。我以后再也不跟你一起出来赛马了;所有这类活见鬼的事害得我都快发神经病啦。"我们于是上车回家,一路上他说:"总有一天人类会认识到他们是在跟死人和另一个世界打交道,不管那另一个世界是个什么样的世界;我们只要发挥足够的精神力量,目前就能预言今后一百年中会发生些什么事,同时也能采取步骤来防止各种各样的大灾难。一个人死后,他的脑子还在继续活动,目前我们在这方面还一无所知,不过只要科学家努一把力,总有一天会把这秘密拆穿的。那般狗娘养的眼前感兴趣的只是看看有没有办法把这个世界炸掉。"

我们把经过情形讲给简听了。她从鼻子里哼了一声。"在我听来真是荒唐可笑。"说完她就在厨房里扫起地来。铁牛李也进浴室过他午后的一次瘾去了。

狄恩和埃德·邓克尔拿了多迪的球,在外面的电线杆上钉了只木桶,就在路上打起篮球来。我也加入了。后来我们改玩体育表演。狄恩的本领实在使我吃惊。他叫埃德和我拿了根铁棍举到齐腰高,他站着不动,只轻轻一跳就跳了过去。"高些,再举高些。"我们举了又举,一直举到齐胸高,他依旧毫不费力地一跳就跳了过去。随后他又试着跳远,至少跳了二十英尺。跟着我就和他在路上赛跑。我能在十秒五内跑一百米。他像一阵风似的跑到了我的前头。我们一起跑着的时候,我的脑子里浮现出一幅疯狂的图景,好像看见他就这样跑了一辈子——他那皮包骨的瘦脸面向生活,两臂左右摇摆,眉心里冒着汗珠,两腿像格罗裘·玛克司一样飞也似的前进,嘴里狂喊着:"好! 好,伙计,你真能跑!"可是说老实话,谁跑起来也没有他快。铁牛李这时拿了两把刀出来,表演给我们看怎样在一个暗胡同里夺下一个假想的拦路贼的刀子。我也表演给他看我的一着绝招,那就是一跤摔倒在对手面前,用两只脚钩住对方,让他向前倒下,等他两手一着地,就把两手从他胳肢窝底下抄过去,紧紧攥住他的两只手腕。他说这是个很好的招儿。他又表演了几下日本柔道。小多迪把她母亲叫到廊子上，说道："瞧瞧这些傻男人。"她真是个调皮可爱的小东西，狄恩的两眼简直离不开她。

"嘎。等她长大吧！你会看见她用那双迷人的眼睛颠倒运河街上的众生。啊！哦！"他从牙齿缝里咝咝地倒抽着凉气。

我们跟邓克尔夫妇一起出去散步，在新奥尔良市区度过疯狂的一天。狄恩那天又神经病发作。他一看见停车场里的台斯塔门特和新奥尔良运货列车，就想一口气把什么都指给我看。"不等我向你讲解完毕，你就可以当一个司闸员啦！"他、我和埃德·邓克尔三人奔着越过铁轨，从三个不同的地方跳上一辆货车；玛丽露和加拉提在汽车里等着。我们乘了半英里路的火车驶入码头，向扳道工人和旗手挥着手。他们告诉我怎样从一辆开着的列车上跳下；先举起后脚，让火车离开，然后一转身，蹬下另一只脚。他们指给我看冷藏货车和放冰的车厢，要是遇到的是一列空车，在冬天晚上搭乘起来是最舒服不过的了。"还记得我告诉你我是怎样打新墨西哥到洛杉矶去的吗？"狄恩嚷道，"我就是这样搭车的……"

我们回到姑娘们身边的时候，已迟到了一个钟头，她们当然火极了。埃德和加拉提已决定在新奥尔良租一个房间，留在那儿找工作。这对铁牛李来说当然是求之不得的，他对我们这群暴民早已感到腻烦了。他本来只是请我一个人来的。在狄恩和玛丽露睡的前厅里，地板上到处是果酱和咖啡的污渍以及安非他兴奋剂空管子；更糟糕的是，这房间本是铁牛李的工作室，他现在已没法做他的书架了。狄恩不住地到处乱跳乱跑，气得可怜的简都快发疯了。我们在等待我的下一期退伍军人助学金来救急;我托我姨母给我转寄。等钱一寄到我们就立刻出发,一共三个人——狄恩、玛丽露和我。但当钱寄到的时候,我才发现我真不愿意这样一下子就离开铁牛李的这所可爱的房屋,可是狄恩已经迫不及待,早就想走了。

在一个泛着红霞的阴郁的黄昏,我们终于坐进了汽车,简、多迪、小男孩雷、铁牛李、埃德和加拉提围成一圈站在高高的荒草丛中,脸上露出笑容。他们在给我们送行。在最后的一刻,狄恩和铁牛李为了钱的事闹得不欢而散;狄恩想要借钱;铁牛李说办不到。彼此间的感情又坏到跟过去在得克萨斯时一样。骗子手狄恩越来越众叛亲离了。他像个疯子似的咻咻笑着,对什么都毫不在乎;他摩挲着裤子前开口把一个指头伸进玛丽露的衣服里,在她膝盖上拍打了一下,嘴里吐着泡沫,说道:"亲爱的,你我都知道最后在我们俩之间一切都很好,不管是用多么抽象的形而上学的定义来解释,或者用任何你想得出来、说得出来或捏造得出来的定义……"他的话没说完,汽车就风驰电掣地开起来了,我们又一次动身向加利福尼亚进发。

8

当你开车向人们告别,看着他们的身影渐渐远去,直到消失在旷野之中,你的感觉会怎样呢? ——那就是笼罩着我们的同一个巨大的天下,那就是离别。但是,在这个天下,我们永远期待着下一次疯狂的冒险。

我们开着车,在昏暗、烦躁的灯光中穿过了阿尔及尔,朝着与渡口以及那沾满泥污、肮脏破旧的轮船和运河相反的方向行驶,在紫色的夜幕中驶上了通向巴吞鲁日①的双车道公路,然后转弯向西行驶,在一个叫作艾伦港的地方过了密西西比河,艾伦港的河上全是雨,玫瑰隐没在朦胧的夜色中,我们打开雾灯在经过一个转弯时,突然看到那巨大的黑色物体出现在一座桥下,我们又跨越了永恒。密西西比河是什么?——是雨夜里的一块冲开的泥土,它从密苏里松软的河岸掉落,一路消融着,乘着波浪来到永恒的河床,为那黄色的泡沫增添一抹色彩。它行进中途经无数山谷、树木、田野,一往无前,经过孟菲斯、格林维尔、尤多拉、维克斯堡、纳奇兹、艾伦港、奥尔良港,来到三角洲港口,再经过波塔什、威尼斯和夜幕中那巨大的海湾,一去不回。

一路上,收音机里都在播放着莫名其妙的节目。我向车窗外瞟了一眼,看见一个广告牌,上面写着"请用库柏牌油漆"。"好吧,我会用的。"我嘟囔了一句。我们穿过了昏睡之夜的路易斯安那平原,在我们到达萨宾河的时候,看到劳特尔、尤尼斯、肯德尔和德维恩西等这些小镇都更富有海滨渔村的味道。到了老奥珀卢瑟斯后,狄恩去加油,我下车走进一家杂货店,买些面包和奶酪。这是一个简陋的小店,可以听见店主一家人正在后面吃晚饭。我等了一会儿,他们仍在交谈着,于是我拿了面包和奶酪溜出门去。我们的钱本来就不够到旧金山。这时候,狄恩从加油站搞来了一条香烟。这下,我们的旅途的装备算是齐全了——汽油、香烟和食物——神不知鬼不觉。他径直把车开上了正途。

在行进到斯达克思附近时,前面的天空中出现一大片红

---

① 巴吞鲁日(Baton Rouge),美国路易斯安那州首府。

光。我们猜测着那会是什么。不一会儿我们就驶到近前。许多汽车停在公路上，树林后边燃着一堆大火，一定是在搞野餐，当然也可能是其他什么事情，杜威维尔的夜晚变得诡异起来。我们的车忽然陷进沼泽中。

"伙计，如果我们在这样的沼泽地里发现一个酒吧，里面有几个高大的黑人小伙计用吉他弹着布鲁斯音乐，喝着烈酒，向我们招手，你能想象得出会怎样吗？"

"当然能！"

一种神秘的气氛笼罩在四周。我们的汽车正经过一段土路，因为两边都是沼泽，路基垫高了，两边还铺了一些藤蔓。一个鬼影出现在车旁，那是一个身上穿着白衬衫的黑人，他在路上一边走一边将两手伸向漆黑的夜空，大概正在祷告或者念什么咒语。我们的车从他身边经过，我回头透过后车窗望去，正好看到他那双白色的眼睛，"噢！"狄恩说道，"看吧，我们最好别在这乡下地方多耽搁。"但是在来到了一个十字路口时，我们还是不得不停下车来。狄恩关上了前灯，我们被一大片密密麻麻的灌木丛林包围着，从中似乎能听到成千上万条巨蛇爬行的声音。唯一能看见的就是哈得逊汽车仪表板上安培表的按钮。玛丽露吓得缩成一团。我们都哈哈大笑，不断吓唬她，其实我们自己也吓得够呛，只想着尽快从这蛇蝎之地和黑暗的泥沼中全身而退。我们掉转车头，向已知的乡村和城镇驶去。空气中充斥着一股死水和油污的味道，这是我们无法阅读的夜的杰作。远处传来猫头鹰的叫声，我们又拐上另一条土路碰碰运气，没走多远就过了该死的萨宾河，那片泥沼就是它闹的。我们惊喜地发现前方闪烁着一片灯光。"得克萨斯！那就是得克萨斯的博蒙特石油城！"巨大的储油罐和炼油厂像空中楼阁一般隐现在充满石油清爽气味的空气中。

"我真高兴终于离开那个鬼地方了。"玛丽露叫道,"现在我们再来点更有趣的探秘吧。"

我们的汽车驶过博蒙特,又过了特里尼蒂河和自由城,一直向休斯敦驶去。现在,狄恩又讲起了他一九四七年在休斯敦时的经历。"哈塞尔!那个该死的哈塞尔!我到处找他却从没找到。在得克萨斯的时候他常常让我们不省心。有一次我们和铁牛李一起开车去杂货店。哈塞尔一下就失踪了。我们不得不去找他,跑遍了城里所有瘾君子出没的地方。"我们的车开始驶入休斯敦。"我们花了很长时间到这个城市的各个角落去寻找。老兄,他会同他碰到的每一个疯子泡在一起。我们实在找不着他就找了一间旅馆住下了。我们还得去找点儿冰给简,因为她的食物都要变质了。我们用了两天的时间终于找到他了。可我自己又碰上了麻烦事——那天下午,我瞄上了一个小妞儿。就在那儿,商业中心那儿的超级市场。"——我们的车正在空无一人的夜路上奔驰着——"她是个真正没有头脑的姑娘,幼稚得无以复加,她在那晃来晃去,想偷一个橘子。她来自怀俄明,迷人的身材正好和无知的头脑相匹配。我跟她勾搭上以后,她唠叨个没完。我就把她带回到旅馆房间。老铁牛李想把这个墨西哥小女孩灌醉,结果自己喝得烂醉如泥。卡洛在写关于海洛因的诗。哈塞尔一直没露面,直到半夜我们才在一辆汽车里发现他,此人正倒在后座上睡觉哩。我们买的冰全都化了。他说他吃了五片安眠药。老兄,要是我的脑子还好使,记忆力也不差,那我一定好好给你们讲讲我以前经历的所有细节。噢,我们知道时间不等人，事情该怎样就会怎样。现在就算我合上眼睛，这辆破车也会自己走的。"

凌晨四点的时候，一个开着摩托车的小子从空旷的休斯敦大街上疾驰而过。他的摩托车装饰得花里胡哨，他自己戴着防风头盔，身穿考究的黑色夹克，简直就是得克萨塞夜晚的诗篇。他身后坐着一个妙龄女郎，紧紧搂着他的腰，长发随风飘舞。疾驰中她嘴里还哼着小调，"休斯敦，奥斯汀，沃尔斯堡，达拉斯，有时来到安东尼，有时又到堪萨斯，啊哈——哈哈哈！"摩托车渐渐远去了。"哇！瞧他身后那个姑娘，太漂亮了！我们跟上去摸摸她的底。"狄恩想开车赶上他们，"假如我们能在一起旅行。人人都亲密、友好、和睦相处，没有争吵，没有人身伤害，没有误解，那该多好啊。咳！我们知道时间不等人。"他弓着腰，把车开得飞快。

离开休斯敦后，他原本充沛的精力已耗失殆尽。于是我来开车。这时下起了雨。现在，我们行驶在得克萨斯辽阔的平原上。狄恩说："你就这样在得克萨斯一直开，开到明天晚上你还在得克萨斯。"大雨倾盆而下。我开着车来到一个破烂不堪的小镇，在泥泞的大道上走着走着，不想进入了一条死路。"嗨，我该怎么办？"他们都睡着了。我掉转方向回来，穿过城市。街上空无一人，也没有一丝光。这时，车的前灯光里出现了一个骑着马披着雨衣的人影。他是治安官。只见他头戴一顶宽边高顶帽，帽檐在瓢泼大雨中低垂着。"到奥斯汀怎么走？"我问道。他详细地告诉了我。于是我开足马力向城外驶去。没走多远突然看到两盏车灯向我直射过来，我想我可能是走错了，走到道路另一侧的逆行道上了。我向右靠了靠，发现车子快要陷进泥里了，就连忙倒车回到路上。两盏车灯依然直直照向我。最后我才意识到,是那辆车的司机开错了车道还浑然不觉。我只得放慢车速再打方向,把车开进路边的泥里。谢天谢地,幸好这里都是平地,并没有排水沟。惹事的汽车在雨中倒回正路停下来,里面坐着四个农场工人。为了野外尽情地开怀畅饮,他们暂时放下了日常繁重的工作。他们都穿着白衬衫,晒黑的胳膊上沾满泥土。在夜色中他们脸色阴沉,痴呆呆地望着我。司机也完全喝醉了。

"到——到休斯敦——怎么走?"他问。我指了指身后来时的路。我气得火冒三丈,估计他们是有意这么做的,目的只是想问个路。就像你正在匆忙赶路时一个乞丐突然拦住了你的去路。他们无精打采地盯着自己脚下,那里滚动着许多空酒瓶,发出叮当的撞击声。我把汽车发动起来,它陷在泥里都有一英尺深了,我无能为力地在雨中的得克萨斯原野叹息着。

"狄恩,"我说,"醒醒吧。"

"什么事?"

"车子陷在泥里了。"

"怎么会的?"我把经过情形告诉了他。他破口大骂起来。我们穿上旧鞋和旧运动衫,冒着大雨下车。我用背抵住车的后保险杠,一个劲儿地往上抬;狄恩把链条塞在打滑的轮子下。不一会儿我们浑身都是泥了。我们叫醒了玛丽露,把我们可怕的处境告诉了她,让她在我们推着的时候开动汽车。这辆遭尽折磨的哈得逊一再挣扎着,突然一下子蹦了出来,向公路外滑去。玛丽露及时刹住了车,我们就都跳进车去。全部工作历时三十分钟,我们都淋成了落汤鸡,样子十分狼狈。

我睡着了,全身溅满了泥浆;早晨我醒来的时候,身上的泥巴都已结成硬块,外面正下着雪。我们已到了高原,离弗雷德里克斯堡不远了。这是得克萨斯和西部有史以来最坏的隆冬天气，牛羊在暴风雪下像苍蝇一样成群死去，旧金山和洛杉矶都在下大雪。我们全都愁眉不展，真希望回到新奥尔良跟埃德·邓克尔在一起。玛丽露在开车；狄恩睡着了。她用一只手掌握方向盘，另一只手却伸到我坐的后座上来。她悄悄跟我谈着旧金山的约会。我听了垂涎三尺，心里越加苦闷。十点钟时候我接替玛丽露开车——狄恩已醉倒了好几个小时——在白雪皑皑的灌木林和长着鼠尾草的崇山峻岭中间赶了几百英里枯燥乏味的路程。一些西部牧童戴着棒球帽和耳套从车旁经过，寻找他们的牛群。间或有一些舒适的小住宅在路边出现，烟囱里还冒着烟。我真希望我们能进去坐在炉边喝些奶油，吃些豆子。

在索诺拉我趁店老板在铺子的另一头跟一个牧场大老板说着话，又拿走了一些免费的面包和干酪。狄恩知道了就高声欢呼起来；他肚子早已饿了。我们不能再在食物上花一分钱。"好啊，好啊，"狄恩眼望着那些骑着马在索诺拉的大街上来来去去的牧场老板，羡慕地说，"他们个个都是他妈的百万富翁，有上千头牛羊、雇工、房产和银行里的存款。我要是住在这一带的话，我准会变成山艾树林里的白痴，我会变成一只长耳兔，我会吃枝上的树叶，我会寻找漂亮的牧牛姑娘——嘻—嘻—嘻—嘻！他妈的！砰！"他打了自己一下。"好！对！哎哟！"我们不知道他在讲什么。他接替我开车，走完得克萨斯州境内剩下的约莫五百英里路程，在黄昏时到达埃尔帕索，中途一直没停留，除却有一次在奥佐那附近他脱光了全身衣服，精赤条条地在鼠尾草地上又嚷又跳闹了一阵。好些汽车从他身旁掠过，却没看见他。他急急奔回车上，继续开车前进。"喂,萨尔,喂,玛丽露,我要你们学我的样,摆脱负担,把身上的衣服完全脱光——穿衣服究竟有什么意思呢?我要你们把衣服脱光——跟我一起晒晒你们美丽的肚皮。快脱吧!"我们正朝西迎着夕阳疾驰;阳光透过挡风玻璃射进来,"我们正迎着阳光开车,快亮开你们的肚皮吧。"玛丽露一声不响,照他的话做了;我也一样。我们三个一齐坐在前座上。玛丽露拿出冷霜来涂在我们身上,让我们痛快一下。路上不时有大卡车从我们旁边驰过;坐在高处车厢里的司机看到一个金黄色的美人儿赤条条地跟两个一丝不挂的男人坐在一起在他眼前闪过:他们在我们汽车的后窗外消失的时候,你可以看见他们的卡车有一会儿工夫逸出了原来的路线,不知开到哪儿去了。我们前面是一片波浪似的鼠尾草大平原,上面已不见积雪。不久我们到达佩克斯峡谷那一片全是橘黄色岩石的乡野。前面一望无际,远处的地平线与蔚蓝色的天空相连。我们下了车,去考察一个古老的印第安废墟。狄恩一丝不挂地去了。玛丽露和我都披上了大衣。我们在古老的石头中间走来走去,大声怪叫着。有些游客看见狄恩光着身子在平原上行走,都不敢相信自己的眼睛,仍摇摇摆摆地继续走他们的路了。

　　狄恩和玛丽露把车停在范霍恩附近,趁我睡着的时候调情一番。等我醒来,我们已在极辽阔的格兰德河的河谷中行驶,取道克林特和伊士莱塔向埃尔帕索进发。玛丽露跳到后座上,我跳到前座上。我们于是继续前进。在我们左边,隔着辽阔的格兰德河,是一片泽地般的红色丘陵地带,那是墨西哥边境塔拉胡曼人的国土;山岭上,暮色已越来越浓。往前远远望去,可以看见埃尔帕索和华雷斯的万家灯火,像是撒在格兰德河流域的无数种子,这里的河谷是那么辽阔广大,你甚至可以看见几列火车同时向不同的方向行驶,它简直称得上是"世界之谷"。我们的汽车立即驶进这个河谷。

"克林特!得克萨斯!"狄恩说。他已经把收音机转到克林特电台。他们每隔十五分钟放一张唱片;其余时间都播送某个函授中学的商业广告。"这个节目在西部到处都可以听见。"狄恩兴奋地嚷道,"我在感化院和监狱的时候一天到晚都听这玩意儿。我们大家都写信去试过。你要是考试及格,还可以拿到一张邮寄来的中学毕业文凭,当然是仿制的。西部的年轻牛仔不管是谁,在不同的时期全都写信去试过;他们耳朵里听到的全是这一广播。不管你收哪儿的电台,科罗拉多的斯特灵、怀俄明的拉斯克,你都只听见得克萨斯的克林特,得克萨斯的克林特。所有的音乐都是牛仔音乐和墨西哥音乐,肯定说是我国有史以来最坏的节目,可是谁也拿它没有办法。他们有极大的广播网;他们已把整个国家控制起来了。"我们望得见克林特房屋后面极高的天线。"嘿,真是一言难尽!"狄恩嚷道,几乎流下泪来。我们眼巴巴地望着旧金山和西海岸,在天黑时驶抵埃尔帕索,已经身无分文,非常需要弄点儿钱来买汽油,要不然我们就永远驶不到目的地了。

我们尝试了一切办法。我们飞驰到旅行社,可是那天晚上没有人西去。你如果要搭乘客收点儿汽油钱,可以到旅行社找去,这在西部是合法的。有一些形迹可疑的人带着破烂的旅行包在那儿等着。我们又到灰狗汽车站去,想劝说个把去西海岸的乘客改搭我们的汽车,把买车票的钱给我们。可是我们脸皮太嫩,不好意思向人开口。我们愁眉苦脸地兜了一圈。外面的天气很冷。有个大学生看见花朵般的玛丽露,兴奋得浑身都冒出汗来,但却假装出漠不关心的样子。狄恩和我两个商量了一下,我们打定主意决不当王八。后来有个刚从感化院出来的疯疯癫癫的、沉默寡言的小伙子突然缠住了我们,他和狄恩两个一起上街喝啤酒去了。"喂,伙计,我们去找个什么人,砸碎他的脑袋,把他的钱抢来。"

"我赞成你的意见,伙计!"狄恩大声说。他们俩一起奔了出去。我一时有点儿放心不下;不过狄恩只是想跟那小伙子一起到埃尔帕索的街道上去摸摸底,及时行乐罢了。玛丽露和我在汽车里等着。她用两臂搂住了我。

我说:"他妈的,露,等咱们到了旧金山再说吧。"

"我不管。狄恩反正要离开我的。"

"你什么时候回丹佛去?"

"我不知道。我对什么都不在乎。我能不能跟你一起回东部去?"

"咱们得到旧金山去弄点儿钱。"

"我可以介绍你到餐车的柜台后面去干活,我自己也可以去当女招待。我还认识一家旅馆,可以记账住几天。我们俩要永远在一起。唉,我心里很难过。"

"为什么事难过,宝贝?"

"为一切事情难过。呵,我真他妈的希望狄恩不像目前这样疯疯癫癫。"狄恩已闪电似的奔回来了,唬唬地痴笑着跳进了汽车。

"他真是个疯狂的二流子,嘿!我摸透他的底了!像他这样的家伙我过去见过千千万万,他们全是一个模子铸出来的,他们的脑子好像上了发条的时钟,零件倒是不少,就是没有时间观念,没有时间观念……"说着他往方向盘上一伏,加快了速度,飞也似的驶出了埃尔帕索,"我们要沿路搭些乘客才好。我肯定咱们会找到几个的。嘿嘿!咱们就这样快速前进。小心!"他向一个开汽车的大喝一声,迎着对方的汽车来了个急转弯,避开一辆卡车,把车一下子闪入市区界。河对岸是华雷斯城中珍珠似的灯火、一片干燥凄凉的土地和奇瓦瓦上空晶莹的星星,玛丽露在那里偷眼看狄恩,从眼角里瞟他,他们在全国来回旅行,她一路上就是这样看他的——带着一种悲伤的愤慨的神色,仿佛恨不得割下他的头来藏到她的密室里去;怀着一颗妒忌而忧伤的爱心,深深爱着这个天下少有的古怪男人,她感情是那么奔放,为人是那么高傲,行动是那么疯狂;脸上露出溺爱的慈祥笑容,但笑里也包藏着一股恶毒的妒火,使我见了不由得毛骨悚然;她心中怀着强烈的爱情,虽然她只要一望他那耷拉着下巴的瘦脸,看见那脸上流露出的那种男性独断独行的神气,就知道他这人太疯狂了,他们的爱情绝不会有什么好结果。狄恩深信玛丽露是个婊子;他推心置腹地告诉我说她是个有病态心理的撒谎专家。不过她像这样看他的时候,确实也表示出了她对他的爱情;狄恩只要一发觉,总是转过头来满脸堆着轻浮的假笑,眼睫毛眨个不停,珍珠似的白牙齿闪闪发光,虽然在一分钟之前,他还显得颇有些穷极无聊,在那里做他的白日梦。跟着玛丽露和我两人同时笑了起来——狄恩见了却毫不在乎,只是咧开了嘴快乐地傻笑一下,意思是对我们说:不管怎样,咱们不是在及时行乐吗?而事实也确是这样。

我们在埃尔帕索郊外的黑暗中看见一个缩作一团的矮小身影伸出大拇指在招呼我们。这就是我们渴望已久的搭车乘客。我们刹住车,倒退到他身边。"你身上有多少钱,孩子?"

那孩子身上没有钱;他约莫十七岁,面色苍白,模样古怪,有一只手是发育不良的先天残废,身边也没有旅行包。"他不是挺可爱吗?"狄恩说着,向我转过身来,脸上露出严肃的惊恐之色,"进来吧,伙计,我们可以带上你——"那孩子看出他有机可乘,就说他有个姑母在加利福尼亚的图莱里开着一家杂货店,我们一到那儿,他就可以张罗点儿钱给我们。狄恩笑得前仰后合,这跟北卡罗来纳的那个孩子的情况太相像了。"对!对!"他大声嚷道,"咱们大家全都有姑母;嗯,咱们走吧,让咱们顺着这条路去看望所有的姑母、姑父和杂货店吧!!"我们就这样搭了一个新的乘客,后来发现他也确实是个挺不错的小伙子。他一句话也不说,只是谛听着我们讲话。他听狄恩讲了一分钟以后,大概深信自己是在一辆满载着疯子的车上了。他说他从亚拉巴马一路搭车到俄勒冈去,他的家就在俄勒冈。我们问他到亚拉巴马去干什么。

"我去探望我的姑父;他说他可以在一家木材厂里给我找个工作。工作没有成功,所以我只好回家了。"

"回家,"狄恩说,"回家,一点不错,我懂的,我们可以送你回家,至少可以送你到旧金山。"可是我们已经没有钱了。后来我突然想起我可以在亚利桑那州的图森找我的老朋友海尔·辛罕姆借五元钱。狄恩立刻同意这么办,说马上就到图森去。我们于是朝图森前进。

我们在夜间经过新墨西哥州的拉斯克鲁塞斯,天亮时到达了亚利桑那。我从酣睡中醒来,看见大家都像羔羊似的睡在那里,汽车也不知停在什么地方,因为车窗上全是水蒸气,望出去什么也看不见。我下了车,发现我们是在山区里:天边泛着朝霞,周围是紫金色的清凉空气,山谷里有一片片翡翠般的草原,此外还有红色的山坡、一颗颗的露珠和变幻莫测的金色云彩;地上到处是地鼠洞、仙人掌、荒草。现在该是我开车了。我把狄恩和那小伙子推到一旁,用脚踩住离合器,关了马达,让汽车顺着山坡滑下去,以节省汽油。我就这样一直滑到亚利桑那的本森。我忽然想起身上还有一只值四块钱的怀表,是罗可不久前作为生日礼物送给我的。我到汽油站向人打听本森有没有当铺。原来当铺就在汽油站隔壁。我敲了几下门,有人从床上起来,一分钟后我就把那只表当了一块钱。那钱也进了汽油箱。现在我们有足够的汽油可以支持到图森了。但是就在我准备动身的时候,一个带着手枪的魁伟骑警突然出现了,要看我的驾驶执照。"执照在躺在后座里的那家伙的身上。"我说。狄恩和玛丽露还一起盖着条毯子睡着。那警察叫狄恩出来。突然他拔出手枪喝道:"把手举起来!"

"长官,"我听见狄恩用一种最恭敬、最滑稽的口气说,"长官,我只是在扣我的纽扣哩。"连那警察的脸上也几乎有了笑容。狄恩出来了,穿着一件T恤衫,衣衫褴褛,浑身是泥,他一边摩挲着肚皮,一边咒骂着,到处寻找他的驾驶执照和汽车证件。警察把我们后面的箱子乱翻了一通。所有的证件都挑不出一点毛病。

"只是检查一下。"他笑容满面地说,"你们现在可以上路了。本森这个城市实在不坏;你们要是在这儿吃过早饭,就会发现我的话不错。"

"好好好。"狄恩说着,就开车走了,对方的话他一句也没听在耳里。我们全都舒了一口气。警察们看见一伙年轻人乘着崭新的汽车到来,袋里没一个子儿,不得不把表当掉,就不免怀疑起来。"哦,他们老是爱管闲事,"狄恩说,"不过跟那个弗吉尼亚的狗东西比起来，他倒是好得多了。他们只想立大功出风头；他们以为每一辆过往的汽车都载着一伙芝加哥大盗哩。除此以外他们没有别的事可做。"我们继续向图森进发。

图森坐落在靠近旧河床的美丽的乡间，到处长着豆科植物，上面是白雪皑皑的加塔利那山脉。整个城市像是一个伟大的建筑工程；人民心神不定，野心勃勃，举止粗野，人人都忙碌而愉快；到处是水管和拖车式活动房；市中心熙来攘往，锦旗招展；简直是一座极地道的加利福尼亚城市。辛罕姆住的洛维尔要塞道路蜿蜒曲折，环绕着一座生长在平坦的沙漠地上的树林，树木是河床上常见的一种，景色倒很悦目。我们看见辛罕姆一个人正在院子里沉思默想。他是个作家，到亚利桑那来是想安安静静地从事写作的。他是个瘦长的腼腆的讽刺家，跟人说话时老是嘟嘟哝哝的，眼睛望着别处，说的话也往往滑稽可笑。他妻子和婴儿跟他同住在一起，那是所很小的土坯房，原是他的印第安继父修建的。他母亲住在院子对面她自己的屋里。她是个容易激动的美国女人，喜爱陶器、珠子和书。辛罕姆从我在纽约写给他的信中已得悉有关狄恩的一切。我们像一朵云彩似的直落到他头上，每个人都饥肠辘辘，包括那个残废的乘客阿尔弗雷德在内。辛罕姆只穿着一件旧运动衫，在外面沙漠地带的凉空气里抽烟斗。他母亲出来请我们到她厨房里去吃些东西。我们就在一只大锅里煮了些面条吃。

随后我们一起坐车到十字路口的一家酒类专卖店去，辛罕姆在那里用支票兑了五块钱现款交给了我。

我们匆匆道别。"跟你们见面真是高兴。"辛罕姆说，眼睛望着别处。穿过沙地在几棵树的后面有个客栈,一块很大的霓虹灯招牌在闪着红光。辛罕姆写书写得累了,总是到那里去喝一杯啤酒。他觉得十分孤独,很想回纽约去。我们的汽车开走的时候,只见他高高的身影在苍茫的夜色中越离越远,这情景看了实在叫人心酸。我们在纽约和新奥尔良看见的另外那些身影也一样:他们恍恍惚惚地站在辽阔的天空下,四周的一切都已浸沉在夜色中。到哪儿去?去干什么?有什么可干的?——睡觉。可是这一伙傻子决意继续前进。

9

我们开车来到图森城外。在漆黑的路上又看到一个乘客,他是从加利福尼亚的贝克斯菲尔德来的流浪艺人,"他妈的,我是随旅行社的汽车离开贝克斯菲尔德的。我把吉他放在另一辆汽车的后备厢里,可那辆车和人都没影儿了——吉他和牛仔服。你知道,我是个搞——音乐的,到亚利桑那同一个演唱组合'约翰尼·麦考的山艾树小弟'一起参加演出。可现在,该死,我倒是来到了亚利桑那,但吉他被人偷了,身上又一个子儿没有。你们能把我带回贝克斯菲尔德的话,我可以从我兄弟那里拿点钱,你们要多少?"我们想了一下,从贝克斯菲尔德到旧金山的汽油费大概需要三块钱。现在我们的车上坐有五个人了。"晚上好,夫人。"他扶了一下帽子向玛丽露致意。我们出发了。

半夜时分,我们的车开始爬坡,棕榈泉①的灯光在我们脚

①　棕榈泉(Palm Springs),美国城市,位于加利福尼亚州。

下闪烁。清晨，在积雪的路面上，我们艰难地驶向莫哈韦，它是通向蒂哈查皮山口的必经之路。那个流浪艺人醒了过来，讲了一个笑话，逗得可爱的小阿尔弗雷德坐在那里咯咯直笑。艺人又说他认识一个人，他的妻子曾向他开枪，后来他原谅了她的行为，把她保释出了监狱，结果又挨了一枪。他讲故事的时候我们正好经过那女人所在的监狱。蒂哈查皮山口豁然出现在我们面前，狄恩开着车，似乎把我们拉上了世界最高峰。我们经过一个在山洼里的灰突突的水泥厂。然后，汽车开始下坡。狄恩关上油门，松开离合器，娴熟地转过了几个急转弯，不用引擎加速就超过了好几辆车。我紧紧抓住扶手。有时路上还有小上坡，他也只是依靠惯性安静地冲了过去。他对超级驾驶的各种技巧都了如指掌。在经过一段低矮石墙（从那儿可以看到山下的世界）之后的 U 形左转弯时，他把身体尽量往左靠，手扶着方向盘，胳膊绷得紧紧的，就这么开了过去。前面又是一个右转弯，我们的左边是悬崖，他又尽量往右靠。玛丽露和我也都随着他左右来回摇摆。我们就这样不断摇来晃去地驶过圣华金河谷。它的谷底在我们脚下大约一英里深处铺展开来，基本上和加利福尼亚的地面持平；从我们所在的高度望去，一片葱翠，令人陶醉。我们没费一滴汽油就跑了三十英里路。

一时间我们都振作了起来。当我们经过贝克斯菲尔德市的界碑时，狄恩想把他知道的有关这个城市的一切都告诉我，他指给我看他住过的出租房、铁路旅馆、台球馆、餐厅、一条支线旁边他为了摘几串葡萄从机车上跳下来的地方、他吃过饭的中国餐馆、他碰上小姐的公园长椅，以及某些他什么也没干只是闲坐过的地方。在狄恩眼里，加利福尼亚是狂野的，艰辛的,也是重要的,这是一个聚集孤独而古怪、浪迹天涯的情人的地方,他们像飞鸟一样在这里相聚,每一个都像疲惫的、俊俏的、颓废的电影明星。"伙计,我曾在那个药店前面的每一张椅子上都坐过,度过了无数的时光。"所有的一切他全都记得——每一次牌戏,每一个女人,每一个忧郁的夜晚。突然,我们的车经过铁路货场的一个地方,让我想起我和黛丽一九四七年十月曾经坐在那里的月光下喝酒的情景。我想把这些告诉他,但是他太激动了,"我曾经和邓克尔在这里喝了一上午啤酒,想从沃森威尔——不,是特拉西,对,是特拉西——搞一个娇小迷人的女招待,她的名字叫艾丝米拉达。哦,大概就叫这个吧。"玛丽露正在计划着到了旧金山后干什么。阿尔弗雷德说到了图莱里,他的姑母就会给他足够的钱。那个流浪艺人指着路把我们带到城外他兄弟家的公寓。

下午,我们来到了一幢种满玫瑰花的住宅前面。那个艺人走了进去,同几个女人说着话,我们等了足足十五分钟。"我开始觉得这个家伙不会比我有更多的钱。"狄恩说,"我们在这儿真是耽误时间!这个人家里可能没有人,他们知道这个傻瓜的恶作剧之后大概不会给他一分钱。"那个艺人局促不安地走了出来,又把我们带往城里。

"他妈的,我真希望能够找到我兄弟。"他还一路询问着该怎么走。他或许以为自己是我们的囚犯,最后我们来到了一家大的面包房。那艺人进去后和他的兄弟一同走出来,他兄弟穿着工作服,看样子像是里面的机械工,他和他兄弟谈了几分钟,我们在车里等。艺人把他丢失吉他的事以及他的冒险经历都告诉了他的兄弟。后来他拿到了钱,并给了我们。我们该去旧金山了,向他道谢之后,便启程出发了。

下一站是图莱里。我们又开始爬坡。我浑身放松地倒在后座上，疲惫过后感到筋疲力尽。下午时分，满是泥土的哈得逊驶过了萨比纳尔城外的一片住宅。我想起斑斓的过往，我曾在那里居住过，恋爱过，劳动过。狄恩面无表情地握着方向盘，拨动着换挡杆。到达图莱里时，我还在睡觉。醒来时却听到不可思议的事情。"萨尔，快起来！阿尔弗雷德找到他姑母的杂货店了，可是你知道出了什么事？他姑母因为向她丈夫开枪而去坐牢了。店铺也关张了。我们一分钱也没得到。想想吧，真的会有这种事。跟那个流浪艺人讲的故事一模一样，人人都有糟心事。太复杂了——哈哈，他妈的！"阿尔弗雷德啃着自己的手指甲一言不发。我们继续上路，一直开到马德拉，打算去俄勒冈的小阿尔弗雷德要在这里下车了，我们和他告别，祝他好运，一路顺风到达俄勒冈。他说这是他经历过的最愉快的一次旅行。

　　我们驶到奥克兰前面的山脚下仿佛才几分钟，就突然到达一块高地，看见旧金山这一神话中的白色城市已伸展在我们面前十一座神秘的小山上，背后是蓝色的太平洋，海洋上有一块块白薯田似的浓雾渐渐逼近，此外还有黄昏前的烟霭和金色的夕照。"瞧它多漂亮！"狄恩欢呼说，"好哇！到了！汽油刚够，我到了水边了！再没有陆地了！我们不能再向前进，因为前面已经没有陆地了！喂，玛丽露，心肝，你和萨尔马上住到旅馆里去，等我明天一早来跟你们联系，我也马上去找卡米尔把她安排妥当，再打电话给法兰奇曼向他打听我到铁路上工作时的上班时间，你和萨尔一到城里就马上买份报纸，看看上面的招聘栏和工程计划栏。"说着他把车一直开上奥克兰湾大桥，那大桥简直像把我们吞了进去。市中心的办公楼刚点上灯,这情景会令你想起萨姆·斯佩德①。我们跌跌撞撞地下车到了奥法莱尔街上,用鼻子猛吸着空气,伸着懒腰,就好像在海上长途旅行后刚刚上岸似的;泥泞的街道在我们的脚下晃动;旧金山华人街上散发出来的神秘的鸦片烟气在空中飘浮。我们把我们随身携带着的一切全从车里拿出来,一股脑儿堆在人行道上。

狄恩突然向我们告别了。他迫不及待地想见卡米尔,看看到底出了什么事。玛丽露和我像哑巴似的站在街上,目送他开着车离去。"你瞧他是人不是?"玛丽露说,"狄恩只要对他自己有利,随时可以把你扔在大街上。"

"我知道。"我说着,回头朝东方望望,叹了一口气。我们身边没有钱。狄恩也没提起钱的事。"我们住到哪儿去呢?"我们提着自己的几捆破烂东西,在富于浪漫气氛的狭窄街上到处游荡着。这儿每个人都像个潦倒的临时电影演员,一颗暗淡了的明星;失掉了魅力的杂技演员,小不点儿的赛车手,深恨到了大陆的尽头而面露愁容的加利福尼亚人,漂亮的、腐化堕落的卡萨诺瓦②型男子,金鱼眼的旅馆女招待,盗贼,皮条客,妓女,按摩师,旅馆侍者——应有尽有,在这帮人中间,叫一个人怎样谋生呢?

<hr />

① 萨姆·斯佩德(Sam Spade),达希尔·哈米特(Dashiell Hammett,1894—1961)的小说和同名电影《马耳他之鹰》(*The Maltese Falcon*,1931)中的主角。

② 卡萨诺瓦(Casanova,1725—1798),十八世纪威尼斯浪子、冒险家,一生放荡淫逸,富于冒险事迹,著有《回忆录》。今多代指风流浪子,大众情人。

10

　　幸亏玛丽露在这一带——离不夜区不远——人头熟,后来总算有个脸色苍白的旅馆职员让我们记账住了一个房间。这是第一步。其次是我们必须找点吃的东西,这件要事直到午夜才得到解决。我们那会儿跑到一个夜总会女歌手的房间里去做客,正好遇见她把一块热烙铁翻过来搁在字纸篓的衣架上,在那里热一罐青豆烧肉。我从窗口望着外面闪闪发亮的霓虹灯,心里想:狄恩在哪儿呢?他为什么这样不关心我们的利益呢?我就在那一年对他失去了信心。我在旧金山待了一星期,过了我这一辈子再也没过过的落魄生活。玛丽露和我两人一连走了好几英里路,想尽办法觅伙食费。我们甚至到布道街的小客栈里去拜访一些她所认识的喝醉了酒的水手;他们请我们喝了些威士忌。

　　我们在旅馆里同居了两天。我心中有数,深知狄恩一走,玛丽露决不会真正对我有所眷恋;她不过是想通过我——狄恩的好友——来左右狄恩罢了。我们在房间里争执起来。我们有时整夜一起躺在床上,由我告诉她我自己的各种梦想。我讲给她听世界上有条大蛇,像苹果里的虫子一样盘踞在地球中心,有朝一日它会掀起一座山来(这座山将来也就叫蛇山),再在平原上伸直身子,长达百英里,一边爬行一边吞噬着一切。我告诉她这条蛇的名字就是撒旦。"后来呢?"她尖叫起来,紧紧地搂住了我。

　　"有个叫作萨克斯博士的圣人,这会儿就在美国某处的地下小屋里煮一种秘密药草,可以把那条蛇药死。也可能最后发现那蛇不过是个外壳,里面包藏着一群鸽子;等蛇一死,大群跟精子一个颜色的灰白色鸽子会飞出来,给全世界带来和平的信息。"我饿得发慌,憋着一肚子怨气,不禁语无伦次了。

有天晚上,玛丽露竟跟了个开夜总会的女人一去不返。我事先跟她约好,饿着肚子在拉金—吉利对面街上的一个门道里等她,结果却见她突然从那所漂亮的公寓房子的休息室里走出来,身旁除了她的女友,那个开夜总会的女人以外,还有个下巴底下耷拉着一嘟噜肥肉的油光满面的老头子。原先她只说是进去看她的女朋友的。我看出她真是个不要脸的婊子。她虽然明明看见我在那个门道里,却不敢招呼我。她走了几步,坐上凯迪拉克轿车,跟他们一起走了。现在我是无亲无故,什么也没有了。

我到处游荡,在街上捡着烟头。在市场街我路过一个炸鱼摊,摊上的女人在我经过的时候突然恐怖万分地瞅了我一眼;她是这摊子的老板娘;她显然以为我是个带枪的强盗,要进去抢她的摊子。我继续往前走了几步,忽然想入非非,觉得这女人就是两百年前我的在英国的母亲,我自己是她那个当拦路贼的儿子,这会儿刚打监牢里出来,回到饭摊上来扰乱她的正当劳动。我停住脚步,在人行道上快乐得心荡神驰,忘其所以。我顺着市场街极目望去。我看不出这到底是市场街呢,还是新奥尔良的运河街:街的尽头是水,那种千篇一律、无从识别的水,就像纽约的第四十二街一样,尽头处也是水,使你无从知道自己身在何处。我想起了埃德·邓克尔在时代广场上遇见自己的鬼魂那件事。我像疯了一样。我很想走回去向饭摊上我那个奇怪的狄更斯小说里的母亲做一个媚眼。我快活得从头到脚都感到痒酥酥的。我好像觉得自己的脑子一直能回忆到一七五〇年在英国发生的事,觉得目前在旧金山的只是自己的另一个身体在过着另一世的生活。"别,"那女人充满恐惧的目光似乎在说,"别回来折磨你勤劳老实的母亲了。你在我心目中已不再是个儿子了——就跟你父亲、我第一个丈夫一样。后来还是这个好心肠的希腊人看我可怜,收留了我。"(老板是个胳膊上长毛的希腊人。)"你不是个好孩子,只知道饮酒闹事,最后还做出这样的下流事情,把我在饭摊上辛苦挣得的劳动果实全都抢走。儿啊! 你可曾双膝跪倒,祷告神明,为你的一切罪孽和恶行忏悔? 走错了路的孩子! 走吧! 别来纠缠我了;我早已把你忘啦。不要再来揭我的旧伤疤了,就像你不曾回来、不曾探进头来看我一样——看我怎样辛辛苦苦劳动,还有劳动挣来的几个便士——你是我的亲骨血,我知道你饥不择食,掠夺成性,脾气躁,讨人厌,心眼儿坏,一天到晚不是抢就是偷。儿啊! 儿啊!"这使我想起在格莱特那跟老铁牛李在一起的时候由于"大霹雳"活见鬼的那回事。刹那间我到达了多年来我一直渴望的极乐境界,这是越过编年史上的时代观念跨入没有时代观念的阴间世界的一大步,是这个荒凉的人间世界中的奇迹,是一种死神踢着我的脚跟催我前进的感觉,好像有个鬼魂在追逐我,而我呢,正急急地奔向一个地方,那儿所有的天使都在展翅飞翔,飞入未经过上帝创造的神圣的原始太空,那儿有强烈的、难以想象的神光照亮我的心扉,无数的安乐乡一一开启,像是用魔法一窝蜂变出来的天国。我听得见一种无法形容的鼎沸的巨响,这种巨响并不发生在我的耳中,而是到处可以听见,它与各种声音都无共同之处。我知道自己已死而复生了无数次,可是脑子里却记不很清楚，因为由生到死再由死到生的整个过程实在太简单、太方便了，简直像是一种无害于人的魔法，像是重复了数百万次的醒而复睡，睡而复醒，完全平淡无奇，引不起任何感觉。我知道这些生与死的微波只是发生在内心平静的时候，就像风吹过一池平静如镜的清水一般。我有一种甜蜜的、飘飘然的快乐感觉，好像在大静脉上注射了大量的海洛因，也好像在黄昏时分喝了一大口美酒，不由得浑身打战；我的两脚发软了。我觉得自己马上就要死了。可是我没有死，而且还走了四英里路，捡了十个长长的烟头，把它们带回玛丽露的旅馆房间，取出里面的烟草，装在我的旧烟斗里抽起来。我那时还太年轻，对当时事态的发展还完全不能理解。我从窗口闻到了旧金山一切食物的气味。这儿有卖海味的场所，不但有好吃的热面包，就是装面包的篮子都可以下咽；连菜单都软绵绵的可以当得食物，就好像是从滚热的肉汤里捞起来烤干的东西。只要把画在海味菜单上的鲦鱼鳞片给我看，我就能把它吃下去；就是给我掺了热水和面粉的奶油或者龙虾的爪子闻一闻也好。这儿有专卖又红又厚的带汁的烤牛肉或者蘸了酒的烤笋鸡的场所，也有在铁丝格子上嗞嗞地烤着碎牛排，出售一毛钱一杯咖啡的场所。啊，那一阵阵从华人街吹到我房间里来的炒面香，还有那北海岸的细通心粉酱，渔夫码头的软壳蟹——更别提那在铁叉上翻着过儿的菲尔莫尔排骨！再加上市场街烫手的热辣豆，码头上夜饮时的炸土豆，以及来自海湾对面索萨利托的清蒸蛤蜊，那就是我对旧金山的梦想。但这儿只有雾，使人饥饿的寒雾，以及在柔和的深夜闪烁着的霓虹灯光，穿着高跟鞋的美人的脚步声，一家中国杂货铺橱窗里的白鸽……

11

　　这就是狄恩又见到我时所看到的情况；他最后终于决定，对我还不能不管。他把我带到卡米尔家里去。"玛丽露呢，伙计？"

　　"这婊子跟人跑了。"在跟玛丽露相处之后，再见到卡米尔确实是件赏心乐事；她是个有教养、懂礼貌的年轻女人，她也知道狄恩汇给她的十八块钱原是我的。可是你到哪儿去了呢，可爱的玛丽露？我在卡米尔家里享了几天清福。从自由街那所木头公寓房子里的起居室窗口望出去，可以看见整个旧金山在雨夜中闪出红红绿绿的灯光。就在我住在那儿的不多几天里，狄恩从事了在他一生中最最可笑的一项事业。他找到了一个新的工作，是到人家的厨房里去兜售一种新出品的气压锅。推销员交给他成堆的样品和小册子。头一天狄恩简直浑身是劲。我和他一起乘车在城里兜了一圈，陪他跟人商谈。他的想法是正式应邀去参加一个社交宴会，在宴会上一跃而起，当众表演气压锅的用法来进行推销。"嘿，"狄恩兴奋地嚷道，"这比我上次在西那手下工作还要有意思。西那那会儿在奥克兰兜售百科全书。谁也没法子不睬他。他做冗长的演说，跳上跳下，又哭又笑。有一回我们闯进一个穷移民的家里，正巧那一家子都准备去参加一个葬礼。西那就跪下为死者祷告，希望他的灵魂得救。那穷移民的一家人全都哭了起来。他卖掉了整整一套百科全书。他是世界上最最疯狂的人。我不知道他这会儿在什么地方。我们常常在厨房里凑到年轻漂亮的姑娘们的身边去抚摸她们。今天下午我在一个小厨房里遇到了一个极其可爱的主妇——我用一只胳膊搂着她,表演给她看。啊!哼!嘎!"

"继续干下去吧,狄恩,"我说,"有一天你或许会当上旧金山的市长哩。"他准备了整整一套推销锅子的演说;每天傍晚向卡米尔和我演习。

有天早晨他赤条条地站在窗口,眺望着日出时的旧金山全景。瞧他那副神气真像有一天会当上个不信神的旧金山市长。不过他的精力已显然不如从前了。有一天下午天下着雨,那个推销员来看他,想打听一下狄恩的成绩。狄恩正伸长着腿躺在长榻上。"你出去兜售过这些东西吗?"

"没有,"狄恩说,"我找到别的工作了。"

"呃,你打算拿这些样品怎么办?"

"我不知道。"在一片死寂中,那个推销员只好收拾起他那些倒霉的锅子悄悄离开了。我对世间的一切都已十分厌倦,狄恩也一样。

可是有天晚上我们两个又都发起疯来;我们到旧金山一家小夜总会里去拜访斯力姆·盖拉德。斯力姆·盖拉德是个瘦长的黑人,有一双忧郁的大眼睛,嘴里老是说着:"对啦——哦罗呢"和"要不要来点儿波旁威士忌——哦罗呢。"在旧金山,大群年轻的半知识分子都热切地坐在他脚下,听他奏钢琴、弹吉他、敲打非洲黑人的土鼓。他身上热了,就脱掉衬衫和内衣,真正施展出全身的解数来。他想到什么,就做什么,说什么。他会唱着"水泥混合机,浦——的、浦——的",却突然放慢节拍,弯着腰在土鼓上面沉思默想,只用指尖轻敲着鼓皮,人人都向前弯着腰侧耳静听,连大气都不敢出;你以为他这样做最多不过一两分钟,可是他会一直那么下去,长达一个钟头,用指甲尖敲出一种几乎听不见的细小声音,那声音还越来越小,到后来简直一点也听不出了,只听见车马声从敞开着的门外传来。然后他慢慢站起来,在扩音器上极慢极慢地说:"真伟大——哦罗呢……好极啦——哦罗呢……哈啰——哦罗呢……波旁威士忌——哦罗呢……全都是——哦罗呢……坐在前排的小伙子跟你们的姑娘——哦罗呢搞得怎样了……哦罗呢……哈的……哦罗呢罗呢……"他这样连续讲上十五分钟,声音越来越轻,到后来简直一点也听不出了。他那双忧郁的大眼睛细细端详着听众。

狄恩站在后面,嘴里说着:"上帝!对!"——两手合在一起做着祷告的姿势,浑身冒着汗。"萨尔,斯力姆懂得时机,他懂得时机。"斯力姆在钢琴旁边坐下,弹了两下C调的键盘,接着又弹了两下,接着又弹了一下,接着弹了两下,突然那个高大魁伟的贝斯手像从梦中惊醒似的,一发现斯力姆正在奏《即兴忧伤曲》,就用他粗壮的前指猛拨起琴弦来,于是雄壮的乐声陡起,每个人都左右摇摆起来,而斯力姆的样子却仍是那么忧郁。他们就这样演奏了半个小时的爵士音乐,接着斯力姆突然发起疯来,一把抓起土鼓,敲出暴风骤雨般的古巴那节奏,嘴里胡言乱语,说着西班牙话、阿拉伯话、秘鲁土话、埃及话以及他所知晓的一切语言,而他知道的语言也确实不少。最后这一组音乐才算是演奏完了;每一组音乐历时两小时。斯力姆·盖拉德起身走到一根柱子旁边站着,人们都过来跟他讲话,他呢,只是忧郁地从每个人的头上望过去。一瓶威士忌酒塞到他手里。"波旁威士忌——哦罗呢——谢谢——你——哦罗呢……"谁也不知道斯力姆·盖拉德的心已飞到哪里去了。狄恩有一次梦见自己怀了孕,躺在加利福尼亚州的一家医院的草坪上，整个肚子都泛出青色，鼓得高高的。他看到斯力姆·盖拉德和一群黑人一起坐在一棵树下。狄恩转过头去，眼里流露出一个做母亲的绝望情绪，望着他。斯力姆却对他说："好好活下去吧——哦罗呢。"现在，狄恩向他走去，就是走近他的上帝；他认为斯力姆是上帝；他一步一拖地走过去，向他鞠了一躬，请他跟我们坐在一起。"好的——哦罗呢。"斯力姆说；他可以答应跟任何人在一起，可是不能保证他的心也跟你在一起。狄恩去占了一张桌子，买来饮料，很不自然地坐在斯力姆前面。斯力姆出神地从他的头上望过去，做着他的白日梦。斯力姆每说一声"哦罗呢"，狄恩就说一声"对！"我就这么陪着这两个疯子坐着。什么事也没发生。在斯力姆·盖拉德看来，整个世界不过是个巨大的哦罗呢。

当天晚上我又去菲尔莫尔—吉利路摸兰普谢德的底。兰普谢德是个魁伟的黑人，常穿着大衣、戴着帽子、围着围巾走进旧金山的音乐厅，一下子跳上音乐台唱起歌来；那时他前额上会暴出一根根的青筋；他深深吸一口气，用尽全力大声唱着一支忧伤曲，一边唱一边还向人们吆喝："别等死后进天堂，还是打胡椒博士开始，拿威士忌做收场！"他的洪亮的声音盖过一切。他会做鬼脸，会扭屁股，会做一切怪相。那天他走到我们的桌旁，俯身凑近我们说了声"好！"接着就又踉踉跄跄地跑出门去，到另一家音乐厅去了。此外还有康尼·乔顿，另一个疯子，他常是一边唱歌一边抖动着两只胳膊，最后把汗水洒到大家身上，一脚踢翻扩音器，像个女人似的尖声叫起来；你有时会在深更半夜里看见他，精疲力尽地坐在杰姆逊乐园里谛听着狂热的爵士音乐会，圆睁着两眼，耷拉着双肩，像个东方人似的瞪着大眼出神,面前还放着一杯饮料,我从未见过这一类的疯狂音乐家。旧金山的每个人都有点儿精神失常。这儿是大陆的尽头;他们什么都不在乎。狄恩和我就这样在旧金山到处游荡,直到我接到了下一笔退伍军人助学金,准备动身回家。

我这次到旧金山来有些什么成就,连我自己也不知道。卡米尔要赶我走;狄恩对我的去留是毫不在意。我买了些肉和面包,做了十份三明治,以便在路上吃;这些三明治在我到了达科他时,全会坏掉的。最后一晚狄恩又发起疯来,在市中心某处找到了玛丽露,我们就乘车到海湾对面里士满周游一番,并拜访了海滩油田上演奏黑人爵士音乐的一些小棚子。玛丽露打算坐下歇一会儿,可有个年轻黑人从她屁股底下把椅子抽走了。一群姑娘们过来拉她入伙,提出了各种各样的条件。同时也有人来跟我勾搭。狄恩到处乱跑,浑身是汗。是收场的时候了;我也该走了。

黎明时我上了开往纽约的公共汽车,跟狄恩和玛丽露告别。他们跟我要一些三明治吃。我对他们说不成。这是大家板脸的时刻。我们心里全都这样想,我们以后谁也不会再见谁的面,而我们谁也不在乎。

第 三 部

1

一九四九年春天，我从退伍军人助学金里攒下几块钱，上丹佛去，打算在那里定居下来。我看到自己在美国中部仿佛已变成了一个大家族的族长。我感到很孤独。谁也不在那儿——芭比·罗林斯、雷·罗林斯、蒂姆·格雷、贝蒂·格雷、罗兰·梅杰、狄恩·马瑞阿迪、卡洛·玛克司、埃德·邓克尔、罗伊·约翰逊、汤米·斯纳克，全都不在。我在柯提斯街和拉里墨尔街一带逛来逛去，在水果批发市场里干了一个时期活儿，一九四七年，我就是在这个地方差点儿被人雇上的——这是我生平所干过的最重的活儿；有一回，几个日本小伙子和我得把一个大车厢从铁路上搬到一百英尺以外的地方去，可我们的工具只有自己的双手，再加上一根小杠子，每一使劲，至多能拨动四分之一英寸。我把装满西瓜的板条箱从冷藏车里冻冰的地板上拖到毒日头下，一面不断地打喷嚏。天啊，我到底干吗要受这个罪呢？

黄昏时分我到处游逛。我感到自己像是这块悲哀的红色土地上的一个斑疤。我经过了温莎旅馆，在经济大萧条的三十年代，狄恩和他爸爸曾经在这里住过，于是像过去一样，我向四处张望,想找到我心目中的那个悲哀的、传奇式的白铁匠。在蒙大拿这样的地方,你也许能找到一个人像你自己的爸爸,你朋友的爸爸你可找不到。

在紫红色的薄暮中,我不顾浑身肌肉酸疼,独自在丹佛黑人居住区的第二十七街和韦耳顿路的灯光下走着,希望自己是个黑人,深感到白人世界所能提供的最好的东西并不能给我足够的欢畅,它没能给我足够的生活、喜悦、刺激、黑暗、音乐,甚至连黑夜都不够,我在一个小棚子前面停了下来,那儿有一个人卖纸杯子盛的红辣椒;我买一些吃了,又往黑魆魆的神秘的街道上逛去。我但愿自己是丹佛的一个墨西哥人,或者甚至是一个操劳过度的穷日本人,反正什么样的人都行,只要不是我已经当腻了的一个希望幻灭的"白人"。整整一生,我都怀着白人的野心,因此才在圣华金河谷把黛丽这样好的一个女人放弃了。我走过一些墨西哥人和黑人家庭的黑暗的门廊,从那里常传出一声轻微的叹息,时不时还有一些神秘、性感的姑娘的黑黝黝的膝头从那里显现出来;此外还可以看到玫瑰树后男人的黑黑的面庞。小孩子们像圣者似的坐在陈旧的摇椅里。一伙黑种女人走了过来,一个年轻姑娘,离开那几个母亲模样的年长妇女,急急地向我走来——"哈啰,乔依!"——突然看见我不是乔依,就害臊地跑了回去。我真希望我就是乔依。但我只不过是我自己,萨尔·帕拉戴斯,悲哀地漫步在这天鹅绒般的黑暗中,这令人无法忍受的甜蜜的黑夜中,但愿自己能和这些快乐的、心地淳朴的、狂喜的美国黑人互相交换世界。这一带衣衫褴褛的住户使我想起了狄恩和玛丽露,他们从小就非常熟悉这几条街。我多么希望自己能找到他们啊。

在第二十三街和韦耳顿路的街口,有人在聚光灯下比赛垒球,灯光也照亮了汽油桶。一大群热心的观众对每一球都发出吼叫。各式各样陌生的年轻英雄,白种的,黑种的,墨西哥的,纯印第安的,在场子上用叫人心碎的严肃态度打着球,都是些穿上球衣的初出茅庐的小孩子罢了。在我当运动员的历史上,我可从来没有让自己在这种场合——在自己的家人、女朋友、邻近的小伙子的面前,又是在夜晚,在灯光底下——表演过;我总是在大学里比赛的,场面大,表情沉着,而不是这种幼稚平凡的儿戏。这会儿时间已经很晚了。我旁边坐着一个老黑人,显然他每天晚上都来看球。他边上是个白种老流浪汉,再过去是一家墨西哥人,然后是几个姑娘、几个小伙子——全都是些普通人。啊,那天晚上的灯光使我多么悲哀!那个年轻的投球手看上去就跟狄恩一模一样。观众里面有一个漂亮的金头发的姑娘看上去真像玛丽露。这是丹佛之夜,而我唯一的出路是去找死。

在丹佛,在丹佛
我唯一的出路是去找死

在街对面,黑人的一家家都坐在门阶上,一边儿聊天,一边儿透过树丛仰望着星夜,在柔和的夜晚让自己松散松散,有时也看看球赛。在这同时,许多汽车在街上经过,当红灯亮起时就在街角上停了下来。到处是兴奋的情绪,空中颤动着真正欢乐的生活,根本不知道什么叫失望,什么叫"白人的哀愁"那一套。那个老黑人上衣的口袋里有一罐啤酒,他正动手把它打开,那个老白人羡慕地瞟着那个罐头,一面在口袋里摸索,看看自己是不是也能买上一罐。我却是多么死气沉沉!

我打那儿走开了。

我去看一个我认得的有钱的姑娘。早晨她从丝袜里抽出一张一百元的钞票，说："你一直在说要到旧金山去跑一趟；那么现在去吧，把这钱拿去寻欢作乐吧。"因此我的一切问题都解决了，我到旅行社去，出了十一块钱汽油费搭上一辆去旧金山的车子，车子立即嘁嘁地在大地上奔驰了。

开车的是两个人；他们说他们是开窑子的。另外两个人跟我一样，也是搭客。我们身子靠得紧紧地坐着，一心希望快些到达目的地。我们经过了伯绍德山口，来到大高原、塔勃纳什、柴勃森、克里姆林；穿过兔耳关来到汽船温泉镇，又穿出去；经过五十英里尘埃蔽天的迂回曲折的路程，然后又来到克雷格和大亚美利加荒漠。我们经过科罗拉多和犹他之间的州界时，我看到上帝在天上以一大团金光灿烂的云彩的形象显现出来，他仿佛用手指指着我说："经过这儿再继续往前走，你就走上天国之路了。"啊，好啊，妙极了，可我更感兴趣的却是在内华达荒漠中摆在可口可乐摊子左近的那些破破烂烂的带篷的马车和赌钱的台子；那儿还有些窝棚，上面挂着风雨侵蚀的招牌，它们在沙漠里阴森的鬼风中啪哒作响，招牌上面写着"响尾蛇比尔曾在此处住过"，或是"缺嘴安妮在此度过许多个冬天"。是啊，往前走吧！到了盐湖城，那两个开窑子的停下来找他们的妞儿去了，我们继续往前赶路。完全出乎我意想，一转眼工夫，我又重新看到神话般的旧金山城在黑夜中伸展在海湾边上了。我立刻跑到狄恩那儿去。他现在有一所小房子了。我急于要知道他脑子里有什么打算，我们以后该怎么办，因为我已经完全断绝了后路，我把所有的桥都拆了，我什么都不管了。半夜两点钟我敲着他家的门。

2

他一丝不挂跑来开门了,即使敲门的是总统,他也照样不在乎。他赤身露体地来和外面的世界接触。"萨尔!"他真正大吃一惊地说:"我万没想到你真会这样做的。你终于到我这儿来了。"

"是啊。"我说,"我的一切全都糟透了。你这儿怎么样啊?"

"也不太好,也不太好。不过咱们要谈的事不知有多少万件。萨尔,咱们一块儿商量着来办事的时候终于来到了。"我们都觉得这正是时候,于是就走进屋子去了。我的到来简直像是一个最邪恶的陌生天使降临到了有如白羊毛一般纯洁的家庭,因为狄恩和我在楼下厨房里开始激动地谈话的时候,楼上传来了哭泣声。我对狄恩说任何话,他都用一声激动的、耳语般的、颤抖的"对!"来回答。卡米尔明白会发生什么。显然狄恩已经安分了几个月;如今天使一来他又要重新疯疯癫癫了。"她怎么啦?"我低声地问。

他说:"她越来越不像话了,老兄,她常常又是哭又是闹,不让我出去看斯力姆·盖拉德,每次我回来晚一点儿就大发雷霆,我待在家里,她又不跟我说话,说我完全是只野兽。"他跑上楼去安慰她。我听见卡米尔嚷道:"你撒谎,你撒谎,你撒谎!"我就趁此机会观察他们这所奇妙的屋子。这是一所七歪八斜、摇摇晃晃的两层木头房子,夹在公寓房子当中,正好在俄罗斯山的顶上,可以看到海湾的景色;这所房子有四间房,三间在楼上,一间在楼下,是个挺大的底层厨房。厨房门外是个长满了草的院子,院子里张着晾衣服的绳子。厨房后头是一间储藏室,那里放着狄恩的旧靴子,上面足足有一英寸厚的得克萨斯州的泥土,那还是那晚那辆哈得逊在勃拉佐斯河抛锚时沾上的哩。当然,那辆哈得逊早就没了;狄恩没有办法付清价款。他现在压根儿没有车了。他们的第二个孩子不知不觉又快生了。听到卡米尔那么不停地哭着实在叫人难受。我们受不了,就出去买啤酒,又把啤酒带回到厨房里来。卡米尔终于睡着了,不然就是在黑暗中瞪大眼睛度过了这一夜。我不清楚到底是什么事不对头,也许是狄恩把她逼疯了。

我上次离开旧金山以后,他又为玛丽露疯癫了一阵,好几个月一直在她的迪维萨迪罗的公寓跟前打转,她每夜都带一个新的水手回家,他就从她门上的投信口往里偷看,刚好可以看见她的床。他看见玛丽露每天早晨摊开四肢和一个小伙子在一块儿睡觉,他曾经跟踪她走遍了整个城市。他要拿到确凿的证据,证明她是个婊子。他爱她,他为她流了许多汗。后来他不小心弄到了一些有毛病的生药,这是一种行话,——意思就是生的,吃了清醒不过来的大麻精——而且他又抽过了量。

"第一天,"他说,"我像一块木板似的僵卧在床上,没法动一动,也没法说一句话;我只是张大眼睛直愣愣地望着。我只听见脑子里的嗡嗡声,看见各种各样五彩的幻象,感到妙不可言。第二天,一切都回来了,我过去做过的、知道的、谈到过的、听到过的、猜想过的**一切**都回到了我的心头,它们以崭新的逻辑次序重新在我脑子里组织起来,我想不出什么词儿来表达我当时感到并且唯恐失去的惊讶和感激的心情,于是就不断地说:'是啊,是啊,是啊,是啊。'不是大声地说,只是很轻地说：'是啊。'这种由'香茶'引起的幻觉一直持续到第三天。到这时候，我什么都领悟了，我整整一生的命运就这样决定了，我知道我爱玛丽露，我知道不管我父亲在哪儿，我必须找到他，把他救出来，我知道你是我的好伙伴，诸如此类不一而足，我也知道卡洛是多么伟大。我还知道了每一个地方每一个人的一千桩事情。到第三天我忽然做起一连串可怕的白日梦来，那梦是那么无可比喻地阴森可怖，令人毛骨悚然，我只得用手抱住膝头弓着背躺在那里，嘴里不停地叫着：'哦，哦，哦，啊，哦……'邻居们听见了我的叫喊，就请来了一个医生，卡米尔当时正好带着孩子回娘家去了。邻近街坊都很担心。他们到我家来，只看见我躺在床上，老把一双手往外伸着。萨尔，我后来带了这种'香茶'到玛丽露那儿去。你可想得到，同样的情况居然在那个小傻丫头的身上完全重复了一遍？——用那么一块引起梦魇和痛苦的药，就能得到同样的幻觉、同样的逻辑、对一切事情做出同样的最后决定，以及对一切真理抱有同样的看法——嗨嗨！接着我明白我是那样地爱她，非把她杀了不可。我跑回家去，拿脑袋在墙壁上撞。我又跑到埃德·邓克尔那儿去；他已经和加拉提一起回旧金山来了；我跟他打听一个我们认识的有枪的人，我去找那个人，拿到了枪，我又跑到玛丽露那儿去，我从投信口往里张望，她正和一个家伙在床上睡觉，我不禁退开去犹豫了一会儿，过了一个钟点我又回到那儿去，一直闯了进去。那会儿屋里就她一个人了——我把枪给她叫她打死我。她把枪拿在手里拿了很久很久。我求她跟我一同做个风流鬼。她不肯，我说我们俩好歹有一个人得死。她不听那一套。我把自己的脑袋往墙上撞。老兄，我完全糊涂了，她会告诉你的，最后还是她把我劝住了。"

"后来怎么样?"

"那是好几个月以前的事了——你刚走不久。她最后嫁给了一个贩卖旧汽车的商人,那个该死的混蛋说只要看见我,就要把我宰了,我呢,必要时就得为了自卫,把他给杀了,然后去蹲圣·昆丁监狱,萨尔,只要再犯任何一点点罪,我就得打算在圣·昆丁蹲一辈子——那就得是我的结局。你看,我手也坏了。"他把手伸给我看。我在兴奋中还没注意他的手已受了很重的伤。"二月二十六日下午六点钟——事实上是六点十分,因为我还记得我打算赶乘一辆一点二十分钟以后的快车,我冲玛丽露的脑门打去——这是我们最后一次的见面,也是最后一次决定了我们之间的一切,你听我说呀:我打偏了,只不过将大拇指在她脑门上刮了一下,她连油皮也没破,事实上她还笑哩,可是我的大拇指的骨头却从手腕那儿折断了,一个糟糕透顶的大夫给我接骨,手术很扎手,一共上了三回石膏,坐在硬板凳上等待等等的时间加起来总共是二十三个小时,最后一回上石膏的时候,一根挑针扎到我大拇指尖里去了,所以到了四月他们拆开石膏一看,那根针使我的骨头感染了,我得了脊髓炎,这病又转成了慢性病,后来又动了一次手术,不解决问题,又包了一个月的石膏,结果还得动一次切割手术,从手指尖上去掉了一小块肉。"

他打开绷带给我看。手指甲那儿大约有半英寸的地方肉都烂掉了。

"手是越来越糟。我得养活卡米尔和埃米,不得不在费尔斯汤工厂当铸工,拼命干活,修理有毛病的轮胎,完了还得把一百五十磅重的轮子从地板上拖到车顶上去——我只能用那只好手,可那只坏手老给碰着——后来又拆了,得重新接骨,手又受了感染,又肿了起来。所以现在只好由我来看孩子让卡米尔去干活。你懂吗?真要命,我,马瑞阿迪,特等爵士迷,手上的大肉棍子发疼,得由他老婆每天给他打盘尼西林,打得他浑身起疙瘩,因为他有过敏症。他一个月得打六万单位的弗莱明水①。他还得每四小时服一粒药片,好把打针引起的过敏症压下去。他得吃可待因阿司匹林,来减轻手指的疼痛。他还得在腿上动手术,因为囊肿发炎。他下星期一六点钟就得起来,好去做洁齿治疗。他还得一星期两次去看医腿的大夫,治疗腿上的一个囊肿。他每天晚上还得吃咳嗽糖浆。他得经常连擤带哼,才能使鼻子通畅无阻,这鼻子鼻梁那儿全糟了,几年前动了一次手术,结果是动不动就伤风。他扔球的那只手大拇指完蛋了。在新墨西哥州立感化院的历史上,他是最了不起的能扔七十码远的传球手。虽然这样——虽然这样,我还是觉得这个世界从来也没这么美好,我从来也没有这样舒服、这样快活过,看到可爱的小孩子们在阳光下面玩耍,看到了你,我的了不起的好萨尔,我是那么高兴,因此我知道,我知道一切都会好起来的。你明天就会看到她,我那个可爱极了的漂亮女儿现在能一口气独自站三十秒钟了,她体重二十三磅,身长二十九英寸,我刚才算出她有百分之三十一点二五的英格兰血统、二十七点五的爱尔兰血统、二十五的德国血统、八点七五的荷兰血统、七点五的苏格兰血统,加起来正好是百分之一百。"他亲热地祝贺我已写完了一本书,这本书已经被出版社接受了。"我们懂得生活,萨尔,我们渐渐老

———————————

① 即盘尼西林,弗莱明是这种药的发明人。

了,每一个人都一点点地老了,我们也渐渐懂事了。你对我所讲有关你自己的生活的一切我全懂,我一直就在对你的感情摸底,现在,老实说,只要能找到,你就得想办法勾上一个真正的好姑娘,好好培养她,让她满脑子都是你的思想,就像我对我那些臭娘儿们一样多多下些功夫。哈!哈!哈!”他喊道。

到了早上,卡米尔把我们俩,连同我们的行李,一起撵了出来。这事儿是因我们打电话给罗伊·约翰逊,那个丹佛的老罗伊,引起的。我们叫他过来喝啤酒,狄恩那会儿在后院看管孩子、洗碗、洗衣服,可是因为他过于激动,事情做得非常浮皮潦草。约翰逊答应开车送我们到米尔城去找雷米·邦克尔的。卡米尔从诊疗所下班回来了,她对我们摆出一副忧伤的脸色,完全像一个在生活上受尽折磨的妇女。我为了向这个烦恼的女人表明我绝对无意破坏她的家庭生活,立即跟她打招呼,并且尽可能亲切地拉她谈话,可是她明白这只是一个欺骗,也许还是从狄恩那儿学来的一套手段,所以只对我冷冷地笑了一笑。到早上,可怕的场面出现了:她躺在床上哭泣,正在这时候,我突然想上厕所,可是要到那儿去就不能不穿过她的房间。“狄恩,狄恩,”我喊道,“最近的酒吧间在哪儿?”

“酒吧间?”他说,感到很惊讶;他正在楼下厨房的水池里洗手。他以为我想把自己灌醉。我告诉他我的窘境,他说:“进去好了,她老是这样的。”不行,我没法进去。我奔出去找酒吧间;在俄罗斯山,我爬上爬下,跑了四条街,连一家也没找到,到处只看见一些洗衣房、清洁服务所、苏打水铺子和美容院。我又回到那间七歪八斜的小屋子里去。他们已经骂开了,我脸上挂着微弱的笑容悄悄地穿过去躲进洗澡房,并把门给锁上。不一会儿卡米尔便把狄恩和东西往客厅的地板上扔,叫他滚蛋。使我吃惊的是,我看见沙发上有一张加拉提·邓克尔的油画全身像。我突然明白,这些娘儿们好几个月以来一定一直都待在一起,过着孤独的没有男人的生活,整天在那里议论男人的疯劲儿。我听见狄恩的疯疯癫癫的笑声响彻整个屋子,其中还夹杂着孩子的哭声。后来我就看到他像格罗裘·玛克司那样在屋子里来回乱转,他那只受伤的大拇指包扎在一大团纱布里,简直像静静地矗立在滚滚波涛之上的一个灯塔。我又一次看到了他那只可怜巴巴、破破烂烂的大箱子,袜子和脏内衣都一半耷拉在外边;他身子弯在箱子上面,把他所能找到的一切都往里扔。接着他又拿来了他的手提箱,这是全美国最最不像样子的手提箱。这是用纸板做的,上面蒙着花纸,看上去像是皮的,那些不知用什么做成的铰链都是粘上去的。箱子盖上裂了个大口子,狄恩用根绳子把它捆了起来。然后他又抱来他的行李袋,把东西塞进去。我也拿出我的口袋往里塞东西,这时候,卡米尔躺在床上不断地说:"骗子!骗子!骗子!"我们逃出屋子,跟跟跄跄地走在街上,向最近的缆车走去——在这由人和大大小小的箱子组成的一大堆东西上,矗立着一个包着一大团纱布的大拇指。

这个大拇指已经变成狄恩最后一个发展阶段的象征了。他不再(像从前那样)关心一切,可是他现在也从原则上关心一切事情;那就是说,反正怎么都一样,他属于这个世界,而对于这个世界他是无能为力的。他在街当中拉住了我。

"我说,老兄,我知道你大概是一肚子的气吧;你才来到这个地方,第一天我们就给撵了出来,你准是在那儿琢磨,我干了什么事,该受到这样的待遇——还得背着这一大堆乱七八糟的东西——嘻—嘻—嘻!——不过你倒瞧瞧我。萨尔,请你瞧瞧我。"

我瞧了瞧他。他穿了一件 T 恤衫,撕破了的裤子挂在肚子上,皮鞋也是破破烂烂的;他没刮胡子,头发乱蓬蓬的,眼睛充着血,那只庞大无比的包了纱布的大拇指贴胸悬空举着(他得举这么高才行),他脸上漾着我所见过的最愚蠢的笑容。他趔趔趄趄地转了一个圈子,到处张望。

"我的眼珠子看到了什么? 啊——蓝蓝的天空。大高个儿!"他身子摇摇晃晃,眨眨眼睛。他又擦擦眼睛,"还有窗子——你摸过窗子的底儿吗? 现在让咱们来谈谈窗子吧。我看到过一些非常怪的窗子,它们对我做鬼脸,有的窗子把百叶窗拉了下来,因此就是对我眨眼了。"他从他的旅行袋里掏出一本欧仁·苏①的《巴黎的秘密》,把 T 恤衫的前襟拉拉整齐,就装出一副很有学问的模样在街角上读起来。"我说,萨尔,咱们一面走一面对什么东西都好好摸摸底……"可他转眼间就把这事忘了,茫然向四处张望。我很高兴我在他的身边,他现在正需要我。

"卡米尔干吗把你撵出来? 你准备怎么办?"

"啊?"他说,"啊? 啊?"我们绞尽脑汁,也想不出该上哪儿去,该干些什么。我明白现在得由我来出主意了。真正可怜的狄恩——连魔鬼也从来没像他堕落得这么深;他变得跟白痴似的,大拇指受了感染,身边摆满了这个没娘的堕落分子无数次横穿美国过着疯癫生活时遗留下来的破烂的箱子。"让咱们走到纽约去吧,"他说,"咱们一边儿走,一边儿好好

---

① 欧仁·苏(Eugene Sue, 1804—1857),法国作家,他的作品《巴黎的秘密》着重描写巴黎的地下社会。

体验一路上的生活——那多好。"我把我的钱拿出来,数了数,拿给他看。

"我这儿,"我说,"一共有八十三块和一些零钱,你要是和我一块儿走,咱们就上纽约——然后咱们到意大利去。"

"意大利?"他说。他的眼睛发亮了,"意大利,好啊——咱们怎么去呢,好萨尔?"

我仔细想了想。"我还可以搞到一些钱,我从出版社那儿可以拿到一千块钱。咱们要到巴黎、罗马那些地方去摸摸那里的每一个疯娘儿们的底;咱们可以坐在人行道边的咖啡馆里;咱们可以住到妓院里去。干吗不去意大利呢?"

"好哇。"狄恩说,这时,他明白我是认真的了,他第一次用眼角斜瞟我,因为我过去从来没有关心过他的窘困的生活,这是一种在打赌以前最后一次权衡得失的眼光。他的眼光里有得意和傲慢的神色,样子非常凶狠,他就这么长时期盯着我的眼睛望着。我也盯着他看,不禁一阵脸红。

我说:"怎么啦?"我这样问他的时候,心里感到非常不安。他不回答,只是照旧用那种谨慎和傲慢的眼光斜瞟着我。

我竭力回忆他过去所做过的一切,想弄明白是不是因为从前的什么事情使得他怀疑今天的事。我坚定固执地重复着我说过的话——"和我一块儿到纽约去;我有钱。"我看看他;我的眼睛因为发窘和流泪都已经湿了。可是他仍旧盯着我看。这时,他的眼光也显得呆呆的,仿佛是穿过我向远处望去了。这也许是我们之间的友谊的转折点吧,他明白我的确为了他和他的困难考虑了几个钟点,他正在想法把这件事恰当地安插到他那乱七八糟、痛苦不堪的精神领域里去。我们两人心里不知怎的都动了一下。在我心里,是突然关心起一个人来，他比我年轻五岁，他的命运近几年来一直和我的联结在一起；在他心里究竟是什么事那我只能从他今后的行为去判断了。他变得高兴万分，说一切都妥了。"你那种眼光是什么意思？"我问。他听到我说这话感到很痛苦。他皱了皱眉头。真的，狄恩皱了皱眉头。我们都感到很狼狈，觉得有些事情还没有确定下来。我们是在旧金山的一个阳光灿烂的日子里站在一个小山的顶上；我们的影子斜躺在人行道上。从卡米尔屋子旁边的公寓房子里鱼贯走出十一个希腊男人和女人，他们马上在照满了阳光的人行道上站好，另外一个人在狭窄的街道的对面拿着台照相机对着他们笑。我们张大了嘴望着这些古老的人民，他们正在为他们的一个女儿举行婚礼，她也许是这个在太阳下微笑的、未开化的家庭的第一千代呢。他们衣服穿得挺讲究，看上去有点古怪。这一切使狄恩和我好像已到了塞浦路斯。海鸥在我们头顶上明亮耀眼的空中飞掠过去。

"那么，"狄恩用非常羞怯和甜蜜的声音说，"咱们去不去啊？"

"去啊，"我说，"咱们去意大利吧。"于是我们拿起了行李，他用他那只好手拿起大箱子，我拿起了其余的东西，踉踉跄跄向缆车站走去；不一会儿，在这西部的一个夜晚，我们这两个落魄的英雄两腿悬在人行道上，坐在微微颤动的车座上，往山下滑去了。

3

首先，我们到市场街的一家酒吧间去决定我们的一切——我们将至死待在一起,永远做朋友。狄恩那时显得非常安静,他若有所思地望着酒店里的那些老流浪汉,想起了他的父亲。"我想他是在丹佛——这回咱们一定说什么也得找到他,他也许在县政府的牢房里,也许还是在拉里墨尔街一带,可是咱们一定要找到他。同意吗?"

是的,同意;我们将要干过去从来没干过的一切,以及过去因为太傻所以没有干的事情。接着我们决定在动身以前先在旧金山花上两天工夫好好乐一阵,当然我们也决定要坐旅行社的只要摊汽油费的车子去,好尽可能省下些钱来。狄恩表示他再也不需要玛丽露了,虽然他仍然爱她。我们又一致决定他将来可以到纽约去生活。

狄恩在运动衣外面穿上一套细条子的衣服,我们花一毛钱把我们的东西存放在灰狗汽车站上的储物柜,就去找罗伊·约翰逊,我们打算请他做我们的司机陪我们在旧金山做两天的逍遥游。罗伊在电话里答应帮忙。他很快就把车子开到市场街和第三街的拐角,让我们上了车。罗伊现在就住在旧金山,当了一个职员,娶了一个名叫桃乐珊的金发小美人。狄恩暗中说她的鼻子太长了——不知为什么,这是他谈到她时最主要的论点——可是她的鼻子根本不长。罗伊·约翰逊是个瘦瘦的、黑黑的漂亮小伙子,尖尖的脸,头发往后梳着。他的态度非常殷勤,总是满脸堆笑。显然他的妻子桃乐珊为了他给我们开车的事跟他吵过架——而他为了表明自己是一家之主(他们住在一个很小的房间里),仍旧履行了他对我们许下的诺言,不过吵嘴的事也不是没给他留下影响;他精神上的矛盾使他陷入了痛苦的沉默。他白天黑夜一时不停地开着车送我们走遍了整个旧金山,却一句话也没说;他乱闯红灯,常常高速拐急弯,使车子只有两个轮子着地,这说明我们使他陷入了什么样的处境。他夹在当中,一边是他的新婚未久的妻子,一边是他过去丹佛赌场班子里的老头目。狄恩很高兴,当然没有因为他那样开车感到不安。我们根本不去注意罗伊,只管坐在后面闲扯。

接下来的一件事就是到米尔城去看看能不能找到雷米·邦克尔。我有点惊讶地注意到,那艘古老的船只"自由蜂号"已经不在海港里了;当然,雷米也不再住在峡谷里倒数第二间棚屋里了。现在出来开门的是个漂亮的黑人姑娘;狄恩和我拉着她谈了好一阵。罗伊·约翰逊等在汽车里读欧仁·苏的《巴黎的秘密》。我向米尔城看了最后的一眼,心里明白再把弄得一团糟的过去发掘出来是一点意思也没有了;于是我们就决定去找加拉提·邓克尔,看看有没有睡觉的地方。埃德又离开她到丹佛去了,要是她还不想法弄他回来,他就该倒霉了。我们在上布道街她那四间一套的公寓房间里找到了她,她正盘着腿坐在东方式的地毯上,拿着一把牌在算命。这是个好姑娘。在这里我看得出由埃德·邓克尔留下的悲哀的痕迹。他在这儿住了一阵,接着,仅仅是因为愚蠢和心烦,他又离开她走了。

"他会回来的,"加拉提说,"这个人没有我就不知道怎么过活。"她向狄恩和罗伊·约翰逊愤愤地看了一眼,"这回是汤米·斯纳克搞的鬼。他没来以前,埃德一直都非常快活,他干活,我们一块出去高高兴兴地玩了好几回。狄恩,这你是知道的。接着,他们就一连好几个钟头坐在卫生间里,埃德在澡缸里,斯纳克坐在马桶上,说呀说呀说呀——尽说些蠢话。"

狄恩笑了。好几年以来他都是这一帮人里的大先知,现在他们都在学他那一套了。汤米留了一把大胡子,他张着那双大大的忧郁的蓝眼睛到旧金山找埃德·邓克尔来了;原来(这是真的,绝不是撒谎),汤米在丹佛因一次意外事故把小手指给切掉,弄到了一大笔钱。他们无缘无故地决定丢下加拉提,到缅因州的波特兰去,斯纳克在那儿大概有一个婶婶。因此他们这会儿要不是在丹佛到处逛着,就准是已经在波特兰了。

"等汤米的钱用完了,埃德就会回来的。"加拉提说,一面望着她的牌,"这该死的傻瓜——他什么也不懂,一直什么也不懂。他只要知道我爱他就好了。"

加拉提坐在地毯上一心一意在拿纸牌算命,她的长头发一直垂到地板上,看上去挺像在太阳底下照相的希腊姑娘。我忽然喜欢她起来。我们甚至决定当天晚上一块儿出去听爵士音乐,狄恩还要带上住在这条街上的一个六英尺高的金发女郎,她的名字叫玛丽。

那天晚上,加拉提、狄恩和我一起,去找玛丽。这个姑娘在地下室有一套住房,还有一个小女儿和一辆旧汽车,这辆车勉强能走,狄恩和我得推着它让姑娘们踩油门把它发动起来。我们来到加拉提的家,大家围成一个圈子坐下来——玛丽、她的女儿、加拉提、罗伊·约翰逊和他的老婆桃乐珊——都板起了脸坐在这个塞满家具的房间里,我在一个角落里站着,对这旧金山的问题保持中立,狄恩站在房间当中,气球般的大拇指齐胸举着,一面哧哧地笑个不停。"他娘的,"他说,"咱们一个个都在丢失手指头——呵—呵—呵。"

"狄恩,你怎么那么愚蠢?"加拉提说,"卡米尔打电话来说你丢开她走了。你难道不明白你有一个女儿吗?"

"他没有丢开她,是她把他撵走的!"我说,抛弃了我的中立地位。他们都向我投来鄙夷的眼光;狄恩嘻嘻地傻笑了。"他的手指已成了这种样子,你们还要这个可怜虫怎么样呢?"我又说。他们全都望着我;桃乐珊·约翰逊更是轻蔑地瞟我。这群人只不过是些妇女,站在中央的是一个罪犯,狄恩——也许他应该对一切错误负责吧。我转向窗外,望着发出嗶嗶之声的布道街的夜景。我要出去,去听旧金山的伟大的爵士音乐——别忘了这不过是我到达这个城市的第二夜哩。

"我觉得玛丽露丢开你真是再聪明不过了,狄恩,"加拉提说,"这么多年来,你从来没有对谁有过一点点责任心。你干过那么多不像话的事,我都不知道怎么说你才好了。"

事实上这正是问题的核心,他们围成一圈坐着,用不屑的、憎恶的眼光瞟着狄恩,而狄恩则站在他们当中的地毯上,哧哧地傻笑——一个劲儿地哧哧地笑。他跳了几下舞。他的绷带越来越脏了;绷带开始松掉,散开来了。我猛然领悟到,狄恩由于他那些不胜枚举的罪行,已经成为我们这样人中的白痴、低能儿和圣者了。

"你除了你自己和你的寻欢作乐的生活以外,根本没把谁放在心上。你所关心的只是吊在你大腿当中的那个玩意儿和你能从别人那儿搞到多少钱,得到多少快乐,完了你就把他们丢在一边了事。不光是这样,你这种事还干得很蠢。你从来也没有想到生活是严肃的,有人正力图使生活有些意义,而不是整天一味傻闹。"

狄恩,**这神圣的傻子**,可正就是这样。

"昨儿晚上卡米尔心都哭碎了,不过你千万不要以为她盼望你回去,她说她永远也不想再看到你了,她说这回是最后的一次了。可你还站在这儿,做出种种傻相来,我真不相信你心里还有一点点关心别人的意思。"

这不是事实;我知道得更清楚些,我原可以把这一切都对他们说说。可是我不觉得这样做有什么好处。我想跑上去用胳膊抱住狄恩,说,嗨,听着,你们这些人,你们只要记住这一点:这家伙也有他的困难,还有,他从来不叫苦,同时就凭他现在这种样子,他实在已给你们所有的人带来不知多少快乐的时光,如果这样你们还不能满意,那你们把他送去枪毙好了,看样子你们是一心想那么做哩……

不过,在这伙人当中只有加拉提·邓克尔一个人不怕狄恩,只有她敢泰然自若地坐在那儿,拉长了脸,在大家面前一五一十地数落他。早先在丹佛的时候,一般总是狄恩让所有的人和这些姑娘一起坐在黑暗中,听他一个人一个劲儿地说呀说呀说呀,那会儿他的声音是那么神妙,又那么富于催眠作用,据说光凭他的话的内容和技巧,就能使姑娘们来就范。那是他十五六岁时候的事。如今他的门徒都结婚了,他的门徒们的老婆却为了他所创导的性活动和生活方式责骂他。我又接着往下听。

"现在你又打算和萨尔到东部去,"加拉提说,"你想通过这次旅行达到什么目的呢?你走了,卡米尔只得留在家里看孩子——她怎么能保住差事呢?——她以后不想再看到你了,这我也不怪她。要是你在半路上看到埃德,叫他回到我这儿来,不然我要把他杀了。"

结果却是这样的乏味。这是最最悲惨的一个夜晚。我感到仿佛我是在一个可怜的梦境里,和陌生的兄弟姐妹们在一起。接着完完全全的沉默笼罩了每一个人；在这场合，狄恩本来是会喋喋不休的，可是他现在也一声不吭，只是站在大家的面前，衣服破烂、神情沮丧，活像个白痴。他站在电灯泡底下，那张瘦瘦的、失了常态的脸上满是汗珠和跳动着的脉管，嘴里不住地说："是啊，是啊，是啊。"仿佛这时候有什么重大的上天的启示正在他的心中揭示开来，而且我相信事实正是这样；别的人也因为猜想到这情况而感到害怕。他是"被打垮"①了——这正是"至福"的字根和灵魂。他心里有什么新的领悟呢？他费尽力气把他心里知道的告诉我，他们都因为这一点而妒忌我，妒忌我在他身边的地位，像他们自己从前那样保卫他，以能伴随他为乐。这时，他们都望着我。我，一个陌生人，在西海岸这个美好的夜晚在干些什么呢？想到这里我不由得害怕起来。

"我们要到意大利去。"我说，完全撇开眼前的问题。而这时，在空气中似乎更有一种奇怪的母性的满足感，因为姑娘们都以一个母亲看着自己的最可爱、最不走正路的孩子的神情在看着狄恩，而他呢，手上是那只倒霉的大拇指，心里是他刚得到的那些上天的启示，他对这种情况也完全理解，所以一等到我们觉得时机已到，他就在只能听到时钟的嘀嗒声的死寂中，一言不发地走出房间，在楼下等着我们。这情景正像我们所感觉到的人行道上的鬼魂。我向窗外望去。他一个人站在门口，在对街道摸底。痛苦、责难、劝告、道德、悲伤——这一切都被他抛在了脑后，在他前面的只是由单纯的存在而产生的粗犷的、如痴如醉的喜悦。

~~~~~~~~~~

① "被打垮"，原文为 Beat，恰似"至福"（Beatific）的字根。

"来吧,加拉提,玛丽,让咱们到爵士舞厅去,把这一切都忘掉吧。狄恩总有一天会死去的。到那会儿你还能对他讲什么呢?"

"他死得越早越好。"加拉提说。她成了那一屋子人的官方发言人了。

"好极了,"我说,"不过他现在还活着,我敢说你们一定都很想知道他下一步要干些什么,因为他脑子里有个秘密,我们都拼命想知道那是什么,他也因为这个,脑袋都快裂开来了,如果他发疯了,你们也用不着难过,这不是你们的错儿,那是上帝的错儿。"

他们都反对我这种说法;他们说我根本不了解狄恩,他们说,我早晚也会因为发现他确实是古往今来最最坏的无赖而感到难堪的。我听到他们这样强烈地反对,觉得很有趣。罗伊·约翰逊也站起来为女士们辩护,他说他比谁都了解狄恩,归根到底狄恩不过是一个很有趣的挺逗乐儿的骗子罢了。我走出去找狄恩,就这个问题谈了几句。

"唉,老兄,别发愁,一切一切都非常美满。"他揉揉肚子,舔了舔嘴唇。

4

姑娘们都来了,我们又要度过一个很棒的夜晚了。我们把车开到路上。"呦嗬!我们走咯!"狄恩叫道。我们都跳上了汽车。汽车一路喧嚣向佛森大街的黑人居住区驶去。

在这个温暖、疯狂的夜晚,听着街道对面酒吧传来的男高音狂放不羁的演奏声:"嗨—哈!嗨—哈!嗨—哈!"同时还有人跟着节奏在拍巴掌,叫喊着:"来,来,来!"狄恩开车穿过街道,并竖着大拇指喊着:"加油,伙计,加油!"前面出现一群身穿周六晚礼服的黑人男士,他们在那里欢闹。那是一个小沙龙,它前面有一个台子,那几个黑人挤在上面,都戴着帽子,在人们的头顶上演奏着音乐。真是个疯狂的地方,时而还有几个疯狂的女人身穿浴衣在附近游荡。酒巷里不时传来碰杯的声音。在一个黑暗巷子的连接地带的脏乱的厕所对面的隐蔽处,几个男女正背靠着墙喝酒,还对着星星吐痰——葡萄酒和威士忌。那戴上了帽子的男高音正在用最高音演奏出美妙的自由意志。那抑扬顿挫的即兴重复从"嗨—哈!"升格为疯狂的"嗨—嘀—哩—哈!"并且和那破碎沙哑的鼓声交相呼应,打鼓的是一个粗壮野蛮的黑人,梗着公牛一样的脖子,他毫不在意别人在做什么,只顾拼命惩罚着他的那几面破鼓,达拉—嘭,达拉—嘭!高亢的音乐声和高音号声都和着那鼓点,所有人都和着。狄恩在人群里抱着头。那是疯狂的人群,他们都睁圆眼睛高叫着,鼓励高音号手保持住声音,只见他弯曲着的身体直了起来,接着又弯了下去,手中的小号在空中一转,在人群上空发出高亢的声音。一个六英尺的瘦高女黑人在号手旁边随着小号的起伏扭动腰肢,他就用小号直接戳她。"噗!噗!噗!"

所有人都高叫着扭动起来,加拉提和玛丽手里拿着酒杯站在椅子上又蹦又跳,一群群黑人从街里风风火火地跑过来,后面的人都压到了前面跌倒的人身上。"站稳了,伙计!"一个尖厉的声音叫道。接着发出一声巨大的惊叫,估计在萨克拉门托都能清楚地听到。"啊哈—呼!"狄恩叫道,一边揉搓着胸口和肚子,脸上冒着汗。嘭,嘭,那个鼓手把他的鼓踢下了地窖,用他那可怕的鼓槌沿着楼梯敲了上去,达拉—嘭!一个肥胖的男人在台子上跳着,压得台子吱吱嘎嘎作响。"啊!"那个钢琴师只是简单地张开鹰爪般弓着的手指在键盘上猛砸。和弦的声音在那了不起的号手放低音量准备下一次爆发的时候隐约可以听到——那是中国式和弦——震得那钢琴的每一块木板、每一处缝隙、每一根琴弦都在颤抖。嘭!那号手从台子上跳了下来,站在人群中间,吹着游走。他的帽子盖住了他的眼睛,有个人将它扶正,只见他脑袋一晃,帽子又回到了原来的位置。他跺着脚,吹出沙哑、欢笑的声音,然后换气,接着他扬起号来猛吹,那声音高亢、宽广,在空中尖厉地划过。狄恩正好站在他面前,低头对着喇叭口。他鼓起掌来,把汗水都溅到小号的气门上。那号手看到了,就用号吹出一连串颤抖的笑声,高亢而又疯狂。大家都笑了起来,并继续扭动着身体。号手决定吹出最高音,于是他跪了下来,吹出一个长长的高音 C。周围的一切似乎都被震碎了,尖叫声也开始越来越高,我想一大群警察就要从最近的管区赶过来了。狄恩不知如何是好,那号手的眼睛直勾勾地盯着他,他面前的这个疯子不但知道,而且关心更多并想知道更多、更更多的事情。于是他俩开始决斗,声音都是从小号里发出来的,并没有语言,只是号声,"噗!"低的"啪!"高的"噼!"他吹着小号一直从砖石地面来到马路边,呼应着汽车的喇叭声。他做着各种尝试:上、下、侧身、倒立、平衡、三十度、四十度,最后他倒在一个人的怀里,停了下来。所有的人都围了上去,高叫着:"是了!是了!他吹了那一曲!"狄恩用手帕擦了擦汗。

接着那个号手回到台上,点了一个慢节奏的曲子,然后表情忧郁地从人群的头顶上看着敞开的门,开始唱《闭上你的眼睛》。周围逐渐安静了下来。号手穿着一件破旧的小山羊皮夹克,里面一件紫色衬衫,破旧的鞋子,没有熨烫过的喇叭裤。他对这些都不在乎。他看上去像一个黑人乐手,他那棕色的大眼睛里含着忧伤,唱出的歌声缓慢悠扬,带有意味深长的停顿。但是到第二段副歌的时候,他又亢奋起来,一把抓起麦克风,跳下台子对着它弯下腰去,几乎要碰到脚面。然后为了发一个音,他鼓起全部的力量。由于用力过猛,他站立不稳,直到下一个长音的开始之前,他似乎才缓过来。"演——奏——音——乐!"他仰面朝天,麦克风在他下方,他抖动、摇摆,接着又屈身向麦克风,他的脸几乎贴着麦克风。"为——了——梦境——跳舞。"然后他看着外面的街道,轻蔑地噘起嘴,做着比莉·荷莉戴的扭胯动作。"在我们的风流一刻,"他蹒跚地走在便道上,"爱人的假日。"他摇着头对整个世界表示嫌恶和厌倦——"让世界像样"——让世界像什么样?所有人都在等待。他哀声唱道:"好吧。"钢琴奏出一个和弦,"宝贝,过来,闭——上——你美丽的眼——睛。"——他的嘴唇颤抖着,看着我们——狄恩和我——脸上的表情好像在说,嘿,现在我们在这个昏暗的世界正在做着什么?——然后他结束了他的歌唱。对此需要精心的准备,在这期间你有充足的时间把消息送给全世界的加西亚十二次,这对于每个人来说又有什么区别?因为我们是行走在上帝嫌弃的人行道上,面对可怜的垮掉的生活中的坑坑洼洼,因此他才这样说,这样唱,"闭上你的——"他的歌声直抵天花板,穿越到星星上——"眼——睛——"然后他摇晃着走下台来坐下。他坐在一群男孩子中间,但丝毫没有注意他们。他低着头,哭泣起来,他是最棒的。

我和狄恩走上前去和他搭话,邀请他到我们的车上。在车上他突然叫起来:"是的,没有什么比刺激更让我喜欢了!我们去哪?"狄恩在座椅上不住上下蹦着咯咯地狂笑。"等等,等等,"那歌手说,"我要把我的搭档叫来,我们一起去杰姆森角,我需要唱歌,伙计,我活着就是为了唱歌,《闭上你的眼睛》这首歌我已经唱了两星期,我不想唱别的。你们在这儿做什么?"我们告诉他我们两天后要去纽约。"天啊,我还从来没去过那里,有人告诉我那是一个真正跳跃的城市,但是我在这里也没有什么可抱怨的,我结婚了,你知道。"

"哦,是吗?"狄恩说,"你的那位爱人今晚在哪儿?"

"你什么意思?"歌手说,斜着眼睛看着狄恩,"我告诉你我娶了她,不是吗?"

"哦,是的,是的,"狄恩说,"我只是问问。也许她有朋友?姐妹?一起玩玩,我只是想一起玩玩。"

"是啊,玩玩多好啊,人生太不幸了,如何能一直玩玩。"号手说着低下头看着路面。"见——鬼,"他说,"我没有钱,我不在乎今天晚上。"

我们回来找另外几个人。姑娘们对我和狄恩不辞而别四处乱窜十分反感,就步行去了杰姆森角,因为这辆车怎么也打不着。我们看到了酒吧里可怕的一幕。一个身穿夏威夷花衬衫的白人同性恋阿飞来到那位鼓手身旁,询问他是否可以加入进来。那些乐手怀疑地望着他,"你会吹吗?"他装腔作势地说会。他们相互看了看说:"是啊,是啊,他就是干这个的。该——死——!"说着那个同性恋阿飞就在那些鼓旁边坐了下来,跳动着的乐音节拍响起,他开始发出温柔而笨拙的波普音乐的节奏,并带着志得意满的狂喜摇头晃脑;但是除了显示出摄入太多茶点和软饭的感觉以及若干冰冷而愚蠢的节拍以外，那狂喜并没有任何意义。但是他并不在乎。他兴高采烈地对天微笑，执着地演奏着，声音绵软，带有波普音乐的基调。一种忍俊不禁的、心旌荡漾的情绪应和着其他乐手吹出的坚实、雾笛般的布鲁斯。他们都毫不在意他。那有着公牛一般脖子的壮硕的黑人鼓手等待着该他敲击的时刻。"那人在做什么？"他说。"好好演奏！"他说。"见鬼！！"他说。"该——死——！"他厌恶地扭过头去。

那个号手的搭档出现了，他是个清秀的黑人，开着一辆大型凯迪拉克。我们都跳了上去。他弓身开起车来，胸口几乎贴在方向盘上。汽车飞也似的越过旧金山，以七十英里的时速飞驰在车水马龙的大街上，竟然丝毫没有惊扰到其他车辆。他实在太棒了。狄恩心醉神迷，"摸摸这个人的底细，伙计，还有他静如处子的坐姿，只要玩得开心就能彻夜不停，还一直念叨着，唯一要紧的是，啊，伙计，他并不在乎念叨——那样东西，那些东西——我能——我要——哦，对了，我们还是走吧，不要停，立刻走起来！是的！"说着那司机绕过一个街角，我们飘然到达杰姆森角的正对面停下了车。一辆出租车开到跟前停下。车上下来的是一个清瘦、憔悴的小黑人传道者，他扔给了出租司机一块钱，大叫着说："吹！"接着就跑进俱乐部，穿过楼下的酒吧，高喊着："吹吹吹！"在上楼时他绊了一下，差点摔倒，接着他撞开门，扑向充满爵士乐的房间，并把两手伸向前方，以撑住任何他可能扑到的东西。而他正好扑到兰普谢德的身上，在那个季节他正做着为整个杰姆森角服务的工作，音乐声不断地轰鸣，轰鸣，而他呆呆地站在开着的门口，尖叫着："为我吹，伙计，吹！"那个人是一个矮小的黑人，手拿一个中音号,狄恩说他一定是像汤姆·斯纳克一样,与奶奶一起生活,白天睡觉,晚上吹,他要吹一百遍合奏,然后才跳起来进入高潮。

"那是卡洛·玛克司!"狄恩愤怒地叫道。

的确是他,这个奶奶带大的乖孩子,手拿缠着带子的中音号,有着圆圆的亮晶晶的眼睛,小而弯的脚丫,细长的腿。他拿着号蹦跳着,舞动双腿转圈,眼睛一直盯着观众(也就是那些坐在十几张桌旁不时发出笑声的看客,那房间大约有三十英尺见方,顶棚很低),一刻不停地表演着。他的音乐想法非常简单。他喜欢合奏中简单的、给人带来惊喜的变化。从"嗒—嘀嘀——嗒嗒……嗒—嘀嘀——嗒嗒"的重复、跳跃中,他不停地微笑亲吻他的小号,到"嗒—嘀嘀—噼—嗒嗒—噼!嗒—嘀嘀—噼—嗒嗒—噼!"而这些都是令人开怀大笑的节点,不光对在场的人,对任何听到的人都是这样。他吹出的调子像银铃一般清脆,而且从大约两英尺处直接吹到我们脸上。狄恩站在他面前,浑然忘却世界上所有其他的一切。他低着头,双臂蜷在胸前,整个身体都在他的脚跟上跳动,而他的汗水,一如既往的汗水,从他那不舒服的衣领上飞溅出来,实际上已在他的脚下形成一个小水洼。加拉提和玛丽也在那里,我们大概花了五分钟才意识到这一点。哦,旧金山的夜晚,大陆的终端,也是疑虑的终端。所有无聊的猜疑和愚蠢的行为,再见了。兰普谢德带着盛有啤酒的盘子呼啸着转圈,他做的一切事情都带着韵律,他和着节拍对女招待大喊:"喂,当心,宝贝,宝贝,让开路,让开路,你挡了兰普谢德的路。"他说着高高举着酒杯从她身边猛跑过去,接着呼啸着跑过转门,冲进厨房,和厨师们跳起舞来,然后汗流浃背地回来了。那个号手一动不动地坐在一个角落的桌边,面前放着一杯没有碰过的饮料。他瞪着眼睛望着天,双手垂在身体两侧,几乎快要触到地板。他的双腿向前伸着,像懒散的舌头。他的身体蜷缩着忍受深深的疲惫和巨大的忧伤,他的心事无非是:像他这样一个男人,每天晚上忘我地表演,在午夜时分被观众终结。一切都像云朵一样在他周围打转,而那奶奶带大的中音号手,那个卡洛·玛克司,像猴子一样跳着,用他那神奇的号吹出二百首布鲁斯曲子,一首比一首狂乱,丝毫没有力不从心或告一段落的迹象。整个房间都颤抖了。

　　一小时以后,在第四街和佛森大街的拐角处,我和埃德·福尼尔,一个中音号手站在一起,我俩一起等狄恩在一个酒吧里打电话,叫罗伊·约翰逊来接我们。我们只是说着话,并没有什么重要事情,但是突然我们看到了不可思议的一幕。那是狄恩,他想告诉罗伊·约翰逊酒吧的位置,就让罗伊·约翰逊不要挂电话,自己跑出来看,而要做到这一点他需要穿过一个酒吧,里面是一群穿着白色衬衣吵吵嚷嚷的酒徒,来到街道中央看看路标。为此,他像格罗裘·玛克司一样弯腰半蹲着跑了出来,速度飞快,就像个幽灵。他那气球般的大拇指在黑暗中跷着,来到街中间转了一圈停了下来,四处张望寻找路标,但由于是在夜晚,不容易看到。在疯狂、焦急的沉默中,他在街上转了十好几圈,头发乱糟糟的,大拇指一直跷着,就像在半空中的一只大鹅,在黑暗中翩翩起舞。他的另一只手揣在裤兜里。埃德·福尼尔正在说:"我不论到哪儿都会吹甜蜜的音符,如果人们不喜欢,我也没有办法。看吧,你的那个朋友简直是个疯子,看吧。"我们一直看着。周围一片寂静。狄恩终于看到了路标,于是冲回酒吧,几乎是从正走出来的几个人的腿底下过去的,然后飞快地穿过酒吧,把里面的人都吓了一跳。不一会儿,罗伊·约翰逊现身了。依旧是那般敏捷的身手。狄恩和我悄悄来到街上,上车离开了。

"现在,罗伊,"狄恩说,"我知道你今晚在你老婆那儿因为这事会遇到麻烦,但是我们必须马上赶到第四十六街和吉利街,否则一切都完了。啊哼! 是的! (咳嗽)明天早上萨尔和我就要动身去纽约,这就是我们最后一晚上的寻欢作乐,我知道你是不会介意的。"

当然,罗伊·约翰逊不会介意,他只会开车闯红灯,带着傻傻的我们一路狂奔。第二天凌晨,他回家睡觉了。在酒吧里我和狄恩认识了一个名叫华尔特的黑人。他要了几杯饮料,把它们排成一排说:"葡萄酒-斯波迪迪!"这是指将一份波特葡萄酒①和一份威士忌,再加一份波特葡萄酒,合成一杯。"好甜酒包着坏威士忌!"他大叫着。

他邀请我们到他家喝啤酒。他住在霍华德后面的一套出租公寓里,我们走进去时他的妻子已经睡着了。房间里唯一的灯就在她睡着的床的上方,我们不得不站在一把椅子上把灯泡拧下来,他的妻子躺在那里,脸上挂着微笑。狄恩去弄灯时,眼睛不停地眨着。这个女人大概比华尔特大十五岁,真是世界上最温柔的女人。然后我们从她的床上接了一根延长线。她就一直微笑着,微笑着。根本不问华尔特去哪儿啦,几点了诸如此类的事情。最后我们把灯接到厨房,围坐在一张破桌子周围,一边喝啤酒一边聊天。清晨,我们该走了,于是我们又把延长线拆掉,把灯泡重新拧到卧室床上的灯头上。

---

① 波特葡萄酒(port wine),指产自葡萄牙北部波特地区的一种甜酒。

华尔特的妻子一句话也没说,只是微笑着。

来到街上,狄恩说:"你瞧,伙计,这才是真正的女人。不挑剔,不抱怨,总是那么温柔。她的男人可以在晚上随便什么时候、和随便什么人进来,在厨房里聊天,喝啤酒,然后随便什么时候离开都行。这就是一个男人和他的城堡。"他指着那出租公寓说。我们醉醺醺地走开了。这令人兴奋的一夜就这样结束了。一辆可疑的巡警车跟在我们后面走了好几个街区。我们在第三街的一个面包房里买了几个新鲜甜甜圈,就站在灰蒙蒙、脏兮兮的街上吃了起来。一个衣着讲究、戴着一副眼镜的高个子家伙同一个戴着司机帽的黑人蹒跚着走了过来。他们真是奇怪的一对儿,一辆卡车从他们身边经过,那个黑人兴奋地指指点点说着什么,高个子白人则偷偷摸摸地在一边数钱。"这可能又是老铁牛李。"狄恩笑着说,"不停地数钱,对什么都提心吊胆。可那个黑人想的只是跟他说卡车和自己知道的事情。"我们跟了他们一会儿。

在爵士乐的美国的清晨,好似圣洁的花朵飘在空中的,都是些写满困倦的脸庞。

我们必须睡觉。到加拉提·邓克尔那里已经不可能了。狄恩认识一个叫欧内斯特·伯克的铁路司闸员,同他父亲一起住在第三街的一所公寓房间里,狄恩原先同他们混得很熟,但是后来不行了。我们盘算着说服他们让我们睡在地板上,这个任务太让我为难了。我先到一个早餐店打电话,是伯克的父亲接的电话。他听他儿子说起过我,出乎我们意料,他居然答应我们去住,还下楼来迎接我们。这是旧金山的那种破旧的寓所。我们上了楼,老人很客气,他把整张床都让给了我们。"我也该起床了。"他说着到狭小的厨房去煮咖啡。然后,他开始讲起他白天在铁路上的事情。他让我想起了我的父亲,就一直坐着倾听着他所讲的一切。狄恩一点儿也没听,在那儿忙着洗漱,对于老人的叙述,只是哼哼唧唧地点着头,最后我们都睡着了。上午,狄恩和我起床时,欧内斯特刚好从西部机务段下班回来,我和狄恩刚起来他就倒在床上睡着了。老伯克先生正要和他的中年的意中人约会。他穿了一件绿色的花呢西装,帽子也是绿色花呢的,西装翻领上还别了一朵鲜花。

"这些可怜的旧金山老司闸员都很浪漫,对生活充满渴望。"我在盥洗室里对狄恩说,"他真是太好了,让我们在这里美美睡了一觉。"

"那当然。"他心不在焉地说,然后急急忙忙地跑出去找了一辆旅行汽车。我的任务是赶到加拉提·邓克尔那里去取我们的行李。她正坐在地板上,用纸牌算命。

"再见,加拉提,我希望你万事如意。"

"等埃迪回来后,我每天晚上都要带他去杰姆森角,让他在那里充分地发飙。你说这样行吗,萨尔? 我真不知道该怎么做。"

"纸牌里说些什么?"

"那张黑桃 A 离他很远,红桃牌总在他周围——红桃皇后就在旁边,看到这张黑桃 J 了吗? 那是狄恩,他总在附近。"

"一小时以后我们就要动身去纽约了。"

"总有一天狄恩会踏上这样的旅程。永远不再回来。"

她让我洗了澡,刮了胡子。我跟她道了声再见,然后拿着行李下了楼,叫停了一辆旧金山的小型公共汽车。这是一种定线出租车,你随便在哪儿都能叫到,然后花上一毛五,就能到你想去的地方。在这种车里你只能像在巴士里一样挤在乘客之中，但是可以像在私人汽车里一样聊天、说笑话。在离开旧金山之前的最后一天，布道街上的孩子们在玩耍，下班回家的黑人在大呼小叫，到处尘土飞扬，活力满满。这种无处不在的喧闹、悸动才是美国真正最激动人心的城市所在。头顶上碧蓝的天空和雾气氤氲的汪洋大海到了晚上令人产生寻求食物和刺激的无穷的欲望。我舍不得离开。我在这里只停留了六十多个小时，我和疯疯癫癫的狄恩满世界乱跑，却没顾上仔细看看。下午我们的车喧闹着到了萨克拉门托，又开始向东进发。

5

车子的主人戴一副墨镜，是一个又高又瘦、搞同性恋的家伙。他现在是要回到堪萨斯老家去，开车开得小心极了；那辆车正是狄恩常说的"母普利茅斯"；它没有加速设备，马力很小。"娘儿们气的车子！"狄恩在我耳边低声说。车子里还有两个乘客，是一对儿；他们真是十足半吊子旅行家，每到一个地方都愿意停下来睡一觉。第一站打算停在萨克拉门托，照去丹佛的那条路来说，这根本还不能算是开始上路哩。后座上就只有狄恩和我，我们撇开他们谈起话来。"我说，老兄，昨儿晚上那个中音号手真算是找到它了——他一找到就牢牢不放；我从没见过有人能坚持那么久的。"我问他说的"它"指的是什么。"唉，"——狄恩笑了——"你问起我没法回答的事儿来了——嗯咳！那家伙站在那儿，大家伙都围在他身边，对吗？他就得把每一个人脑子里想的东西都表达出来。他吹起了第一支曲子,接着就摆出他自己的各种思想来,人们,是啊,是啊,都懂得它,然后他就和自己的命运争胜,要吹得跟它不相上下。突然,在吹奏当中,他找到了它——马上,每一个人都抬起头来,他们全都感觉到了;他们听着;他抓紧这个调子继续往下吹。时间停住了。他用我们生命的本质、用他的发自丹田的忏悔、用思想的回忆和用新法演奏的老调子来充塞整个空间。他得吹过一道道的桥梁,然后又吹回来,用探索灵魂的无穷的感情来吹奏曲调,使得每一个人都知道重要的不是调子而是**它**——"狄恩没法再说下去;他现在已经说得满头大汗了。

跟着我就开始谈讲起来;我生平还没有说过这么多的话。我告诉狄恩,当我还是个小孩子坐在汽车里的时候,我总想象着自己手里拿着一把大镰刀,把在窗子外面飞过去的那些树啊、电线杆子啊,甚至所有的山啊全都给砍倒。"是啊!是啊!"狄恩喊道,"我过去也老是那么干的,只不过用的是另一种镰刀——告诉你为什么吧。在做长途旅行横穿西部的时候,我的镰刀得非常非常长才行,它得弯到远远的山头上去,削掉它们的峰顶,然后再爬上一层,去切更远的山岭,同时还得砍掉路旁每一根匀称地跳动着的电线杆子。因为这个缘故——噢,老兄,我一定得告诉你,啊哈,我找到**它**了——我要告诉你我父亲和我跟一个拉里墨尔街的穷瘪三,在经济危机时期到内布拉斯加去卖苍蝇拍子的事。你知道我们是怎么做的吗?我们买来许多张一般常用的旧铁丝网和许多铁丝,我们把铁丝扭成双股,又用蓝色和红色的小布条缝在边上,这一切只不过是花上几毛钱在小杂货店买来的,我们做了成千只苍蝇拍,坐上那个老瘪三的老爷汽车,兜遍了内布拉斯加,到每一家农舍去卖，每只只卖一个镍币——人家给我们镍币主要还是为做好事哩，两个流浪汉和一个小孩，简直像几株无根的野草，可在那些日子里我老头子还总一个劲儿地唱着：'哈利路亚，我又成了流浪汉啦，流浪汉。'还有哩老兄，你听我告诉你，整整两个星期，我们吃了说不尽的苦，在炎热中颠疼了屁股，从这里赶到那里，兜售那些纸糊似的苍蝇拍，可是后来他们却因为分赃不匀吵起架来了，他们在大路边上打了一架，打完又和好了，两人一块儿去买酒喝，喝呀喝呀，一直五天五宿喝个不停，我就只好缩成一团躲在一边儿哭，等他们喝完了，最后的一分钱也用光了，我们就马上又回到我们的老地方拉里墨尔街去。我老头子给抓了起来，我只好到法院去向法官求情，请他放了他，因为他是我的爸爸，而我又没有娘。萨尔，我八岁时候就在听得津津有味的律师面前发表了伟大而成熟的演说⋯⋯"我们感到很热；我们正往向东的方向驶去；我们都非常兴奋。

"让我再告诉你点儿什么，"我说，"就算是你的话里的插曲，让我来把我刚才想到的话说完吧。当我还是个娃娃的时候，我躺在我父亲的车子的后座里，心里就老幻想着自己骑上一匹大白马，冲过了眼前的一切障碍；包括障木桩，迎面冲来的房屋，有时我来不及躲开就只得从房顶上跳过去，我翻山越岭，穿过突然出现的挤满车马行人的广场，我得拼命东钻西钻才能穿过去——"

"是啊！是啊！是啊！"狄恩在狂喜中喘着气说，"我跟你不同的只是我是自个儿跑，我没有马。你是东部的孩子，所以就梦想骑马；往后咱们当然不会再那么想，因为我们知道这都是些不值一文的书本上的胡说八道。可是，说真的，也许是我更分裂吧,我的确光用两条腿和汽车并排跑过,速度快得惊人,有时达到时速九十英里,我越过每一个树丛、篱笆和农舍,有时我向小山急急地冲过去又折回来再跑,也没有落后一分一毫……"

我们俩就这么谈讲着,两人都浑身是汗。我们压根儿忘了坐在前面的人,他们已经开始觉得奇怪,不知后面座位上的那两位是怎么啦。有一回开车的那个人说:"天哪,你们后座的要把车摇翻了。"的确如此;狄恩和我把在我们灵魂里潜伏了一辈子的那一切狂乱的天使般的特性都谈出来,谈得神魂颠倒,心醉神迷,竟乱摇乱摆起来,使车子也颠簸不已。

"噢,老兄! 老兄! 老兄!"狄恩呻吟着说,"这还不过是刚刚开个头哩——咱们这回总算是要一块儿上东部去。咱们还没有一块儿上东部去过哩,萨尔,你倒想想看,咱们要一块儿去好好摸摸丹佛的底,看看每一个人都在干些什么,虽然这跟咱们没什么关系,重要的是咱们已理解了**它**是什么,懂得了**时机**,咱们知道一切都非常**美好**。"接着他拽着我的袖子满头大汗地低声说:"你现在不妨摸摸前面的那几个人的底。他们心事重重,他们在计算里程,他们在盘算今天晚上到哪儿去投宿,汽油钱要花多少,天气好不好,他们怎样才能到目的地——不过他们总会到达的,对不对? 可他们就是要发愁,他们要用虚假的匆忙急躁,或者完全无味的担忧和悲泣来消磨时间,他们要抓不到一件人所共知的持之有故的忧虑,就总也不能安心,而一旦抓到后,他们就得摆出一副和它相适应的面容来,那你也知道,就是不幸,他们也知道,不幸时时刻刻都在他们身边飞来飞去,可这件事也让他们担忧个没完。听着! 听着! '可是,现在,'"他学着别人的声调说,"'我不知道——也许咱们不应该在那个汽油站灌汽油。我最近在《全国彼多斐斯石油新闻》上读到，这种石油里含有大量的辛烷残留物，有人告诉过我，甚至还含有半官方的高频率的瘰子，我说不上来，不过我反正觉得不怎么妙……'老兄，你对这个好好摸摸底吧。"他怕我不明白似的使劲捅着我的肋骨。我拼命让他知道我明白得很。乒里乓啷，后座发出一连声"是呀！是呀！是呀！"的叫喊，坐在前面的人吓得眉头紧锁，万分后悔在旅行社的时候不该叫我们搭车。可这也不过是才刚刚开头哩。

在萨克拉门托，那个搞同性恋的家伙别有用心地在旅馆里开了个房间，请狄恩和我去喝酒，而那一对夫妻就到亲戚家睡觉去了。在旅馆的房间里，狄恩使出一切招数要从那家伙手里搞出钱来。他简直是疯了。那家伙说他很高兴一路上有我们做伴，因为他喜欢我们这样的小伙子，又说信不信由我们，他的确不喜欢女人，他还说，不久前他在旧金山和一个男人相好，他做男的，那个男人做女的，可现在已经吹了。狄恩一本正经地向他提出许多问题，又不时连连点头。那个同性恋说，他非常想知道狄恩对这种事是怎么个看法。狄恩先开门见山地告诉他自己年轻时可当过骗子手，接着又问他有多少钱。那时我是在浴室里。那家伙变得很不高兴，而且我觉得他已开始在怀疑狄恩的真正动机，他不肯拿出钱来，却只含糊地说等到了丹佛再讲。他不断地数钱，不断地检查他的钱包。狄恩甘拜下风，放弃了这个念头。"我说，老兄，还是别操心了吧。你向别人提出他们私下渴望的东西，他们自然会感到恐慌的。"不过他已经把这辆普利茅斯车的主人收拾得服服帖帖，可以把车子的方向盘接过来而不受干涉了，这一来我们可算是真正在旅行了。

我们大清早离开萨克拉门托,到中午就已在穿越内华达沙漠的途中了,这之前一段曲曲折折的山路上的疾驰,已使得那个同性恋和那另外的两个乘客在后座上紧紧地你抓着我,我抓着你。现在是我们坐在前面,车子得听我们摆布了。狄恩马上又心花怒放了。他所需要的就是手里有一个圆盘,路上有四个轮胎。他开始讲起铁牛李是个多么蹩脚的司机,他还表演给我们看——"每逢有像那样的一辆大卡车老远开过来,铁牛李不知得花多少时间慢慢去细瞅,因为他看不见,老兄,他根本看不见。"他发疯似的擦擦眼睛,表演铁牛李的样子。"我对他说:'喂,瞧,铁牛李,过来了卡车。'他却说:'啊?你说啥,狄恩?''卡车!卡车!'可是到了最后一秒钟他竟这样一直往那卡车上冲去——"于是狄恩就把那辆普利茅斯径直向吼叫着向我们开来的卡车开去,在它的正前方晃荡一下,我们可以清楚地看到那个卡车司机吓白了脸,后座上的那几位吓得直往后缩,可到了最后关头,汽车只一扭又躲了开去。"就是这样,你瞧,完全就是这样,你瞧他多糟糕。"我是一点儿也不害怕;我了解狄恩。后座那些人一句话也说不出来。事实上,他们连埋怨也不敢埋怨:万一他们抱怨一声,他们想,天知道狄恩会干出什么事来。他就这样在沙漠上一路手之舞之,表演各种不同的开车方法,他父亲过去是怎样开老爷汽车,杰出的司机是怎样拐弯,蹩脚的司机是怎样先是大手大脚地往远里拐,到后来又怎样手忙脚乱地往回收,诸如此类,不一而足。这是一个炎热的晴朗的下午。里诺、贝特尔山、埃尔柯,在内华达公路两旁的这些城镇一个一个地闪过去,到傍晚时我们来到了盐湖平原,在百英里以外的盐湖城的灯光通过平原上幻景似的迷雾微弱地闪射着,两次在眼前显现,一次比地面高些,一次低些;一次清晰,一次模糊。我告诉狄恩,世界上把我们大家联结在一起的力量是看不见的,为了证明这一点我指给他看那一长列的电话线杆子,那些杆子弯弯曲曲地向远处延伸,消失在百英里方圆的盐地的后面。他那团已经完全变黑的邋遢的绷带悬空打战,他的脸发出了光彩,"噢,是啊,老兄,亲爱的上帝,是啊,是啊!"突然他把车子刹住,瘫倒了。我扭过头,看见他蜷缩在角落里睡着了。他的脸倚在他那只好手上,那只包扎着的手毫无拘束地平稳地悬在半空中。

后座上那些人轻松地叹了口气,我听见他们在窃窃私语,像是在酝酿叛变。"咱们不能让他再开下去了,他完全是个疯子,他准是刚被人从疯人院这类地方放出来的。"

我开始为狄恩辩护,把身子靠后跟他们说:"他并不疯,他一会儿就会好的,别替他的开车技术操心,他是世界上最棒的司机。"

"我就是受不了。"那个女的用压抑着的歇斯底里的耳语说。我靠后坐着,欣赏沙漠地的黄昏景色,单等可怜的孩子安琪儿狄恩醒来。我们是在一个小山上,那里可以俯视盐湖城的一排排整整齐齐的灯光。忽然狄恩的眼睛张开来了,他从这里观望着多年前他没有名字、肮里肮脏地诞生到这个妖魔世界中来的那块地方。

"萨尔,萨尔,你瞧,这就是我出生的地方,多有意思啊!人总在变化,他们一年一年地吃饭,一直随着每一顿饭变化着。唉!你瞧!"他那样激动,使我都哭出来了。这一切将会得到一个什么结果呢?那对旅行家坚持到丹佛去的剩下的路由他们来开车。好吧,我们无所谓。我们坐到后座去聊天。

可是到了早晨他们又觉得太累,到了东科罗拉多沙漠上的克雷格,他们就又让狄恩掌握了方向盘。在犹他州,因为小心翼翼地爬过草莓关,我们差不多花了整整一夜,这样就耽搁了不少时间。他们都睡着了。狄恩却冒着险向伯绍德山口的峭壁冲去,那峭壁耸立在离我们前面一百英里的边界屋脊上,云雾缭绕,简直像是直布罗陀的石门。他像只六月的臭虫似的攻占了伯绍德山口——就跟在蒂哈查皮一样,他停住马达,让车子往下溜,赶过了每一个人,让车子一直以山势所造成的节奏向前进,就这样,一直到我们又重新看见了炎热的丹佛大平原——狄恩又回到家了。

那些人愚蠢地舒了一口气,让我们在第二十七街和联邦街的拐角上下了车。我们的破箱子又堆在人行道上了;我们要走的路还长着哩。不过不要紧,路就是生命。

6

如今,在丹佛我们要干的事有许许多多,这都是跟一九四七年那会儿截然不同的。我们可以立刻再上旅行社去搭车,也可以留下来玩几天,同时寻找他的父亲。

我们两人是又累又脏。在一家饭馆的厕所里,我在小便,挡住了狄恩去洗手池的去路,我还没尿完就走开来到另一个便池上再继续尿,我对狄恩说:"你也试试这玩意儿。"

"行了,老兄,"他说,一面在洗手池里洗手,"这玩意儿很有趣,只是对你的肾脏很不好,因为每玩一次你就要变老一些,最后到你老的时候你就要倒霉,等你坐在公园里度过老年的时候,你就会害很讨厌的肾脏病。"

这使我发起脾气来，"谁老了？我也不比你老多少！"

"我也没那么说，老兄！"

"哼，"我说，"你老是讥笑我的年岁。我又不是同性恋那样的货，用不着你来关照我当心我的肾脏。"我们回到小饭铺里去，女招待刚端上来烤牛肉夹面包——在平时，狄恩一定要扑上去狼吞虎咽了——我再一次泄出我的怒火，我说："我再也不要听到这种话了。"突然之间，狄恩变得眼泪汪汪了，他站起来丢下面前的热气腾腾的饭食，向饭馆外面走去。我不知道他是不是会从此一去不返。我不去管它——我气极了——我正好在火头上，就把火冲狄恩头上发去。可是看见他的饭原封不动地搁在那儿，我比什么时候都感到悲哀。我不应该这样说的……他是那么喜欢吃东西……他从来没这样不吃饭就走开过……真是没道理。不过这倒是让我更了解他这个人了。

狄恩在饭馆外面站了足足五分钟，这才走回来坐了下来。"喂，"我说，"你紧握住拳头站在外面干吗？你是在咒骂我，在想新的词儿来讥笑我的肾脏吗？"

狄恩一声不响地摇摇头，"不，老兄，不，老兄，你完全想错了。要是你愿意知道，那——"

"说吧，告诉我吧。"我说这些话的时候，我伏在桌上吃着一直也没抬头。我感到自己真是个畜生。

"我刚才哭来着。"狄恩说。

"别胡扯了，你从来不哭的。"

"你怎么这样说？你为什么以为我从来不哭？"

"你没有足够的热情会让你哭起来。"我说的这些话每一句都像是一把插在我自己心上的刀子。我把暗中不满我兄弟的事都抖出来了：我是多么地卑鄙，我暴露出我丑恶的心理的深处是多么地肮脏啊。

狄恩在摇头，"不，老兄，我是哭了。"

"那就哭吧，我敢说你刚才是气得要死才走开的。"

"相信我吧，萨尔，真正地相信我吧，如果你过去对我有过任何信任的话。"我知道他说的是真话，不过我当时没有心思听真话；当我抬起头来的时候，我觉得自己心乱如麻，仿佛肚子里肠子都寸断了，这时我知道自己错了。

"啊，你听着，狄恩，我很抱歉，我过去从来没有这样对待过你。好了，你现在了解我了，你知道跟我有亲密关系的再也没有别人了——我不知道怎么对待这种关系。这类事在我手里就好像一大堆粪，我不知道把它放到哪儿好。让我们忘掉这一切吧。"于是这位神圣的骗子手吃起饭来了。"这不是我的错！这不是我的错！"我跟他说，"这个卑鄙的世界的任何问题都不是我的错，你难道不明白吗？我也不愿意事情成为这样，可是它不行，它不愿。"

"是啊，老兄，是啊，老兄。不过请你听我说几句，相信我的话。"

"我相信你，我相信。"这就是那天下午发生的一个悲惨的故事。那天晚上，当狄恩和我到一个穷工人家去住宿的时候，各种各样巨大的复杂问题都涌现出来了。

两个星期前，就在我孤独地住在丹佛期间，这些人就已经是我的邻居了。我们住的那户人家，主妇是一个热情、善良的女人，时常穿一条工装裤，冬天开着卡车去山上拉煤挣钱抚养孩子。她有四个孩子，丈夫在几年前就离开了她。那时候他们开着拖车式活动房周游全国，从印第安纳一直到洛杉矶，他们玩得很痛快。一个星期天的下午,他们在一家街角的酒吧里狂饮了一通,到了晚上,他们一边弹着吉他,一边又笑又叫,那个壮汉却忽然走进黑暗的旷野,再也没有回来。她的孩子个个都很出色,最大的是个男孩。我们去的那个夏天他不在,正在山上过夏令营。老二是个十三岁的可爱女孩,喜欢写诗和在田野里摘花,希望长大以后到好莱坞做一名女演员,她的名字叫珍妮特。接下来是两个小的。小吉米一到晚上就坐在炉火边,哭着喊着要吃还没烤熟的马铃薯。小露茜最喜欢那些在地上慢慢爬行的小虫子、蟾蜍和甲虫什么的,并且给它们起了名字,安排住的地方。他们家还养了四条狗。他们住在新住户的那条小街上,过得虽然不富裕,但是很开心。邻居们时常对他们不大尊重,仅仅因为这个可怜的女人被丈夫抛弃了,而且他们总是把院子搞得乱七八糟。到了晚上,整个丹佛灯火辉煌,就像平原上的一个巨大的轮子。我们住的房子在丹佛的西头,起伏的山峰由此逐渐向平原倾斜;在这里,大海一样的密西西比河轻柔的波浪从远古时候起就在周围冲刷,因而形成一些圆形的高地和山峰,诸如埃文斯峰、派克峰和朗斯峰。狄恩来到这里看到这些美景,自然是大汗淋漓,满心欢喜,尤其是看到珍妮特。我警告他别去碰她,也许这个提醒似乎并无必要。这个主妇是个离不开男人的女人,马上就黏上了狄恩,但是她和他都有些忸怩,她说狄恩令她想起她那跑路的丈夫。“跟他一模一样——噢,我告诉你,他是一个疯子。”

那天晚上我们在零乱的卧室里又叫又闹地喝起啤酒,收音机也开得震天响。这时麻烦事像乌云一样出现了:那个女人——弗兰蒂,所有人都这么称呼她——终于决定要买一部旧车,这几年她一直想买,最近才积攒了一点儿钱。狄恩立刻接受了选择和商量成交价格的任务。当然他自己也想使用这部车,那样的话就可以像从前一样,下午开着车带上从高中放学出来的姑娘到山上兜风了。可怜的弗兰蒂缺乏主见,对什么事情都没意见,但是当他们来到车行站在推销员面前时,她又担心起她的钱来,狄恩一屁股坐在阿拉米达林荫道边,用拳头打着头,"只花一百元你不可能买到比这再好的车了!"他发誓再也不跟她说一句话。他的脸气得发紫,嘴里不住地骂骂咧咧,他真想不管三七二十一开着车就跑。"噢,这些愚蠢的女人,她们永远也不会改变,真是十足的笨蛋,永远也不能相信她们,一到该行动的时候,她们就不知所措,歇斯底里,用自己想要的吓唬自己——我爸爸,我爸爸,我爸爸就这样!"

那天晚上,由于要在一个酒吧里和他的表兄山姆·布拉迪见面,狄恩的情绪很激动,他穿了一件干净的T恤衫,看上去面貌一新。"听着,萨尔,我要给你讲讲山姆——他是我的表兄。"

"那我问问,你找过你的父亲吗?"

"伙计,今天下午我去了吉格餐馆,过去他常常在那里喝啤酒喝得烂醉,被工头大骂一通,然后跌跌撞撞地走出去——但那里没有他。接着我又去了温莎旁边的理发店——他也不在那里。老板告诉我,他估计——你能想象吗!——他正在铁路流动食堂里打短工,或者在新英格兰为波士顿和缅因机组干活!但是我不相信他,他们为了一点小费常常会编造出几个听起来像真的一样的故事来。现在听我说,在我童年的时候,我亲爱的表兄山姆·布拉迪是我最崇拜的英雄,那时候他常常从山区非法贩运威士忌。有一次他跟他哥哥打了起来,在院子一直打了两个小时,把旁边的女人们都吓得不停地尖叫。我们经常睡在一起，在家里只有他关心我。今天晚上我要去看看他，我已经七年没见他了，最近他刚从密苏里回来。"

"目的是什么？"

"没有目的。伙计，我只想知道家里最近怎么样啦——我有一个家，记得吧——最主要的，萨尔，我想让他给我讲讲我已经忘了的童年时候的往事。我想记住，记住，我非常想！"我从来没见过狄恩这么高兴和兴奋。我们在酒吧里等他表兄的时候，他与许多商业中心里的嬉皮士和皮条客聊了起来，问他们新团伙的情况以及都在干些什么。接着他问起玛丽露的情况，因为最近她一直住在丹佛。"萨尔，我小时候常从这个街角的报亭里偷点儿零钱去饭馆里买熟牛肉。你看到外边站着的那个一脸凶相的小子了吗？他什么也不干，只想杀人。一场接一场地卷入斗殴事件，我甚至还记得他哪里有伤疤。他就这样年复一年地站在街角，到现在他的狂热渐渐地平息了。他已经完全变了，对人亲切，和蔼，耐心，像一尊雕像一样站在街角，你看到世事变迁了吧？"

不久，山姆来了。他三十五岁，身材修长，满头卷发，手上布满老茧。狄恩神情敬畏地站在他的面前。"不，"山姆·布拉迪说，"我不再喝酒了。"

"瞧见了吗？"狄恩在我的耳旁低声说道，"他不再喝酒了，过去他可是镇上的威士忌大王，现在他信教了，这是他在电话里告诉我的。接近他，研究研究人的变化——我心目中的英雄竟然变得让我感到如此陌生。"山姆·布拉迪对他的表弟疑惑起来。他用他那辆吱嘎作响的老爷车带我们出去兜了一圈，很快他就明白该怎样对待狄恩了。

"嗨，狄恩，我不再相信你了，也不再相信你打算告诉我的任何事情。今天晚上我来看你，是因为家里有一份文件需要你签署一下。我们不要再提你父亲了，我们不想跟他有任何瓜葛。而且，我很抱歉地说，也不想再跟你有任何关系了。"我看着狄恩，他的脸阴沉了下来。

"好吧，好吧。"他说。这位表兄继续开车带我们兜着，甚至还买了冰淇淋给我们吃。狄恩还是问了他无数关于过去的问题，表兄都一一做了回答。有一阵子，狄恩几乎又兴奋得满脸是汗，噢，那天晚上他的衣衫褴褛的父亲会在什么地方？表兄把我们送到联邦街口阿拉米达林荫大道，在忧郁的狂欢彩灯照耀下让我们下了车。他和狄恩约好第二天下午来签署文件，然后开车走了。我告诉狄恩我很难过，现在世界上再也没有人相信他了。

"记住，我相信你，我非常抱歉昨天下午为了无聊的事情跟你生气。"

"得了，伙计，那件事已经过去啦。"狄恩说道。我们一起挤进狂欢的人群。旋转木马、摩天轮、爆米花、轮盘赌、木屑，还有数不清的身穿牛仔裤的丹佛的年轻小伙子在街上闲逛。扬起的冲天尘伴随着地上的阴郁的音乐。狄恩穿着洗得干干净净的牛仔裤和 T 恤衫，又回到了地道的丹佛人的样子。几个戴着头盔留着小胡子的小伙子，带着身穿粉色衬衫和牛仔裤的漂亮姑娘在帐后面的围布附近溜达。还有很多墨西哥姑娘，其中一个真令人吃惊。她很矮，只有三英尺高，却有一张世界上最美的脸蛋。她转过身对同伴说："喂，我们打电话去叫戈曼兹一起走吧。"狄恩停下脚步，死死地盯着她，就像从黑暗中飞来一把锋利的匕首刺中了他，"伙计，我爱她，噢，我爱她……"我们一直跟着她走了很久,最后她穿过公路。在一家汽车旅馆打了一个电话。狄恩装作在翻电话号码簿,实际上一直在瞟着她。我试图跟这个尤物的朋友交谈,但是她们根本不搭理我。戈曼兹开着一辆吱吱嘎嘎的卡车过来,把姑娘们都带走了。狄恩站在路上,捂着胸口,喃喃地说:"噢,伙计,我快要死了……"

"你他妈的为什么不跟她说话?"

"我不能,我当时不能……"我们决定买些啤酒到穷移民弗兰蒂家,然后听听录音机。我们吃力地提着一大包罐装啤酒,在路上搭车。小珍妮特,弗兰蒂的十三岁的女儿,真是世界上最可爱的姑娘,她长大以后一定是个绝色佳人,她说话的时候那颀长、灵活、柔软的手指最为迷人,就像尼罗河上翩翩起舞的克利奥佩特拉①。狄恩坐在房间最偏僻的角落,乜斜着眼睛注视着她,嘴里嘀咕着:"好,好!"珍妮特已经注意到了他,她向我寻找保护。在那个夏天的前几个月我同她在一起度过了许多时光,我们一起谈论着书和她喜欢的事情。

7

那天夜晚什么事也没有发生;我们睡觉了。一切事都出在第二天。下午,狄恩和我到丹佛市中心去办些杂事,同时到旅行社去看看有没有上纽约去的汽车,傍晚时候我们折回来往穷移民弗兰蒂家走去,在百老汇街,狄恩突然折进一家运动器具商店,行若无事地在柜台上拿了一个垒球,一边在手掌里

---

① 克利奥佩特拉(Cleopatra,约前70—约前30),史上著名的埃及艳后。

扔上扔下走了出来。没有人注意他;根本没有人注意到这件事。这是一个令人发困的炎热的下午。我们一路走一路彼此传球玩儿。"咱们明天一定能搭上旅行社的车了。"

我的一个女朋友给了我一大夸脱的老公公牌威士忌酒。我们便在弗兰蒂家里喝起来。我们房子后面玉米地那边住着一个标致的嫩雏儿,狄恩一来到这里就打她的主意。乱子眼看要发生。他往她的窗子里扔的石子太多了,吓坏了她。我们在那间乱七八糟、到处是狗和四散的玩具的小客厅里喝威士忌,阴郁地聊聊天,狄恩不断从厨房后门跑出去,穿过玉米地,扔石子,吹口哨。小珍妮特时不时跟出去张望。突然狄恩脸色死白地回来了。"出乱子了,我的老弟。那个妞儿的妈妈拿着一支猎枪追我来了,她还叫来了一批中学生,他们聚集在路上要揍我。"

"怎么回事?他们在哪儿?"

"在玉米地那头哩,我的老弟。"狄恩喝醉了,满不在乎。我们一块儿出去,在月光底下穿过了玉米地。我看见黑魆魆的路上有一大群人。

"他们来了!"我听见有人嚷。

"等一等,"我说,"请问是怎么回事?"

那个母亲横端着猎枪躲在人群中说:"你那个混蛋朋友跟我们捣蛋捣够了。我不是那种讲法律手续的人。要是他敢再上我们这儿来,我就要开枪,开枪把他打死。"那些中学生都紧握拳头拥上来了。我也醉得糊里糊涂,所以也全不在乎。可是我还是安慰了他们几句。

我说:"他不会再去麻烦你们了。我会看着他;他是我兄弟,听我的话。请你把枪放下,别再担心了。"

"再来一次试试看!"她在黑暗中坚定而严峻地说,"等我男人回来了,我叫他来找你们。"

"那太不必了;告诉你,他不会再来打搅你们的。放心吧,没事了。"在我后面,狄恩在轻声咒骂。那妞儿从她窗子里往外张望。我以前很了解这种人,他们挺相信我,所以就安静了一些。我搀住狄恩的胳膊穿过玉米地走回去。

"嘿—嗨!"他嚷道,"我今晚可得要喝它个烂醉。"我们又回到弗兰蒂和她的孩子们待着的那间屋子里去。珍妮特正在听着一张唱片,狄恩忽然大发脾气,把唱片抓起来在膝头上磕两半,那是一张山歌唱片。那儿有一张迪兹·吉莱斯皮①的早期作品,狄恩很重视——《刚果布鲁斯》,打鼓的是玛克司·威斯特。这是我以前送给珍妮特的,这时她正哭着,我就叫她把这张唱片往狄恩头上摔去。她照着我的话做了。狄恩目瞪口呆,一声不吭,清醒过来了。我们全都笑了。什么事儿都没有了。这时弗兰蒂要出去到旅馆的酒吧间去喝啤酒。"咱们走哇!"狄恩喊道,"真该死,如果你买下了星期二我带你去看的那辆车,咱们就不用走着去了。"

"我不喜欢那辆破车!"弗兰蒂嚷道。哇,哇,孩子们哭起来了。浓浓的蠹鱼似的永不消失的悲哀感充塞着这个疯狂的褐色客厅,客厅四壁是阴郁的糊墙纸,室内是粉红色的灯和激动的面庞。小吉米害怕了;我把他放在长沙发上,让他睡觉,并且把一条狗和他拴在一起。弗兰蒂醉醺醺地打电话要了一辆出租汽车,在我们等车的时候,突然电话铃响了,是我的女

---

① 迪兹·吉莱斯皮(Dizzy Gillespie, 1917—1993),美国拉丁爵士乐的创始人、号手、作曲家。

朋友打给我的。她有一个中年的表兄,对我讨厌已极。那天下午,我写了一封信给那会儿待在墨西哥城的铁牛李,告诉他狄恩和我的各种奇遇,又谈到我们在丹佛的生活情形。我写道:"我有一个女朋友,她给我威士忌,给我钱和丰盛的饭食。"

我真傻,竟把那封信交给她的中年的表兄去寄,那是在刚刚吃了一顿炸鸡做晚饭之后,他打开信读了一遍,马上就拿去给她看,向她证明我是个骗子。这会儿她声泪俱下地打电话来,说她永远也不要见我了。然后那个得意扬扬的表兄把话筒接过去,骂我是畜生。忽然汽车在外面按了几下喇叭,于是小孩哭,狗叫,狄恩和弗兰蒂乐得乱跳,这时,我也就对着话筒嚷出了我能想到的各种骂人的话,而且还加上许多新发明的骂法,在癫狂的烂醉中,我让电话那边的所有的人全去他娘的,说完我就马上放下电话,又出去喝酒去了。

到旅馆了,我们大家你推我挤一个一个跌跌撞撞地爬出汽车,这是山脚附近一所很简陋的旅馆,我们进去要来了啤酒。一切都乱七八糟,而更荒唐的是,酒吧间里有一个痴痴癫癫的家伙忽然走过来两手抱住狄恩,对着他的脸哀声哭泣,狄恩一时也满头大汗,显出了种种疯疯癫癫的神态,同时,好像是为了更进一步加强这种已令人难以忍受的混乱,他忽然冲出去,在马路边偷了一辆汽车直向丹佛市中心区驰去,然后又换了一辆更新更好的车子开了回来。在酒吧间里我偶一抬头,却看见一些警察和行人在巡逻车的灯光前乱转,谈论着车子被偷的事。"有人在这儿附近偷了车!"警察说,狄恩就站在他的后面,一面听一面说:"啊是的,啊是的。"警察到前面调查去了。狄恩回到酒吧间和那个可怜的傻小子左摇右摆,那人今天才结婚,已经喝得烂醉如泥,而他的新娘却在什么地方等他。"哦,老兄,这家伙是世界上最最伟大的人物!"狄恩嚷道,"萨尔,弗兰蒂,我要出去,这回要弄一辆真正的好车回来,完了我们都一块出去,把托尼(那个白痴圣者)也带上,好好儿地到山里去兜兜风。"说完他就冲出去了。就在这时,一个警察冲进来说,一辆在丹佛市中心被窃的汽车就停在门口的马路上。人们都三三两两地谈论起来。我从窗子里望见狄恩跳上靠得最近的一辆车子,大声按着喇叭开走了,谁也没有注意到他。过了不几分钟,他却又开着另一辆完全不同的车子回来,这是一辆崭新的带布篷的兜风车。"这辆车真是个美人儿!"他在我耳边低声说,"那一辆咳得太厉害了——看见这辆逗人爱的车子停在一所农庄的门口,我就把那辆丢在十字路口了。咱们到丹佛去兜兜风吧。来吧,老兄,咱们全都去上车吧。"他的丹佛市生活中全部痛苦和疯狂好像都化作匕首从他身体里发射出来。他满脸通红,汗水直流,样子显得很难看。

"不,我可不愿意和偷车的买卖搅在一起。"

"啊,来吧,老兄! 托尼会跟我去的,是不是? 亲爱的妙人儿托尼?"于是托尼,这个瘦小的、黑头发的、长着神圣的眼睛不断呻吟、不断吐白沫的丧魂落魄的人,就靠在狄恩身上,不停地哼哼,显然他哪儿不舒服了。突然,不知为了什么出于本能的古怪的原因,他对狄恩感到非常恐惧,他举起两手,脸上惊恐地扭动着走开了。狄恩低下了头,浑身出汗。他马上跑出去把车子开走了。弗兰蒂和我在马路上找到了一辆出租汽车,决定回家。司机把我们送到了黑暗无比的阿拉米达大街,我夏天的头几个月就曾在这里度过了许多伤心的夜晚,我在大街上来回溜达着,唱歌,叹气,数星星,把从心里流出的苦水一滴滴地洒在发烫的柏油马路上。突然狄恩开着那辆偷来的篷车从后面赶上来了,他把喇叭按了又按,紧挨着我们擦了过去,一面还高声叫喊。司机的脸变得死一样地白。

"那是我的一个朋友。"我说。狄恩因为对我们感到厌恶,于是突然用九十英里的时速向前蹿去,在疲倦的人群中扬起弥天的尘土。然后他拐进弗兰蒂住的那条街,在屋子前面停了下来;紧接着,在我们下车付钱的时候他突然又开动车子,拐了个一百八十度的弯,又向市中心驶去。几分钟以后,在我们焦急地在黑暗的院子里等待的时候,他又开着另一辆车回来了。这是一辆破旧的小轿车。狄恩在一团尘雾中,在房子门前把车停下,随即跟跟跄跄地爬出车子,跑进卧室,醉卧在床上,却把我们和那辆偷来的车子丢在大门口。

我不得不去把他推醒;我没法开动车子把它扔到远一点的地方去。他跌跌撞撞地下了床,只穿了一条裤衩,孩子们扒在窗口上咪咪地笑,我们一起上了车,一颠一簸开进了路尽头的苜蓿地,乒里乓啷,最后车子再也开不动了,于是就只得在一所旧工厂附近的老白杨树底下停了下来。"再也走不了啦。"狄恩这么说着,就走出车子,开始穿过玉米地往回走,路大概有半英里,可他就只穿着一条裤衩在月光底下走着。我们一回到家里,他马上就睡觉去了。一切都乱七八糟,这丹佛的一切,我的女朋友、汽车、孩子们、可怜的弗兰蒂,以及这到处是啤酒和罐头的客厅,可我还想睡觉。一只蛐蛐儿吵得我好久没能睡着。在夜晚,在西部的这一带,就跟我过去在怀俄明州看到过的一样,星星大得像罗马人的蜡烛,孤独得像达摩祖师。这位祖师由于失落了祖传的柽柳,不得不在北斗星那把勺柄的诸星之间长途跋涉，想把它再找回来。星星就这样缓慢地催动着夜晚，远在真正的日出到来以前，耀眼的红光就已出现在西堪萨斯茶褐色荒原的上空，鸟儿也在丹佛的屋顶上颤声地鸣叫起来。

<h1 style="text-align:center">8</h1>

早晨，可怕的烦闷笼罩了我们。狄恩起身后的第一件事是穿过玉米地去看看能不能坐那辆车上东部去。我告诉他不行，可他还是去了。他脸色苍白地回来了。"老兄，那是一辆侦探用的车，从我做下五百起偷车案的那年起城里的每一个区都留下了我的指纹。你也知道我是怎样对待那些车的，我只是要开车罢了，老兄！我一定得走！听我说，咱们要是不马上溜掉，就非给关进监狱不可。"

"你说得太对了。"我说，于是我们就尽力之所及赶快收拾行李。领带和衬衫的尾巴还乱飘着，我们就急匆匆地向那个快活的小家庭道别，跟跟跄跄地向那条比较隐蔽的路走去，在那儿没有人会认得我们的。小珍妮特看见我们——也许只是因为看到我，或别的什么吧——要离开，哭了起来。弗兰蒂显得彬彬有礼，我吻了她，向她表示歉意。

"他真是个疯小子，"她说，"他让我想起了我那个逃跑了的丈夫。真是一模一样的家伙。我真希望我的米基长大了别成为这样的人，他们现在都是这个调调儿。"

我又跟小露茜说了再见，她手里捧着她那宝贝的甲虫；小吉米睡着了。这一切都在几秒钟以内告一结束，我们背着破破烂烂的行李包趔趔趄趄地走了，星期天早晨可爱的曙光照耀着我们。我们急匆匆地走着，每秒钟都在担心会有一辆巡逻车从乡下的弯路上拐出来把我们拦住。

"要是那个拿猎枪的女人找到咱们，咱们就完了。"狄恩说，"咱们一定得弄到一辆出租汽车。只有这样咱们才会安全。"我们想叫醒一家农人借用他们的电话，可是狗赶走了我们。事情一分钟比一分钟危险，那辆摔在玉米地里的轿车很可能会被一个早起的乡下人发现。最后，总算有个可爱的老太太让我们用了她的电话，我们向丹佛市中心要了一辆出租汽车。可是不等车子来，我们仍继续狼狈地往路上走去。清晨的交通开始了，每一辆车都像巡逻车。接着我们突然看见巡逻车来了，我知道我一生的末日到了，这是我早就知道的，我从此要进入凄苦的铁窗生活这个可怕的新阶段了。可是那巡逻车原来是我们叫的出租汽车，从那时起我们就向东部驰去。

我们在旅行社听到一个很动人的消息：有人要找人驾驶一辆四七年的凯迪拉克牌轿车到芝加哥去。车主带着一家人开了车子从墨西哥来到这里，累了，把他们都安顿在火车上了。他现在需要一个有证明文件的人能替他把车子开到目的地。我的证件向他表明一切都不会有问题。我告诉他放心好了。我跟狄恩说："别折磨这辆车子。"狄恩一看车子就雀跃不已。我们还需要等待一个钟点。我们在教堂附近的草地上躺了下来。一九四七年，我送瑞塔·贝登可特转回家后，曾和几个要饭的混混儿一起在这儿待过一会儿。因为疲劳过度，我竟在一群下午的小鸟陪伴下睡着了，实际上它们是在某个地方演奏音乐。狄恩急急地绕了整个城市一圈。他在一家小饭馆里和一个女招待混熟了，约好下午请她坐他的凯迪拉克出去兜风，他回来摇醒了我，告诉了我这个消息。我听了精神好了一些，就起身准备应付新的复杂的局面。

凯迪拉克车子一来，狄恩马上把车子开出去"加油"，旅行社的人瞧着我说："他什么时候回来？乘客们都准备走了。"他指给我看两个东耶稣会学校出身的爱尔兰小子，他们带着箱子坐在凳子上等着。

"他去加油去了。很快就会回来的。"我退到角落里去，瞧着狄恩把车子开到那家旅馆门口去等那个女招待在屋里换衣服；事实上我从我站着的地方简直就可以看见她，站在镜子前面打扮和拉她的丝袜，我希望自己也能和他们一块儿去。她跑出来跳上了那辆凯迪拉克。我走回来安慰安慰旅行社老板和乘客。从我在门口站着的地方我看见那辆凯迪拉克穿过克利夫兰广场时闪了一闪，狄恩坐在里面，穿着 T 恤衫，喜气洋洋，两只手翻上翻下，和那姑娘说个不停，背弓在方向盘上面，而那姑娘则忧郁而骄傲地坐在他的旁边。他们大白天里开进了一个停车场，把车子停在尽里头一面墙的旁边（狄恩曾在这个停车场里工作过），就在这里，他说，他和她干了一回，就在不平的车座上；不仅如此，他还劝她跟我们到东部去，让她等星期五一拿到工钱，就坐公共汽车去，在纽约列克星敦路伊恩·麦克阿瑟的住处和我们见面。她真的同意了；她的名字叫贝佛莱。三十分钟以后，狄恩嘟嘟嘟地把车子开回来，把姑娘送回到她的旅馆门口，和她接吻，告别，对她做下种种许诺，然后又嗖嗖地把车子开到旅行社门口来让乘客们上车。

"嗯，时间差不多了！"那个百老汇山姆旅行社的老板说，"我以为你要把车开走了呢。"

"有我负责，"我说，"别担心。"——我这样说是因为狄恩疯得那么厉害,每一个人都看出来了。狄恩忽然变得很懂事了,他帮耶稣会的孩子拿行李。可是,他们还没坐定,我还没有向丹佛告别,他就把车子开得飞跑起来了,那个大马达隆隆响着,发出了巨大的马力。开出丹佛还不到二英里,速度表就坏了,因为狄恩已经把车子开得超过了时速一百一十英里。

"唉,没有速度表,我怎么知道跑得有多快,只好尽力而为,把车开到芝加哥再用时间折算了。"我们的速度似乎不超过每小时七十英里,但是在驶向格里利的笔直的高速公路上,所有汽车都像抛了锚似的纷纷落在我们后面。"我们朝东北方向开的原因是因为,萨尔,我们必须拜访一下在斯特灵的埃德·华尔的农场,你该去看看他和他的农场。这辆车跑得这么快,我们肯定能在那家伙的火车之前早早就赶到芝加哥了,时间上不会有问题的。"好吧,我觉得这样也不错。下雨了,但是狄恩丝毫没有放慢速度。这是一辆漂亮宽敞的豪华轿车,属于老款中最新的一款,车身是黑色的,呈流线型,轮胎上带有白圈。所有玻璃可能都是防弹的。那两个来自耶稣会中学——圣博纳文图拉——的男孩坐在后排,表情兴奋,丝毫没在意我们把车开得有多快。他们很想跟我们聊聊天,但狄恩一言不发,还把T恤衫脱了,赤裸着上身开车,"噢,那个贝佛莱可真是个妙不可言的小妞,她要到纽约来找我。我一拿到和卡米尔的离婚证就和她结婚——应接不暇啊,萨尔,但我们跑了,太棒了!"我们越快离开丹佛,我心里越踏实,我们现在正飞速地远离那里。我们在傍晚时分离开了公路,拐上了一条泥泞的小路。从这里就可以穿过阴沉沉的东科罗拉多平原,来到位于凯奥特中部的埃德·华尔的农场。天上仍然下着雨,道路越来越滑。狄恩把车速降到每小时七十英里,但我让他再慢点,否则会刹不住车的。可他却说:"不用担心,老兄,你了解我的。"

"这次不行。"我说,"你开得实在太快了。"但是他仍旧在湿滑泥泞的小路上把车开得飞快。就在我说话的当口,前面出现了一个向左的急转弯,狄恩来回猛打方向,试图控制住车的行进方向,但笨重的车身还是剧烈晃动着滑向路边。

"小心!"狄恩大叫一声,他没有骂街,只是拼命抓狂地做最后的努力。但我们的车后轮还是陷进了沟里,车身横了过来。车里死一般地沉寂,只听见外面的风雨声,我们正处在无边无际的草原中,只有在四分之一英里的前方路旁有一户农家小屋。我忍不住咒骂起来,对狄恩发泄着所有的愤怒。他什么话也没说,披上一件外衣,跳下车,冒着雨向那户人家走去,看看他们能不能帮我们一下。

"他是你兄弟吗?"后座上的男孩问,"他开起车来像个魔鬼,不是吗? 听他的故事,他对那女人也差不多。"

"他疯了。"我说,"是的,他是我兄弟。"狄恩和一个农场工人开着一部拖拉机回来了。他们将链条拴在我们的车上,然后用拖拉机把车从沟里拉了出来。车身上沾满了泥浆,一个挡泥板也变形了。那位农场工人要了我们五元钱。他的女儿们站在雨中看着我们。最漂亮也最害羞的那个一直远远地躲在后面看着。她完全有理由这么做,因为她绝对是狄恩和我这辈子见过的最美丽的姑娘。她大概十五六岁,有着大平原上人的那种肤色,仿佛一朵野玫瑰。她有一双碧蓝的眼睛和一头可爱的秀发,像一头野羚羊那般温柔、灵敏。只要我们看她一眼,她都会怯生生地立刻把目光移开。她站在那里,任由来自萨斯喀彻温省的狂风吹起她的卷发,在她可爱的头上飞舞,她的脸羞红了,越来越红。

我们和农场工人处理完了一切,最后又看了一眼那位草原上的天使,接着开着车离开了。现在开得慢多了,我们就这样一直开到夜幕降临。狄恩说埃德·华尔的农场就在前面。"哦,那样的美女真让我惊艳,"我说,"我情愿放弃一切来获得她的芳心。如果她不愿意,我就毫无怨言地远走高飞,直到天涯海角。"耶稣会中学的两个男孩哈哈大笑起来,他们说起话来充满了乡土味道和学生腔,而且脑瓜里除了一大堆用于应付考试死记硬背的耶稣会信条以外,空空如也。我和狄恩丝毫不把他们放在眼里。在我们穿过泥泞的平原时,狄恩给我们讲起了他当牛仔时候的往事。走在不断延伸的道路上,他指给我们看哪里是他曾经骑了一上午马的地方;埃德·华尔家的围栏哪一段是他修补的,说话时我们也正行驶到了埃德家的地界——真是好大一片地方——哪里又是埃德的父亲老华尔骑马放牧母牛的地方,他会一边赶着一头小母牛一边吆喝:"过来,过来,你这该死的小畜生!""他每六个月就得换一部新车。"狄恩说,"他一点儿也不在乎。每当有迷路的牲畜经过这里,他就一定要开车把它一直赶到附近的水塘边,然后还会下车步行跟着它。可他对赚来的每一分钱都很珍惜,把它们藏到一个罐子里。真是一个怪老头。我带你们看看他的一堆破烂儿,就在牲口棚旁边。哦,这里是我最后一次栽进去之后见习的地方,是我生活过的地方。我在这里写了许多信给查德·金,那些信你都看过。"我们又拐上了一条小路,在冬季草场中穿行。一大群白色的奶牛突然哞哞地围住了我们的车。"这就是了!这是华尔的牛!这下我们过不去了。我们得下车把它们轰走。嗨——嗨——嗨!"但实际上我们不用下车。我们只要慢慢驾着车往前挪,就能冲开它们,它们哞叫着、相互簇拥着,像大海一样把汽车团团围住,车门也被堵住了。我们能看见远处埃德·华尔家的灯光,那一点点灯光在平原上能传上百英里远。

草原上的那种漆黑对于一个东部人来说是难以想象的。那天没有星星,也没有月亮,除了华尔太太厨房的一点灯光以外没有一丝亮光。在这片农场之外,是伸手不见五指的在黑暗中向远方延伸的旷野,只有到了黎明你才能看清它的轮廓。我们敲了敲门,在黑暗中叫着埃德·华尔的名字,他正在仓房里喂牛。我小心翼翼地摸黑走了二十几步,就不敢再往前走了。我隐约好像听到了狼嚎,可华尔说那可能是他父亲的一匹野马在远处嘶叫。埃德·华尔跟我们的年纪相仿,又瘦又高,四肢颀长,牙齿参差不齐,说起话来简洁明了,过去他和狄恩经常喜欢站在柯提斯街角对着姑娘们吹口哨。他热情地把我们领到他那间阴暗的不常使用的起居室里,四处摸索着点亮了灯,然后他问狄恩:"你那该死的手指是怎么回事?"

"我狠狠揍了玛丽露一顿,后来它就肿得很厉害,上面一截不得不截掉。"

"你为什么要他妈的那么干?"我看得出,他过去一直是狄恩的兄长。他摇了摇头,牛奶桶仍然放在他脚边,"你永远都是个不懂事的火药桶。"

这时,他年轻的妻子在宽大的厨房里准备了一桌丰盛的食物,她指着桃子冰淇淋抱歉地说:"其他什么也没有,只好把奶油和桃子冻在一起。"这当然是我有生以来吃过的独一无二的冰淇淋。晚餐一开始她先上的饭菜比较少,但后来又上了很多。在我们吃饭的时候,又出了一件事。埃德的妻子身材高大,一头金发。像所有生活在旷野中的女人一样,她在言谈中对无聊单调的生活透露出一丝厌倦。她不停地扭着那个她总是用来打发时光的收音机,而埃德·华尔则只是坐在那里盯着自己的双手。狄恩狼吞虎咽地吃着,他想让我跟他一起编瞎话,说那辆凯迪拉克是我的,我是一个富翁,他是我的朋友兼司机。埃德·华尔对此没什么反应,只是在每次听到谷仓里有什么响动的时候,他才抬起头来倾听。

"哦,我希望你们这些孩子能够把它开到纽约。"他根本不相信这辆凯迪拉克是我的,而更相信是狄恩偷的。我们在农庄里待了大约一个小时,埃德·华尔已经像山姆·布拉迪一样对狄恩失去了信任,看他的时候总带着不无警惕的眼神。过去他们曾经过着放荡不羁的日子,在干草收完以后手挽着手在怀俄明拉勒米的大街上游荡,但是这些现在都一去不复返了。

狄恩有些神经质地坐在椅子上蹦着。"好了,好了,我想我们最好还是动身吧,因为明天晚上我们一定要赶到芝加哥。我们已经耽误好几个钟头了。"两个中学生对华尔的款待表示由衷的感谢,然后我们又出发了。我转过头去,看到厨房里渐渐远去的灯光依然在夜色中闪烁,而后转头倾身向前。

9

刹那之间,我们又回到大路上来了,那一夜整个内布拉斯加州的全景在我的眼前滚了过去。我们以每小时一百一十英里的速度向前疾驰,笔直的公路,沉睡的城市,路上没有来往的车辆,太平洋联运公司的流线型火车在月色朦胧中也远远落在我们的后面了。那一夜，我一点儿也没有提心吊胆的感觉；以一百一十英里的时速开着车子，聊天，让内布拉斯加所有的城市——奥加拉拉、戈森堡、卡尼、格兰德艾兰、哥伦布——在我们呼啸疾驰、信口交谈的当儿，以梦一般的速度闪过去，这一切完全是合法的。这真是一辆十分出色的车子；它能够像小船吃水似的紧贴着路面飞跑。缓缓的起伏，简直像歌唱一般令人舒畅。狄恩惊叹道："喂，你瞧，多么美妙的一只梦幻般的小船啊，假使你我能有这么一辆车子，你想想咱们真不知该怎么乐了。你知道有一条直达墨西哥、一直通到巴拿马的路吗？——也许这条路能直抵南美洲的南端，通到身高七英尺的印第安人在山边吞吃可卡因的地方吧？对！你和我，萨尔，有这么一辆车子，咱们就可以跑遍全世界，因为，朋友，路最终总会引向整个世界的。它反正跑不出这个世界——对不对？哦，咱们还得坐这辆车子逛一逛古老的芝加哥！多奇怪，萨尔，我这一辈子还没到过芝加哥，还从没在那儿待过哩。"

"我们要像一帮强盗似的坐着这部凯迪拉克冲到那儿去！"

"对！还得去找娘儿们！咱们得去找几个娘儿们，实际上，萨尔，我早已决定尽快赶到那儿，好让咱们能有整整一个晚上，坐着这车子，四处逛逛。你只管歇着吧，让我来把它一直开到头。"

"嗯，你现在开多高速度？"

"我想一直是一百一十英里，——你觉不出来的。我们得在白天赶过艾奥瓦州，然后我要一转眼飞过那古老的伊利诺伊州。"那两个小子已经入睡，我们就这么整夜谈着话儿。

奇怪的是,狄恩一时疯疯癫癫,可是一时又忽然完全恢复平静,清醒如常,仿佛什么事也没发生过一般,我想那是因为他的灵魂里始终只有三样东西:飞快的车子、将要到达的海岸和路尽头的一个女人。"我现在每一次的丹佛经历都告诉我——我再也不能去那里了。冒失鬼,莽撞人,狄恩上道不留神。嗖!"我告诉他说,我在一九四七年曾走过这条公路。他也走过。"萨尔,一九四四年,我谎报年龄在洛杉矶新时代洗衣店做工的时候,曾到印第安纳波利斯的赛车场去过一趟,目的是为了要看看烈士纪念日的锦标赛,为了赶时间,我白天搭人家的车走,夜里就偷车子跑。同时,在洛杉矶,我有一部二十块钱买的别克牌汽车,那是我的第一部车子,由于它的刹车和车灯都通不过检查,我打算弄一张外州的护照。免得开出车去遭到拘留,于是我就跑到这里来弄护照。当我把汽车牌照藏在衣服里搭便车通过这里的一个城市的时候,有一个专爱找碴儿的警长,认为我年纪太小不该搭人的车子,他在大街上把我拦住,搜出了我的牌照,把我关进了一个有两间牢房的监狱里。那儿还有一个少年罪犯,他其实是应该进养老院的,因为他自己根本不会吃饭(警长的老婆得喂他吃),他成天呆坐在那里说胡话,淌口水。警长审查了我的案子,先是像父亲对儿子似的虚情假意一番,随即又突然转而向我威胁恐吓,核对我的笔迹等等;后来,我为了脱身,做了一番漂亮的谈话,谈了我的身世,最后我自白说,我所说的过去偷车子的事都是谎话,我是去找我爸爸,他在附近一个农场里做工,这样他才把我释放了。当然,我已耽误了看赛车。第二年秋天,我又这样跑了一趟,这一次是要去看印第安纳州南本德地方举行的圣母队对加利福尼亚队的球赛——这次可没有遇到一点儿麻烦,萨尔,可是我只有刚够买一张票的钱,一文余钱也没有,从去到回来,我自己一点儿吃的东西也没有,全靠一路上向我所遇到的一些傻瓜讨着吃,同时我也到处逗女人。在美国怕也只有我这个家伙为了看一场球赛费这么大的事。"

我探问了一下他一九四四年在洛杉矶生活的情形。"我在亚利桑那州被捕了一次,那儿的监狱是我所待过的最糟糕的监狱。我不得不逃走,要照一般所说的逃跑来讲那是我一生中最艰险的一次逃跑。你晓得,我躲在森林里,爬行着,在那个山区的四周,到处是沼泽地。等待着我的是橡皮管子,是劳役,碰巧还有所谓死亡,所以我不得不顺着山脊穿过那一带森林,好躲开一切大小路径。我得设法换掉囚衣,所以在弗拉格斯塔夫城外的一个汽油站上巧妙地偷到了一件上衣和一条裤子,两天之后,我打扮成一个加油站职员的样子到了洛杉矶,走进我所遇到的第一个加油站,在那里找到了工作和住处,改名换姓(李·布利),在洛杉矶痛痛快快地混了一年,结交了一群新朋友,还有几个真棒的姑娘。这一段日子是这样结束的:有一天夜晚,我们大伙儿一道开着车子在好莱坞大道上奔驰,我一面和我的姑娘亲嘴,一面叫我的伙伴开车子——你瞧,我可还坐在方向盘后面哩——他没有听见我的话,我们就一下子撞在一根柱子上,但时速只有二十英里,我碰伤了鼻子。你瞧瞧我鼻子上这条弯曲的伤疤。从那以后我就到了丹佛。那年春天,我在一个冷饮站遇上了玛丽露。哦,朋友,她刚刚十五岁,穿着一套斜纹布工装,正等着有个人去勾搭她哩。在爱斯旅馆三层楼上东南角的一个房间里,我们谈了三天三夜,那是一个神圣的、值得纪念的房间,那是我一生中最神圣的境遇——她那时有多么温柔可爱,多么年轻,唔,啊!

嘿！你瞧那边，深更半夜，一群老酒鬼正在铁路旁边烧火，他妈的。"他的语调放慢了一点，"你听哪，我总也弄不清我爸爸是不是在那儿。"铁路旁有几个人正围着一堆火叽叽不休地谈着话。"我也不知道该上哪儿去打听。在哪儿你都可能找得到他。"我们继续开车前进。也许在这深夜里，在我们后面或者前面的什么地方，他爸爸正醉倒在灌木丛中，而且毫无疑问——他脸上准挂着唾沫，裤子上沾满了水，耳朵上粘着蜜糖，鼻子上长着疮痂，头发上可能还有血，在月亮地里躺着哩。

我拉着狄恩的手臂说："啊，伙计，我们现在可真的要回家了。"纽约将要成为他的第一个永久的家乡。他全身轻轻摇晃着；他已经等不及了。

"想一想，萨尔，当我们到达宾夕法尼亚的时候，我们就会听到广播节目中那种最妙的东部的波普音乐。啊哈！开呀，老汽车，往前开！"这出色的车子把风鼓得呼啸着；平原像一卷纸似的在眼前展开；它傲然把滚烫的柏油路一段段抛在身后——一辆最好的汽车呀。我向着正在展现的黎明睁开了眼睛；我们一直冲向黎明。狄恩那冷酷顽固的脸依旧伏在仪表灯上，带着他特有的神气，若有所思。

"你在想什么，想娘儿们吧？"

"啊哈，啊哈，老一套，你知道——女人女人女人。"

后来，我就昏昏入睡，醒来时已是置身在艾奥瓦州七月的星期天早晨的又干又热的空气中。狄恩依然在开着车子疾行，丝毫没有减低速度；他仍旧以最少八十英里直至一百一十英里的时速驶过艾奥瓦州长满庄稼的蜿蜒的山谷。除非遇到上下对开的车辆，他才被迫不得不排着队，以六十英里的速度，很难过地缓缓前进。只要一有机会他就超车，把别人的车子成半打地丢在后面遮天的尘土中。路上有一个小伙子,开着一部崭新的别克牌车子,他看到了这种情况,打算同我们赛跑。狄恩正打算从一条空隙中穿过去的时候,那小子一声不响就从我们旁边超过去,然后他还嘟嘟地按着喇叭,闪动着车尾的灯向我们挑战。我们像一只大鸟似的紧追不舍。狄恩笑道:"等着瞧,在这十来英里的路上,我得和这狗娘养的好好逗逗,你瞧着。"他把别克车让到前面,然后就加足速度十分无礼地抢过去。发疯的别克车忘其所以,把速度加到了一百英里。我们现在已看清了这小子是个什么人。他可能是芝加哥的一个阿飞,和他在一起的一个女人年纪大得足以当——她也许真是——他的妈妈。天知道,她是不是正在埋怨他,可是他还照样赛着车。他的头发是黑的,很乱,是从芝加哥来的一个意大利人;他穿着一件运动衫。他可能以为我们是从洛杉矶来的一伙新强盗,也许是米基·寇因的部下,要去抢劫芝加哥,因为我们这部轿车看上去很有些像,车上的牌照又是加利福尼亚州的。这一切主要不过是为了在路上找点刺激。他抓住一切机会跑在我们前面,绕着弯儿超车,只有对面远远开来一部笨重的卡车时,他才排在车队里走。艾奥瓦州的八十英里路我们都是这么开过去的,这比赛非常有趣,我简直乐得不知道害怕了。后来这个小伙子不赛了,他开到一个加油站上停下来,可能是那个老太太叫他停的,当我们从他旁边驶过去的时候,他还乐呵呵地直对我们招手。我们开足马力往前驶去,狄恩敞着胸口,我把双脚蹬在仪表板上,两个小伙子在后座上睡觉。我们停在一个白发老太太开的饭馆门前,在这儿吃了早饭,她给了我们很多土豆,这时附近城市里的教堂钟声响了。饭后,我们又继续出发。

"狄恩，白天不要开这么快。"

"别担心，朋友，我心里有数儿的。"我开始有点害怕了。狄恩像恐怖之神似的赶上一队队的车子。在他寻找空隙超车的时候，总几乎是擦着它们过去。他简直是在跟那些车辆上的缓冲器逗着玩，时而放松，时而冲撞，时而扭转脖子看一看车子所走的弧度，忽然一辆大卡车从对面直向他冲上来，一闪而过，我们往往以间不容发的空隙从对面开来的大队车辆中拐到我们自己的这边来。这情景使我已不由得浑身战栗起来。我实在有些受不住了。在艾奥瓦州只能偶尔遇到一条像内布拉斯加那样漫长而笔直的路，当我们一旦走上一条直路时，狄恩照旧开足了一百一十英里的速度，在从车窗外面飞逝的景色中，我看到了一些熟悉的景象。记得是在一九四七年，我跟埃迪曾经在这儿抛过锚，停留过两个钟头。这条旧游之路使人眼花缭乱地展现在眼前，仿佛生命的酒杯已经翻倒，一切都已趋于狂乱。我的双眼在这梦魇似的大白天隐隐作痛。

"啊，天哪，狄恩，我得到后座上去了，我真受不了啦，我简直不敢看。"

"嘿嘿！"狄恩笑着，这时，他在一座窄小的桥上躲闪过一辆车子，钻进漫天的尘土又呼啸前进了。我跳到后座，蜷着身子睡起觉来。后座的两个孩子有一个就跳到前座去寻开心。这天早晨我们可能会被撞死的，极端恐惧的心理完全把我压倒了。我躺在车底板上，闭上眼睛，想要睡去。在坐海船的时候，我常常会想到船身下面冲击的波浪，想到船底下深不可测的海洋——这时，我能够感觉到我身底约莫二十英寸之下的公路正在飞速地以不可思议的速度展开，飞逝，沙沙作响，横穿过这呻吟着的大陆，而驾驭着它的却是个发了疯的冒失鬼。

只要一闭上眼睛，我所看到的便是这条一直向着我的心伸展开来的公路。睁开眼来却又只见飞逝的树影在车底板上颤动。在劫难逃，我只好听天由命了。狄恩还一直开着车子，在我们到达芝加哥之前，他就没有想到要睡觉。下午我们再度通过了得梅因城。在这里，当然，我们又受到了来往车辆的纠缠，不得不减低速率，我重新坐到前座上去。在这儿发生了一个奇异的悲剧。我们前面，有一个胖胖的黑人带着全家开着一部轿车旅行；他的车后面的缓冲器上挂着一个沙漠中用的帆布贮水袋，这是在沙漠中卖水给旅客用的。这部车子突然停下来，这时狄恩正在和后座上的男孩子们说话，没有看前面，我们以一小时五英里的速度直撞到那个贮水袋上，它一触即破像开了锅似的，把水直喷向空中。除了把缓冲器撞弯之外，再没有造成其他的损害。狄恩和我都下车来和他交涉。结果，互相交换了地址，谈了一会儿，狄恩的眼睛却一直盯住那人的老婆，透过她那胸前起伏不停的棉布衣裙可以隐约看出她那美丽的棕色的乳房。"好，好。"我们把芝加哥我们的车主人的地址告诉了他，就向前开去。

过了得梅因城后，有一部巡逻车鸣着警笛向我们赶来，叫我们停下。"怎么回事？"

警察从车上下来。"你们刚才发生车祸了吗？"

"车祸？我们在交界处撞破了一个年轻人的一只贮水袋。"

"他可说有一群偷车贼撞了他的车逃跑了。"一个黑人会像个老笨蛋似的这么多疑，我和狄恩还真见得不多。这件事真使人大为惊奇，我们不禁大笑起来。我们不得不跟着警察到站上去，在草地上待了一个钟头，等待他们给芝加哥打电话,找寻这部凯迪拉克的主人,以证实我们的受雇开车的身份。据那个警察说,车主人是这么说的:"对,那部车子是我的,不过我不能担保那些家伙不会惹出什么乱子。"

"他们在这里,在得梅因城出了一点小事故。"

"是呀,你已经对我讲过了——我说的是对他们过去的行为我完全不能保证。"

一切都处理停当之后,我们又开车出发了。艾奥瓦州的牛顿,这是我一九四七年有一次清晨散步的地方。下午我们再度穿过沉寂的达文波特,低低的密西西比河在那木屑一般松软的河床里流着;随后就到了罗克艾兰,再走几分钟,太阳渐呈红色,忽然瞥见几条可爱的小支流在美国中部伊利诺伊州幻境一般的树木与万绿丛中缓缓流去。看起来,这景色又渐渐有点像温柔甜蜜的东部了;广大而干燥的西部已经过去,不见了。伊利诺伊州的景色在我的眼前展开,好几个钟头绵延不断;这时狄恩还是以同样的速度飞速前进。他已经很疲倦了,可是却比以前更不顾一切。在横跨一条可爱的小河的一座狭小的桥上,狄恩冒失地使自己陷入了一种几乎是不能设想的境地。我们前面有两部开得很慢的车子正吃力地从桥上通过;对面又开来一部带着拖车式活动房的卡车,这卡车的司机估量着这两部慢车通过小桥所需的时间,认为当他赶到桥边时,那两部车子恰好已经通过。桥上再也没有一点余地可以容得下这部卡车或任何从对面开来的车子了。这部卡车的后面还跟着一串车子,都在伺机想超过这部车子。在那两部慢车的前面还有一些别的慢行车在徐徐前进。道路拥挤不堪,大家都在焦躁地要设法通过。狄恩可照旧是以每小时一百一十英里的速度冲到这儿的,他一点也没有踌躇。他抢过那两部慢行过桥的车子，从它们旁边一闪而过，几乎撞到桥左方的栅栏上，他直向着对面开来的那部并未减低行速的卡车冲去，然后突然向右一闪，刚好从那车子的左前轮边上掠过，险些撞在前面第一部慢行车上，超过去之后，由于在卡车后面有一部车子探出头来，才不得不退入车队里，但是一两秒钟之后，又飞一般地抢上前去，在背后留下了漫天的尘雾。这一来，五路行车，从四面八方开来的车辆互相冲撞拥挤的可怕景象已经看不见了，你当然也看不见那庞大的卡车的背影在伊利诺伊州午后的一片殷红的天空下和它的梦一般的田野里颠簸前进。同时我心里还老想着，最近有一个爵士乐队的著名单簧管手就是在伊利诺伊州撞车而死，也许正是在像今天这样的一个日子里吧，我又换到后座上去。

这回，那两个孩子还在后座上没动。狄恩一心想在天黑之前赶到芝加哥。在一处公路和铁路交叉的地方，我们又让两个流浪汉搭上了我们的车，他们凑了五毛钱来付汽油费。片刻之前，他们还坐在一大堆铁路枕木的旁边，喝着最后一点残酒，这时他们却坐在一辆虽然满身污泥，却仍神气活现的漂亮的凯迪拉克轿车里，急如星火地向芝加哥进发。事实上，在前座上靠着狄恩坐着的那个老家伙，一直在盯着前面的路，在念叨着他那可怜的无用的祷词。他们说："是啊，真没想到我们会这么快就赶到芝加哥。"伊利诺伊州的人对于那些坐着轿车天天从这儿通过的芝加哥歹徒是非常熟悉的，而我们当时的那副怪相也真够瞧的：大家谁都没有刮脸，司机袒露着胸膛，旁边是两个流浪汉，我自己则坐在后座上，紧抓着车上的一根吊带，脑袋靠在坐垫上，以傲慢的眼光望着乡村景色——这可真像是一群前来抢夺芝加哥财宝的加利福尼亚强盗，又像是一群刚从犹他州监狱里逃出来的亡命之徒。我们在一个小城的车站上停下来喝可口可乐和添油的时候，人们都出来盯着我们，可是他们全一言不发，我想他们准是在默默记认我们的外貌、体形与身高等等，以备将来有人问及时应用。在和加油站上的一个姑娘办交易的时候，狄恩也只不过把他那件T恤衫像围巾似的披上，态度还是粗率而生硬，他回到车上以后，我们就又开车出发了。转眼之间，四处的一片殷红，变成了绛紫色，最后一条迷人的小河飞速地逝去，顺着车路，我们看到了远处芝加哥城的浓烟。我们从丹佛经过埃德·华尔牧场到芝加哥，一共走了一千一百八十英里，全程只用了整十七个钟头，陷在沟里的两小时、在牧场停留的三小时、在艾奥瓦州牛顿城和警察拘留的两小时都不计在内，平均每小时七十英里，一个人驾驶，横贯大陆。这真是一种疯狂的记录。

10

伟大的芝加哥在我们的眼前放出了红光。我们一下子就到了麦迪逊大街，满街上尽是成群的无业游民，有的趴在大街上伸开手脚睡大觉，把脚架在路边的石沿上，此外，更有成百成千的人一堆一堆聚集在酒店的门口和小胡同里。"啊！哈！瞧瞧，找找老狄恩·马瑞阿迪，他可能今年正好来到了芝加哥。"我们请那两个流浪汉在这条街上下了车，然后向芝加哥的闹市开去。尖叫的无轨电车、报童和姑娘们沿街穿过，空气里散发出一股油煎食物和啤酒的香气，霓虹灯闪闪发光——"我们到了大城市了，萨尔！啊哈！"我们的第一件事是找一个适当的比较隐蔽的地方把凯迪拉克车停下来，然后洗洗澡,换换衣服,以便好好玩一夜。我们从青年会那儿穿过马路,在一排楼房中找到一条红砖砌成的小胡同,就把凯迪拉克车藏在里边,并使车头冲着大街,以便随时开出,于是就跟着那两个大学生到了青年会,他们在那儿租下一个房间,并答应让我们借用一个小时。狄恩和我在那里刮过脸、洗了个淋浴。我把钱夹子失落在正厅里,狄恩看到后,马上打算偷偷把它掖进衬衣兜里去,结果发现这原来是我们自己的东西,不由得大失所望。接着我们向那两个小伙子告别,他们因为自己终于安全到达,感到很高兴,然后我们到一个自助餐馆去吃饭。在这古老的棕色的芝加哥有无数带着半东方半西方气味的奇怪的人物工作着、活动着。狄恩站在自助餐馆里揉着肚皮,仔细观察着这一切。他想同一个不相识的中年黑人妇女攀谈,她走进这个餐馆里来,对跑堂的讲着她实在没有钱,可是她带着甜面包,希望他们给她点黄油,她摇摆着屁股走进来,碰了个钉子,又摇摆着屁股走掉了。狄恩嚷道:"喂!咱们上街去追上她,把她拉到小胡同口的凯迪拉克车子里去。咱们好来个舞会。"可是,这话说说也就算了,我们径直向北克拉克街走去,在闹市上兜了一个圈子,就到游乐场去看摇摆舞、听波普音乐去了。多么美妙的一个夜晚啊!当我们在一座酒吧间前面站下来的时候,狄恩对我说:"哦!朋友,瞧瞧这热闹的街头,瞧瞧那穿行在芝加哥街头的中国人。多么奇怪的一个城市啊——哦,瞧那上面窗口的那个女人,大奶头从睡衣里吊出来了,又大又圆的眼睛。哈哈,萨尔,我们得走了,不到那儿绝不停止。"

"上哪儿去,朋友?"

"我不知道,不过,走就得了。"这时来了一群年轻的波普音乐师，从车上卸下他们的乐器。他们拥进一家酒吧间里，我们也跟了进去。他们都坐好，然后就吹奏起来。看哪！领头的是个瘦长的、伛偻的、长着卷发、噘着嘴巴的高音号手。他的肩头很窄，胡乱地披着一件运动衫，在这个热闹的夜晚，他显得很冷静，眼睛里露出放纵的神色，他拿起号，皱起眉头，吹出清越而复杂的调子，忽而优雅地跺着脚动脑筋，忽而又耷拉着脑袋不动脑筋，等到别的小伙子们各自独奏的时候，就轻轻说了声："奏吧。"接着轮到了普利兹，他是一个壮实漂亮的金发小伙子，像一个长着雀斑的拳击手，整整齐齐地穿着鲨鱼皮似的格子呢衣裤，长长的披肩和衣领耷拉在背上，领带松开，以便吹奏高音的时候不致显得非常吃力。他满身大汗地举起了他的号，扭动翻腾，吹出了一个像是由莱斯特·杨[①]本人奏出来的曲调。"朋友，你瞧，普利兹很有点像专为赚钱的音乐师急于卖弄技术的样儿，他是唯一穿得较整齐的一个，你瞧当他吹出一个不协调的音的时候，就显得有点烦恼。可是那个头儿，那个冷淡的家伙却对他说，不要烦恼，一个劲儿地吹吧，吹吧——他唯一关心的就是音乐的声响和严肃复杂的音调。他可真是个艺术家。他在教导普利兹这个拳击手。现在你再仔细瞧瞧别的那几个！！"第三个萨克管是中音，吹奏的是一个十八岁的冷静而爱思索的青年，他是一个高中毕业生，一个查理·帕克式的黑人，咧着一张大嘴，比别的人个儿都高，很严肃。他举起萨克管，安详而沉思地吹着，发出一种像小鸟鸣唱似的乐调，与迈尔斯·戴维斯一脉相承。这些人都是伟大

① 莱斯特·杨(Lester Young,1909—1959)，美国爵士乐萨克斯风手及单簧管手、小号手、提琴手及鼓手，爵士乐界传奇人物。

的波普音乐革新者的子弟。

从前,有一个路易斯·阿姆斯特朗在泥泞的新奥尔良吹出了他那最美妙的音乐;在他以前还有那些发了疯的音乐家曾经在盛大的节日满街吹奏,把苏沙进行曲拆成片断的轻快小调儿。然后又出现了即兴爵士乐和罗依·埃耳德里季,他精壮而有力,无所不至地发挥了管乐的力量,以它所发出的音浪表现出力量、逻辑与奥妙——他在吹奏时总露着闪闪发光的眼神和可爱的笑容,并且通过广播,震动了爵士音乐世界。更后来又出了查理·帕克,当他还是一个孩子,住在堪萨斯城他母亲的柴房里的时候,就在一堆木头中间吹着他那缠着带子的中音号,下雨天也练习,还常跑出去看老巴西和本尼·莫藤的乐队的即兴演奏,这个乐队有"热辣嘴唇"佩奇等人——查理·帕克离开家之后,到了哈莱姆区会见了半疯的塞隆尼斯·孟克①和全疯的吉莱斯皮——查理·帕克年幼的时候就一边吹奏,一边跳着圆圈舞。莱斯特·杨比他稍为年长一些,也是堪萨斯人,是一个阴郁的、圣徒一般的呆子,他本身就是一部爵士音乐史;从前他把号高举起来与嘴巴拉平的时候,他能奏出最伟大的音响;后来他的头发渐渐长了,人也渐渐懒惰起来,只是勉强应付,他的喇叭也慢慢耷拉下去;直到今天差不多已完全落下,整个贴在他胸前了,他穿着厚底鞋,感受不到人生的起伏,只是冷漠地吹奏一些容易吹的乐句。这些就是美国波普音乐之夜的孩子们。

可这里还有更奇异的花朵——当那个黑人中音号手很神

---

① 塞隆尼斯·孟克(Thelonious Monk,1917—1982),美国爵士乐作曲家、钢琴家。

气地端详着每个人的脑袋的时候,从丹佛柯提斯街来的那个年轻的、细高个儿的金发白脸的小伙子,穿着一身工装,系着带纽扣的带子,正在吸吮着他的号嘴儿,等待着别人奏完;别人一奏完之后,他就马上吹起来,你得四面瞧瞧才知道这独奏是从哪儿吹出来的,它来自那乐器嘴儿上那两片天使般的微笑的嘴唇,多么温柔、甜蜜、神话般的独奏啊!它像美国一样地寂寞,在夜中这声音一直刺入人们的咽喉。

　　其他的人和整个乐队的演奏情况是怎样的呢?有一个贝斯手,一头挺硬的红头发,一双野猫似的眼睛,在每个需要加强的节拍上他都要用屁股撞一下琴,演奏到狂热的时刻,他张开了嘴就像着了魔似的呆住了。"朋友,这个人可真有让娘儿们着迷的本领!"那个悲伤的鼓手,活像我们旧金山佛森大街的一个阿飞,完全是个呆子,两眼直盯着空中,嘴里嚼着口香糖,大眼睛带着兴奋而满足的狂欢不停地摇晃着脖子。钢琴手是个很结实高大的意大利卡车司机,一双胖手,健壮,有思想,很讨人喜欢。他们演奏了一个钟头。没有一个人听。老北克拉克街来的酒鬼懒洋洋地靠在酒吧间的柜台上,妓女们愤怒地尖叫着。神秘的中国人从旁走过。摇摆舞的噪杂声不时打扰。但他们仍这么演奏着。从外面人行道上来了一个小怪物——一个十六岁的孩子,留着山羊胡子,拿着一个长号匣子。他瘦得像个骷髅,面带疯狂,现在也要来参加这个乐队,一起吹奏。他们本来就知道他这个人,谁也没有理他,他溜进酒吧间里来,偷偷打开了号匣子,把号放在嘴唇上。但他始终插不进去,别人连看都不看他一眼。乐队奏完之后,收拾起乐器又到别的酒吧间去了。他也想跳上车去,那个干瘦的芝加哥孩子。他戴上自己的墨镜,举起长号放在嘴唇上,一个人在酒吧间里吹起来，"嘟！"接着他就跑出去追赶他们去了。可他们就像加油站后面的那支沙地橄榄球队一样，不让他和他们一起玩。狄恩说："这些年轻人都像汤米·斯纳克和我们的中音卡洛·玛克司一样，跟他们的奶奶一起过活。"我们也随着这一大伙人冲了出去。他们走进了阿尼塔·奥德俱乐部，拿出乐器一直演奏到早晨九点钟。狄恩和我在这儿喝着啤酒。

在乐队休息的时间，我们急忙跑出来，开着凯迪拉克车子，在芝加哥城到处去找女人。她们都很害怕我们这部满身疤痕、预兆不祥的大车子。一阵疯病发作，狄恩啪的一声把车子直靠在一排消防栓上，咻咻地狂笑着。到了九点钟，这部车子已完全是破烂不堪了；刹车已经失灵；挡泥板已经撞扁；掣动杆在吱吱作响。遇着红灯时狄恩也刹不住车了。它一直在车道上胡乱冲撞，在这一夜的欢乐中，它算尽了它的职责，它已成了一只污秽的靴子，再不是一部什么光亮的豪华轿车了。"啊哈！"那群小伙子还在尼兹俱乐部吹奏着。

忽然，狄恩盯着音乐台那边的一个黑暗的角落说："萨尔，上帝来到了。"

我望一望，那是乔治·谢林。他照常用苍白的手支撑着他那瞎了眼的脑袋，两只耳朵像大象的耳朵似的张开，倾听着这美国音乐，竭力想记住这些音响，以便他自己在英国的夏夜晚会上应用。接着人们都怂恿他起来演奏。他马上就同意了。他演奏了许多合唱曲，惊人的调门愈来愈高，直到他的汗水淋遍了整个钢琴，人人都带着惊恐之色谛听着。一个小时之后，人们领着他离开了音乐台。这位古老的上帝又回到了他那个黑暗的角落，小伙子们都说："听了这个就再没有什么可听的东西了。"

那个细长的领班却皱着眉头说:"无论如何,咱们还是吹奏起来吧。"

总还能吹出点东西来的。新东西总是存在的,这得一点点地发现——永无休止。他们希望在谢林之后再找到新的乐句;他们苦苦地追寻着。他们不住地翻腾、扭动、吹奏。不时有一个清晰和谐的叫声引出了一个新的调子,有一天这个调子就会变成全世界唯一的曲调,把人们的灵魂引向欢乐的境界。他们时而找到了它,时而又失掉了,然后又拼命去寻找,直到再找到它;他们大笑着,呻吟着——狄恩在桌子旁边急得直冒汗,不住地向他们说,吹啊、吹啊、吹啊。到了早晨九点钟,音乐师、穿着长裤的姑娘们、侍者和那个瘦小的不幸的长号手——大家都懒洋洋地踱出了这个俱乐部,消失在进入白天的伟大而喧嚣的芝加哥市,睡觉去了,等待着再一个狂热的波普音乐之夜。

狄恩和我穿着一身破烂衣服,直打寒战。现在该把那部凯迪拉克车子归还给它的主人了,他住在湖畔车路上的一所华丽的公寓里,楼下有一个很大的汽车房,由一些满身油渍的黑人管理着。我们把车子开到那里,把这满身污泥的车子开进车间。那个机械匠简直认不出这部凯迪拉克了。我们交了车证。他看到这部车子的样子禁不住直抓头皮。我们必须赶快走掉。我们跑掉了。我们坐着公共汽车又回到了芝加哥的闹市,事情就这样过去了。我们一直不曾听到芝加哥的那位车主人为这部车的情况责问过我们一句话,尽管他有我们的地址,满可以抱怨一番的。

11

我们该继续前进了。我们乘公共汽车到了底特律。这时我们身上的钱已经不多。我们自己拖着破烂的行李走过车站。这时狄恩大拇指上的绷带已经脏得像煤一样乌黑,完全松散了。我们显得十分狼狈,任何人经历过我们这一番活动也必然如此。由于过分疲劳,狄恩在横贯密歇根州的公共汽车里睡着了。我和一个漂亮的乡下姑娘交谈起来,她穿着一件胸口敞得很开的棉布衣裙,连乳头边美丽的褐色圆盘也露出来了。人很呆板,她谈到乡间晚上在门廊下制作爆米花的情景。本来这话题是可以使我感到快乐的,但是由于她谈话时的心情并不愉快,我就知道她说这些话除了认为这是一个人所应做的事情以外,再没有任何别的意思了。"你们还干些什么开心的事儿呢?"我试图引起关于交男朋友和两性关系的话题。她用一种空虚的带着悔恨的眼睛看着我,这是一种世代相传的由于未曾做到自己所渴望做的事情而产生的悔恨心情——不论那是什么事情吧,反正那是谁都知道的。"你希望从生活中得到些什么呢?"我想死揪住她,逗着她转上正题。可对于希望得到什么的问题,她一点也没有想过。她咕咕哝哝地谈到干活儿,看电影,到祖母家去过夏天,希望到纽约去看看罗克西,她将要穿什么样的旅行服装——或者像她去年复活节所穿的衣服一样,白色无边帽儿,插着玫瑰花,玫瑰色的鞋,淡紫色斜纹呢上衣。我问她:"星期天下午你干些什么?"她坐在门廊下面。男孩子们骑着自行车走过,停下来跟她闲谈。她靠在吊床上读着有趣的报纸。我问她:

"在炎热的夏夜里你干些什么?"她坐在门廊下,看着路上来往车辆,她和妈妈一起制作爆米花。"你爸爸在夏夜干些什么?"他做工,他在一个制锅工厂上夜班,他竭尽一生的力量养活着老婆孩子,没有什么名望,也没有什么值得称赞的荣誉。"你的兄弟在夏夜里干些什么?"他骑着自行车兜圈子,在冷饮店外面待着。"他渴望着做什么? 我们大家渴望着做什么? 我们需要什么?"她不知道。她伸伸懒腰打个呵欠,想睡觉了。这问题太大了。没有人能回答。也没有人愿意谈这些。事情就这么完结了。她十八岁,很可爱,但什么也不懂。

狄恩和我,穿得又破又脏,仿佛是从牢里出来的囚犯。我们在底特律下了公共汽车,决定到下等街的通宵影院里去待着。公园里实在太冷了。哈塞尔在底特律时就曾经在这里待过,他曾屡次到每个妓院、每个通宵影院和喧嚣的酒吧间里睁着他的黑眼睛到处巡视。他的鬼魂常常来纠缠我们,我们在时代广场再也找不到他了。我们还设想也许会在这儿偶然碰上狄恩的爸爸老狄恩·马瑞阿迪,但是他并没有在这儿。我们每人花了三角五分钱,进了一座破旧的影院,在楼座上一直坐到第二天早晨,才被哄下楼来,待在那个通宵影院里过夜的尽是些乱七八糟的人。有听到谣传特意从亚拉巴马来想在汽车工厂做工的黑人瘪三;有白人老酒鬼;有穷途末路的长头发的青年阿飞在喝酒;还有妓女,一般的夫妇,和无所事事、无处可去、对谁也不相信的家庭主妇。即使你把全底特律的人用铁筛子筛过一遍,也无法挑选出比这伙人更加晦气的一堆渣滓来。上映的影片是关于爱歌唱的牛仔艾迪·狄恩①和他的

———————

① 艾迪·狄恩(Eddie Dean,1907—1999),美国西部歌手。

勇敢的白马布鲁普的故事,这是一号片;二号片是乔治·拉夫特①、悉尼·格林斯特里特和彼得·洛②合演的一部关于伊斯坦布尔的影片。这一夜,我们把这两部影片各看了六遍,我们看着他们在苏醒,听到他们在睡觉,感觉到他们在做梦。这些奇异的西部灰色奥秘渗透到了我们的全身。而当清晨来临时,我们又受到诡异的黑色东部奥秘的渗透。从那以后我举手投足都在不知不觉中受到这种可怕的、充满魔力的经验的影响。我仿佛无数次地听到大个子格林斯特里特的冷笑,听见彼得·洛阴险的微笑。我同乔治·拉夫特一起陷入他的偏执狂的恐惧中;我和艾迪·狄恩一起骑马、唱歌,向盗马贼射出无数正义的子弹。在黑暗的电影院里,人们拿着酒瓶子猛灌,四下搜寻,看看有什么事可以干干,有什么人可以聊聊。在思想中每个人都带有几分内疚地异常安静,没有人说话。当朦胧的晨雾像幽灵一般出现在电影院的窗前,拥抱着它的屋檐时,我靠在座位的木扶手上睡着了。六个剧场清洁工在清扫着整个剧场里的杂物,居然扫出了那么一大堆垃圾,差点儿碰到我正低头打鼾的鼻子——他们几乎连我也一块儿给扫地出门了。这是后来狄恩告诉我的,他在后面的第十排看到了这一切。昨晚出出进进那些人丢弃的所有的烟头、酒瓶、火柴盒等等都被归到这堆垃圾里。如果他们把我也给扫走,那么狄恩就再也见不到我了。到那时,他就会跑遍整个美国,从东海岸到西海岸,翻找每一个垃圾堆,然后发现我像个胚胎一

---

① 乔治·拉夫特(George Raft,1895—1980),美国电影演员。
② 彼得·洛(Peter Lorre,1904—1964),美国好莱坞影星,擅长演恐怖、悬疑电影。

样困在自己生命的垃圾堆里——不仅我的生命,还有他的生命,以及所有不论有关还是无关的人生命的垃圾堆里。我会在我的这个垃圾温床上对他说什么呢?"别来烦我,伙计,我在这里很快活。一九四九年八月的某一个晚上,你在底特律把我给丢了,你还有什么权利到这个小要塞来干扰我寻梦呢?"一九四二年我曾经在一个最最肮脏的梦中成为主角。那时我是个水手,在波士顿的斯考利广场的帝国咖啡馆里喝酒,我一气喝了六十杯啤酒,然后出去上厕所。在厕所里我蜷缩在小便池边上睡着了。那天晚上,至少有一百个水手以及各种各样的人进进出出,把他们敏感的排泄物洒在我身上。最后我在不知不觉中变得僵硬。但是那又有什么关系呢——在尘世中默默无闻的要比在天堂里声名显赫自由自在得多,什么是天堂?什么是尘世?全是些虚无缥缈的想象。

黎明时狄恩和我莫名其妙地踉踉跄跄走出了这个恐怖窟,到旅行社去找车子。我们在黑人酒吧里喝酒、跟几个姑娘调情、听听自动点唱机里播放的爵士乐,痛痛快快地过了一个上午,然后我们又用尽各种招数乘坐本地的巴士走了五英里,来到一个人的住处,这个人只要我们每人付四块钱就可以带我们去纽约。他是个金头发白面皮的中年人,戴着眼镜,有老婆孩子,有一个很好的家庭,我们在院子里等着他做出发前的准备。他那可爱的妻子穿着棉布围裙给我们端来咖啡,但我俩只顾忙着和她聊天都忘了喝。狄恩又有气无力地犯癫,看到什么都欣喜若狂。他掩饰不住内心真实的冲动,浑身上下不停地淌汗。当我们坐上开往纽约的一辆新的克莱斯勒汽车的时候,那个可怜的人才发现他带上了两个疯子,不过他还是尽量迁就,当我们经过布里格斯体育场,谈到明年底特律老虎队将参加球赛的时刻,他已和我们混熟了。

我们在雾蒙蒙的夜里经过了托莱多,然后又过了俄亥俄老城。我开始感觉到我像一个满世界旅行的推销员,一次又一次地经过美国的大小城镇——在我的招数袋子里仅有些陈谷子烂芝麻,没有一个人要买。快到宾夕法尼亚时,那个人累了,于是狄恩接过方向盘,驶完了剩下的一段路到了纽约。我们可以听到收音机里播放的"锡德交响乐"①主持的交响乐表演的最新流行的波普音乐。现在,我们正在驶入这个美国最顶级的城市。我们是清晨到达这里的,时代广场上车来人往,川流不息。纽约永远不会有片刻的宁静,当我们驶过时,又不由自主地寻找起哈塞尔来。

狄恩和我来到了长岛我姨母的新居,她正忙着和一些画家应酬,他们都是常来的朋友,当我们这两个从旧金山来的人跌跌撞撞地踏上楼梯的时候,她正在和这些画家争论价格。我姨母说:"萨尔,狄恩只能在这儿待上三五天,他就一定得走,你听见了吗?"旅行到此结束了。那天夜里,狄恩和我在许多汽油桶、铁路桥梁与长岛的照雾灯中漫步了一回。我记得他曾站在一盏灯下对我说:

"萨尔,当咱们走过前面那盏灯的时候,我会再告诉你另一件事,这会儿一个新的想头正完全占据着我的头脑,等咱们走到下一盏灯前的时候,我就会再转回到原来的话题上去,你同意吗?"我当然同意。我们由于久惯旅行,真想要走遍整个长岛,可是前面再也没有陆地可走了,只有大西洋,我们只好走到这儿为止。我们拍拍手掌,愿意永远做朋友。

---

① 即美国著名 DJ 锡德·托林(Sid Torin, 1909—1984)。

不到五天之后的一个晚上，我们参加了纽约的一个舞会，我看到一个名叫依尼兹的姑娘，告诉她说，我还带着一个朋友，她很应该找个时间跟他见见。我当时喝醉了，竟告诉她说，他是个牛仔。"哦，我一直就想见见一个牛仔。"

这个舞会里有诗人安吉耳·路兹·加西阿，有华尔特·伊文思，有委内瑞拉诗人维克多·维雅努埃瓦，我从前的情人吉尼·琼斯，还有卡洛·玛克司、吉恩·德克斯特和其他许多人，我就在会场上大叫道："狄恩！到这儿来。"狄恩羞怯地走过来。一个小时之后，在舞会（"当然，这是为了庆祝夏天的结束而举行的"）上那种迷醉癫狂的气氛里，他已经跪在地板上，下巴托在依尼兹的肚皮上，对她讲着话，答应她的一切要求，同时不住地冒着汗。她是一个高大的富于性感的皮肤微黑的姑娘——正像加西阿所说的，"简直是德加①的画中人"，大体上很像一个漂亮、风骚的巴黎女人。过了几天，他俩就用长途电话和远在旧金山的卡米尔谈判，想取得一份必要的离婚证书，以便他们再结婚。不仅如此，只是在几个月之后，卡米尔就给狄恩生下了第二个孩子，这是今年年初他俩相好了几个夜晚的结果。又过了几个月，依尼兹也怀上了一个孩子。再加上西部某地的一个私生子，狄恩当时已经有了四个小孩，却没有一文钱，他仍然和以往一样在种种困难、狂欢与无比的奔忙中过日子。因此我们就没有去意大利。

———————

① 德加（Edgar Degas，1834—1917），法国印象派画家。

第 四 部

1

我卖掉一部作品,弄到一笔钱,替我姨母付清了年内的房租。当春天来到纽约的时候,从河那边新泽西州传来的大陆的召唤,使我实在无法忍耐,我必须得走。于是我又出门了。在我们的一生中,我这是第一次去纽约向狄恩告别,让他留在那里。他在麦迪逊第四十大街的一个停车场工作。他照旧穿着他那双破鞋和那件 T 恤衫到处奔忙,裤子吊在肚子下面,调度着中午时十分忙碌的车辆。

平常黄昏时分来看他的时候,他往往没有什么事了。他站在木棚里一面数着存车票,一面揉着肚皮。收音机一直开着。"朋友,你听过那个疯狂的篮球广播员马蒂·格里克曼的广播吗——到了球场中部——弹跳——假动作——准备——投篮,唰!两分。真是我平生听到过的最伟大的广播员。"他居然也会对这些简单的玩意儿发生兴趣了。他和依尼兹一起住在东八十街的一所下等公寓里。他每天夜晚一回来就把浑身的衣服全都脱掉,穿上一件长可盖着屁股的中国丝绸上衣,坐在安乐椅上抽起装大麻精的水烟袋来。这就是他家居的乐事,此外他还抱着一副又脏又旧的纸牌①。"这些日子来,我一直在研究这张方块二。你能看出她的另一只手在哪儿吗?我敢打赌,你看不出来。你仔细找找看。"他想把那张方块二借给我,那张牌上面画着一个样子很可怕的人和一个淫荡的妓女躺在床上正在试行一种姿势。"拿去吧,伙计,我已经照这样子干过好几次了!"依尼兹在厨房里做饭,带着苦笑向里面望了一下。她是对什么都不在乎的。"你看见她了吗?朋友?那是依尼兹。你瞧,她就是这样,从门里探出头来笑笑。哦,我已经和她谈过了,一切事情都已安排停当。我们不久就要走了,今年夏天要到宾夕法尼亚州的一个农场去住——我可以搭车站上的货车回到纽约来寻开心,那儿有漂亮的大房子,不几年就会生下一大堆孩子来。啊哈!哈哈!我的天!"他从椅子上跳起来,放了一张威利·杰克逊的唱片《鳄鱼尾巴》。他站在唱机前面,拍着手掌,摇晃着,和着音乐的节奏把两膝一伸一屈。"呜!这狗娘养的!我第一次听到他唱歌时,我以为他第二天晚上就会死掉,可是他仍然活着。"

他在这大陆的另一端和卡米尔在一起住在旧金山的时候,也正是这么着过日子的。还是那同一只破烂的箱子在床底下露着,随时准备出走。依尼兹不断地用电话和卡米尔通话,谈个不休;她们甚至谈到他的一些下流勾当,至少狄恩是这么说的。她们在通信里也谈论狄恩的一些怪癖。当然他每个月一定得给卡米尔寄一部分钱养活她,否则他早已被判处六个月的劳役,关进感化院了。为了捞回这笔钱,他时常在停车场上耍诡计,他是个第一流的换钱能手。我曾经看见他溜

---

① 这里指的是一种带春宫画的扑克牌。

滔不绝地向一个阔人祝福圣诞节,乘机把一张五元票当二十元换了出去。我们于是马上跑到伯特兰爵士音乐厅去把这钱花掉了。那里是波普音乐台,莱斯特·杨正站在台上,鼓着他永恒的大眼皮。

有一天夜里,凌晨三点钟我们在第四十七街和麦迪逊大街的拐角上谈话,他说:"唔,萨尔,他妈的,我希望你不要走,我真的不愿让你走开,我从来也没这样离开我的老伙伴一个人留在纽约过。"他又说:"纽约只是我中途停留的地方,旧金山才是我的家乡。我在这儿的这些日子里,除了依尼兹我就再没找别的姑娘——只有在纽约我才会这样!他妈的!我真想再横穿这可怕的大陆走它一趟——萨尔,我们好久没有谈谈了。"在纽约,我们常常和大群的朋友在一起举行不醉不休的酒会。这仿佛很不合狄恩的口味。夜间在空旷的麦迪逊大街上,在冰冷而迷茫的大雨中淋着,他倒会觉得更自在一些。"依尼兹爱我;她曾经对我说过,并答应我可以做我想要做的任何事情,绝不会让我有一点麻烦。你瞧,朋友,年岁越来越大,困难也越来越多。有一天你和我可能会一起在黄昏时分走进一条小胡同里,到空罐头盒子里找东西吃的。"

"你是说咱们会像叫花子一样死掉吗?"

"为什么不会呢?朋友。如果咱们愿意这样,当然会一切如愿的。这样死去并没有什么不好。你一生不干涉别人为实现自己的愿望而进行的活动,包括政治家和有钱人,也没人来打扰你,你与世无争地照自己的办法行事。"我表示同意。他就是这样以最简单的直截了当的方式做出他那道家的结论。"你的道路是什么样的呢,朋友?——圣童的路,疯子的路,彩虹的路,比目鱼的路,任何样的道路。一条任何人在任何地方都可能遇到的路。这个身体在哪儿不一样呢?"我们在雨中相互点头称是。"操他的,你也得照顾好你的孩儿,他还没太成熟,只是淘气——就照医生说的做吧。老实告诉你,萨尔,不管我住在哪儿,我那只箱子准是在床底下朝外伸着头,我随时都准备动身或者被人撵出去。我已经决心把一切都丢下。你已经看到我怎样费尽心力想方法来走这条路,你知道这没有什么关系,我们懂得时机——懂得怎样让时间过得慢一些,散步,玩儿,寻求老式的最大的欢乐,还有什么别的欢乐呢? 我们懂的。"我们在雨中叹息着。那天夜里整个哈得逊谷上上下下都在下着雨。像海一样宽阔的河上的世界闻名的大码头全浸在雨中,停泊在帕吉普西市的老汽船也浸透在雨中,这河上的发源地裂石池也浸透在雨中,万得尔华克山也浸在雨中。

狄恩说:"这样,我就追随着生活的自然趋向,艰难地前进着。你晓得我最近曾经给关在西雅图监狱里的爸爸写了一封信——前天我从他那儿得到了好多年来的第一封信。"

"你收到信了?"

"是,是。他说要是他能去旧金山的话,他希望看到我的孩子,但他可是写的'亥子'。我在东第四十街上找到一所每月租金十三块钱的下等公寓;只要我能给他寄点钱,他就会来住在纽约——如果他能来的话。我从来没有怎么跟你谈起过我的妹妹,可是你知道我有一个可爱的小妹妹;我也想叫她来,和我住在一起。"

"她在哪儿?"

"唔,这正是问题,我不知道——我爸爸正要去设法找她,可是你知道他真正的打算是什么。"

"他就是为这个到西雅图去的吗?"

"而且直奔到那肮脏的监牢里去了。"

"他那会儿原在哪儿呢?"

"得克萨斯,得克萨斯——所以朋友,现在你应该可以了解我的灵魂、我的境遇、我的地位了吧——你可以看出我变得更沉静了。"

"是的,的确是这样。"狄恩到纽约来变得很沉静了。他成天想找人谈话。我们在雨中差点要冻死了。我们定了一个日子,打算在我离开之前再在我姨母家里会见一次。

第二个星期日的下午,他来了。我有一部电视机,我们在电视上看了一场球赛,又在收音机里听了一场球赛,接着就一直继续来回切换寻找第三场球赛,追寻着每一时刻的比赛新鲜事儿。"帮我记着,萨尔,布鲁克林队的霍奇排在第二个,等到费城人队救援投手一出场我们就切换到波士顿巨人队的比赛,同时注意迪·马吉奥,他已经有三个球在握,然后等那个投手在树脂袋里抹手的时候,我们就赶快换回来看鲍比·汤姆森的比赛,半分钟前我们离开他的时候他正和另一球员开始第三轮。对!"

傍晚,我们出来和一群孩子们到长岛铁路车场附近一片乌黑的空地上打棒球。我们还狂乱地玩了一阵篮球,弄得比较年轻的小伙子们不得不说:"随便一点吧,你们用不着玩命。"他们很利落地在我们周围跳跃着,很不费劲就把我们打败了。狄恩和我冒着汗。有一次,狄恩脸朝下摔在混凝土地上。我们时而吓唬,时而呼啸,想把球从小孩子们手里夺过来,他们却灵活地一转身,把球传给另一个正跑上来的孩子,只见他轻松一掷,就把球从我们头顶上投向篮筐。我们拼命地在篮下起跳抢球,可他们却从我们汗津津的手中轻轻一拨,球又到了他们手里,然后运着球跑开了。我们就像美国陋巷里疯狂的音乐快餐制作人,在同斯坦·盖茨①和"酷查理"②打篮球。他们都认为我们不大正常。在回家的路上,狄恩和我分别走在街两边,玩着相互传球的游戏,并试着用一种特殊的方法传球,在街边草坪上鱼跃救球,还差点撞到灯柱上。一辆汽车驶过来,我随着跑上去把球递给狄恩,差点儿没撞在我眼前闪过的保险杠上。他跳起来接住球,一骨碌滚在草地上,又把球扔给我,让我在一辆面包卡车的另一边去接。我用我光着的手正好接住,马上又给狄恩扔回去,狄恩不得不打个旋子,一转身却仰面横摔在篱笆上。回家以后,狄恩拿出他的钱夹子,把我们那次在华盛顿因超速受罚欠下我姨母的十五块钱还给了她。她十分惊奇,也非常高兴,我们吃了一顿丰盛的晚饭。姨母说:"狄恩,我希望你能好好照顾你的快要出生的孩子,现在你也该好好待下来过你的婚后生活了。"

"对,对,对。"

"你不能这样走遍全国,到处生下些孩子丢下不管。那些可怜的小家伙就得无依无靠地长大。你应当给他们一个活下去的机会。"他看着自己的脚,点点头。在一个阴冷的黄昏时分,我们在一条很高的公路边的一座桥上告别了。

我对他说:"当我回来时,希望你还在纽约,狄恩,我唯一

---

① 斯坦·盖茨(Stan Getz, 1927—1991),美国爵士乐演奏家,曾被誉为"最杰出的中型萨克斯风手"。

② 即查理·伯德(Charlie Byrd, 1925—1999),美国爵士乐吉他手,曾与斯坦·盖茨合作专辑《爵士桑巴》,将巴萨诺瓦音乐(bossa nova)带入主流音乐圈。

希望的就是,有一天咱们能带着各自的家里人住在一条街上,做一对老朋友。"

"那当然,朋友——我也完完全全那样希望,同时我从来也没想到那些咱们俩曾经经受过的和即将到来的困难,可连你姨母都已经了解到并且已特别提醒过我了。我并不想要这个新生的小孩,是依尼兹坚持要生的,我们为这个还吵过架。你可知道玛丽露已经嫁给旧金山的一个倒卖旧汽车的商人,并且已经有了孩子了?"

"我知道。咱们都在朝那条道儿上走。"我当时想要说的意思是,我们全不过是颠倒过来的空虚之湖中的一片涟漪,这个世界的底儿是黄金,可这个世界颠倒过来了。他拿出一张卡米尔和她新生的女孩儿在旧金山充满阳光的大道上拍的照片。照片上有一个男人在阳光下的影子正好落在那个女孩身上,穿着长裤的两条腿显得很悲伤的样子。"那是谁?"

"那就是埃德·邓克尔。他又和加拉提和好,现在他们已经到丹佛去了。他们停留了一天,照了几张相。"

埃德·邓克尔的同情心是和圣人的同情心一样藏而不露的。狄恩又拿出另外一些照片。我感到有一天要是我们的子孙看到了这些照片,一定会感到惊奇,以为他们的父母过的是一种平静的有条有理、像照片里一样稳定的生活,早晨起来,高傲地在生活的便道上漫步,完全不会梦想到我们的真实生活中的这种糜烂、疯狂和混乱情形,不会梦想到我们所经历的那些夜晚,那种种地狱般的景象和我们所走过的毫无意义的梦魇似的道路。一切一切只不过是无始无终的空虚,是"愚昧无知"的各种可怜的表现形式罢了。"再见,再见。"狄恩在漫长的红色的薄暮中走了。机车冒着黑烟在他的上方滚动。

他的影子追随在他的身后,模仿着他的步态、思想和他的一切。他转过身来腼腆地挥了挥手。他给我打着手势,跳来跳去,喊了几句不知什么话,我没有听清。他转了一个圈子,一步一步朝着铁路通道边的混凝土墙壁走去。他最后一次向我挥手。我也挥手作答。突然他全神贯注于他自己的生活,疾行而去,看不见了。我站在那里呆呆地面向着我自己的空虚的岁月。我也还有一段漫长而可怕的路要走。

2

第二天半夜里,我唱着这样一首小曲儿:

> 有人家在米苏拉,
>
> 有人家在特拉基,
>
> 有人家在奥珀卢瑟斯,
>
> 可我的家在哪里?
>
> 有人家在老梅多拉,
>
> 有人家在望德尼,
>
> 有人家在奥加拉拉,
>
> 我可从不在自己家里。

搭上去往华盛顿的公共汽车,沿途到处逛了一番。我特意绕道去观光蓝脊山①,还聆听了申南多阿河上的鸟鸣,参观了"石墙"杰克逊的将军墓;又在黄昏时分来到卡那瓦河②岸边,

---

① 蓝脊山(Blue Ridge),位于美国东部,属于阿巴拉契亚山脉的东段,大致位于宾夕法尼亚州南部到佐治亚州北部。

② 卡那瓦河(Kanawha River),位于美国西弗吉尼亚州。

朝河里吐了几口痰,夜晚,在西弗吉尼亚的查尔斯顿寒碜的街头漫步了一阵;午夜,在肯塔基州阿什兰的一个露天大篷里近距离观看一个姑娘的单人表演。接着我看到俄亥俄州的神秘夜晚,又看到辛辛那提的黎明景色。然后是印第安纳的田野。午后的圣路易城依旧隐藏在那巨大山谷上空的云层之下。泥泞的鹅卵石,蒙大拿州的木材,破损了的汽船,古代的遗迹,河边的青草与绳索,这是一首无止境的诗篇。午夜时分来到堪萨斯州郊外的密苏里河畔;在堪萨斯的夜幕下,牛群游荡在神秘的开阔地带,汽艇①小镇的每条街道都通向一片水域;到达阿比林时天已破晓,东堪萨斯的草原变为西堪萨斯的牧场,蔓延至笼罩于西边夜幕下的山坡上。

亨利·格拉斯和我坐在一部车子里,他是由印第安纳的特雷霍特城上车的,他对我说:"我已对你说过我为什么讨厌我现在穿的这一身衣服,它长满了虱子——但是,还不仅仅是为这个。"他给我看了一些文件。他刚刚从特雷霍特城的联邦监狱放出来;他坐牢是因为在辛辛那提偷车卖车。他是个卷发的二十岁的年轻小伙子。"我一到丹佛就要到当铺里去把这身衣服卖掉,买一套工装。你可知道在那所监狱里,他们是怎么对待我的?他们把我跟一部《圣经》关在一起;我就拿这本书垫着坐在石头地上;他们后来看到我那样,就把那部《圣经》拿走,另换回了一本很小的,这么大的袖珍本。我没法坐在上面了,于是我就把全部《圣经》都读完了。嘿嘿——"他用手指戳了我一下,大嚼着他的糖果。他不住地吃糖,因为他的胃在监狱里搞坏了,别的东西都承受不了——

<hr />

① 汽艇(crackerbox),第二次世界大战后流行于美国的一种小型快艇。

"你知道《圣经》里面真有些热闹玩意儿。"他还告诉我什么叫作"夸耀"。"每一个即将离开监狱,开始谈到释放日期的人都是在向不得不还留在里面的人们'夸耀'。我们抓着他的脖子对他说:'不要向我夸耀!'夸耀实在要不得——你说是不是?"

"我决不夸耀,亨利。"

"任何人向我夸耀,我都会气得鼻子翘起来,我简直气得要杀人。你晓得我为什么半辈子老坐牢吗?因为我十三岁的时候,就气得跟人动过武。我和一个男孩子一起看电影,他骂了一声我妈妈——你懂得那个脏字眼儿的——我就马上掏出我的小刀来,戳破了他的喉咙,假如人们没把我拉开,我早已把他杀死了。法官说:'当你用刀子去戳你朋友的时候,你知道你在干什么吗?''我知道,先生,我想杀死这狗娘养的,我现在还想杀掉他。'因此我没有被开释,进了感化院。我因为长时期枯坐得了痔疮。永远不要进联邦监狱去,那是世界上最糟的监狱。他妈的,我因为已经很久没同人谈话了,这会儿我真能通夜地讲下去。你真不知道释放出来以后我觉得多么愉快啊。我上车的时候你正坐在那部公共汽车上——穿过特雷霍特城——你那时在想些什么呢?"

"我只是坐在那儿赶路。"

"我呀,我唱着歌儿。我靠近你坐着,因为我害怕坐在姑娘们旁边,我怕我会发疯,把手伸到她们的衣服里面去。我暂时还不能那样做。"

"再进一次监牢,你这一辈子就算完了。从今以后,你可得多当心一些。"

"我也这样想,可麻烦的是我一发脾气就会什么也顾不得了。"

他现在是要去找他的哥哥嫂子,跟着他们去过活;他们在科罗拉多给他找了一个工作。他的车票是联邦调查局代买的,他的目的地是假释出狱的指定地点。这个小伙子和从前的狄恩很相像;过分沸腾的血液使他无法自制;他总爱冒火;可他又没有那种天生的奇怪的品德,使他能逃脱这残酷的命运。

"拿我当个朋友,照顾照顾我,千万别让我在丹佛又闹起脾气来,你肯吗,萨尔?要那样我也许就能安全地到达我哥哥那里。"

我们到了丹佛之后,我就挽着他的手陪他到拉里墨尔大街去卖他的囚衣。衣包还没有完全打开,那个老犹太人就知道了我们卖的是什么东西。"我这儿不要这劳什子;每天都有坎宁城的小伙子们拿着这类东西到这儿来卖。"

整个拉里墨尔大街上到处都是设法出卖囚衣的出狱犯人。亨利最后用一只纸口袋把囚衣装起来,夹在腋下,身上穿着崭新的工裤和运动衫,出现在街头了。我们到了狄恩的老相识格里纳姆酒吧——在路上,亨利把他的囚衣丢进了垃圾桶——打电话给蒂姆·格雷。这时已经是晚上了。

蒂姆·格雷笑道:"是你啊?我马上就来。"

不到十分钟,他就和斯坦·谢泼德一起跑进酒吧里来。他们刚刚到法国去旅行了一趟,因而对丹佛的生活感到万分不耐。他们很喜欢亨利,给他要了好些啤酒。他把在牢里剩下的一点钱拿出来,要全都花掉。我又回到了这到处是神圣的小街小巷和疯人院的温柔、黑暗的丹佛之夜。我们开始遍访全城的酒吧间、西柯尔法克斯街附近的小店,一直到五点镇①的黑人酒吧间和工厂。

斯坦·谢泼德已经等我等了许多年,现在我们终于聚在一起,要一同进行猎奇活动了。"萨尔,从我刚打法国回来,我就不知道该怎么办才好。你真的要去墨西哥吗?操他妈妈的,我可以和你一道去吗?我能弄到一百块钱,到那儿以后,还可以到墨西哥大学去领取一笔退伍军人助学金。"

很好,我们就这么说定了,斯坦和我一道走。他是个细瘦的、腼腆的、头发蓬乱的丹佛青年,常常带着愉快的笑容,走起路来自由自在慢腾腾的,样子很像加里·库柏②。"操他妈妈的。"他说着,把大拇指插在皮带里,顺着大街左一弯右一拐慢慢走去。他祖父早已对他不能相容。他到法国去就遭到老头子的反对,现在,他更反对他去墨西哥。由于他和他祖父打了一架,斯坦只好去丹佛像个乞儿似的到处游荡。那天夜里,我们喝够了酒,管着亨利没让他在柯尔法克斯的霍特·沼普酒馆里闹事,然后,斯坦就跟着亨利到格里纳姆酒吧睡觉去了。"我回家的时间要是晚一些——我祖父就要和我打架,打完了还跟我妈妈吵闹。我对你说,萨尔,我必须赶快离开丹佛,要不然我会发疯的。"

我呢,一开始待在蒂姆·格雷家,后来芭比·罗林斯替我找了一间地下室的干净小房间,我们大伙儿每晚在那儿聚会,待了一个星期。亨利找他哥哥去了,以后就再没有看到他,也不知道后来是否有人向他夸耀过,他是否又坐过牢,或是否在得到自由的那天夜晚发过脾气。

---

① 五点镇(Five Points),美国科罗拉多州地名。
② 加里·库柏(Gary Cooper,1901—1961),美国电影明星。

蒂姆·格雷、斯坦、芭比和我整整一星期每天下午都待在可爱的丹佛的酒吧间。这里的女招待都穿着西装裤子，带着羞怯可爱的眼神穿来穿去，她们不是那种冷酷的女招待，而是些常常会爱上顾客、惹出轰动一时的桃色事件然后急赤白脸地面对一次又一次庭审的女招待；我们在这个星期的夜间总是在五点酒吧间听爵士音乐，在疯狂的黑人酒吧间里狂饮，在我的地下室里闲扯到早晨五点钟。中午，我们常常躺在芭比家的后院和一群丹佛的孩子们一起玩儿。他们装扮成牛仔和印第安人，从开满鲜花的樱桃树上往我们怀里跳。我过得很美妙，整个世界都对我敞开了大门，因为我没有什么梦想。斯坦和我策划着让蒂姆·格雷和我们一起走，可是蒂姆却坚持着过他自己的丹佛生活。

当我正在准备到墨西哥去的时候，丹佛的道尔突然在一天夜里打电话给我，他说："萨尔，你猜猜谁要到丹佛来了？"我完全莫名其妙。"他已经上路了，我说的可完全是内线消息，狄恩买了一部汽车，他要到这里来跟你会合。"突然，我的脑子里出现了狄恩的形象，他像一个被热情燃烧着的、战栗的可怕的天使，从马路的那边直向我冲过来，像一朵云似的以极大的速度飘到我跟前，像在平原上出现的一个僵尸追逐着我，直向我压来。我看见他那长着一双炯炯发光的眼睛，露着疯狂、粗野神色的庞大的面孔出现在这片平原上，我看到了他的翅膀；我看到他那破旧的汽车，向四面闪着万道耀眼的烈火；我看到它在路上烧出一条焦痕；它甚至自己撞出一条路来，驶过玉米地，冲过城市，摧毁桥梁，烧干河流。它像一团怒火来到了西部。我知道狄恩又发疯了。如果他把银行里的存款都取出来买了汽车，他就没法给他的两个老婆寄钱了。一切都完了。在他的身后,烧焦的废墟在冒着烟。他再度向西冲过这呻吟着的可怕的大陆,很快就要来到了。我们匆忙地为狄恩的来临做了些准备。有人说,他来这里主要是为了开车送我到墨西哥去。

"你说他会让我跟你们一同走吗?"斯坦恐惧地问道。

"我可以和他谈谈。"我冷冷地说。我们不知道他来后有什么情况。"他住在哪儿?他吃什么?能不能替他找几个姑娘?"这情形简直像是卡冈都亚①即将到来了;我们必须加宽丹佛城的路旁沟渠,删掉某些法律,以适应他那受罪的躯体和他的无法约制的狂欢。

3

狄恩的来临,真像旧式电影里的一个场面。那是一个阳光明媚的下午,我正在芭比家。说起她家,我还得啰唆几句。她母亲去欧洲旅游了,家里只剩下姑妈凯瑞蒂陪伴她,姑妈已经七十五岁高龄,精神头儿却像年轻人一样。罗林斯家族的人遍布整个西部,所以她经常从一家跑到另一家,以显示自己还有点用。她曾经生过十几个儿子,他们却都远走高飞,抛弃了她。现在她虽然老了,却对我们的一言一行仍然很感兴趣。当我们在卧室里喝着威士忌时,她总是难过地摇着头。"现在你们滚到院子里去好了,年轻人。"楼上——那年夏天是出租的——住着一个叫汤姆的家伙,他毫无希望地爱着芭比。

① 卡冈都亚(Gargantua),法国十六世纪作家拉伯雷长篇小说《巨人传》中的主人公。

他来自佛蒙特的一个富裕家庭，他们都这么说。还说那里有一个职业在等着他什么的，但是他坚持要待在芭比住的地方。到了晚上，他常常坐在客厅里，煎熬地把脸藏在报纸后面，无论我们谁说什么，他都注意地听着，但却一声不吭，每当芭比开口说话，他就更加煎熬。如果我们强迫他放下报纸看着我们，他就会露出非常尴尬和痛苦的表情。"嗯？哦，当然，我也觉得是这样。"他总是这么说。

凯瑞蒂坐在角落里，手里编织着什么，眼神犀利地盯着我们大家。她的任务是看护，就是看着大家不要说粗话。芭比坐在沙发上咯咯地笑着，蒂姆·格雷、斯坦·谢泼德和我则倒在椅子上。可怜的汤姆忍受着煎熬，他站起身，叹了一口气，说："好吧，日落而息。晚安。"然后便消失在楼上。要说情人，芭比对他完全无意。她爱蒂姆·格雷，他却像条黄鳝一样从她的手中溜掉了。一个晴朗的下午，我们又这样围坐在一起。快吃晚饭的时候，狄恩突然开着他那辆旧车出现在门口。他跳下车，只见他穿了一套粗花呢西装，里面套着马甲，衣服上还挂了一条表链。

"嗨！嗨！"我听见街上有人在叫，他是和罗伊·约翰逊一起来的，罗伊同他的妻子桃乐珊刚从旧金山回来，回到丹佛居住。邓克尔、加拉提·邓克尔还有汤米·斯纳克也回来丹佛了。所有的人又都来到了丹佛。我走出门廊。"喂，我的朋友，"狄恩说着，伸出他那双大手，"我知道这里会一切如意的。你好，你好。"他跟每一个打着招呼，"噢，蒂姆·格雷、斯坦·谢泼德，你们好！"我们把他介绍给凯瑞蒂。"噢，你好，这是我的朋友罗伊·约翰逊，他很热情，一直跟我在一起。咳咳！天哪！咳！咳！天哪。先生。"他把手伸向汤姆，后者一直盯着他。"好的,好的。那么,萨尔,老伙计,有什么故事吗?我们什么时候动身去墨西哥,明天下午?啊,太好啦!嗯哼!现在,我要用十六分钟赶到埃德·邓克尔家,把我在铁路上时用的旧表找出来,赶在拉里墨尔街打烊之前把表当掉,还要尽量抓紧时间看看我们家的老头子会不会在吉格餐馆或哪个酒吧,我跟理发师道尔有个约定,他总是让我拿出一些赞助来,这些年来我的这个原则一点儿没变——咳!咳!六点钟准时哈——准时出发。听见我的话了吗?——我想让你等在这里,我很快会来接你去罗伊·约翰逊家听听吉莱斯皮等等的流行音乐,轻松一个钟头。四十五分钟前你和蒂姆和斯坦和芭比可能已经有今天晚上的计划了,没有想到我会来,而我开着一九三七年的老福特车来啦,车就停在那里,你们都看见了。我开着它在堪萨斯城停了很长时间去看望我的表兄,不是山姆·布拉迪,而是另一个年纪小点的……"他一边唠叨着这一切,一边忙忙乱乱地在客厅里的那个能避开大家的视线的小壁橱里,脱下西装,换上 T 恤衫,又从同一个斑驳的旧箱子里拿出一条裤子,把他的表塞进裤兜里。

"那么依尼兹呢?"我说,"纽约的情形怎样?"

"真正说起来,萨尔,这次旅行是为了到墨西哥去离婚,这比任何离婚方式都快,都省钱。我最后终于取得了卡米尔的同意,所以一切都很好,很顺利,很让人开心。现在咱们可以不用为任何事情操心了,对不对,萨尔?"

好吧,反正,我总是照狄恩的意思行事,所以我们全都为一套新的计划忙起来,筹划着过一个欢乐的夜晚,而那一晚过得也确是令人难忘。我们在埃德·邓克尔的兄弟家里举行了一个晚会。埃德的另外两个兄弟是汽车司机。他们坐在那儿,对所发生的一切都惊慌失措。桌上摆满了美食,有糕点和酒。埃德·邓克尔显得又快乐又得意。"喂,你跟加拉提之间的一切问题都解决了吗?"

"解决了,"埃德说,"当然解决了,你知道,我就要跟罗伊一起上丹佛大学去了。"

"你打算念什么?"

"啊,你知道,念社会学和有关这门学科的一切。喂,狄恩是不是一年比一年疯得厉害了?"

"可不是嘛。"

加拉提·邓克尔也在那儿。她很想找个人聊聊,可是狄恩始终不让别人有说话的机会。当时谢泼德、蒂姆、芭比和我都并排坐在靠墙的厨房椅子上,狄恩就站在我们面前表演。埃德·邓克尔也惶惶惑惑地跟在他后面手舞足蹈。他那可怜的兄弟早给挤到一边儿去了。"吓!吓!"狄恩一边说着,一边使劲拉衬衫,揉肚子,跳上跳下。"喂,喂——咱们现在又凑到一块儿啦,时间一年一年在咱们眼前溜走了,可是你瞧,咱们谁也不曾有什么真正的变化,经久——经久不变,这就是叫人吃惊的地方——要证明这一点,我这儿有一副牌,可以给各位算命,真是有求必应,万无一失。"这是一副很脏的牌。桃乐珊·约翰逊和罗伊·约翰逊死板板地坐在一个角落里。这是个死气沉沉的聚会。接着狄恩突然安静下来,在斯坦和我之间的一把厨房椅子上坐下,带着一股顽固倔强的神气出神地直瞪着前面,对谁也不瞅不睬。他这样不声不响过了一阵子,只是为了养精蓄锐。要是你碰一碰他,他就会像挂在悬崖绝壁小石头上的圆石似的摇晃起来。他可能哗啦啦地坍下来,也可能只是像岩石似的摇摆几下。接着,那块圆石会突然开出花来。只见他容光焕发，脸带笑容，往四下里望望，像刚睡醒过来似的说："啊，瞧这些跟我坐在一块儿的可爱的人。这不是件快事吗！萨尔，不是吗，这就跟我那天跟敏说的那样，什么，呃，啊，是啦！"他站起来走到屋子那边，把手伸给参加晚会的一个汽车司机。"你好，我叫狄恩·马瑞阿迪。对了，我想起你来了。一切都称心如意吧？呃，呃，瞧这可口的蛋糕。噢，我能来点儿吗？就我一个人行吗，就我这个可怜人。"埃德的姐姐说可以。"啊，多美呀。人人都那么好。蛋糕和可口的东西摆满了一桌子，就是为了玩个痛快。哼，啊，是的，真妙，好极了，哈哈，呃！"他摇摇摆摆地站在屋子中间吃蛋糕，带着点惊慌失措的样子看着大家。他转过身来看看后面。看到什么都觉得稀奇。屋子里，人们三三两两地聚在一起聊天，他说："好！好极啦！"墙上的一幅画吸引了他的注意力。他凑近看看，又退后一步，弯下腰，跳起来，他要从各个可能的高度和角度来看这幅画，他扯着衬衫惊叹道："他妈的！"他不知道自己在做什么，也毫不在乎。人们看着狄恩，脸上开始洋溢出父母般的慈爱来，他终于成了个天使，我一直知道他会变成天使的；但是也像任何天使一样，他还有点喜怒无常。那天晚上，离开晚会后，我们这一群吵吵嚷嚷的人又到温莎酒吧间去了，狄恩喝得酩酊大醉，疯狂得犹如恶鬼附体一般。

不要忘了，温莎曾经是丹佛最受欢迎的旅馆，从许多方面来说它都是一个备受关注的地方——在楼下大厅的墙上还留有弹孔——这里也曾是狄恩的家，他和他父亲原来就住在楼上的一个房间里，并不是旅客。他喝起酒来就像他父亲，他像喝水一样喝着葡萄酒、啤酒和威士忌；他的脸涨得通红，满头大汗,在酒吧里乱吼乱叫;他蹒跚地走过舞池,几个西部小曲艺人正在钢琴的伴奏下同姑娘们跳舞。他向人们挥舞胳膊,对他们尖声叫着。这时我们参加晚会的人挤挤插插地围成两大桌,有丹佛的道尔、桃乐珊和罗伊·约翰逊,一个从怀俄明州的布法罗来的姑娘,她是桃乐珊的朋友,加上斯坦、蒂姆·格雷、芭比、我、埃德·邓克尔、汤姆·斯纳克和其他几个人,一共十三个。道尔别出心裁:他抱来了一个花生米机,放在他面前的桌子上,往里投入硬币,便可以吃到花生米。他还建议我们每人在一张一分明信片上写点什么,把它寄给在纽约的卡洛·玛克司。于是我们胡乱写了起来。拉里墨尔街的晚上传来阵阵小提琴声。"这不是很好玩儿吗?"道尔叫道。在男厕所,狄恩和我使劲捶门想把它捶破,但是它有一英寸厚。我的中指骨折了,直到第二天才发现。我们喝酒喝得醉醺醺的,在桌子上摆五十杯啤酒围成一圈。你要做的就是快速绕过桌子从每一杯里吸。一群坎宁城的小伙子跟我们吵吵嚷嚷。在酒吧外的门厅,几个退休的采矿老人坐在古旧的大钟下扶着拐杖打盹,对这种喧闹他们已经习以为常。一切都热闹非凡。到处都有三五成群的聚会。甚至在一座城堡也在举行聚会。我们全体驱车前往——只有狄恩除外,他驾车到其他地方去了——在城堡里,我们坐在大厅中一个大桌子旁边尽情地欢笑着,大厅外有一个游泳池和几个窑洞。我终于发现了世上有巨蛇出没的城堡。

到了后半夜,狄恩、我、斯坦·谢泼德、蒂姆·格雷、埃德·邓克尔,还有汤米·斯纳克挤在汽车里,所有的东西堆在我们前面。我们驱车来到墨西哥人聚居区,又来到五点镇,我们四处转悠。斯坦·谢泼德只管享乐,其他什么也不考虑。

他一边拍着大腿一边高声大叫："狗娘养的，见鬼!"狄恩被他迷住了，他重复着斯坦所说的一切，不时吆喝着，擦去脸上的汗水。"我们不是要去行乐吗，萨尔？带上斯坦这个家伙一块儿去墨西哥!没错!"这是我们在丹佛的最后一夜，我们过得痛快而又疯狂。这一夜是在地下室的烛光中喝酒结束的。凯瑞蒂穿着睡袍打着手电筒在楼上蹑手蹑脚地走动。我们还带来了一个黑人，他自称戈曼兹，他在五点镇到处游荡，从来不掏一分钱。当我们看到他的时候，汤米·斯纳克喊道："喂，你的名字叫约翰尼吗?"

戈曼兹回过身来，又一次走过我们身边，然后说："你能重复一遍你说的什么吗?"

"我是说，你是那个人称约翰尼的人吗?"

戈曼兹又走了过来，再次说："我这样看上去很像他吗？我真希望我是约翰尼，但是我无能为力。"

"啊，伙计，到我们这儿来吧!"狄恩叫道。戈曼兹跳上车，我们开走了。为了不影响邻居，我们在地下室兴奋地轻声聊着。到了早上九点，大家都走了，只剩下狄恩和谢泼德，他们仍然像疯了一样叽叽喳喳地说个没完。人们起来做早餐时，会听见地下传来奇怪的声音："是的!是的!"芭比做了一顿丰盛的早餐。我们该出发去墨西哥了。

狄恩开车来到附近的一个加油站，把一切都准备停当。这是一辆一九三七年的福特牌轿车，右边车门坏了，只能绑在那里。右边的前座也坏了，你一坐上去就会人朝后仰倒，看到斑驳的车顶棚。"别看它成了这样，"狄恩说，"我们照样能一路忽悠到墨西哥，它会日夜兼程把我们带到那里的。"我查看了一下地图，全程大约有一千多英里，大部分是在得克萨斯境内,一直到边境线上的拉雷多,然后再走七百六十七英里,穿越整个墨西哥到达那座靠近地峡和奥克萨根高原的城市。我几乎无法想象这次旅行,这是我所有旅行中最不可思议的一次。它不再是东西横贯,而是去往充满魔力的南面。我们脑海中出现清晰的西半球地形图,一直向南到火地岛。而我们要飞越那大地的弧线,来到另一边的热带地区和另一个世界。"伙计,这辆车会带我们到达那里的。"狄恩充满信心地说,他拍着我的手臂,"等着瞧吧,啊哈!"

我同谢泼德一起去了结他在丹佛的工作,正碰上他可怜的祖父。他站在门口,叫着:"斯坦——斯坦——斯坦。"

"怎么啦,爷爷?"

"不要走。"

"噢,这事已经定了,我现在必须走。你为什么要操心这个?"老人头发灰白,眼睛浑浊,脖颈僵硬。

"斯坦,"他轻声说,"不要走,不要让你的老祖父伤心,不要再把我孤独地留下。"看到这些,我的心都要碎了。

"狄恩,"老人说,他指的是我,"不要把我的斯坦从我身边带走,他还是个小孩子的时候我就常常带他到公园给他讲天鹅,后来他的小妹妹淹死在那个池塘里。我不能让你把我的孩子带走。"

"不。"斯坦说,"我们现在就走,再见。"他试图挣脱爷爷。

他的祖父拽住他的胳膊,"斯坦,斯坦,斯坦,不要走,不要走,不要走。"

我们低着头急急忙忙走开了。老人仍然站在门口,他的小屋建在丹佛的一条小街上,门口挂着几串念珠,客厅里摆满了家具。他的脸色像床单一般惨白，走起路来有气无力，嘴里还在叫着斯坦。他好像僵在了那里，一直没有离开门口，嘴里叫着"斯坦，不要走"，焦急地望着我们的背影，在拐弯处消失了。

"上帝呀，谢泼，我不知道该说什么。"

"别去想它！"斯坦厉声说，"他总是这样。"

我们在银行遇到了斯坦的母亲，她正在给斯坦取钱。她是个可爱的白发女人，看上去仍然很年轻。她和她儿子站在银行的大理石地板上轻声地说着话，斯坦穿着夹克衫和紧身裤，一看就知道是个要到墨西哥去的人，这是他在丹佛最喜欢的装束，他要做第二个狄恩。狄恩也回来了，准时跟我们会合，谢泼德夫人坚持要给我们每人买一杯咖啡。

"照顾好我的斯坦，"她说，"谁也说不准在那个国家会发生什么事。"

"我们会互相照顾的。"我说。斯坦和他母亲走在前头，我和疯魔的狄恩跟在后面，他正在给我讲着东部和西部厕所墙上刻的字。

"它们完全不同。在东部他们常常写一些粗俗猥亵的笑话，带有明显暗示的下流参数和草图；而在西部，他们只是写上自己的名字，蒙大拿州布鲁夫镇的雷德·奥哈里经过此地；再写上日期，一本正经。就像埃德·邓克尔。其原因不外乎是巨大的孤独感，这一点也算不得差别，就好比越过密西西比河就剪了头发。"我们的前面就走着一个孤独的人。谢泼德的母亲是个可爱的母亲，她不愿看到她的儿子离开，但她知道他一定要走。我看到他是怎样逃避他祖父的。我们三个人——狄恩在找他的父亲，我的父亲死了，斯坦却逃离他的老祖父——就要一起出发走进黑夜。在第十七街川流不息的人群中，他吻了吻他的母亲，她坐上了一辆出租车，向我们挥了挥手，再见，再见。

我们来到芭比家，上车并向她道别。蒂姆搭我们的车回城外的家。那天芭比特别漂亮，她披着金色的长发，就像瑞典人。在阳光下，她脸上的雀斑显得很明显，看上去真像一个比实际年龄小很多的小女孩；她的眼睛蒙着一层朦胧的薄雾，她可以同蒂姆随后赶上我们——但是她没有，再见，再见。

我们的车离开了。蒂姆仍站在城外平原上他家的院子里。我回头望着蒂姆·格雷的身影在平原上渐渐退去。这个奇怪的家伙站在那里足足有两分钟，注视着远去的我们，天知道他脑子里转着什么悲哀的念头。他渐渐变得越来越小，直到成为一个影子。他一动不动，一只手扶在水管上，像个船长。我痛苦地扭动身体想再看看蒂姆·格雷，直到他的身影在一片空旷中完全消失。那片空旷是朝向东方的堪萨斯方向，这个方向一直往前，就到了大西洋岸边我的家。

现在，我们的老爷车正吱嘎吱嘎往南向科罗拉多州的罗克堡①进发。夕阳开始变红，西面山上的岩石看起来像十一月薄暮中的布鲁克林酿酒厂。远处岩石上紫色的阴暗处，一个人影在移动，那可能是几年前我在山顶上曾经邂逅的白发老人，扎卡蒂坎·杰克。但是他离我越来越近，感觉就在我身后。丹佛离我们越来越远，就像一座盐城，它的烟尘升到空中，消失在我们的视野中。

---

① 罗克堡（Castle Rock），美国科罗拉多州城镇名，亦称城堡石。

4

现在是五月,是科罗拉多的一个平常的下午,在遍布着农场、灌溉沟渠和阴凉山谷——小孩子们还常常去那里游泳——的地方,怎么会出现这样一种叮了斯坦·谢泼德的飞虫呢?汽车行驶时,他把胳膊靠在坏了的车门上,兴奋地说着话,突然一只虫子飞了过来,用刺狠狠地蜇了他一下,他大叫一声。这事发生在美国的一个下午。他挥起另一只手使劲一拍,把刺拔了出来。几分钟后,他的手臂开始肿胀,钻心地痛。狄恩和我都搞不清这是怎么回事,只好等着看看肿是否会消下去。我们离开家乡——有着童年记忆的那可怜的家乡——还不过三英里,不知从哪个隐蔽龌龊的地方飞来的一只可能携带热病的奇怪虫子,把恐惧注入了我们心里,"怎么回事?"

"我从不知道这里会有一种虫子叮人以后会肿这么高。"

"该死的!"这使这次旅行似乎变得凶多吉少,我们继续开着车。斯坦的胳膊越来越糟,我们只好来到医院,给他打了一针青霉素。我们经过了罗克堡,在天黑时分来到了科罗拉多斯普林斯。巨大的派克峰在我们的右侧隐约可见。我们驾车驶上了普韦布洛公路。"这条路我走过了上万次。"狄恩说,"一天晚上,我突然感到一种莫名其妙的恐惧,我就是躲到了那边的铁丝网后面。"

我们都同意轮流讲述我们以往的经历,斯坦第一个。"我们还有好长的路要走,"狄恩抢先开口说,"所以必须打开心扉娓娓道来,把你能想到的每一个细节都展开来细细地讲。就这样也未必能讲完全。放松,放松。"他告诫着斯坦。于是他开始讲述他的故事。"你们也放松。"在斯坦回顾他生活的往事的时候,我们的车已进入夜间行驶。一开始他讲述了他在法国的经历,但是讲到一半就讲不下去了,他只好又开始讲述他少年时代在丹佛的经历。他和狄恩互相比较着见到对方骑自行车的次数。"有一次你忘了,我还记得——是在阿拉帕赫修车场,还记得吗? 我的球在拐角那儿弹到你身上,你用拳头把它顶回来给我,结果球掉到了阴沟里。那还是中学时代。现在想起来了吗?"斯坦有些着急,变得神经质,他想把什么都告诉狄恩。而狄恩现在身兼数任:仲裁人、长辈、法官、听众、证明人和旁观者。"是的,是的,请继续讲下去。"我们过了沃尔森堡①,忽然发现又过了特立尼达。查德·金可能正在前面的路上,和几个人类学家围着篝火讲述着他的生活经历,绝不会想到此刻我们正从公路上驶过这里,奔向墨西哥,而且也在互相讲述着我们自己的往事。噢,这烦心的美国之夜! 不久,我们进入新墨西哥州,经过拉顿②之后我们在一个餐馆前停下来。我们狼吞虎咽了几个汉堡包,还用餐巾包了几个,准备南行到边境线再吃。"我们前面还有得克萨斯的狭长地带,等着我们征服,萨尔。"狄恩说,"道阻且长。再有几分钟就进入得克萨斯了,可就算不歇气地一直开,也要开到明天这时候才能开出去,想象一下吧。"

我们继续开车上路,穿过莽莽平原,在夜色中来到了第一个得克萨斯州的城市,达尔哈特。一九四七年我曾经经过这

<hr>

① 沃尔森堡(Walsenburg),美国科罗拉多州城市。
② 拉顿(Raton),关隘,位于美国科罗拉多州与新墨西哥州之间。

里。在五十英里开外,它在一片黑暗的大地上熠熠放光。旷野在月光的照射下显得很荒凉。地平线上刚刚升起的月亮胖胖的,接着逐渐变大,锈迹斑斑,它慵懒地缓缓地移动着,直到晨星出现,露珠从我们的车窗上划过——我们依然在前行。在过了达尔哈特——那个空饼干盒城市——之后,我们就转向阿马里洛①,在黎明中来到了一片绿草地之中。几年前这里还到处是荒草,其中点缀着几个放牛的帐篷,现在已经有了加油站,那儿还有一个一九五〇年新上市的自动点唱机。上面有大鼻子一样的华丽装饰,还有可以投入一毛硬币的槽口,它正不停地放送着难听的歌曲。从阿马里洛到柴尔德里斯的一路上,我和狄恩把我们读过的所有著作的情节一个接一个地灌输给斯坦,是他请求我们这样做的,因为他想知道这些。到达柴尔德里斯后,我们在炎热的阳光下向南驶上了一条小路,接着急速驶过一片凄凉的荒野,向得克萨斯州的帕迪尤卡、加斯里、阿比林方向驶去。狄恩想睡觉了,我和斯坦坐在前面开车。这部老破车开起来上下颠簸,摇摇晃晃,旷野中的风裹挟着巨大的黄沙云团向我们袭来。斯坦一边开车,一边讲述他在蒙特卡洛和卡涅的经历,以及在芒通②附近一个蓝色区域一群面色黝黑的人沿着雪白的围墙款款而行。

得克萨斯值得见识见识,我们缓缓地驶入阿比林镇,大家都不睡了,睁大眼睛四处张望。"想象一下在这个离其他城市一千多英里的小镇上的生活吧。啊哈,就在铁道那边,在这个古老的阿比林小镇上,人们运来牲口,换得橡皮套鞋,喝得

---

① 阿马里洛(Amarillo),美国地名,位于得克萨斯州波特县与兰德尔县之间的狭长地带。

② 芒通(Menton),法国地中海沿岸城市。

烂醉。快瞧!"狄恩对着窗外叫道,他撇着嘴,就像 W. C. 费尔兹,他不关心得克萨斯或者其他什么地方,他对火热的路边一闪而过的红脸的得克萨斯人也没兴趣。到了小镇南头,我们把车停在公路边上下来吃点东西。夜幕覆盖了大地,似乎远在百万英里之外,我们重新上路向科尔曼和布雷迪驶去——这里是得克萨斯州的中心。我们的车在一片旷野中行驶,偶尔会在干涸的河沟附近看到几户人家,还有一段大约五十英里长的土路,再有就是无尽的炎热。"老天,墨西哥还远着哩。"狄恩睡眼惺忪地在后座上说,"小伙子们,侍候好这辆福特车呀,这样天亮时我们就能亲上小妞①了。只要你们知道怎么对付它,它就能跑。唯一的问题是它的后杠快掉了。但别担心,它会把我们带到目的地的。"随后他便睡着了。

我驾驶着汽车,一直开到了弗雷德里克斯堡。我又一次在这里的路上蜿蜒行驶。一九四九年的一个下雪的清晨,玛丽露和我手拉手就从这里走过,但是现在玛丽露又在何方?"加油!"狄恩在梦中大叫。我猜他一定是梦到了旧金山的爵士乐,可能还有墨西哥的曼波舞音乐。斯坦不停地唠叨,昨天晚上狄恩搞得他兴奋起来,现在他无法停住口。这时他讲起了英国,讲起他在从伦敦到利物浦的路上搭车的冒险经历,他披着长发,穿着破裤子,陌生的英国卡车司机在迷雾中让他搭车前行。得克萨斯凛冽的寒风把我们的眼睛吹得生疼。但我们每个人都内心坚定,相信我们一定能到达目的地,只不过会慢一些。汽车最多也就跑四十英里每小时。从弗雷德里克斯堡出来以后,我们开始从

①　原文为西班牙语。

高原上行驶下来，许多飞虫不断扑撞着我们的前风挡玻璃。"我们开始进入热带地区啦，小伙子们。沙漠老鼠，还有龙舌兰酒，这是我第一次到得克萨斯南端来。"狄恩兴奋地说道，"他妈的，这就是我们家老头子冬天常来的地方，这个老叫花子。"

从一段五英里长的山坡上下来后，我们突然感觉的确进入了热带。在远处的山坡之上，古老的圣安东尼奥城的灯光隐约可见，你会有一种这里原本是墨西哥领土的感觉。路边的房屋各式各样，加油站低一些，灯也少一些。狄恩兴奋起来，接过方向盘，驾车驶入了圣安东尼奥。我们来到城里，到处都是墨西哥式的东倒西歪的小屋，没有地下室，门廊里有几把旧摇椅。我们把车停在加油站，准备加点油。墨西哥人站在炽热的灯光下，头顶上方的灯泡周围飞着无数夏日飞虫。他们走进酒吧，拿过啤酒瓶，把钱扔给侍者。常有一家人一同来此处喝酒。到处都是低矮的房子，低垂的树木，空气中充斥着一股肉桂的味道。放荡的十几岁的墨西哥少女跟着小伙子四处游逛。"哈！"狄恩叫道，"对，明天！"①各种各样的音乐从四处飘送而来。斯坦和我喝了几瓶啤酒，微微有些醉意；我们好像已经离开了美国，但实际上还没有，这里是最疯狂的中心，高速改装车呼啸而过。圣安东尼奥，啊哈！

"现在，伙计们，听我说——我们可以在圣安东尼奥停留几个小时，我们可以去找一家医院看看斯坦的胳膊。萨尔，你和我一起去转转这些街道，近距离观察街对面的那些房子，从前厅你可以看到漂亮的小姑娘正手捧爱情杂志躺在那里。

①　原文为西班牙语。

哈!来呀,我们走吧!"

我们漫无目的地走了一阵子,向几个路人询问附近的诊所在什么地方。到了商业中心附近,一切看上去更齐整更有美国味。高楼大厦鳞次栉比,霓虹灯耀眼夺目,还有些药品连锁店。不断有汽车从黑暗中直冲过来,仿佛这里不存在交通规则。我们把车停在一家医院门口,我陪斯坦去看医生,狄恩留在车里换衣服。医院大厅里挤满了穷困的墨西哥妇女,有些人怀着孩子,有些人自己病了,还有些人带着生病的孩子。这种情景真让人目不忍睹。我想起了可怜的黛丽,不知道她现在在干什么。斯坦等了足足有一个小时,才有一个实习医生走过来看了看他肿痛的手臂。他们说他是受了某种感染,但是我们都没注意那个名称。他们又给他打了一针青霉素。

这时,狄恩和我一起出去逛逛带有墨西哥风情的圣安东尼奥城的大街小巷。到处充满芳香和温情——我所知道的最温情的地方——而且很暗,很神秘,很忙碌。突然,一群头戴白色印花头巾的少女身影出现在骚动的黑暗中,狄恩一声不吭蹑手蹑脚地跟在后面。"噢,这真是美得让人不知所措。"他轻声对我说,"我们悄悄跟上去看看。快瞧!快瞧!一个疯狂的圣安东尼奥台球厅。"我们走了进去,十多个小伙子正围在三张台球桌旁,都是墨西哥人。狄恩和我买了可口可乐,把几枚硬币投入自动点唱机,点了温诺尼·哈里斯①的布鲁斯以及莱昂内尔·汉普顿和露基·米兰达②的歌曲,在音乐的伴奏下我们跳了起来。狄恩告诉我注意观察。

① 温诺尼·哈里斯(Wynonie Harris,1915—1969),美国布鲁斯歌手。
② 露基·米兰达(Lucky Millinder,1900—1966),美国摇摆乐和布鲁斯音乐家。

"喂,在听温诺尼唱他的宝贝的布丁时,在你说的空气中充满温情时,用你的眼角余光看看那个小子,那个正在第一张台球桌击球的跛脚小子,酒馆里的人都嘲笑他,你看,他一辈子都是别人的笑柄。其他人虽然无情,但是还是爱他的。"

这个瘸子是个畸形的侏儒,长着一张宽大而清秀的脸庞,他的脸实在太大了,上面有一双水汪汪的大眼睛。"看见了吗,萨尔? 一个圣安东尼奥的墨西哥人汤姆·斯纳克。世界上真有同样的故事,瞧,他们用球杆打他的屁股。哈哈哈哈,听他们在笑,你瞧,他很想获胜,他赌了五毛钱。瞧! 瞧!"我们看着那个天使般的侏儒瞄准,想打个翻袋球,但是没打中,其他人都怪叫起来。"啊,伙计,"狄恩说,"现在再看。"他们抓住这个小伙子的颈背,闹着玩似的捶打着他,他尖叫起来。接着他跑了出去,但是也没有忘了回头看一眼,露出羞涩可爱的微笑。"啊,伙计,我真想知道这个可爱的小家伙在想些什么,他有什么样的女伴。噢,伙计,我真要在这空气中陶醉啦!"我们走了出去,漫步在街头,走过几个黑暗、神秘的街区。无数的房屋掩映在青翠的树木中,那些庭院简直就像小树林。我们可以看到房间里、走廊上,以及和男孩子一起躲在灌木丛中的姑娘。"我真不知道这个疯狂的圣安东尼奥是这样! 想想墨西哥会怎么样吧! 快走! 快走!"我们回到医院,斯坦正等在那里,他说感觉好多了。我们拥抱着他,告诉了他我们所做的一切。

现在,我们已经准备就绪,再走一百五十英里就能到达那神奇的边境了,我们钻进汽车重新上路。我感到十分疲倦,从迪利到恩西纳尔再到拉雷多的一路上我都在睡觉,直到凌晨两点我们的车停在一家饭馆门前我才醒了过来。"啊!"狄恩感叹道,"这就是得克萨斯的尽头,美国的尽头,其他的我们就一无所知了。"天气很热,我们都汗流浃背。没有露水,也没有一丝风,只有成千上万的飞蛾在路灯周围乱撞,还有附近的河水在闷热的夜里散发出的腥臭味道——那是格兰德河,它发源于寒冷的落基山脉,一路伴随并装点着世界峡谷,最终将它的热量在那巨大的海湾与密西西比河的泥沙融合。

拉雷多的那个清晨有几分诡异。各色的出租车司机、边境地区投机分子等都在四处寻找着好运,但是好运并不多,年成不一样了。这里是美国的底部,聚集着下层的糟粕,不三不四的人都会下沉到这里,一些无处藏身的人也在此潜伏以避人耳目;走私者在浓稠的空气中谋划;警察板着通红的面孔,汗流浃背;女招待衣着邋遢。近在咫尺的一切都使你感觉到整个墨西哥的存在,似乎从夜色中就可以嗅到墨西哥油煎玉米薄饼的味道。我们不知道真正的墨西哥到底是什么样,只是又一次来到了零海拔地区。我们每人要了一份快餐,却根本无法下咽,我只好用餐巾把它包起来,留着路上吃。我们感到很不自在,心情也不好。但是当我们的汽车驶过一座大桥,正式踏上墨西哥的土地的时候,一切都变了,尽管实际上我们只是驱车来到边境检查站。我们的车开始在墨西哥的街道上行驶。我们好奇地东张西望,出乎我们意料的是,这里真的完全像墨西哥。现在是凌晨三点,十多个戴着草帽、穿着白裤子的人正在一些灰蒙蒙的商店前面懒散地漫步。

"快——瞧——那——几个——家伙。"狄恩低声说。"噢,"他压低了嗓门,"等一等,等一等。"几个墨西哥警官笑嘻嘻地走出来,客气地让我们把行李拿出来。我们照办了,但是眼睛一直没有停止扫视街道,我们真希望能够自由自在地开车,迷失在这神奇的西班牙式的街道中,虽然这里只是新拉雷多①,但对我们来说,就像是到了圣城拉萨。"伙计,这些家伙整夜都不睡觉。"狄恩轻声说。我们很快就办好了入境手续,他们警告我们说,过了边境就不要再喝自来水。这几个墨西哥人漫不经心地检查了一下我们的行李,他们一点儿也不像警察,做起事来有气无力,狄恩禁不住一直盯着他们。他转过头来对我说:"瞧这个国家的警察居然这样,真让人难以置信。"他揉了揉眼睛,"我像是在做梦。"接着,我们去兑换钞票。我们看见桌子上放着几堆比索,知道一块钱可兑换大约八比索,我们把身上的钱换了一大半,兴高采烈地把口袋装得满满的。

5

那几十个墨西哥浪子在夜中从他们神秘的帽檐下瞅着我们,我们呢,就带着腼腆和惊奇的神色转过脸去欣赏起墨西哥的景色来。我们听见隐约的音乐声,看见烟雾从通宵营业的饭馆门口涌出来。"嘿。"狄恩悄悄地叫了一声。

"成啦,"一个墨西哥公务员咧着嘴笑道,"你们的手续算是完啦。走你们的路吧。欢迎你们到墨西哥来。祝你们快乐。当心你们的钱,开车时候也要留点儿神。这是我个人的劝告,我叫雷德,人们都管我叫雷德。有什么事找我好啦。吃点儿好的。万事不要操心。一切都很好。要在墨西哥寻欢作乐是不难的。"

---

① 新拉雷多(Nuevo Laredo),墨西哥北部城市。

"是啊!"狄恩哆嗦了一下,我们就踏着轻快的步子穿过街道进入墨西哥境内了。我们把汽车停放好后,三个人并肩沿着西班牙式街道走入昏暗的灯光中。有一些老头每人一把椅子坐在黑夜中,样子很像东方的烟鬼和先知。没有人真正拿眼望着我们,可是我们的一举一动他们都心中有数。我们一个急转弯朝左拐入一家烟雾腾腾的咖啡馆,里面有一架美国三十年代的自动点唱机正播送着乡村吉他乐曲。一些卷起袖子的墨西哥车夫和戴着草帽的墨西哥阿飞坐在高凳子上,正狼吞虎咽地吃着煎玉米薄饼、豆子、玉米卷饼和乱七八糟的不知什么东西。我们买了三瓶冰镇啤酒——啤酒的当地叫法是"*cerveza*"——一瓶大概是三角墨西哥钱或一毛钱。我们又买了几盒墨西哥香烟,六分钱一盒。我们把一直使用到这个地区的奇妙的墨西哥钱,看了又看,不住地玩弄着,一边还左顾右盼,朝每一个人微笑着。美国的一切,狄恩和我所熟悉的生活以及在路上的生活都遗留在我们后面了。我们终于在路的尽头找到了这块神奇的土地,而其神奇的程度又是我们从来没有梦想到的。"想想这些整夜站在那儿的浪荡子,"狄恩悄悄地说,"想想这呈现在咱们前面的广阔的大陆,还有那咱们在电影上看到过的巨大的马德雷山脉,一路上尽是丛林,一片荒漠高原跟咱们国内的一样辽阔,一直伸展到危地马拉境内或是天知道什么地方,嘿!咱们干什么好呢?咱们干什么好呢?咱们还是走动走动吧!"我们出来回到车上。透过格兰德河大桥上强烈的灯光,我们向美国看了最后一眼,就掉过车头隆隆地驶走了。

一会儿我们就到了荒漠的土地上,在五十英里的平原内望不见一星灯光或一辆汽车。这时黎明已降临墨西哥湾,到处可以看到幽灵般的丝兰和管风琴仙人掌的影子。"多荒凉的国家啊!"我叫喊道。在拉雷多时狄恩和我简直像死人一般,这会儿却都清醒过来了。斯坦从前到过外国,这时在后座睡得熟熟的。全墨西哥展现在狄恩和我的眼前。

"萨尔,现在咱们已把一切抛在后面,进入了另一个新的不熟悉的世界。所有那些岁月、烦恼和欢乐已经过去——而现在又是这个样子!所以我们十分安全,可以什么都不想,光是这样翘起下巴往前走,而且可以对这个世界有一种新的理解,说句规规矩矩的老实话,我们以前的美国人谁也不曾有过这样的理解——他们倒是到过这儿的,不是吗?墨西哥战争。用大炮在这儿开路。"

"这条路,"我告诉他说,"也是从前那些美国匪徒越境到蒙特雷古城的路线,所以你看看外面这片渐渐透白的沙漠,想象不知从哪个老坟里出来一个恶鬼,单枪匹马孤独地驰往不可知的国土,你就会进一步看到……"

"这就是世界。"狄恩说。"我的上帝!"他叫道,重重地拍了一下方向盘,"这就是世界!只要路通,我们可以一直开到南美去。想想看!狗娘养的!他妈的!"我们向前疾驰。晨光很快普照大地,我们已看得出沙漠上白色的沙土,还有远处偶尔出现的茅屋。狄恩放慢了车速看这些茅屋。"喂,真是破烂不堪的茅屋,这种草房只有在死谷里才看得见,而且比那儿的还更破烂哩。这儿的人倒不在乎门面。"前面第一个可以在地图上找到的大城镇是萨维纳斯伊达尔戈。我们恨不得插翅飞到那儿。"这儿的路跟美国的路没有什么两样,"狄恩嚷道,"除了一样鬼东西,不知道你注意到了没有,在这儿,里程碑是以公里计算的,上面标的是从这儿到墨西哥城的距离。

瞧,这是全国唯一的一座城市,一切都以它为中心。"从这儿到京城只有七百六十七英里多,可是以公里计算,就有一千多公里。"他妈的! 我得加油!"狄恩嚷嚷道。我实在太累了,合了一会儿眼睛,只听得狄恩用拳头捶着方向盘说,"他妈的!""多惬意!""啊,多妙的地方!""好啊!"我们穿过沙漠在早晨七点光景到达萨维纳斯伊达尔戈。我们把速度放得极慢,以便观看市容。我们把睡在后面的斯坦叫醒了。我们都直起腰坐着,准备好好摸一下底。大街泥泞不堪,一路都坑坑洼洼的。街道两边都是破旧的砖房。驴子驮着东西在街上走。光着脚的女人从黝黑的门道里看我们。街上熙来攘往,全都是徒步的行人,在墨西哥乡下开始新的一天。留着八字胡的老头盯着我们看。三个胡子拉碴、邋邋遢遢的美国小伙子比起平常穿得整整齐齐的旅行家来,当然更引起他们的兴趣。我们以每小时十英里的速度行驶,把一切都看在眼里。有一群姑娘就在我们前面走着。当我们的汽车从她们身边驶过时,她们中间有一个就说:"喂,你们上哪儿去啊?"

我吃惊地掉过头来对狄恩说:"你听到她说的什么吗?"

狄恩也是吃惊不小,竟一个劲儿地开着慢车前进,一边说:"是的,我听到她的话了,我真他妈的听得清清楚楚,啊我呀,我的天呀,我真不知怎么办才好,今天早晨真是太兴奋、太高兴了。咱们终于上了天堂了。不能再畅快、再伟大、再棒了。"

"呃,咱们回去把她们带上吧!"我说。

"对。"狄恩说,但仍以每小时五英里的速度一直朝前开。他已经如痴如醉,他不必像在美国的时候那样干了。"一路上像那样的娘儿们有成百万哩!"他说。他嘴里虽这样说,还是拐回来开到这群姑娘身边。她们是到地里干活去的;她们朝我们微笑。狄恩瞪大了眼睛一动不动地瞅着她们。"他妈的,"狄恩悄悄说,"啊! 简直太棒了,真叫人难以相信。女人,女人。特别是在我现在这种情况和条件下,萨尔,咱们经过这些破旧的房屋时我就在摸屋里的底儿——从门口看进去可以望见稻草的床铺,上面有小黑孩子在睡觉,只见他们微微动着,好像快要醒过来了。他们的小脑子从空空洞洞的睡梦中清醒过来,他们的身子微微抬起准备起身,他们的妈妈正在铁锅里做早饭。再瞧他们那窗户上的百叶窗,瞧那些老头儿,这些老头是那么冷漠而庄严,不为任何事操心。这儿没有猜疑这件事,根本没有。每个人都很冷漠,每个人都是用那双老老实实的棕色眼睛看着你,他们什么也不说,就只是看,可是在这一看中还保存着人类一切温厚纯良的品格,你仔细想想你所读到过的那些关于墨西哥的愚蠢的报道,什么睡着了的美国佬以及所有那些无聊的事情——还有关于墨西哥牧场工人的那些事儿——可是事实上,这儿的人都老老实实,很善良,不吹牛。这真使我吃惊。"路上过了那么个阴冷的夜晚之后,狄恩伏在方向盘上东张西望,慢慢地前进。我们到了萨维纳斯伊达尔戈城的另一头时停下来加汽油。在古老的抽油机前围着一大堆戴着草帽、留着八字胡的当地牧场工人,他们在那儿吵吵嚷嚷地开玩笑。在田野的那一头,一个老头拿着鞭子赶着一匹驴子。纯洁的太阳升起来了,它照着人类生活中纯洁而又古老的各项活动。

现在我们继续向蒙特雷驶去。峰顶覆盖着白雪的山脉呈现在我们眼前。我们笔直开了过去。山峡逐渐开阔,形成了一条通道,我们就沿着这条通道前进,几分钟后就出了这片长满野豆的沙漠地带,迎着凛冽的寒风在悬崖旁边的路上爬行,靠峭壁这一边有一面石墙,在峭壁上有用石灰水写的历届总统的名字——**阿莱曼**①! 在这条公路上我们没有遇到任何人。公路在云雾中蜿蜒而上,把我们带到山顶的大高原。大工业城市蒙特雷的烟雾飘过高原,和横在天宇中羊毛似的海湾上的白云一起袅袅上升,消失在蓝色的天空里。进了蒙特雷就跟进了底特律似的,两旁是一长溜工厂的大墙,不同的只是这儿的工厂前面草地上有晒太阳的驴子,此外还可望见城中稠密的砖砌房屋,屋门口有许多阿飞在闲荡,窗户里也有妓女在往外张望,奇奇怪怪的小铺子大概什么货物都应有尽有,一些狭窄的人行道上行人拥挤得就像香港一样。"哼!"狄恩叫喊道,"一切都在那个太阳里。你摸过这墨西哥太阳的底没有,萨尔? 它让你心旷神怡。嗬! 我要一直前进——这条路在逼着我哩!!"我们提出要在蒙特雷的娱乐中心停下来,可是狄恩要开特别快车赶到墨西哥城,此外他知道一路下去会越来越有意思,越到前面就越有意思。他像魔鬼似的开着车,不知休息。斯坦和我都累极了,也就什么都不管,只好睡觉了。我往蒙特雷城外望去,看到蒙特雷古城后面那巨大的怪异的双峰,心中想起当初那些亡命之徒怎样在这古城中出没。

蒙特莫雷洛斯已经在望,我们又下坡向更热的高地驶去。气候变得异常炎热。狄恩情不自禁,非把我叫醒过来看看。"瞧,萨尔,你决不能错过。"我看了。我们正穿过沼泽地带,

---

① 指米格尔·阿莱曼·巴尔德斯(Miguel Alemán Valdés, 1900—1983),他于 1946—1952 年间任墨西哥总统。

沿路上不时看到一些衣衫褴褛的奇异的墨西哥人,腰上束着绳索,挂着弯刀,有的在路上走,有的在砍灌木丛。他们都停下来看我们,脸上毫无表情。透过杂乱的灌木丛,我们偶尔也看到一些用非洲式竹墙筑成的茅屋,简直就是用一根根竹子搭成的。奇特的少女,像月亮一般幽静,从神秘的葱绿门道里瞪着我们。"啊,老弟,我真想停下来跟这些小心肝谈谈话,"狄恩叫道,"可是你瞧那些老太婆老头儿总是在周围打转——常常是在后面,有时候就在隔一百码远的地方拾树枝、木头或者照料牲畜。他们没有一个是独个儿待着的。在这个国家里没有一个人是独个儿待着的。你们睡觉的时候,我已摸了这条路和这个国家的底。嘿!要是我能把我心中的一切想法都告诉你就好了!"他都出汗了。他两眼布满血丝,神态有点失常,可是也显得温顺柔和——他发现了跟他一样的人们。我们以每小时四十五英里的速度穿过沼泽地带向前奔驰。"萨尔,我想这个国家在一个长时间内都不会有什么变化。要是你愿开车,我可要睡了。"

我接过方向盘,在沉思默想中驱车穿过利纳雷斯,经过酷热的、平坦的沼泽地带,在伊达尔戈附近越过冒着热气的索托拉马里纳河,又继续向前。一个丛林茂密的大山谷,大片的农田上长满了绿色庄稼,呈现在我们眼前。一大群人看着我们经过一座狭窄的老式桥梁。炎热的河流在奔腾。地势又越来越高,到后来又出现了一片沙漠地带。格里戈里阿城就在前面。小伙子们全睡着了,就只有我一个人永恒地在方向盘边,前面的路直得像支箭。我们不像是在穿越卡罗来纳州、得克萨斯州、亚利桑那州或是伊利诺伊州;倒像是穿越世界,来到了那些可以在印第安农民中间发现我们自己本来面目的地方,而印第安人在世界上许多悲号的原始种族中间,原是最最原始的,这些种族定居在地球的赤道左近,从马来亚(中国的一个长指甲)到印度次大陆,到阿拉伯,到摩洛哥,到有着完全相同的沙漠和丛林的墨西哥,再越过海洋到波利尼西亚,到穿黄袍子的神秘的暹罗,这样转了又转,你可以在西班牙加的斯的败壁残垣边听到同样的哀号,如同你在世界的首都贝拿勒斯①的深处周围一万二千英里的土地上所听到的一样。这儿的人毫无疑问都是真正印第安人,全然不是愚蠢的、文明的美国传说里所说的像彼得罗斯和班乔斯那样的人物——他们颧骨很高,眼睛向上吊,举止温和;他们不是傻瓜,也不是小丑;他们是伟大庄严的印第安人,他们是人类的起源和祖先。海洋是属于中国的,可是土地是印第安人的东西。就像石头是沙漠的要素,他们在"历史"的沙漠里也是要素。当我们这些装模作样自以为了不起的美国阔佬在他们的土地上遨游,经过他们的时候,他们知道这一点;他们知道就地球上的古老生活来说,谁是祖先谁是子孙,但他们并不说出来。当这"历史"的世界遭到毁灭,古老的农民的启示像过去好多次那样重新出现时,人们将仍然用同样的眼光从墨西哥洞穴里向外凝视,就像从巴厘的洞穴里向外凝视那样,那洞穴是一切东西开始的地方,也就是亚当吃奶和渐懂人事的地方。这些就是我驾车驶入被太阳晒得火热的格里戈里阿城时在我心中汹涌起伏的思潮。

早些时候,还是在圣安东尼时,我开玩笑似的答应狄恩给他弄一个姑娘。这是打赌也是挑战。当我在阳光灿烂的格里

① 贝拿勒斯(Benares),又称瓦拉纳西,印度教圣地、历史名城。

戈里阿城附近的一个加油站停下车时，一个小伙子迈着两条脏腿穿过马路拿了一个很大的挡风玻璃罩子问我买不买。"你喜欢吗？六十个比索。你会说西班牙话吗？六十个比索。①我叫维克多。"

"不，"我开玩笑地说，"要买姑娘。"

"成，成！"他兴奋地叫起来，"我给你找姑娘，只是得待会儿。现在太热了。"他厌恶地补充道，"大热天没有好姑娘。等晚上吧。你要罩子吗？"

我不要罩子，我要女人。我叫醒了狄恩。"嗨，老兄，在得克萨斯的时候，我跟你说过我要给你搞个姑娘——行了，伸伸你的懒骨头醒醒吧，小伙子；姑娘在等我们哩。"

"什么？什么？"他叫道，急忙跳起来，脸色憔悴得很，"在哪儿？在哪儿？"

"这个小伙子维克多会告诉我们在哪儿。"

"好啊，走吧，走吧！"狄恩从车里跳出来，紧握住维克多的手。一群小伙子在车站附近荡来荡去，脸上挂着笑容。他们有一半人光着脚，但全都戴着肮脏的草帽。"老兄，"狄恩对我说，"在这儿过一下午不也挺不错吗？这儿还比丹佛的赌场凉快点儿。维克多，你搞得到姑娘吗？在哪儿？在哪儿？②"他用西班牙话喊道。"留神听着，萨尔，我在讲西班牙话哩。"

"问问他能不能搞点大麻。嗨，小伙子，你有大麻吗？"

这家伙严肃地点点头，"当然，只是要待会儿，得晚上。跟我来吧。"

---

① ② 原文为西班牙语。比索是过去西班牙殖民地国家使用的货币单位。

"唏！喂！呜!"狄恩大叫大嚷。他完全醒过来了,在沉寂的墨西哥街道上跳来跳去。"我们都一块儿去吧!"我请别的小伙子们抽幸福牌香烟。他们正津津有味地看着我们的,特别是狄恩的行径。他们都用手圈着嘴彼此叽叽咕咕地议论这个疯疯癫癫的美国佬。"摸他们的底,萨尔,他们在议论咱们,摸咱们的底哩,啊! 我的天,这世界多妙啊!"维克多跟我们一块儿坐进汽车,车子颠簸着开走了。斯坦·谢泼德本来睡得挺熟,这时也已醒来,看着我们这种疯疯癫癫的行径。

我们的汽车开到城市的另一头的沙漠里,拐上了一条车辙纵横的土路,车子颠簸的情况真是前所未有。前面就是维克多的家。他的家坐落在沙滩边上,在几棵树的树荫下,简直就是个用砖搭成的饼干筒,有几个人在院子里休息。"他们是谁?"狄恩叫道,他兴奋得太厉害了。

"都是我的弟兄。我妈也在这儿,还有我妹妹。这是我的家。我结婚了,住在市中心。"

"你妈怎么样?"狄恩畏畏缩缩地问,"她不反对抽大麻精吗?"

"喔,她还给我找大麻精哩。"我们就在车上等着,维克多下了车走进屋里跟那个老太婆说了几句话,她马上就转过身去,走到后面院子里收了些干大麻叶子,这些大麻叶子是采下来以后,在沙漠的太阳底下晒干的。这期间,维克多的那几个弟兄都坐在树荫下咧着嘴笑。他们走过来想见见我们,可是他们站起来走到我们这儿还得一会儿工夫。维克多回来了,咧着嘴笑得很可爱。

"嘿,"狄恩说,"维克多是我生平所见到过的最可爱、最诚实、最令人满意的能跑腿的小家伙了。瞧瞧他,瞧瞧他迈着多么稳重的步子。在这儿什么事也不用着忙。"一股沙漠里的习习微风吹进车厢。天气非常热。

"你看天气有多热?"维克多在前座上狄恩身边坐了下来,指着福特汽车炎热的车顶说,"你一抽大麻,就不会再觉得热了。你等着吧。"

"是,"狄恩说,他把他的墨镜扶扶正,"我等着。说定了,我的好孩子,维克多。"

这时,维克多的高个子兄弟手里捧着用报纸包的一堆大麻叶轻快地走了过来,他把它放在维克多的膝盖上,便满不在乎地靠着车门对我们笑着点了点头说:"你们好。"狄恩也对他微笑着点了点头。没有人再说话,空气中充满了平和的气氛。维克多卷了一支前所未见的大炮,他(用的是褐色的包装纸)卷的是那种像大头雪茄一样的手捻烟。大得吓人。狄恩先把它叼在嘴上,睁大了眼睛。维克多毫不在意地把烟点燃,然后让我们轮流抽。抽这种烟就像趴在烟囱边吸气。一股火辣辣的气流直冲喉咙。我们差不多都是吸了一口就马上全部吐了出来。但是不一会儿,我们就全都兴奋了起来。额头上的汗珠像结了冰似的,凉凉的。霎时间就好像来到了阿卡普尔科①的海滩。我从汽车的后窗望去,看到维克多的另一个异常古怪的兄弟——仿佛是个肩上披着饰带的高高的秘鲁印第安人——面带微笑靠在一根电线杆上。他十分腼腆,不好意思走上前来和我们握手。汽车周围好像都是维克多的兄弟,因为又有一个出现在狄恩身旁。接着,不可思议的事情发生了。我们每个人都异常兴奋,所有拘束都消失得无影无

① 阿卡普尔科(Acapulco),墨西哥海滨城市。

踪,大家都关注着眼前的快乐。美国人和墨西哥人之间的那种陌生感在这片沙漠中的热土上消融了。而随之消融的陌生感,即近距离地观看异国人的面孔、皮肤上的汗毛、手指上的硬茧、带有几分羞涩的面颊和颧骨,这些陌生感都不复存在了。看到这些,那些印第安兄弟们开始低声议论我们,对我们评头论足。你可以看到他们在打量,在盘算,在拿他们自己的异国温情做比较,或者做校正和修改。这时狄恩、斯坦和我也在用英语议论他们。

"你们看到靠着电线杆的那个怪异的老兄了吗?他靠在那一直没动。但这丝毫也没有减少充斥于他的笑容中的正在兴头上的滑稽的忸怩,去摸摸他的底细吧。而我左边的这个,年纪大一点,也自信一些,但是看样子很忧郁,像是心事重重,似乎又像城里流浪汉。好在维克多已经体面地结婚了——他就像个他娘的埃及长老,你一看就知道。这帮人真是疯子,没见过世面。他们一定也在议论、猜测我们,不是吗?就跟我们一样。虽然跟我们一样猜测,但他们用的是另一种他们自己的方式。他们可能对我们穿的衣服很好奇,但看到我们这样子也就不那么好奇了,真是的——但是他们还可能好奇我们放在车上的奇怪东西,以及我们发笑的奇怪方式,这跟他们很不一样。甚至连我们闻味儿的方式都可能跟他们很不一样。说是这么说,我还得实地考证一下他们是怎么议论我们的。"狄恩试着问,"嗨,维克多,伙计——你的那些兄弟们在说什么?"

维克多睁开有些茫然的褐色双眼瞅着狄恩,"是的,是的。"

"不,你没懂我的意思,这些小伙子们在说些什么?"

"哦,"维克多不安地说,"你不喜欢这种大麻?"

"噢,当然喜欢!你们到底在谈些什么?"

"谈?是啊,我们是在谈话,你喜欢墨西哥吗?"要是没有一种共同的语言,实在难凑到一块儿。大家安静下来,冷静了一会儿,接着又兴奋起来,享受着沙漠上吹来的阵阵宜人的微风,各自沉浸在对民族、种族以及个人的玄妙思索中。

该去寻找姑娘了。维克多的兄弟们回到树下,他母亲从阳光直射的门口凝望着我们。我们慢悠悠地一路颠簸着返回城里。

现在,颠簸不再是件痛苦的事,而是成了一次世界上最令人享受、最舒适的摇曳旅行,仿佛游弋在蓝色的大海上。狄恩的脸上神采飞扬,放射着如同黄金般异样的光芒,兴奋地第一次给我们讲解汽车减震弹簧的原理,给我们的旅程助兴。我们摇来晃去。就连维克多也听明白了,哈哈大笑起来,然后他指着左边,告诉我们哪条路可以找到姑娘。狄恩带着难以形容的兴奋望向左边,甚至连身体都跟着偏向了左侧,驾着车驶上了那条路,平稳而确定地把我们带向目标。同时还努力听着维克多说出的有些不着边儿的大话,"对,当然!我完全同意!瞧好吧,伙计!噢,的确如此!啊,你说到我心坎儿里了!当然!继续说下去!"就这样,他津津有味地听着维克多侃侃而谈,俨然就像在与一位口若悬河的西班牙演说家互动。我想,在极度兴奋的狄恩身上可能产生了某种超自然的神奇魔力,让他瞬间听懂了维克多所说的一切。同样,在我的金光四射的眼前和混沌懵懂的意识中,狄恩完全像富兰克林·德拉诺·罗斯福[1]——我脑海中出现了许多幻影,令我在座位上

---

[1] 富兰克林·德拉诺·罗斯福(Franklin Delano Roosevelt, 1882—1945),第三十二任美国总统。

辗转,吃惊得无法呼吸,在来自天际一齐刺向我的万道金光中,我必须努力睁大眼睛才能看清狄恩的身姿,那竟然是上帝的样子。极度的兴奋使我不得不把头靠在座椅背上。汽车的颠簸给我全身带来一阵一阵抽搐。我只瞟了一眼车窗外墨西哥的景色——这是我忽然想到的另外一件事——却看到闪着谜一样耀眼夺目光芒的珍宝箱缓缓打开。它让你不敢正视,因为你的眼光向内弯曲了,这巨大的宝藏太过丰富,根本无法一眼看尽。我喘着粗气,看到金子组成的溪流从天空流淌而下,正好穿过这辆破旧汽车的车顶,然后径直流入我的两个眼球。千真万确,就是不偏不倚流到了我的两个眼球里。它变得无处不在。我看着窗外烈日当空的炽热街道,一个女人正站在门口,想必她是在倾听我们所说的每一句话,并暗自点着头——这是在大麻的作用下常会出现的迷乱的视觉幻境,但是那金子的溪流仍在继续流淌。很长一段时间我都没有现实的意识,不知道我们在干什么,直到我从火热和寂静中看到真实世界,就像从沉睡走到现实中,或从虚无走到梦境中。这时他们告诉我,我们的车和人都正停在维克多家的门口。他正站在车门前,怀抱着他的儿子给我们看。

"你看到我的孩子了吗?他叫佩雷兹,才六个月。"

"哎呀。"狄恩说,他还是满脸笑容,简直可以算得上进入了极乐的境界。"这是我见过的最漂亮的孩子。看他那双眼睛。喂,萨尔和斯坦,"他说,转过身来对着我们一本正经地温柔地说,"我特别要你们看看这个墨西哥小小子的眼睛,他是咱们最了不起的好朋友维克多的儿子,透过他的两扇窗户,也就是他的眼睛,可以看出他将以自己特有的气魄长大成人,这样可爱的眼睛就预言和象征他是个最最可爱的小家伙。"

这是篇漂亮的演说,而那孩子也的确是个漂亮的小家伙。维克多愁眉苦脸地看着他的安琪儿。我们都希望自己有这样一个儿子。由于我们对这个孩子的心灵过于关心,他好像意识到了什么,竟现出了个苦脸,接着就泪流满面,不知为什么伤心起来。我们都不知如何安慰他才好,因为这种悲哀追溯起来,是年代久远而且无穷神秘的。我们想尽了办法;维克多把手贴在他的脖子上摇着,狄恩甜言蜜语地哄他,我伸手摸摸他的小胳臂。他的叫声反而越来越大。"啊,"狄恩说,"我真是万分抱歉,维克多,我们叫他伤心起来了。"

"不是伤心,只是小孩哭。"在维克多背后的门道里站着他娇小的赤脚的妻子,她不好意思走出来,只是显出急切而慈爱的神情在期待着孩子重新回到她那柔软的棕色的怀抱。维克多给我们看过他的孩子后,又回到汽车上,骄傲地向右一指。

"好吧。"狄恩说,把汽车拐了个弯,开过了几条阿尔及利亚式的窄街,四周围的人都微微带着惊奇之色看着我们。我们来到了妓院。这是在金黄色的阳光下闪耀着的一座美丽的灰泥建筑物。两个警察靠在妓院临街的窗台边,穿着宽松的裤子,显出无精打采的、厌烦的样子,我们进去的时候,他们好像很感兴趣地看着我们,以后也就一直在那儿待了整整三个小时。我们在他们的鼻子底下一直玩到黄昏才出来,维克多嘱咐我们给他们每人相当于两毛四的钱,算是按规矩行事。

在里边我们找到了姑娘。她们有的躺在舞池边的长椅上,有的在右边的长柜台边喝酒。中央是一个拱廊,四周是一个个小房间,样子很像海滨公共浴场的更衣棚子。这些小房间实际都暴露在后院儿的阳光下。坐在卖酒的柜台后面的老

354

板是个年轻小伙子。他一听到我们说想听曼波舞曲，就马上跑出去，拿来一大摞唱片，大多是佩雷兹·普拉多作的曲子。音乐通过扩音器播送出来，不一会儿全格里戈里阿城都能听到舞厅里寻欢作乐的声音了。在舞厅里音乐声是那么大——自动点唱机确实也应该这样开才对，它当初设计出来就是让你这样开的——把狄恩、斯坦和我都震呆了。我们现在才发觉过去我们一直没敢把唱片放得像我们要放的那样响，而实际上这样响的声音才是我们真正想要听的。那震耳的音乐声直对着我们冲过来。几分钟以后，城里附近一带的人有一半都趴在窗口上看美国佬和姑娘们跳舞。他们和警察并排站在泥土的人行道上，冷淡地、随随便便地往里探着身子。《再来一支曼波舞曲》《查塔努加曼波舞曲》《第八曼波舞曲》①——所有这些惊人的乐曲震响着，在这个金黄色的神秘的下午往四周传去，简直像是只有在世界末日和基督再临时才能听到的音响。号声是那么响亮，我想在那片沙漠里到处都能听见，而号的起源地正好也是在沙漠中。鼓声疯狂。曼波舞的节奏就是康加舞的节奏，起源于刚果河，这条非洲之河和世界之河；这的确是世界的节奏。蓬一擦，擦一蓬一蓬，蓬一擦，擦一蓬一蓬。钢琴的喧声从扩音器里像阵雨似的落在我们身上。领唱的喊声就像空中刮起的风暴。这张伟大的、疯狂的查塔努加舞唱片放到最后，康加鼓和小手鼓的鼓声达到了高潮，号也随着齐鸣，狄恩听了不由得停住脚步，过了一会儿又全身颤抖，遍体流汗；后来号发出像是从山洞或洞穴里响起的颤抖的

---

① 此处三首舞曲皆由古巴"曼波舞曲之父"佩雷兹·普拉多（Pérez Prado，1916—1989）所作。

回声划破沉寂的空气,狄恩的眼睛便睁得又圆又大,仿佛见到魔鬼似的,然后又紧紧闭上。我自己也被音乐震动得呆若木鸡;我简直能听到号扑打我所见到的灯光,震得我两只脚直哆嗦。

在快放"曼波舞"唱片时,我们和那些姑娘都疯狂地跳着舞。我们在如癫如狂的状态中开始分辨她们的各自不同的性格。她们都是些了不起的姑娘。奇怪的是,最野的那个是印第安和白人混血的姑娘,是打委内瑞拉来的,只有十八岁。看上去她好像是好人家出身的。她在这样的年纪,有这样迷人的双颊和漂亮的容貌,为什么竟在墨西哥做妓女,那只有天知道。准定有一段极痛心的历史迫使她走上了这条路。她的酒量大得惊人。看她好像喝得不能喝了,但她还是拿起酒来一饮而尽。她经常把杯子里的酒满地乱酒,这样就可以让我们尽量多花钱。她在大白天穿着那种轻纱内衣,和狄恩疯狂地跳着舞,搂着狄恩的脖子向他要这要那。狄恩已经呆头呆脑都不知道先来什么好了;姑娘呢还是曼波舞。他们跑到小房间里去了。一个带了只小狗的没趣味的胖姑娘缠住了我,她的狗老要咬我,我表示很讨厌它,这使她很不高兴。后来她同意把狗放到后面去,可是她回来时,我已经让另一个姑娘勾引上了,这个姑娘稍微好看一点,但不能算是最好的,她像条蛇似的缠住了我的脖子。我想摆脱她去找大厅那头的一个十六岁的黑姑娘,她忧郁地坐在那里,从短上衣敞开的地方察看自己的肚脐眼。但我摆脱不了她。斯坦有个十五岁的姑娘,杏仁色的皮肤,一件连衣裙只上下各扣了一段。真是疯了。足足有二十多个男人靠在那个窗户上看着。

不知什么时候那个娇小的有色姑娘——不是有色,而是有点儿黑——的母亲进来了,愁眉不展地和她女儿商议了一阵。我看到这情形,就不好意思再去追逐我真正想要的那个姑娘了。我让那个蛇一样的女人把我带到后面去,在那儿,好像做梦似的,在里面为数更多的扩音器的嘈杂音伴奏下,我们让床颠簸了半个小时。这仅仅是一个用木板隔出来的四方形房间,没有天花板,一个角上有张圣像,另一个角上有只洗脸盆。阴暗的大厅里一片姑娘们的呼唤声,"Agua,agua caliente!"意思是"水,热水"。斯坦和狄恩也没影了。我的姑娘要了三十个比索,大约是三块五,随后又跟我讲了一大套话,求我额外多给十个比索。我不知道墨西哥钱的价值;我只知道自己有一百万比索。我把钱扔给了她。我们又急急地回来跳舞。街上拥挤着更多的人。警察显得跟平常一样腻烦。狄恩的美丽的委内瑞拉姑娘拉着我穿过一扇门,到了另一个古怪的酒吧间,显然也是属于妓院的。一个年轻的侍者一面擦玻璃杯一面说话,一个留着八字胡的老头坐在那儿正一本正经地跟他商量什么。这里,另有一个扩音器,也喧闹地播着曼波舞曲。好像整个世界都在播送这个乐曲。委内瑞拉姑娘搂着我的脖子要喝酒。那侍者连一杯都不肯给她。她求之再三,可是当他把酒递给她时,她又把酒碰翻了,这回可不是有意的,因为我看到她那可怜的、下陷的、迷惘的眼睛里流露出难过的神情。"别着急,姑娘。"我告诉她,我不得不扶着她坐在凳子上,可她还是不住地往下溜。我从没见过有比她喝得更醉的女人,而她还只有十八岁。我给她另外买了一杯酒;她使劲拉我的裤子,要我可怜她。她一仰脖子把酒喝了。我没有跟她行事的勇气。我自己的那个姑娘大约有三十岁,比较有分寸。委内瑞拉姑娘在我怀里缠着、闹着,我很想把她带到后面去,把她的衣服脱光了,跟她在一起聊聊——我心里这样暗想。我像发了疯似的渴望得到她和另外那个娇小的黑姑娘。

可怜的维克多,他一直站在酒吧间的铜栏杆旁边,背向着柜台,手舞足蹈地看着他的三个美国朋友跳舞。我们买酒请他喝。他盯着个女人的眼里闪闪发光,但他忠实于自己的妻子,一个女人都不要。狄恩把钱扔给他。在这疯狂的混乱中我有机会看到狄恩的所作所为。他已经神情恍惚,我盯着他的脸看他时,他连我是谁都不认识了,只是一个劲儿地说:"好啊,好啊!"这场欢乐好像永无止境似的。这好像是在隔世的一个中午所做的一场漫长的、不可思议的阿拉伯之梦——阿里巴巴和陋巷的妓女。我和我那个姑娘又一次跑到她的房间里去;斯坦和狄恩彼此交换了原来各自勾搭的姑娘;我们于是暂时离开了大厅,看热闹的人只得等着看下一场戏。天色越来越晚,天气也越来越凉快了。

神秘之夜眼看就要降临到这个古老而迷人的格里戈里阿城了。曼波舞始终没有停过,就像是大森林中的漫长旅程那样永远没有个完。我的眼睛离不开那个娇小的黑姑娘,死盯着看她像个皇后似的在那儿走动,有时听从那个绷着脸的侍者的使唤干一些下贱活儿,如给我们端酒,打扫后房。所有的姑娘里她最需要钱用;可能她的妈妈是来向她要钱养活她的小妹妹小弟弟的。墨西哥人是穷苦的。我始终无意径自过去和她搭讪,把这些钱给她。我有种感觉,感到她可能会带着轻蔑的神色把钱拿走,想起会遭到像她那样的人的轻视,我就畏缩起来了。我一时疯狂,在这几个小时里,倒是真心爱上了她;还是跟过去同样的剜心的痛苦,决不会错;还是同样的叹息,同样的苦恼,最主要的是同样的踟蹰和畏惧,不敢去接近她;奇怪的是狄恩和斯坦也没去接近她;她那种无可指摘的庄严神态是造成她在这样一个疯狂的妓院里依旧那么穷苦的原因,这件事委实发人深思。有一阵,我看见狄恩像个雕像似的朝她探过身去,随时准备退避,后来当她冷冷地傲慢地瞟他一眼时,他脸上马上掠过一阵惶惑的表情,也不再揉肚子了,只是张口结舌,最后连脑袋也耷拉了下来。因为她是皇后。

我们正狂欢无度的时候,维克多突然抓住我们的手臂,做着狂乱的手势。

"怎么回事?"他做出各种手势想让我们了解他的意思。后来他跑到柜台那儿,在向他怒目而视的侍者手里抢过支票来给我们看。账单上的数目已超过三百比索,相当于三十六块,不管在哪个妓院里,这都是一笔很大的数目。可是我们还是没有清醒过来,还是不想走;虽然我们已经筋疲力尽,但还是想跟我们可爱的姑娘一起厮混,她们是我们经过艰难的路途,最后才在这个奇异的阿拉伯天堂里发现的。可是夜色已经来临,我们不得不暂时打住了;狄恩也看出了这一点,开始皱眉头,动脑筋想法脱身,最后还是我发表了意见,说不如干脆一走了事。"喂,前面好玩的地方有的是呢,别再留恋了。"

"说得对!"狄恩叫道,没神光的眼睛转向他的委内瑞拉姑娘。她已经喝得酩酊大醉,躺在一张木凳子上,丝绸衣服下面露出一双白腿。窗户那边的看台正好看到这场戏;在他们后面,红色的影子开始爬上来,可以听到什么地方有个小孩在突然安静了一会儿之后又大哭起来,我这才想起我是在墨西哥,而不是在天堂上抽了大麻精后做着桃色的白日梦。

我们跌跌撞撞地走出来,把斯坦给忘了,我们又跑回去找他,发现他很可爱地在给刚来的夜班妓女低头哈腰。他想再从头玩起。他一喝醉酒,就笨重得像个身高十英尺的人;他一喝醉酒,你也别想把他从女人身边拖走。而且,女人也像藤条一样缠住他。他坚持要留在这儿再玩几个新的、更妙的、更老练的姑娘①。狄恩和我捶他的背,把他拖出来。他拼命向每个人挥手告别——向姑娘、警察、人群和外面街上的小孩;他向格里戈里阿人的热烈欢送乱送飞吻;他骄傲地东倒西歪地从人群里走过,想跟他们说话,想把他在这个美好下午中对一切事物所感到的快乐和爱全都告诉他们。每个人都笑了;有的拍拍他的背。狄恩冲上前去,给了警察四个比索,咧嘴笑着,跟他们握手鞠躬。然后他跳上汽车,我们认识的那些姑娘,连那个委内瑞拉姑娘在内——她也给人唤醒了来给我们送行——都挤到车子跟前来跟我们道别,她们穿着薄得不能再薄的衣服,叽叽喳喳地跟我们话别,吻我们,那个委内瑞拉姑娘甚至都哭了起来——虽然不是为我们,我们知道绝不完全是为我们而哭,可是也够了,也够好的了。我的那个亲爱的黑色的小心肝已经消失在大厅里面的阴影里。一切都告了个段落。我们的汽车开走了,把我们用几百比索买来的盛会和欢乐留在后面,而这一天的成绩好像还不坏。缠绵的曼波舞曲还送我们过了好几条街。一切都告了个段落。"再见吧,格里戈里阿!"狄恩叫着,向它送了个飞吻。

维克多为我们,也为他自己感到骄傲。"你们现在想洗澡吗?"他问。是的,我们都需要痛痛快快地洗个澡。

他把我们带到了世界上最稀奇的一个地方:这是离城一英里远的公路上的一个普通的美式浴室,一个水池里有许许

---

① 原文为西班牙语。

多多小孩在泼水玩,在一座石头房子里还有淋浴,几个仙台伐①就可以进去洗一回,侍者会给你浴巾和肥皂。除此之外,这儿也是一个蹩脚的儿童公园,有秋千,还有一个坏了的旋转木马,在夕阳照耀下,这个公园显得是那么奇特,又那么美丽。斯坦和我拿了毛巾进里面去洗了个凉水淋浴,出来时感到清新舒服。狄恩懒得洗澡,我们看到他在这个蹩脚公园的远处,跟好心的维克多臂挽着臂在散步,一边滔滔不绝地跟他愉快地聊着天,有时为了打动对方的心,还兴奋地向他弯过腰去,重重地用拳头击掌心。接着他们又臂挽着臂地散起步来。已到和维克多道别的时候了,所以狄恩抓住机会和他单独地待在一起,看一看公园,听维克多谈谈对一般事物的看法,摸他的底,这也只有狄恩一个人做得到。

我们不得不走了,维克多感到恋恋不舍,"你们回到格里戈里阿来时再来看我,好吗?"

"一定的,小伙子!"狄恩说。他甚至还答应维克多,要是维克多愿意的话,他可以把维克多带到美国去。维克多说他得好好考虑一下。

"我有老婆孩子——没有钱——再说吧。"当我们从车里向他挥手时,他亲切有礼的笑脸在红霞中闪闪发光。在他后面的是那破旧的公园和孩子们。

6

一出格里戈里阿城,就开始走下坡路了,两边大树林立,

① 墨西哥货币名,一仙台伐等于一比索的百分之一。

天色渐渐黑下来，树林里无数昆虫的鸣声就像连续不断的尖声叫喊。"嗬！"狄恩说。他打开头灯，可是灯不亮了。"怎么啦！怎么啦！真他妈的怎么啦？"他又是捶又是骂地捣仪表板，"唉，老天，咱们得摸着黑穿过丛林了，想想这有多可怕，只有在另一辆车开近时我才瞅得见路，可是这儿压根儿就没什么车！灯依旧不亮？唉！咱们怎么办呢？真他妈的！"

"就那么开吧。要不就往回走？"

"不，绝不——绝不！往前走吧。我凑合还看得出一点路。咱们走着瞧吧！"现在我们在昆虫的尖叫声中摸着黑飞快地向前驶去，接着一阵强烈的、难闻的、几乎是腐臭的气味扑鼻而来，于是我们想起和领悟到地图上原本标明一过格里戈里阿城就是北回归线。"咱们已经到了一个新的热带地方！难怪有这种气味！闻闻看！"我把头伸到窗外；好些甲虫直向我脸上扑来；当我把耳朵伸到外边风里去的时候，我听到一阵很响的尖叫声。突然车前的灯又亮了，照着前面伸展在两行低垂弯曲、高达一百英尺的大树之间的一条孤零零的路。

"狗娘养的！"斯坦在后座嚷道，"他妈的！"他还醉着哩。我们忽然意识到他还醉着，丛林和困难都不能影响他心中的愉快。我们全都笑了。

"去他妈的！咱们干脆把自己交给这片他妈的丛林吧，咱们今儿晚上就睡在这儿，咱们走吧！"狄恩嚷道，"老斯坦倒真不错。老斯坦什么都不在乎！他的心还在那些娘儿们、大麻精和那些疯狂的异乎寻常的、无法消受的曼波舞曲上面哩，那舞曲也实在响得厉害，我的耳膜这会儿还在跟着它咚咚响——嘿！他的心还没回来，他知道自己在干什么！"我们脱掉 T 恤衫，敞着胸，车子吼叫着进了丛林。没有城镇，什么也没有,只是一片茫茫的莽林,我们走了好多好多英里,越往前走越热,虫子也越叫越响,草木也越长得高,气味也越发难闻,最后我们才逐渐习惯于这气味,而且也喜欢闻了。"我真想脱得光光的在丛林里打滚,"狄恩说,"不,他妈的,老兄,等我一找到一块好地方,我马上就这样做。"突然利蒙城呈现在我们眼前了,一座丛林中的城镇,几盏半明不暗的灯,黑魆魆的影子,头顶上是广阔无垠的天空,有一群人聚集在一堆木屋前——是一个热带的闹市。

我们在柔和得难以想象的空气中停下车来。天气热得就跟六月夜晚在新奥尔良的面包房的焖炉里似的。大街里上上下下坐满了一家家的人。都是举家出动,坐在暗中聊天;偶尔也有些姑娘走过,都是非常年轻的姑娘,她们只是出于好奇,想看看我们是什么模样。她们都光着脚而且很脏。我们靠在一家破旧的杂货铺的木门上,铺子里柜台上放着一袋袋面粉和叮满了苍蝇的鲜菠萝。店里只有一盏油灯,外面还有几处黄褐色的灯光,此外到处都是漆黑一团。这时我们当然是疲倦极了,需要马上睡觉,我们就把汽车顺着一条土路开出几码去,到了这个小镇的后面。天气闷热得难以想象,简直没法睡。所以狄恩拿一条毯子铺在路上软和的热沙上,躺下睡了。斯坦躺在福特车的前座上,把两面的门全打开通风,可是连一丝微风都没有。我在后座,热得满身大汗。我从汽车里出来,站在黑暗中晃动着身子。整个城镇一下子都已入睡了;唯一的声音是狗吠声。我怎么能睡得着呢?无数的蚊子已经把我们的胸脯、胳膊和腿全给咬遍。突然,我灵机一动:跳到汽车的钢顶上仰面躺着。但那儿也没有一点儿风,不过钢板有点阴凉,倒把我背上的汗给吸干了,无数被压死的虫子已在我皮肤上结成了饼。我这时体会到一旦丛林支配了你,你对它也就习惯了。这样躺在车顶上,脸向着黑暗的天空,就像是夏夜躺在一个紧闭的箱子里似的。我生平第一次感到气候不是那样在接触我,爱抚我,让我受冻或是出汗,而是在适应我。气压和我已经合而为一。当我睡着的时候,无数小虫像阵雨似的降落在我脸上,这些小虫令人非常愉快和舒服。天空中没有星星,阴云密布,什么也看不见。我可以这样躺上一整夜,脸暴露在太空下面,太空就像一块裹着我的丝绒那样,对我一点不会有害处。死了的虫和我的血混在一起;活着的蚊子又跟我交换了更多的血;我浑身从头发到脸,从脚到脚趾,都开始感到痒酥酥的,都带着又臭又热的霉烂丛林的气味。当然我是光着脚的。为了让汗少一点,我穿上了那件让虫子弄脏了的衬衫,重又躺下。在那黑乎乎的路上有一团漆黑的东西,那是狄恩在睡觉。我听到他在打鼾,斯坦也在打鼾。

镇上偶尔有一道微弱的亮光闪过,那是警察在丛林的夜中拿着一支发出微光的手电筒,叽叽咕咕自言自语着在巡逻。然后我看到他那支电棒一闪一闪地向我们移动,听到他的脚步轻轻地踩在沙地和草上。他停下来照了一下汽车,我坐起来看着他,他用颤抖的、几乎有点像埋怨的,然而又极为温和的声音说:"睡了?"①他指指在路上的狄恩。我知道他的意思是说"睡着啦?"

"是,睡着啦。"②

"好,好。"③他自言自语地说着,就勉强忧郁地走开去继续他孤独的巡查。这样可爱的警察上帝可从来没有给美国造

---

① ② ③　原文为西班牙语。

过。不加猜疑,不找麻烦,不来打搅:他是沉睡的城市的守卫者,如此而已。

我重又回到我的钢板床上,伸开胳臂躺下。我甚至都不知道在我头顶上的是树枝呢还是天空,这对我来说反正都是一样。我张开嘴,深深地呼吸了几口丛林里的空气。这不是空气,根本不是空气,而是树林和沼泽地所发出的可以闻到的呼吸。我一直醒着。丛林那一头不知哪儿的雄鸡在报晓了。还是没有风,没有一丝风,没有露珠,仍然是北回归线的气压沉重地把我压倒在我们所属的和寻欢作乐的土地上。天空中还不见一缕曙光。突然我听到狗的狂吠声,然后是轻轻的马蹄声。声音越来越近。谁是这个疯狂的黑夜骑士呢?接着我看到一个幽灵出现:一匹白得像鬼似的野马快步向狄恩跑去。它后面追着一群狗,狂吠不止。我看不见狗,这些狗都是丛林里的脏狗,但那匹马却是雪一样地白,又高又大,简直是磷光荧荧,很容易看到。我并不为狄恩担心。那匹马见到狄恩,就从他头边跑过去,像只船似的经过汽车,轻轻地嘶着,继续向市镇跑去,狗群仍在它后面追着,接着又听得它嘚嘚地从另一边跑回丛林,我所听到的只是消失在森林中的微弱的马蹄声。狗也平静下来,坐着舐自己的身子。这匹马是怎么回事呢?是什么谜,什么精灵鬼怪?狄恩醒来的时候我告诉了他这一切。他以为我是在做梦。后来他记起恍惚在梦中见到一匹白马,我告诉他这不是梦。斯坦·谢泼德也渐渐醒了。我们只是稍微动了一下,就汗下如雨。天还是漆黑的。"咱们开动汽车,兜一会儿风吧!"我嚷道,"我都热死了。"

"对!"我们的车子吼叫着开出了城,沿着那条荒唐的公路开去,我们的头发都飞扬起来了。黎明泛出的朦胧的灰白色曙光迅速来到,显示出公路两旁的沼泽地,乱七八糟的洼地上长出高大的、凄怆的、带藤的树,低垂着头,相互依偎着。我们沿着铁路走了一会儿,前面已可望见曼特城广播电台的天线,就像我们是在内布拉斯加州似的。我们找到了一个加油站加满了汽油,就在这时候,丛林之夜中最后一群黑压压的昆虫向灯光扑来,成堆地掉在我们脚下,有的翅膀有四英寸长,有的是可怕的蜻蜓,大得可以吃下一只鸟;此外还有成千上万嗡嗡叫着的大蚊子和各种各样不知名的类似蜘蛛的昆虫。我害怕这些虫,就在人行道上跳来跳去,最后还是走到车上,双手抱住两只脚害怕地看着地上爬满在我们车轮周围的虫子。"走吧!"我嚷道。狄恩和斯坦一点也不在乎这些小虫;他们很安详地喝了好几瓶橘子汁,把这些小虫从凉水器旁踢开。他们的裤子和衬衫跟我的一样满是血污和成千上万的死虫的黑点。我们使劲地闻了闻我们的衣服。

"你知道吗,我开始喜欢这种气味了,"斯坦说,"这样就闻不出我自己身上的味道了。"

"这是一种奇怪的'好闻的气味',"狄恩说,"我不到墨西哥城不换衬衣,我要把这个气味闻个饱,把它牢记在心。"我们的车子又吼叫着驶走了,给我们发热的、污垢满面的脸带来了一些风。

接着,连绵的山峦朦胧地浮现在前面,望去一片葱绿。一爬上山,我们将重登中央大高原,可以一直开往墨西哥城。没有多久,我们就翱翔在海拔五千英尺的雾蒙蒙的山路上了,从这儿可以俯视一英里之下热气腾腾的黄色河流,这是莫克特苏马大河。公路附近的印第安人看上去有点古怪。他们是山地的印第安人,自成一个民族,除了有那么一条泛美公路外,和外界的一切都是隔绝的。他们长得矮小肥胖,皮肤黝黑,牙齿很不整齐;他们的背上驮着很重的东西。在长满各种植物的大山谷对面,在一些峻峭的陡坡上,可以望见一片一片的庄稼。他们在陡坡上爬上爬下,拾掇庄稼。狄恩以时速五英里的速度开着车看野景。"嗬,我从来也没有想到会有这样的地方!"我们看到香蕉树生长在最高的高峰上,这山峰就像落基山脉任何一个山峰那么高。狄恩下了车,站在那里指手画脚,揉着肚子。我们站在岩面突出的地方,一间小茅屋就坐落在这个世界的悬崖上。太阳的金光四射,使一英里多底下的莫克特苏马河显得朦朦胧胧的了。

在一间茅屋前的院子里,一个三岁的小印第安女孩子嘴里噙着手指站在那儿,睁着棕色的大眼睛看着我们。"在她的全部生活中,她可能从来没看见有人在这儿停过汽车!"狄恩喘着气说道,"哈啰!小姑娘。你好!你喜欢我们吗?"小姑娘害羞地掉过头去,噘着嘴。我们开始谈话,她手指噙在嘴里又看起我们来。"嗨,我希望我有点儿什么东西送给她!想想看,她在这悬崖上出生、长大——这悬崖代表了你所知道的生活中的一切。她爸爸可能是用一根绳子从山谷上吊下去到洞里去采菠萝,以八十度的角度站着砍柴,脚底下是一片深谷。她将来绝不会离开这儿,对外面的世界也不会有所认识。这是个部落。你想想看,他们一定有个野蛮的酋长!离开大路,过那个悬崖,再深入几英里,他们一定更野蛮更古怪,是啊,因为泛美公路多多少少开化了沿路的这个部落。注意看她额上的汗珠,"狄恩痛苦地皱着眉头说,"这不是我们出的那种汗,这汗是油光光的,而且老在那儿,因为一年四季老是很热,她不知道有不出汗这回事,她生的时候出汗,死的时候也出汗。"汗珠在她小小的额上是浓厚的,凝滞的,它不往下流;就那样待在那儿,像一滴橄榄油似的闪闪发光。"这和他们的精神该有多大的关系!他们个人的爱好、看法和愿望,与我们的又该是多么不同!"狄恩以时速十英里的速度开车前进,嘴角流露出敬畏的表情,急切地想看看路上可能出现的每一个人。我们不断地向上爬行着。

我们越往上行驶,天气也就越来越凉快,路上的印第安姑娘头上和肩上已披着披巾。她们拼命喊我们;我们也就停下来看个究竟。她们要把一些小块的结晶石卖给我们。她们那褐色的天真大眼睛看着我们,使得我们不敢对她们存有一丝邪念;而且她们都很年轻,有的只有十一岁,可是看起来就像是快三十岁了。"看那些眼睛!"狄恩喘着气说。她们的眼睛跟童年的圣母的眼睛一样。我们从她们的眼睛里看到了基督慈祥的宽恕的目光。她们毫不畏缩地跟我们四目相视。我们揉了揉我们神经质的蓝眼睛再看看她们。她们仍然以忧郁的、催眠的目光透视我们。可是她们一开口,就突然显得很狂野,简直近于愚蠢。她们沉默的时候,才又回复到本来面目。她们只是最近才懂得卖这些水晶石的。这条公路修筑才十年哩——在公路修成以前,这整个部落准是始终保持着沉默!

姑娘们围着车子大叫大嚷。一个特别热情的孩子抓住狄恩汗淋淋的手臂用印第安语嚷嚷着。"啊,是,是,亲爱的。"狄恩温柔而又几乎忧郁地说。他下了汽车,走到车后打开他的旧箱子——还是那只破旧的美国箱子——摸索了半天,拿出一只手表来给那个姑娘看。那姑娘高兴得几乎掉下眼泪来。别的姑娘都惊讶地围拢来。接着狄恩在小姑娘的手里点点戳戳,找那颗"她为了我亲自到山上去拾来的最漂亮、最纯

净、最细小的结晶石"。他捡了颗不比浆果大的拿过来。他
提着表带把表递给她。她们的嘴张得跟合唱队里的孩子那么
圆。那个幸运的小姑娘把手表塞到她那破旧的胸衣里。她们
抚摩着狄恩向他道谢。他站在她们中间举起肮脏的脸望着天
空，寻找前面最高的最后的一条山路，他的样子看去就像先知
来到她们中间似的。他回到车上。她们舍不得我们走。我们
开上了一条笔直的小路，她们还一直向我们挥手，跟在我们后
面跑。我们拐了一个弯，再也看不见她们了，可是她们还在后
面追着。"啊，真令我心碎！"狄恩叫道，重重地按了一下他的
胸口，"她们这种痴心和好奇到了什么样的地步！她们会碰
到什么样的情况呢？要是我们的汽车开慢一点，她们会一直
跟我们到墨西哥城吗？"

"会的。"我说，因为我知道她们会的。

我们来到了东马德雷山脉令人头晕眼花的高峰。香蕉树
在云雾中金光闪闪。悬崖边的石壁上浓雾弥漫。下面，莫克
特苏马河就像密林丛中的一根金线。陌生的闹市从我们身边
一个个掠过，披着头巾的印第安人从帽檐和头巾下瞧着我们。
这儿的生活是浓重的、黑暗的、古老的。他们看着狄恩严肃
地、疯狂地驾驶着汽车，睁着鹰一般的眼睛。他们人人都伸出
了手。他们是从偏僻的山区和更高的高地来的，来到这里伸
出他们的手，希望文明能给他们一些东西。他们做梦也想不
到文明也有其可悲之处，它本身就是一个可怜的、随时可以幻
灭的假象。他们不知道已经有了一种炸弹，可以一下子毁坏
所有的桥梁和公路，把它们化为灰烬。他们不知道有一天我
们也会像他们一样贫困，也像他们一样伸出我们的手。我们
的破旧的福特车，三十年代那种老式的过时的美国福特车，从

他们中间疾驶而过,消失在尘埃之中。

我们已经开到通往最后一个高地的路上。太阳已经现出
金黄色,天上异常蔚蓝,沙漠上偶尔出现了河流,有时是一片
黄沙的酷热地带,有时也突然出现像是《圣经》里的树荫。现
在狄恩睡了,斯坦在开车。路上出现了一群牧羊人,穿着像是
他们刚开始穿衣服时穿的那种随风飘动的长袍,女人拿着一
捆捆金黄色的麻,男人拿着棍子。这些牧羊人同坐在闪闪发
光的荒漠里的大树下聊着天,羊群在阳光下打滚,弄得尘土飞
扬。"老兄,老兄,"我对狄恩嚷嚷道,"快醒过来看这些牧羊
人,快醒过来看这诞生基督的黄金世界,你一看就明白了!"

他猛地从座上抬起头来,朝西下的夕阳中的一切扫了一
眼,然后又倒头睡了。当他醒过来时,他仔细地对我形容说:
"是啊,伙计,我真高兴你把我叫起来看看,啊,上帝,我做什
么好呢? 我到哪儿去呢?"他揉揉肚子,用红红的眼睛望着天
空,他险些哭出来了。

快到旅途的终点了。广阔的田地在我们两旁伸展开来。
一阵清爽的凉风从时而出现的广阔的树林中吹过,从那些在
夕阳下变成橙红色的古老教堂的上面吹过。云块浓而且大,
泛出玫瑰色。"黄昏时候就到墨西哥城啦!"我们终于胜利地
到达了,我们那天下午从丹佛的广场上动身来到这块广阔的
像是《圣经》里的地方,一共走了一千九百多英里,现在我们
已快到目的地了。

"我们要不要换换满是虫污的衬衫?"

"不用,就穿着进城吧,妈的。"接着我们就驶进了墨西
哥城。

一条小山路突然把我们带上了一个高坡,在这儿我们看

到了整个墨西哥城像个火山口似的伸展在山下面,看到城市的烟雾冉冉上升,还有亮得早了些的黄昏灯光。我们的汽车飞也似的开下山,向印修琴蒂斯大街,向市中心的里福玛路驰去。孩子们在乱七八糟的大块空地上踢足球,弄得尘土飞扬。出租汽车司机追上我们,问我们要不要姑娘。不,我们现在不要姑娘。狭长的、污秽的贫民窟伸展在平原上,在幽暗的小街小巷里我们看见一些孤独的人影。夜晚即将来临。接着喧闹的城市出现了,拥挤的咖啡馆、戏院和万家灯火突然在我们身旁疾驰而过。卖报的孩子对着我们嚷嚷。机器匠光着脚拿着扳头和破布低头弯腰地走过。疯疯癫癫的赤脚印第安汽车司机在我们面前穿过去,围着我们揿喇叭,弄得交通混乱不堪。那种吵闹简直令人难以相信。墨西哥的汽车没有消音装置。喇叭也响得很欢。"嘿!"狄恩嚷道,"看外面!"他开着汽车横冲直撞,跟每个人寻开心。他像个印第安人似的开车,把车开到里福玛路的环形车道上,就在那儿兜圈子。四面八方都有汽车朝我们开过来,左面,右面,前面。狄恩乐得又叫又跳。"这种交通线正是我一向所梦想的!谁都可以走!"一辆救护车穿过去了。美国的救护车总是响着喇叭在交通要道上穿梭似的冲过去;可是伟大的、盖世的印第安农民救护车却只以每小时八十英里的速度在城里的街道上穿行,大家都得给它让路,救护车就飞一样地直穿过去,不管遇到什么人和什么情况都不停下来。我们看着那辆救护车在稠密的市中心街道上一溜烟地驰去了,汽车司机是印第安人。人们,甚至老太婆都跑着追赶从来也不停下来的公共汽车。墨西哥城的年轻商人成群结队地像赛跑似的追赶着公共汽车,跟运动员似的跳上车去。公共汽车的司机都光着脚,露出含讥带讽的笑容,疯疯癫癫的,穿着 T 恤衫,坐得很低,简直像蹲着似的掌握着低低的、巨大的方向盘。贴在上边的画片儿火辣撩人。公共汽车上的灯光是黄褐色和淡绿色的,木头长凳上是一排排黝黑的面孔。

在墨西哥城的市中心,成百成千的阿飞戴着邋遢的草帽,穿着大翻领的夹克,敞着怀,在大街上徒步走着。有在小街小巷里卖十字架和雪茄烟的,有跪在演墨西哥滑稽戏的小棚子隔壁的旧教堂里的。有的小街小巷是石子铺的路面,有污水沟,一扇扇小门通到砖墙里面的小酒吧间。你要喝酒就得跳过沟。沟底下是最古老的阿兹特克湖。你从酒吧间出来,就得背靠着墙沿着墙根才能走回到街上。他们的咖啡里掺有甜酒和肉豆蔻。到处是喧闹的曼波舞曲。几百个妓女沿着又黑又窄的街道排成了行,她们忧郁的眼睛在夜中向我们闪着光。我们似痴似醉地到处溜达,在一个瓷砖砌成的奇异的墨西哥自助餐厅里,花了四角八分钱吃了一客美味的牛排。餐厅里有一大群乐师,站在一个大木架前——他们也是街头卖唱的吉他琴师——另外还有些老头儿在角落里吹号。你走过卖又酸又臭的龙舌兰汁的酒吧间时,给两分钱就可以喝到一杯仙人掌汁。没有静止不动的东西,街上整个夜晚都熙熙攘攘。乞丐把篱笆上的广告纸撕下来裹着身子睡觉。他们全家人都坐在人行道上,在夜中吹着小笛子聊天嘻笑。他们的光脚伸在外面,半明不暗的蜡烛燃烧着,整个墨西哥就像一个巨大的吉卜赛人的帐篷。在角落里,一些老太婆把煮熟了的牛头切成碎片,裹在煎玉米薄饼里,让顾客蘸着放在报纸上的辣酱吃。这就是我们料到在终点会见到的那个巨大的、最后的、野蛮而未开化的城市。狄恩到处走着,像僵尸似的垂着两臂,张着嘴,眼睛闪闪发光,带领着一个邋遢的、神圣的游历队伍,直到黄昏降临田野,一个戴草帽的小男孩跟住我们,和我们谈笑,想要我们玩官兵捉强盗,因为什么事情都不会有个止境。

后来我发了高烧,竟至神志昏迷,人事不省。原来我得了痢疾。我昏昏沉沉地睁开眼来,知道自己是躺在海拔八千英尺高地的一张床上,在世界的屋顶上,我知道我那可怜的由原子组成的躯体已活了整整一辈子,而且还过了各式各样的生活,我做遍了各式各样的梦。我看见狄恩伏在厨房桌上。原来我已躺了好几夜了,狄恩已打算离开墨西哥城了。"喂,你做什么?"我呻吟着说。

"可怜的萨尔,可怜的萨尔,怎么病倒了。斯坦会照顾你的。你病中要是还能听见,就听我说吧:我在这儿和卡米尔离婚离成了。要是汽车顶得住,我今天晚上就动身回到纽约依尼兹的身边去。"

"还是那老一套?"我叫道。

"还是那老一套,好朋友。不能不重新回到我的生活里去。真希望能留在这儿跟你待在一起。但愿我还能回来。"我肚子又绞疼起来,我呻吟着。当我再睁开眼时,勇敢高贵的狄恩已拿着他的破旧的箱子站在那里看我。我已认不出他是谁了,这他也知道,因而很同情我,把毯子拉上来盖住我的肩膀。"哦!哦!现在我得走了。发烧的老萨尔,再见了。"说完他就走了。十二个小时以后,在我痛苦的高烧中,我终于明白他已经走了。他那时正孤孤单单地开着汽车穿越那些长着香蕉树的山岭,这回是在晚上。

后来我好了一些,才想到他是多么坏的一个家伙,可是我也得谅解他生活中的那种难以想象的复杂性,他把害病的我留在这儿去跟他那些老婆和苦恼打交道也是出于不得已。

"得了,老狄恩,我什么也不计较。"

第五部

狄恩开着车离开墨西哥城，在格里戈里阿又见了维克多，开着那部旧车子一直向路易斯安那的查尔斯湖驶去，直到汽车的后部在路上脱掉了，这其实也早在他意料之中。他于是只好给依尼兹拍了个电报，要了一笔买飞机票的钱，乘飞机结束了他未完的旅程。当他拿着离婚证件到达纽约的时候，他和依尼兹马上就到纽瓦克市结了婚；当天晚上，他告诉她说，一切都很顺利，不必担心，还讲了番道理，事实上他除了不住地淌着悲哀的汗水以外，什么道理也说不出来。然后他跳上一部公共汽车，又横贯这可怕的大陆，到旧金山与卡米尔和那两个小女孩相会。现在他已经是结过三次婚，离过两次婚，目前和他的第二个老婆同居。

　　秋天，我自己也从墨西哥城出发回家了，一天夜里我刚经过拉雷多城的边界到了得克萨斯的迪利，在一盏飞蛾乱撞的弧光灯下炎热的马路上站着，从远处的黑暗中传来了脚步声，我一看，原来是一个高个儿的老头子，苍苍的白发迎风飘扬，背着一个包裹，踏着沉重的脚步走过来，他看见我的时候就对我说："去替人哭丧。"说完又消失在黑暗中了。难道这是说我最后应当在黑暗的道路上徒步走遍全美国吗？我挣扎着赶到纽约，有一天夜晚，我到曼哈顿区的一条黑暗的街上站着，向着一间顶楼的窗户呼唤，以为我的朋友们在那儿欢聚。但是一个美丽的姑娘从窗口探出头来说："喂？谁呀？"

"萨尔·帕拉戴斯。"我回答说，听见自己的名字在荒凉的街上发出回响。

"上来吧，"她叫道，"我正在做热巧克力哩。"于是我跑上楼去见这位姑娘，她长着一对纯洁的天真可爱的眼睛，这正是我长久以来一直在探寻的东西。我们情投意合，决计热烈地相爱。冬天，我们打算迁居到旧金山，带着我们所有的破旧家具和破烂的什物搭上了一部方形卡车。我给狄恩写了封信，告诉他这件事。他给我回了一封长达一万八千字的长信，谈的全是他年轻时候在丹佛的事情，并且说，他就要来看我，亲自挑选一部旧卡车把我们送回家去。我们为了付这项车费，必须积存六个星期的钱，我们就开始做工，攒下每一文钱。突然狄恩提前五个半星期到了，谁也没有钱来完成那个计划。

有一天半夜里我在外面散了一会儿步，又回到我的姑娘身边来，想告诉她我在散步时想到的事情。她站在那间黑暗的小房间里，脸上露出奇怪的笑容。我告诉了她许多事情，我突然注意到屋子里寂静无声，我朝周围一看，看到收音机上有一部破旧的书。我知道那就是狄恩的那本下午的永恒读物普鲁斯特①的作品。像做梦似的，我看见他从黑暗的门廊里光穿着袜子蹑着脚走了出来。他都说不出话来了。他蹦着，笑

① 普鲁斯特(Marcel Proust, 1871—1922)，法国作家，著有长达七卷的小说《追忆逝水年华》。

着,结结巴巴,手舞足蹈地说:"啊—啊—你们得听着。"我们全神贯注地侧耳静听。但是他忘记了他要说的话。"真的听着——啊。亲爱的萨尔,你瞧——亲爱的劳拉——我已经来了——我就要走了——但是等一等——啊,对。"他以发呆的悲伤神情瞪着他的双手,"我不能再说下去了——你明白那是——或者可能是——听着!"我们都倾听着。他也在听着夜晚的声音。"对!"他带着惊惶低声说:"可你瞧——不需要再说什么了——不用说下去了。"

"可是,你为什么要来得这么快呢,狄恩?"

"啊,"他说着,像第一次见面似的望着我,"这么快,是的。咱们——咱们慢慢会知道的——也就是说,我不知道。我是凭着铁路通行证来的——公事车——老硬板凳客车——得克萨斯州——一路上吹着长笛和木陶笛。"他拿出他的新木笛,吹出几个刺耳的音符,只穿着袜子的脚在地上蹦跳着。"明白吗?"他说,"不过,当然,萨尔,我可以和往常一样快地立刻把话说出来,我真有很多事情要告诉你,我在横贯全国的旅途中一路上都在用我这跑马也似的脑子不停地读这本迷人的普鲁斯特的作品,摸许多事情的底,这些情况我是总也不会有**时间**告诉你的。咱们**还**没有谈过墨西哥的情形以及咱们怎样在你发烧的时候分手——不过没有必要谈了。绝对没有必要,喂,对吗?"

"好吧,咱们就别谈了吧。"他开始谈起他途中在洛杉矶所干的事情的详细情节,他怎么去访问了一家人,吃了一顿午饭,和那家父亲、儿子和女儿们谈话——他们长得什么模样,他们吃些什么,他们的家具,他们的思想、兴趣,他们的灵魂;他一直仔仔细细地讲了三个钟头,讲完之后又说:"啊,不过,你晓得我真正想告诉你的是什么吗——是在后来——搭上火车穿越阿肯色州——吹着笛子——和小伙子们一起玩纸牌，我的那副脏牌——赢了钱，吹起陶笛独奏曲——给水手听。长达五天五夜的可怕的旅程，就是为了来看你，萨尔。"

"卡米尔怎么样了？"

"她当然同意了——在等着我。卡米尔和我之间的一切就此永远顺利解决了……"

"依尼兹呢？"

"我——我——我要她和我一起回到旧金山去，住在城市的另一头——你觉得这样好吗？我不晓得自己为什么来。"过了一会儿他又突然目瞪口呆地说，"呃，不错，当然是，我是要看看你的可爱的姑娘和你——我喜欢你——永远爱你。"他在纽约待了三天，就匆匆忙忙地准备用他的铁路通行证坐火车回去，再次横贯大陆，在满是灰尘的硬席乘务员车厢里过五天五夜。当然我们没有钱雇卡车，不能和他一块儿回去。他去依尼兹那儿待了一宿，跟她解释，满身冒汗，打架，最后她把他撵了出来。我收到了一封由我转交给他的信。我看了信，原来是卡米尔写来的。信里说："当我看到你带着旅行袋走过铁路的时候，我的心碎了。我祈祷着，祈祷着你安全归来……我真希望萨尔和他的朋友也来和我们住在一条街上……我知道你会克服一切困难的，可是我还是忍不住要担心——现在我们既已把一切安排好了……亲爱的狄恩，这个世纪的前一半已经过去了。我用爱和吻来欢迎你来跟我们一起度过这后半个世纪吧。我们都等着你。（签名）卡米尔，埃米，小乔安妮。"这样，狄恩终于和他最忠实、最痛苦，也最懂事的妻子卡米尔定居下来了，我为他感谢上帝。

我最后一次见到他是在一种悲哀而奇怪的情况下。雷米·邦克尔在乘船环行世界好几次后回到了纽约。我想叫他和狄恩会面，认识认识。他们会倒是会面了，可是，狄恩却一时讲不出话来，哑口无言，雷米也就转开身去。雷米后来弄到了大都会歌剧院艾灵顿公爵音乐会的票子，一定要请劳拉和我跟他和他的姑娘一道去。现在雷米有点发胖，面带愁容，不过仍然是一个热情的、规规矩矩的绅士，他干一切事情都循规蹈矩，这是他常常强调的。他叫司机开着一辆凯迪拉克车子把我们送到音乐会上去。这是一个冬夜。凯迪拉克已停在那里准备出发。狄恩拿着他的旅行袋站在车窗外，准备上宾州车站，再一次横贯大陆。

　　"再见，狄恩，"我说，"我真希望我可以不去听音乐会。"

　　"你说我能跟你一块儿坐车到第四十街去吗？"他低声说，"我想尽可能和你在一块儿多待一会儿，我的朋友，再说，这纽约真冷得讨厌……"我悄悄对雷米说了。不，他不同意，他喜欢我，却不喜欢我那些白痴朋友。我不打算再一次打乱他计划好的夜晚活动的日程，就像一九四七年在旧金山的阿尔弗莱德家和罗兰·梅杰在一起时出现的情况。

　　"绝对不行，萨尔！"可怜的雷米，他系着一条专为今天晚上用的特别领带；上面绘着今天晚上音乐会入场券的图形，有萨尔和劳拉、雷米和维基（他的姑娘）这些人的名字，还绘着一些可笑的笑话，写着一些他最喜欢的谚语，例如"你没法教一个老音乐家弹奏新曲"。

　　这样狄恩就不能同我们一起乘车到市中心去，我只得坐在凯迪拉克车的后座上向他挥手致意。那个司机也不愿和狄恩打交道。狄恩穿着一件蛀坏了的旧大衣，这是他专为东部的寒冷气候预备的,他孤独地走了,我最后看见他绕过第七大道的转角,他的眼睛直望着前面的街道,又向前走去了。可怜的小劳拉——我的心肝,我把狄恩的一切早已都告诉了她——她几乎哭出声来。

"哦,咱们不应该让他这样走掉。咱们该怎么办呢?"

老狄恩走了,我心里想,接着我大声说:"他不会出什么问题的。"我们一直开车来到我们并不怎么愿意去的没趣的音乐会上,我简直一点兴致都没有了,全部时间都在想着狄恩,想着他怎么坐火车回去,旅行三千英里,通过这可怕的大陆,我永远无法知道他到底为什么要来,除了真是为了要看看我。

在美国,在夕阳西下的当儿,我坐在一个古老的、破败的河边码头上,望着新泽西州辽阔的天空,端详着伸展到西海岸上,形成一条令人难以置信的巨大的山岭的未开发的土地,以及伸延出去的条条道路,和在这片广阔无垠的土地上来来往往的一切和沉浸在幻梦中的人们;我知道,现在在艾奥瓦州,在人们容许孩子哭泣的地方,孩子们正在哭着,今夜,星星就要出来,你可知道那大熊星就是上帝? 这颗黄昏的星星一定正低下头来,在把它那熠熠的光辉射向原野,不一会儿,全然的黑夜就将来临了:黑夜将给大地祝福,将藏起河流、裹住山峰、隐没掉最后的一个海滩,而没有一个人,完全没有人知道,除了自己是在可悲地趋向衰老外,还将有何种遭遇。我想念着狄恩·马瑞阿迪,我甚至想到老狄恩·马瑞阿迪,那位我们一直没能找到的老父亲,我想念狄恩·马瑞阿迪。

译 后 记

　　一九五〇年,一个二十八岁的美国青年出版了一部题为《市镇与城市》(*The Town and the City*)的小说。在这部书里,他描写了和他同时代的一部分美国青年的荒唐的生活方式和思想感情,并且根据这些特点,给他们(当然也包括他自己在内)加上了一个总的称号,叫作"被打垮的一代"。这便是所谓"美国的被打垮的一代"这一称号最早的来源。

　　这个二十八岁的青年就是本书的作者杰克·凯鲁亚克。《在路上》出版于一九五七年(其中有不少部分曾在数种杂志上发表过),是他的第二部作品,但同时却是使他受到普遍注意的第一部作品。从此以后,美国的许多报纸杂志才开始把"被打垮的一代"作为一个问题来加以讨论,许多属于"被打垮的一代"的作品(包括诗歌、小说、戏剧,一直到电影、电视)也相继出现了。到今天,我们更可以看到不少长达数十万言的论著,专门研究、分析这一问题。

　　"被打垮的一代",除这个本名外,现在更有了不少别名。这些名称有些是他们自己提出的,也有些是研究者加在他们头上的。其中主要的有:"逃世派""逍遥派""圣洁的野蛮人""明眼人"等等名目。

　　所有这些名称都各有它的含义,我们甚至可以说,把这些名称加在一起,就可以相当全面地概括这一"代"的全部思想感情、生活方式和人生哲学,因此,我们打算在这里分别简单地说明几句。

由于一代青年的某种特点而被加上个总的称号,这在美国原不是什么新奇的事。我们知道在第一次世界大战后的二十年代,美国有所谓"迷惘的一代"(The Lost Generation),后来又有所谓"火热的青年一代"(The Flaming Youth Generation)等等名称。这里所说的"被打垮的一代"(The Beat Generation)①,按照他们自己的说法,即是自愿"从正常社会撤退出去"的一代青年。他们因为完全"看透了世情",理解到"正常社会"的那种"狗打架的人世生活"(the rat race)不但"愚蠢可笑",而且"可厌可鄙",因此他们除了对自己原来生活的那个社会抱敌视态度外,在生活上更力求跟它断绝一切关系。他们所以又被称作"逃世派"(The Disaffiliate),其原因也就在此。

"逍遥派"(The Bohemians),主要是指他们的生活方式而言。他们决不为名为利四处奔走,也决不因为人世的任何问题担忧发愁,而且他们"从原则上"根本反对工作,特别是长期性的固定的工作。他们认为工作和生活直接矛盾("你如果整天工作,那你就不可能有时间生活"),因而把工作看成是"奴隶的事"。他们的口号是"自由生活,自由相爱"(free living and free love)。据说,有人曾问到他们中的一位代表人

---

① 也有人译作"垮掉的一代"或"被搞垮的一代",但所有这些译法似乎都未尽妥帖。原文中的 beat 一字似乎与其看作是表示被动语气的分词,倒不如看作是俚语中的一个形容词(意思是"实在厌倦了")。如果那样,那么译作"厌倦的一代",或者更合适些。

物:"为什么拒绝和一个极有钱的女人结婚?"他却不假思索地回答说:"我不能担任那种固定的职业。"

"圣洁的野蛮人"(The Holy Barbarians)是在许多评论文字中常见到的一个称号。把"被打垮的一代"叫作野蛮人,除了上面所讲的他们那种近于野蛮人的生活方式之外,更重要的是,他们公开否认产生于人类文明的一切精神价值:从伦理、道德、宗教,一直到政治、法律、各种各色的"主义"等等。

至于"明眼人"(The Hipsters)这个称号,则是指他们对周围的人们的看法。他们把自己以外所有的人——也就是凡参与他们所谓"狗打架的人世生活"的那些人——全叫作"乡愿"(Squares)①,或者译成一个更通俗的词儿,"老油条"。他们把他们自己的生活圈子以外的社会都看成是"老油条"的社会。在他们看来,所有的"老油条"全都是蠢材或者疯子,而只有他们这些"明眼人"才真正了解世界是怎么回事,人生是怎么回事,时间是怎么回事。

美国的"被打垮的一代"的总的思想情况,实质上跟英国的"愤怒的青年"并无多大差别。② 和"愤怒的青年"一样,他们认为人在世界上是"绝对孤独的","活着本身就是一种痛苦",对于宇宙和人的世界"人是绝对无能为力的",同时,他们也认为人所能把握的时间只有"现在",过去和未来对人来说根本不存在,因此,什么人生目的、人类理想,以及其他一切崇高的"论调"全都不过是"老油条"用来"欺人并以自欺的"一些毫无意义的空话……但是,"被打垮的一代"跟"愤怒的

---

① 这一称谓也是凯鲁亚克最早提出的。
② 关于"愤怒的青年"的情况,请参看《愤怒的回顾》(戏剧出版社 1962 年版)一书的"译后记"。

青年"也有一个极不相同的地方。那就是,在否定所谓正常的生活秩序方面,"被打垮的一代"显然表现得更为彻底。前面已经说过,他们不但不认为是自己精神错乱,丧心病狂,却反而把一切过着一般生活、"成家立业、生儿育女、劳动工作"的人,不分善恶、不分阶级,一律叫作疯子。他们所持的反动透顶的理由是:根据他们所理解的人生和人与时间、人与宇宙的关系,特别是在今天热核武器随时威胁着要毁灭整个世界的情况下,除了疯子,谁都不能"以严肃的态度来对待生活"。因此,他们不但不像英国的"愤怒的青年"那样仍然热衷于社会地位和财富,而且竭力逃避正常社会,要在"地下"另建自己的"世界"。

目前,他们最集中的地点是旧金山。此外,加利福尼亚的威尼斯城也是他们的大本营之一。那里有他们自己的居住区,他们还把这块与外界"隔绝"的区域公开叫作"垮掉分子村"(Beatville)。也还有不少的"垮掉分子"散居在美国各地,特别是美国西部。

在他们自己的这种"独立"的"社会"中,他们常常是大批男女杂居在一间大屋子里,过着淫乱的生活,他们有他们自己的"结婚仪式":约上一帮同类,深夜跑到寂静的海边去听一位或几位"被打垮的一代"的"名诗人"信口开河朗诵几段"即兴诗"。个人所有的衣服、鞋袜及其他一切日常生活用品,在这里几乎等于公有,谁拿着谁穿,谁需要谁用。每天吃喝更是不分彼此。如果一个人死去或因事入狱,那他所有的一切,包括他的住房,就立即归大家所有。

这些人根本不从事生产劳动,完全过着寄生虫的生活。

这个"社会"的主要成员都是一些所谓"作家""诗人"

386

"画家"以及其他各式各样的"艺术家"。他们中已有不少人受到了资产阶级报刊的吹捧。仅就文学方面来讲，本书作者杰克·凯鲁亚克当然是他们当中的重要的代表人物；此外，如曾经轰动美国的《嚎叫》（Howl）①一诗的作者亚伦·金斯堡（Allen Ginsberg，今译艾伦·金斯堡）、以性问题为主题的《猎鹿场》（Deer Park）的作者诺曼·米勒（Norman Mailer）、专门宣扬毒品"妙用"的《嗜毒人》（Junkie）的作者威廉·李（William Lee）（即《在路上》中所描写的"铁牛李"）等等都已经有不少"作品"出版了。除开这些主要人物之外，还有大批信奉他们那一套"哲学"的追随者和帮闲。

"被打垮的一代"反对"老油条"奉行的拜金主义，标榜"贫穷"。他们一有机会弄到大笔的钱（如卖掉一部"作品"等），就尽快把它花光，因为他们认为"只有疯子才会想到半个钟头以后的事"。遇到实在需要钱的时候，他们也只好到"老油条"的社会去找一些临时性的工作来维持生活。他们什么都干。如果有什么研究机构要对人体的某种生理现象进行实验——一个人一天能出多少汗，能多少天不喝水等等——那他们就最感兴趣了：因为这是一种"新奇的生

① 这篇东西实际只能叫作色情狂的梦呓。原文长达数百行，满纸都是令人作呕的极端下流的猥亵文句。

　　但是，这样的东西同金斯堡的另一些所谓"诗"于1956年在旧金山出版后，虽然遭到各方面的攻击，旧金山当局不得不暂时下令禁售，却引起美国文艺界名人的抗议，因而形成了一个轰动全国的诉讼案。最后，处理该案的大法官，竟以维护"言论自由"为名，做了一篇非常堂皇的判词，宣判《嚎叫》并非"淫秽之作"。

活经历"。

此外,偷窃、行骗,在他们更是家常便饭。首先,从"理论"上,他们根本不承认这是什么不正当的行为。所以有时候,并非为了生活,他们也会进行这一类勾当。

到处流浪是这一"代"人的最理想的生活。他们的"生活信条"是,"对一切都摸摸底"①,并且声称"诗人、浪子和毒鬼"三位一体是做人的"最高境界"。因此,跑的地方越多,也就越能达到这个"境界"。

至于"家居"生活,绝大部分时间是许多同类聚在一起海阔天空地胡扯、不顾死活地狂饮、听爵士音乐或"波普"音乐、朗诵自己的"诗作"或"即兴诗",再加上吞服或注射毒品。他们谈话的主题,自然和他们的"作品"一样,总也离不开色情。个人性生活的经历(不分男女)是他们最好的话题。听爵士音乐也是他们的一项重要的生活内容。但他们不听传统的爵士音乐,只喜欢由他们的同类所做的杂乱无章的即兴演奏。他们认为这种"音乐"的节奏超脱了"人的心灵和理智",可以使人忘掉自己的存在,因而也就可以忘掉"活着的痛苦"。他们所服用的毒品种类繁多,从吗啡、白面、鸦片、大麻精、安非他兴奋剂,一直到可卡因或可待因等一切麻醉药品。他们给这些东西加上一个总的名称,叫作"幸福丹"(euphoric pills),因为它能使他们"进入上帝的怀抱"。

他们的所谓"创作活动"不用说也完全是即兴式的。一切旧的传统,他们一股脑儿反对,并且公开宣称"酒、毒、女人"是

① 这句话也是凯鲁亚克最先提出的。后来又经他们的"理论家"做过许多解释和"发挥"。

一切艺术创作的灵感的泉源。在文学创作方面,他们首先叫嚷着要打破诗同散文的界限,也就是说,要完全取消诗的格调和韵律。

> 在世界最后一小时的第六分钟,两个文化破坏者偷来一架直升机,用一个男生殖器模型换掉了自由女神手中的火炬。有人问她这表示什么意思,这位女士却只是会心地笑着连连点头。①

这是他们的一首"名诗"中的一行。这首"诗"从内容到形式都的确称得上是典型的"被打垮的一代"的"作品"。其次,就散文讲,他们又大声疾呼反对"知识分子语言",不仅不必考虑辞藻或修辞问题,甚至连传统的语法和句法都可以任意破坏。至于小说传统所要求的那一套什么构思、布局、情节、结构等等,那就更不必说了。

可是他们又为什么要进行写作或其他"艺术创作"呢?关于这一点,他们自己也有一大套理论。据说,他们要试图"在音乐、诗歌、小说和绘画中,找到一种他们可以信赖的生活方式",他们要在那里"一面寻找,一面表现"那种生活方式。他们认为在艺术创造中,一切人类的"重大问题都会变得完全无关重要",因而他们认为创作活动是"在这面临毁灭的世界上的唯一的一种自卫方法"。

"被打垮的一代"的出现,当然不是偶然的。它是一定社会历史条件下的产物。关于这个问题,美国本国的评论家曾经发表过不少意见。有一位据说是"倾向于社会主义",而对

---

① 丹·普罗柏(Dan Proper):《世界最后一小时的寓言》(The Fable of the Final Hour)。见赛默尔·克瑞姆(Seymour Krim)编:《垮掉分子》(The Beats),第28页。

"被打垮的一代"又较为熟悉的青年作家大卫·麦克瑞罗兹（David MacReynolds）曾在《脱缰的明眼人》①（Hipsters Un-leashed）一文中，提出了产生这一"代"的三个"基本因素"。

据说，第一个因素是原子恐怖。他认为热核武器的出现改变了人对于"未来"和"死亡"这两个"重要观念"的认识，人们现在所想的不是"未来是好是坏"的问题，而是"究竟有没有什么未来"。同时，由于面临"世界的彻底毁灭"，个人的死变成了"绝对的消灭"。过去的种种想法——比如说，人死了"可以通过自己的儿女、自己的艺术创作、自己的英雄业绩……获得永生"等等，现在都无法成立了。

第二个因素是工业技术过于急骤的发展。在这情况下，一方面由于交通运输的发达而引起的人口频繁的流徙以及其他种种原因，使家庭制度遭到严重破坏，一方面由于妇女获得了"一定程度的经济自由"，使婚姻制度逐渐失去原有的重要性，因而人与人之间的感情联系日益消失，最后使整个"人的社会"已不再成为一个"集体"，而变成了"一堆孤独的人群"。再加上一切瞬息万变（"今天的一种旧的行业，明天可能完全被一种新的行业所代替"），人在整个世界上完全失去了依据。

第三个"基本因素"是精神生活的彻底瓦解。麦克瑞罗兹提出，许多世纪以来长期维系人心的宗教思想和上帝到了近代已逐渐失去作用；代之而起的"建立理想国的幻想"到了第一次世界大战以后也已"宣告破灭"；接着，经过第二次世界大战，一切道德观念完全被破坏无遗，因此，年轻的一代在

① 见《垮掉分子》，第202—210页。

精神上完全无所寄托了。

此外，《抗议》(*Protest*)① 一书的编者在该书的序文中也对这个问题提出了他们的看法，但论点和麦克瑞罗兹并无多大差别。他们认为"由于人发现了从物质中解放出足以毁灭自身和他的后代以及全部民族遗产的自然能量的方法"，因而，每一个人都"必须学着如何在这种威胁的面前进行呼吸、饮食和性爱活动"，因为这种威胁"实际已变成每一个人的意识的一部分"。而由于这个原因，人越来越感到自己的"无能"和"空虚"；感到个人的"命运——幸存还是毁灭"已经和自己的道德行为不发生任何联系；感到一切旧的观念和制度都完全失去了意义……因此，剩下的一个最根本的问题是：

"人究竟应该甘做他自己明知虚假的各种空论的奴隶而苟延残喘呢？还是应该撕破那装点出所谓人的尊严的外壳，承认人的孤独和随时可能发生的暴卒的危险，而寻求一种具有一定限度的自由，并能在一定限度内感知自我的生存呢？"

结论是："被打垮的一代"之所以产生，是由于有那么多年轻人在进行这一选择时，采取了后一条道路。

另外还有这样一些说法。例如，被看作"被打垮的一代"主要角色之一的诺曼·米勒提出"被打垮的一代"的产生，是出于一种"必然的革命要求"；他说，他们代表了"本世纪第二种革命吹起的第一阵风"；而这种"革命"的目的，"不是要求实现更合理、更平等的物质分配"，而是要"探索人的内在精力的秘密"，以求"彻底改变对生命的认识"。

---

① 珍尼·费尔德曼与麦克斯·加登堡(Gene Feldman and Max Gartenberg)合编，伦敦纪念出版社 1959 年出版。

此外,诺曼·波多端兹(Norman Podhoretz)在一篇题为《一无所知的逍遥派》①(Know-Nothing Bohemians)一文中,提出"被打垮的一代"产生的原因,是由于有那么些青年人"仇视才智"和"感情贫乏"。他说,他们是"一群反叛者,那是不错的,但他们所反对的……既不是中产阶级,也不是资本主义,甚至也不是体面生活。他们的反抗,纯粹是一种在精神上处于无权地位和灵魂残废的人的反抗";他认为"这些青年人由于自己不能进行有条理的思考,因而就仇恨那些能于思考的人;由于自己不能跳出自我中心的泥坑",因而就仇恨正常人所具有的感情;同时,"由于他们具有美国似乎一直在竭力培养的……极端强烈的性的饥渴,所以他们永远梦想着要得到那绝不可能达到的性的绝对满足……"

　　即使从上述这些资产阶级评论家所提出的种种论点看来,我们也不难看出"被打垮的一代"的反动本质了。②

　　杰克·凯鲁亚克出生于美国马萨诸塞州的洛厄尔城。父母原籍加拿大,父亲可能是一个破产的小商人。杰克·凯鲁亚克曾在哥伦比亚大学念过书。但他还没有念完第二年的课程,有一天却忽然自动离开了学校。据说,原因是"他实在腻味了"。第二次世界大战期间,他曾在一艘商船上服役,并且干过各种各样的临时性工作。后来,他靠步行或搭车或自己驾着车子漫游了美国各州。

　　他的作品除上面所提到的《市镇与城市》及本书外,尚有

---

① 见《垮掉分子》,第 111—124 页。

② 关于"被打垮的一代",戈哈:《垂死的阶级,腐朽的文学》一文(见 1960年,第二期《世界文学》),亦有详细介绍和分析,可以参看。

《地下人》(*Subterraneans*)、《赛克斯医生》(*Doctor Sax*)及《麦基·卡西迪》(*Maggie Cassidy*)等书。但直到目前为止,《在路上》仍被视为他的"最重要的作品"。

《在路上》几乎不能算作一部"小说"。原作比现在这个节译本①还要杂乱无章,里面有许多无味的重复和烦絮的旅途见闻的描写,现在大都节略了。但是美国的许多报刊却对这部书大肆捧场,例如,《纽约邮报》说它是"我们时代的一部分发出的响亮的呼声";《纽约时报书籍评论》说它是"非常生动、有趣……自托马斯·沃尔夫(Thomas Wolfe)②以来无与伦比的一篇动人心魄的叙述……";《芝加哥太阳时报》则赞扬作者"有勇气以独特的方式对自己所生活的这个世界提出自己的见解";《纽约时报》更把该书的出版说成是"一个具有历史意义的事件"。

而我们出版这本所谓"被打垮的一代""代表作"的节译本的目的,则是使读者看看所谓"被打垮的一代"这种社会现象,看看资本主义社会的更进一步的没落和反动,以及美国资产阶级文学已经堕落到何种地步,它所宣扬的是些什么腐烂、发臭的东西。

黄 雨 石

1962 年 7 月 ③

<hr>

① 此次出版为全译本,详见"补译后记"。

② 二十世纪初美国小说家,以善于"生动地表现感官印象、人的欲念及活力"闻名。

③ 由于历史的原因,这篇文章带有明显的时代烙印与局限。为留存史料,出版时保留原貌。——编者注

补译后记

杰克·凯鲁亚克的长篇小说《在路上》(*On the Road*)发表于一九五七年,在当时的美国文坛引起了不小的震动。而在问世短短的五年之后,这部小说便来到了中国。它由五位知名翻译家黄雨石、施咸荣、李文俊、刘慧琴和何如(笔名石荣、文慧如)翻译成中文,以节译本的形式于一九六二年在作家出版社出版,作为内部资料在国内发行,成为当时中国人了解美国社会的一个窗口。

今天,在凯鲁亚克的作品即将公版之际,这部小说作为"垮掉的一代"经典读物在中国已经有了巨大的影响,但我们不应忘记这个在中国最早出现的译本。它在翻译界乃至文学界的地位和价值不言而喻,现在重读该译本不难发现,它在语言准确性和达意传情方面的呈现仍堪称典范。尤其是考虑到节译本出版的年代,当时我国和西方国家的人员往来和文化交流都十分有限,而该小说的故事背景又是上世纪五十年代的美国现实社会,翻译的难度可想而知。

为了以全译本的形式再版这部小说,我们投入了相当大的精力。首先是经过近六十年的时间,该译本已很难找到,几经周折才在人民文学出版社资深编辑张福生先生的藏书中找到一本,作为再版的依据。其次是由于该译本是节译的,只译了原书的三分之二多一些,而且其中很多删节的地方标识不清,给补译带来相当大的困难。由于节译本中尚有不少繁体字,制作电子版的难度也很大,补译者在责任编辑陈黎的积极配合下,决定在原书复印件上先把零零散散缺失的部分一一找到,然后再进行补译。

前面已经说过,该节译本的语言生动、准确,造诣很高。因此本人作为补译和修订者,除了补译之外,对原译文本身基本未做任何改动,只是修改了其中一些当时尚未出现的说法和不规范的译名。例如英语 mile、foot 等,按当时的译法是译成"哩""呎",T shirt 当时译成了"T 字形衬衫"等,都按现行说法改正;还有像地名 Montana、Iowa 等,当时译为"蒙塔那""艾俄华",均按现今通译名改为"蒙大拿""艾奥瓦"等。此外还增加了一些必要的注释。

黄 宜 思

2019 年 11 月 18 日

"外国文学名著丛书"书目

第 一 辑

书 名	作 者	译 者
伊索寓言	〔古希腊〕伊索	周作人
源氏物语	〔日〕紫式部	丰子恺
堂吉诃德	〔西班牙〕塞万提斯	杨 绛
泰戈尔诗选	〔印度〕泰戈尔	冰 心 石 真
坎特伯雷故事	〔英〕杰弗雷·乔叟	方 重
失乐园	〔英〕约翰·弥尔顿	朱维之
格列佛游记	〔英〕斯威夫特	张 健
傲慢与偏见	〔英〕简·奥斯丁	王科一
雪莱抒情诗选	〔英〕雪莱	查良铮
瓦尔登湖	〔美〕亨利·戴维·梭罗	徐 迟
欧·亨利短篇小说选	〔美〕欧·亨利	王永年
特利斯当与伊瑟	〔法〕贝迪耶	罗新璋
巨人传	〔法〕拉伯雷	鲍文蔚
忏悔录	〔法〕卢梭	范希衡 等
欧也妮·葛朗台 高老头	〔法〕巴尔扎克	傅 雷
雨果诗选	〔法〕雨果	程曾厚
巴黎圣母院	〔法〕雨果	陈敬容
包法利夫人	〔法〕福楼拜	李健吾
叶甫盖尼·奥涅金	〔俄〕普希金	智 量
死魂灵	〔俄〕果戈理	满 涛 许庆道

书　名	作　者	译　者
波斯人信札	〔法〕孟德斯鸠	罗大冈
伏尔泰小说选	〔法〕伏尔泰	傅　雷
红与黑	〔法〕司汤达	张冠尧
幻灭	〔法〕巴尔扎克	傅　雷
莫泊桑中短篇小说选	〔法〕莫泊桑	张英伦
文字生涯	〔法〕让-保尔·萨特	沈志明
局外人　鼠疫	〔法〕加缪	徐和瑾
契诃夫小说选	〔俄〕契诃夫	汝　龙
布宁中短篇小说选	〔俄〕布宁	陈　馥
一个人的遭遇	〔苏联〕肖洛霍夫	草　婴
少年维特的烦恼	〔德〕歌德	杨武能
德国，一个冬天的童话	〔德〕海涅	冯　至
绿衣亨利	〔瑞士〕戈特弗里德·凯勒	田德望
斯特林堡小说戏剧选	〔瑞典〕斯特林堡	李之义
城堡	〔奥地利〕卡夫卡	高年生

第 三 辑

埃斯库罗斯悲剧二种	〔古希腊〕埃斯库罗斯	罗念生
索福克勒斯悲剧二种	〔古希腊〕索福克勒斯	罗念生
欧里庇得斯悲剧二种	〔古希腊〕欧里庇得斯	罗念生
神曲	〔意大利〕但丁	田德望
西班牙流浪汉小说选	〔西班牙〕克维多　等	杨绛　等
阿拉伯古代诗选	〔阿拉伯〕乌姆鲁勒·盖斯　等	仲跻昆
列王纪选	〔波斯〕菲尔多西	张鸿年
蕾莉与马杰农	〔波斯〕内扎米	卢　永
莎士比亚喜剧五种	〔英〕威廉·莎士比亚	方　平
鲁滨孙飘流记	〔英〕笛福	徐霞村

书 名	作 者	译 者
月亮与六便士	〔英〕威廉·萨默塞特·毛姆	谷启楠
萧伯纳戏剧三种	〔爱尔兰〕萧伯纳	潘家洵 等
红字 七个尖角顶的宅第	〔美〕纳撒尼尔·霍桑	胡允桓
汤姆叔叔的小屋	〔美〕斯陀夫人	王家湘
白鲸	〔美〕赫尔曼·梅尔维尔	成 时
马克·吐温中短篇小说选	〔美〕马克·吐温	叶冬心
老人与海	〔美〕欧内斯特·海明威	陈良廷 等
愤怒的葡萄	〔美〕约翰·斯坦贝克	胡仲持
蒙田随笔集	〔法〕蒙田	梁宗岱 黄建华
悲惨世界	〔法〕雨果	李 丹 方 于
九三年	〔法〕雨果	郑永慧
梅里美中短篇小说选	〔法〕梅里美	张冠尧
情感教育	〔法〕福楼拜	王文融
茶花女	〔法〕小仲马	王振孙
都德小说选	〔法〕都德	刘 方 陆秉慧
一生	〔法〕莫泊桑	盛澄华
普希金诗选	〔俄〕普希金	高 莽 等
莱蒙托夫诗选	〔俄〕莱蒙托夫	余 振 顾蕴璞
罗亭 贵族之家	〔俄〕屠格涅夫	陆 蠡 丽 尼
日瓦戈医生	〔苏联〕帕斯捷尔纳克	张秉衡
大师和玛格丽特	〔苏联〕布尔加科夫	钱 诚
茨威格中短篇小说选	〔奥地利〕斯·茨威格	张玉书 等
玩偶	〔波兰〕普鲁斯	张振辉
万叶集精选	〔日〕大伴家持	钱稻孙
人间失格	〔日〕太宰治	魏大海

第 五 辑